Ramsés el Maldito

LA TRAMA

Ramsés el Maldito

La pasión de Cleopatra

Anne Rice y Christopher Rice

Papel certificado por el Forest Stewardship Council®

Título original: *Ramses the Damned: The Passion of Cleopatra*

Primera edición: mayo de 2018

© 2017, Anne O'Brien Rice y Christopher Rice
© 2018, Penguin Random House Grupo Editorial, S. A.
Travessera de Gràcia, 47-49. 08021 Barcelona
© 2018, Borja Folch, por la traducción

Printed in Spain – Impreso en España

ISBN: 978-84-666-6311-3
Depósito legal: B-5.749-2018

Impreso en Rodesa
Villatuerta (Navarra)

BS 6 3 1 1 3

Penguin
Random House
Grupo Editorial

Proemio

En 1914, los periódicos se hicieron eco del espectacular hallazgo de un egiptólogo británico en una tumba aislada en las afueras de El Cairo: la momia real del más poderoso monarca de Egipto y, junto a su sarcófago pintado, una vasta colección de venenos antiguos y un diario en latín, escrito en tiempos de Cleopatra, que comprendía unos trece rollos de papiro.

Llamadme Ramsés el Maldito. Pues tal es el nombre que yo mismo me puse. Aunque antaño fui Ramsés el Grande del Alto y el Bajo Egipto, azote de los hititas, padre de muchos hijos e hijas, que gobernó Egipto durante sesenta y cuatro años. Mis monumentos siguen en pie: la estela que cuenta mis victorias, aunque mil años han transcurrido desde que me sacaron, como niño mortal, del útero de mi madre.

Ay, fatídico momento ahora enterrado en el tiempo, cuando de manos de una sacerdotisa hitita tomé el elixir maldito. A sus advertencias hice caso omiso. Ansiaba la inmortalidad. De modo que bebí la poción de la copa a rebosar...

... ¿Cómo soportar esta carga más tiempo? ¿Cómo seguir padeciendo esta soledad? Sin embargo, no puedo morir...

Así escribió un ser que sostenía haber vivido mil años, durmiendo a oscuras cuando los grandes reyes y reinas de su reino no lo necesitaban, siempre listo para ser resucitado y ofrecer sabiduría y consejo, hasta que la muerte de Cleopatra y la del propio Egipto lo condujeron a un descanso eterno.

¿Qué podía hacer el mundo con ese extraño relato, o con el hecho de que Lawrence Stratford, descubridor del misterio, muriera en la mismísima tumba en el momento de su mayor triunfo?

Julie Stratford, hija del gran egiptólogo y única heredera de la fortuna de la Stratford Shipping, llevó la controvertida momia a Londres, junto con los misteriosos rollos y venenos, para honrar el descubrimiento de su padre mediante una exposición privada en su casa de Mayfair. Al cabo de unos días, Henry, el primo de Julie, hizo unas frenéticas declaraciones explicando que la momia se había levantado de su sarcófago e intentado asesinarlo, y el chisme de la maldición de la momia dejó estupefactos a los londinenses. Antes de que los rumores acallaran, Julie apareció en público con un misterioso egipcio de ojos azules llamado Reginald Ramsey, y ambos viajaron de regreso al Cairo en compañía de sus queridos amigos Elliott, el conde de Rutherford; su joven hijo, Alex Savarell, y el afligido Henry.

Tuvieron lugar más acontecimientos chocantes.

Un cadáver sin identificar robado del Museo de El Cairo, truculentos asesinatos entre los tenderos europeos de la ciudad y el propio Ramsey buscado por la policía cairota, así como la desaparición de Henry. Finalmente, una tremenda explosión dejó a varios testigos perplejos y a Alex Savarell desesperado, llorando a una mujer anónima que había huido aterrorizada del Teatro de la Ópera de El Cairo y había llevado su automóvil hasta la vía por la que se aproximaba un tren.

Entre el caos y el misterio, Julie Stratford se erigió como la devota prometida del enigmático Reginald Ramsey, viajando por Europa con su amado mientras en Inglaterra la familia Savarell trataba de entender el exilio del duque de Rutherford y la aflicción de su hijo Alex por la trágica pérdida de la mujer fallecida entre llamas en el desierto egipcio. Los rumores se fueron apagando; los periódicos pasaron página.

Al inicio de nuestro relato, la finca rural del duque de Rutherford pronto acogerá la fiesta de compromiso entre Reginald Ramsey y Julie Stratford, mientras por doquier se oyen ecos de la historia del inmortal Ramsés el Maldito y su elixir legendario, aunque su cuerpo momificado, trasladado a Londres con tanta fanfarria, lleva tiempo desaparecido.

¿Cómo soportar más tiempo esta carga? ¿Cómo seguir padeciendo esta soledad? Sin embargo, no puedo morir. Sus venenos no pueden hacerme daño. Mantienen mi elixir a salvo para que todavía pueda soñar con otras reinas, justas y prudentes, que compartan los siglos conmigo.

RAMSÉS EL MALDITO

3600 a.C.: Jericó

—Nos están siguiendo, mi reina.

Hacía siglos que no era reina, pero sus dos leales sirvientes seguían refiriéndose a ella como tal. Ambos hombres la flanqueaban mientras se aproximaban a pie a la gran ciudad de piedra de Jericó.

Eran los únicos miembros de su guardia real que se habían negado a participar en la insurrección contra ella. Ahora, miles de años después de haberla liberado de la tumba en la que la había metido su traicionero primer ministro, estos antiguos guerreros de un reino perdido seguían siendo sus fieles compañeros y protectores.

Su compañía era lo más importante. Ella conocía una soledad que nunca podría describir por completo a otro ser, una soledad que hacía tiempo que había aceptado pero que temía que un día la destruyera.

Había muy poca cosa de la que precisara ser protegida. Ella era inmortal, y ellos también.

—Seguid caminando —ordenó en voz baja—. No os detengáis.

Sus hombres obedecieron. Estaban lo bastante cerca de la ciudad para oler las especias del mercado que estaba justo detrás de la muralla de piedra.

La mujer sobrepasaba en estatura a la mayoría, pero sus dos sirvientes eran con mucho más altos que ella. A su derecha caminaba Enamon, con su orgullosa aunque torcida nariz, rota en una antigua batalla entre tribus extinguidas tiempo atrás. Aktamu iba a su izquierda, con una redonda cara de niño fuera de lugar encima de un cuerpo esbelto y musculoso. Hoy iban disfrazados de comerciantes de Kush, con faldas de piel de leopardo que bailaban sobre sus largas piernas, con anchas bandas doradas sobre sus musculados pechos desnudos. Las túnicas azules que la envolvían le permitían mover con libertad los delicados brazos. El bastón que utilizaba era una farsa dedicada a los mortales: ella no se cansaba ni necesitaba reposar como estos.

En aquel momento, el camino estaba despejado de carros en ambas direcciones, de ahí que no fue sorprendente que alguien reparase en ellos desde delante de las puertas de la ciudad; no obstante, cuando Bektaten oyó a Enamon diciéndolo se dio cuenta de que aquella atención se prolongaba de una manera sospechosa.

Volvió la vista atrás y vio al espía.

Tenía la piel varios tonos más clara que la suya, del mismo color que quienes habitaban la ciudad que tenían enfrente. Estaba a una buena distancia en la ladera yerma de su izquierda, envuelto en túnicas en el claroscuro de la frágil sombra de un olivo. No intentó esconderse. Su postura y posición eran una advertencia, alguna clase de amenaza. Y sus ojos eran tan azules como los de los hombres con quienes había viajado durante siglos.

Tan azules como los suyos.

Eran ojos transformados por el elixir que había descubierto mil años antes. Un descubrimiento que había causado la caída de su reino.

«¿Es él? ¿Es Saqnos?»

Los recuerdos de la traición del primer ministro nunca se

desvanecerían, por más tiempo que pisara la tierra. El asalto que había orquestado en sus habitaciones con miembros de su propia guardia, sus exigencias para que le entregara la fórmula que había descubierto casi por casualidad, la que había permitido que una bandada de pájaros sobrevolara el palacio en círculos infinitos sin cansarse jamás.

Saqnos, el apuesto y atento Saqnos. Bektaten nunca había presenciado algo semejante a la transformación que había sufrido tantos siglos atrás. Y las cosas empeoraron cuando Saqnos vio que sus ojos, antes castaños, se habían vuelto de un azul asombroso.

Que en esta tierra hubiera una sustancia capaz de suprimir la muerte, y que ella la hubiese consumido sin consultarlo con él, fueron los hechos que lo enloquecieron, volviéndolo sediento de poder.

Si se la hubiese pedido sin más, si no la hubiese traicionado, ¿se la habría entregado de buena gana?

No había manera de saberlo ahora.

Con las lanzas de sus propios hombres alzadas contra ella, se había negado.

Pese a la fuerza tremenda que le había dado la transformación, la guardia real contaba con suficientes hombres para subyugarla, de modo que la arrastraron a la tumba de roca que Saqnos tenía preparada para ella. Y durante esta humillación, el arquitecto de su caída saqueó sus aposentos e incluso su cámara privada en busca de cuantas ampollas de elixir pudo encontrar. Las distribuyó de inmediato entre sus soldados. Pero no encontró la valiosísima fórmula en sí, pues ella se había encargado de esparcir los ingredientes entre sus otros tónicos y polvos.

Fue entonces cuando el plan de Saqnos se fue al garete.

Tras descubrir que les había sido concedida la vida eterna, tras darse cuenta de que los habían vuelto inmunes a la mayoría de heridas fatales, aquellos soldados antaño leales depusieron las armas y abandonaron a su nuevo caudillo. ¿Qué necesidad tenían de tener un gobernante? ¿Qué necesidad tenían de disponer del refugio de un reino cuando podían explorar el mundo perpetuamente sin miedo al frío, al hambre o a la picadura del áspid?

«Saqnos...»

Pero el hombre que ahora los vigilaba no era él.

—Una vez dentro de las murallas, preparad el anillo —dijo Bektaten a media voz.

Visitaban con frecuencia aquel lugar. Los tomaban por comerciantes de la tierra de Kush y ellos nunca sacaron a nadie de ese error. Sus bolsas iban siempre repletas de flores y especias, que en su mayoría había arrancado ella misma en picos altos y peligrosos, tan azotados por vientos fuertes y lluvias torrenciales que ningún mortal podía alcanzarlos. Los demás visitantes del mercado no estaban al corriente de este particular.

Aquellos viajes a Jericó la llenaban de alegría, pues interrumpían sus largos vagabundeos. Los vastos e imponentes paisajes que su inmortalidad le permitía visitar hablaban sus propios idiomas; había cierta música en el susurro del viento a través del follaje de junglas donde no moraban humanos, una armonía en los vientos encontrados que barrían las cimas de los montes. Pero los idiomas que se hablaban en Jericó, y sus cuentos de amores, muertes y ciudades recién nacidas eran una música sin la que ella no podría resistir. Y después de unos días recogiendo esas historias, de escuchar a mortales contando sus cuentos, regresaría a su campamento y las anotaría en sus diarios de papiro encuadernados en piel, toscos libros que había hecho con sus propias manos y guardado a lo largo de siglos de existencia, y que había jurado preservar para siempre.

Bektaten no permitiría que su amor por aquel lugar lo estropeara la súbita aparición de inmortales desconocidos, inmortales que no había creado ella.

Inmortales como el que los estaba siguiendo desde un promontorio de roca. O como el que estaba apostado junto a las puertas de la ciudad, observándolos sin miedo con una mirada penetrante.

«Nos están dando caza —pensó Bektaten—. Alguien ha oído decir que unos negros muy altos de ojos azules iban a visitar Jericó, y saben lo que somos y han venido aquí para estar al acecho de nuestra llegada.»

Mientras cruzaban las puertas para entrar en el túnel adyacente, Enamon aprovechó el resguardo de la sombra para seguir sus instrucciones. Alargó el brazo hacia un lado con la mano abierta para indicarle que se retrasara unos pasos detrás de ellos. Ella obedeció.

Enamon deslizó su morral de cuero hasta la parte delantera de su torso y luego extrajo un anillo de bronce hecho por la propia Bektaten. Se lo pasó a Aktamu, que enseguida desenroscó la pequeña joya, revelando el minúsculo hueco y el alfiler que contenía. Entonces Enamon sacó una pequeña faltriquera.

Bektaten los observaba de cerca.

Los pasos siguientes podían ser muy peligrosos para los tres, pero con tal de que el contenido de la faltriquera no les perforase la piel, todo iría bien.

Salvo que pronto tuviera que usar el anillo.

Una vez lleno el anillo, con la gema sujeta en su sitio, Enamon se lo dio a ella, que lo deslizó suavemente por un largo dedo oscuro.

Siguieron caminando como si no hubiese acabado de tener lugar el traspaso de un inmenso poder secreto.

Y entonces lo vio.

Estaba en la sombra de las torres rectangulares que se alzaban detrás de él, con el brillante resplandor del sol a sus espaldas. Las túnicas que lo envolvían hacían juego con las de los dos espías que había enviado a vigilar su llegada.

Saqnos.

El hombre que la había condenado a una vida inmortal bajo tierra. El hombre que, en su apremiante deseo de reproducir el elixir, había cosechado todas las plantas de Shaktanu, penetrando en las junglas a las que había prohibido la entrada a sus súbditos. La peste que había desatado había hecho caer una civilización que antes se extendía a través de los mares.

Mucho se había perdido por culpa del hombre que ahora tenía delante, cuya presencia la dejó sin habla. Y, sin embargo, no estaba furiosa.

¿Qué había esperado sentir al verlo de nuevo después de tanto tiempo?

Una vez fueron amantes. Y ahora, aunque le pesara, sentía una no deseada afinidad con él. «Ay, la soledad, la inenarrable soledad, cómo oprime el corazón.»

Había muy pocos como ellos. Muy pocos que hubiesen presenciado la caída de la primera gran civilización desde la Atlántida. Muy pocos que hubiesen conocido el vasto desierto cuando estuvo salpicado de árboles, relucientes charcas y animales, de los palacios diseminados y los templos de Shaktanu. Eso fue antes de la peste. Antes de que el calor del sol abrasara la tierra que antaño gobernó, empujando a los supervivientes hacia el Nilo, donde con el tiempo fundarían los imperios que ahora se llamaban Egipto y Kush.

Una gran ansia, un gran deseo de compañía anidó en su fuero interno en cuanto vio al hombre que había estado dispuesto a condenarla a las tinieblas eternas.

No tendría que haber sido ese su destino. Pues lo que comprobó en cuanto pusieron la lápida sobre la tumba fue que, sin la luz del sol, empezó a debilitarse lentamente. Poco después cayó en un dulce sueño que devino letargo hasta que Enamon y Aktamu la liberaron, exponiendo su cuerpo al sol otra vez.

Pero Saqnos no pudo haber sabido estas cosas en su momento. El elixir era demasiado nuevo para los dos. Saqnos había estado más que dispuesto a dejarla marchitarse hasta convertirse en polvo.

Y aun así, ahora no podía evitar verlo no ya como un amante o un primer ministro, sino como un hermano en la vida inmortal. Sí, así era. Era su alma gemela en la vida inmortal.

Saqnos se arrodilló delante de ella, le tomó la mano gentilmente y la besó.

¿Habría retrocedido una mujer mortal?

—Mi reina —dijo Enamon en voz baja.

Bektaten levantó la mano libre hacia un lado. «Quédate donde estás», decía el gesto.

—¿Te sorprende verme viva? —preguntó por fin—. ¿Cómo es posible que te sorprendas cuando me has dado caza hasta este lugar?

—«Dar caza.» Esa no es la expresión apropiada.

—Pues dime tú cuál es, Saqnos.

Todavía le sostenía la mano que acababa de besar. Un leve tirón bastaría para ponerlo de pie.

—Camina conmigo, mi reina. Camina conmigo para que...

—¿No dejé de ser tu reina cuando me metiste bajo tierra?

Ojalá pudiera dejarse convencer por la expresión afligida de Saqnos, la cabeza gacha, el remordimiento que parecía atenazarle el cuerpo recio. Pero no estaba convencida. Y adivinó sus verdaderos motivos: apartarla de sus hombres. Y de los suyos también. Esto último la intrigó.

—Hay mucho por reparar —susurró Saqnos.

—En efecto, el robo de mi creación.

—¿Tu creación? —preguntó Saqnos. Había ira en sus ojos, ahora, el remordimiento desvanecido en el acto—. Buscabas una medicina, no el secreto de la vida eterna. ¿Ya no concedes a los dioses el mérito por el accidente de tal descubrimiento?

—¿Qué dioses? Ha habido muchos. La caída de nuestro reino, Saqnos. ¿Cómo tienes previsto reparar eso?

—No puedes echarme la culpa de la peste.

—¿Cómo que no? Entraste en junglas de las que nadie regresaba. Sabíamos que dentro había enfermedades. Y sin embargo las destrozaste a machetazos.

—Porque no me dabas la fórmula.

—Porque la exigiste a punta de lanza.

Ahora fue imposible descifrar su expresión.

—Por favor, Bektaten. Camina conmigo.

Y así accedió a su petición de que dejara de llamarla «mi reina». ¿Tal gesto lo hacía merecedor de cierta obediencia? Tal vez sí.

—Solo unos pasos. Nada más.

Saqnos fue a tomarle la mano, la misma que lucía el anillo, y ella la retiró. De modo que caminaron hombro a hombro, sin tocarse, hacia el clamor del mercado. Aunque ella no se atrevió a salir de la sombra, pues los motivos de Saqnos todavía no estaban muy claros.

—Ya que me culpas de la caída de Shaktanu, ¿me darías ocasión de reconstruirlo? —preguntó.

—Es imposible reconstruir Shaktanu.

—No me refiero a resucitar templos con lo que ahora es arena del desierto.

—¿Templos de arena en el desierto? ¿Así es como te refieres a lo que destruiste? Nuestro imperio atravesaba los mares de maneras desconocidas para la gente de esta era. Trazamos mapas de las estrellas que ahora no son más que polvo. Tierras que siguen siendo desconocidas para la gente de esta ciudad eran nuestras colonias y nuestros puestos de avanzada y estaban pobladas por nuestros leales súbditos. ¿Y todo esto lo descartas como «templos en la arena del desierto»?

—No me reivindiques el pasado cuando te ofrezco el futuro —susurró Saqnos.

—Te escucho, Saqnos. Háblame de ese futuro mejor.

—Los pueblos de las tierras que nos rodean reclaman el

control sobre lo que antes era Egipto. Pero lo he recorrido de punta a cabo. Reina un caos tremendo y hay guerras intestinas. Tenemos una oportunidad, Bektaten. La oportunidad de aprovechar su confusión para rehacer lo que perdimos.

—Es imposible rehacer lo que perdimos.

—Pues entonces hagamos algo nuevo. Algo más grandioso.

—¿Con qué fin, Saqnos?

—Poner orden.

—¿Orden? ¿Todavía te posee esa idea? ¿Tienes vida eterna y hablas de algo más grandioso? Esto es una locura. La misma locura que te volvió contra mí. Veo que no ha cambiado después de tantos siglos... No tengo palabras para describirlo. No tengo palabras para describirte.

—Esta ciudad, esta Jericó, no es más que un montón de arena comparada con lo que antaño tuvimos. Un gran imperio, un imperio gobernado por inmortales, personas con nuestros vastos conocimientos y experiencia, podría dar lugar a una nueva era.

—De modo que lo que buscas no es el orden sino el control.

—Fuiste reina. Sabes bien que no existe lo uno sin lo otro.

—¿Cómo es posible que hayas cambiado tan poco, Saqnos?

—¡No quiero cambiar! —respondió él.

—Entiendo. O sea que tu remordimiento por lo que me hiciste era puro teatro, tal como sospechaba. —Esta vez no inclinó la cabeza. Tampoco apartó la mirada. El enojo ardía en sus ojos. El enojo de quien se enfrenta a una verdad indeseada—. No me incluyas en tu sueño de un nuevo reino. Jamás volveré a ser tu reina.

—Bektaten...

—No te postres, Saqnos. Te degrada. Si deseas crear un ejército inmortal para adueñarte de Egipto, tienes todo lo que necesitas. No intentes conseguir mi apoyo para librarte de tu arrepentimiento. Me traicionaste. Ahora eso ya es historia. Es nuestra historia y nunca cambiará.

—No es verdad —dijo Saqnos, agarrándole la muñeca con fuerza—. No tengo todo lo que necesito. —Cólera, ahora, cólera que le hizo resoplar y mostrar el blanco de los ojos—. La fórmula... está adulterada. Estos hombres no durarán mucho. No tanto como hemos durado nosotros. Son *fracti*. Como mucho les doy doscientos años de vida. Después llegará su declive y me veré obligado a crear otros. Necesito el elixir puro. Lo necesito tal como tú lo hiciste.

De modo que por eso había querido apartarla no solo de sus hombres sino también de los suyos, a fin de que no oyeran su secreto. A fin de que no supieran que en algún lugar de esta tierra existía un elixir más poderoso y potente que el que Saqnos les había dado.

—Así pues, al cabo de mil años, buscas exactamente lo mismo que buscaste en el final de nuestro reino —contestó Bektaten—. Buscas lo que nunca te daré.

Saqnos de repente se apartó de ella y dio un grito estridente.

Vinieron desde ambos extremos del túnel, hombres iguales a los dos que los habían seguido hasta la ciudad. Seis en total, puñales en mano. En un instante, Enamon y Aktamu estuvieron rodeados. Saqnos se mantuvo al margen, dejando que sus hombres cumplieran sus órdenes.

Se centraron en arrebatar la faltriquera a Enamon, pero dos le agarraron los brazos por detrás para contener a Bektaten, quien ya había desenroscado la piedra de su anillo, revelando el minúsculo alfiler que contenía. Apenas se movió. Simplemente giró los nudillos de su mano prisionera hacia el antebrazo del hombre que intentaba retenerla.

El anillo le pinchó en la piel y dio un grito angustiado. Si el muguete estrangulador funcionaba como siempre, aquel hombre no tendría mucho tiempo para gritos.

Se apartó de ella trastabillando. Extendió un dedo acusador en su dirección y acto seguido el dedo se convirtió en ceniza. Sus grandes y aterrorizados ojos se ensombrecieron en el mismo instante en que su mandíbula se deshacía en polvo. A su alrededor, la refriega se detuvo. De repente, el hombre al que había envenenado no era más que un montón de túnicas y ceniza.

Los hombres restantes, aquellos *fracti*, como Saqnos los había llamado, huyeron presas del pánico.

Y cuando ella se volvió hacia Saqnos, dio la impresión de que él también deseaba huir.

Con cuidado, Bektaten sacó la gema de donde la había guardado y la enroscó de nuevo en su sitio.

—Morarás en las sombras de reinos y nunca más en sus palacios reales —dijo en voz baja—. Si rehúsas esta orden, si alguna vez intentas reclutar un ejército de inmortales, te buscaré, Saqnos, y acabaré contigo. Que esta sea la última orden que oyes de tu reina.

Por un momento pareció que el antiguo primer ministro no iba a ser capaz de dejar de mirar las túnicas vacías y llenas de ceniza de su mercenario, apiladas en un charco del suelo. Entonces le sobrevino un miedo como ningún otro que hubiera conocido a lo largo de los siglos. Se echó a correr hacia las puertas de la ciudad.

Una vez se hubo ido, Bektaten notó que una mano se apoyaba en su hombro, luego otra. Enamon y Aktamu volvían a estar a su lado una vez más, alertándola en silencio de su constante presencia y su perdurable compromiso de acompañarla y protegerla en todo momento.

—Recoged la ceniza y las túnicas —dijo—. Y después id al mercado. Esta es una buena ciudad para la buena gente. Y hemos conseguido expulsar a sus invasores.

—Sí, mi reina —susurró Enamon.

PRIMERA PARTE

1

1914: Cerca de El Cairo

El joven médico nunca había conocido a una mujer tan cautivadora como la que estaba debajo de él. Su deseo era insaciable. Lo ansiaba de tal modo que parecía que ansiara la vida misma.

Cuando lo enviaron a su habitación por primera vez unos días antes, le aseguraron que su muerte era inminente. «Quemada de la cabeza a los pies», se habían lamentado las enfermeras. Habían sacado su cuerpo de debajo de los cajones del fondo de un vagón de mercancías. Imposible saber quién era ni qué distancia había recorrido en tren. Ni cómo demonios seguía estando viva.

Ahora bien, cuando apartó la mosquitera la encontró sentada en la cama, tan hermosa que casi resultaba doloroso mirarla. Sus rasgos indemnes tenían exquisitas proporciones. Su pelo rizado, con raya en medio, formaba una gran pirámide de oscuridad en cada lado de su cabeza. Palabras como «sino» y «destino» acudieron a su mente. Con todo, al instante se avergonzó por cómo se había excitado al ver los pezones bajo la sábana.

—Eres un hombre muy guapo —había susurrado.

¿Era un ángel caído? ¿Cómo explicar si no la milagrosa recuperación física? ¿Cómo explicar la total ausencia de dolor o desorientación? Y luego estaba lo de su acento: perfecto y refinado británico. Y cuando le había preguntado si tenía amigos, alguien con quien debiera ponerse en contacto, le había dado una respuesta de lo más extraña:

—Tengo amigos, sí. Y citas a las que acudir. Y cuentas que saldar.

Mas no volvió a mencionar a esos amigos en las horas siguientes a que él se la llevara de aquel pequeño puesto de avanzada casi fronterizo con Sudán. Horas en las que él se había arrojado a sus brazos, montando las ondulaciones serpentinas de su inmaculado cuerpo dorado.

Al principio ella había insistido en que fuesen a Egipto. Cuando él le preguntó si esos amigos que había mencionado podían encontrarse en la tierra de los faraones, respondió simplemente: «He tenido muchos amigos en Egipto, doctor. Muchísimos». Y su sonrisa lo volvió a desarmar una vez más.

En Egipto, declaró, le revelaría más cosas sobre su misterio.

En Egipto le daría ocasión de comprobar cómo podía resistir sin dormir, consumiendo grandes cantidades de alimento a todas horas sin ganar un gramo de peso. Cómo podía hacer el amor con una pasión devoradora que nunca la cansaba en lo más mínimo. Y tal vez también le daría una explicación al azul deslumbrante de sus ojos, tan poco frecuentes en una mujer de complexión mediterránea.

Pero ¿se atrevería a compartir con él el detalle más importante de todos?

¿Le diría su nombre?

—Theodore —le susurró él.

—Sí contestó ella—. Eres el doctor Theodore Dreycliff. Un buen médico británico.

A pesar del tiempo que habían pasado juntos, dijo estas palabras como si solo le resultaran vagamente familiares. Como si contuvieran datos que necesitara que le recordasen continuamente.

—No tan bueno en opinión de mis colegas, sin duda —dijo Dreycliff—. Un buen médico no abandona su hospital sin dar explicaciones. No se fuga de repente con una bella paciente.

Ella no recibió este comentario con la indulgente risita que él habría esperado de una de esas tremendamente aburridas mujeres con las que sus padres habían deseado casarlo en Londres. Se limitó a mirarlo en silencio. Tal vez en verdad no lo entendiera, o tal vez adivinase que en su historia había otras cosas que él tampoco le había contado.

Dreycliff no tenía buena reputación, eso estaba claro. Había hecho un buen trabajo en aquel pequeño puesto de avanzada en Sudán, pero había sido una terrible equivocación de juventud la que lo había desterrado allí años antes. Recién salido de la facultad de Medicina y ansioso por demostrar que era competente ante sus colegas más veteranos, no hizo las preguntas que debería haber hecho durante las primeras semanas de ejercicio. Como consecuencia faltó poco para que dejara lisiado a un paciente al prescribirle una cantidad obscenamente inapropiada de medicación.

«Inapropiada» no fue precisamente la palabra que emplearon sus colegas, no obstante. «Temeraria.» «Criminal.» El centro médico en cuestión se salvó de la ruina solo por la buena gracia de Dios. Clamaron contra él por anteponer su vanidad a las necesidades de un paciente. Y solo acordaron no denunciarlo a condición de que hiciera una de estas dos cosas: abandonar por completo la práctica de la medicina o abandonar Londres.

Qué triste satisfacción había sacado de su maldita hipocresía. Poco les importaba que causara perjuicio a un paciente en algún remoto rincón del mundo, siempre y cuando las consecuencias no viajaran a lo largo y ancho del imperio hasta su puerta.

«Cuánta vanidad», pensó en su momento.

Así fue como terminó ejerciendo la medicina en lo que sus antiguos compañeros de universidad llamaban burlonamente el África más negra. Había llegado siendo otro hombre, descarado y arrogante, pero también consentido y mimado. África lo había cambiado, le había mostrado los puntos flacos y los límites del Imperio británico, las milagrosas experiencias para las que la Iglesia cristiana de su juventud no tenía explicación y ni siquiera nombre.

Igual que ella. En efecto, era más fácil pensar en ella como en una experiencia que como en una persona.

La palabra «persona» era demasiado común para describir la mágica imposibilidad de que estuviera viva.

Y sin embargo, mientras yacían con sus miembros desnudos entrelazados, ella con una expresión radiante de dicha, los pensamientos de Theodore seguían ocupados por el segundo y tal vez definitivo escándalo que seguramente había desencadenado su repentina ausencia del hospital.

Una modesta suma de dinero había bastado para salvarle el pellejo la primera vez, cubriendo su viaje a Sudán y los gastos cotidianos durante los meses posteriores a su llegada. Ahora no sabía con certeza cuál sería el coste para su reputación profesional. Ni si se lo podía permitir. Imposible regresar con su familia. Una vez sumados todos los gastos de aquel viaje, le quedaría muy poco de lo que vivir. El alquiler de dos automóviles; uno para las tiendas y las provisiones, otro para ellos dos, y un conductor para cada uno. Suficiente comida y agua para unos cuantos días. O no, si el apetito de su bella compañera no empezaba a disminuir en algún momento. Y dinamita. Varios cartuchos de dinamita de un aspecto amenazador.

Pero ella le había prometido, les había prometido a todos, que lo que encontrasen al final de aquella travesía por el desierto bastaría para pagar todas sus deudas, presentes y futuras.

En la tranquilidad que siguió, la portezuela de la tienda vibraba con el viento del desierto. Distinguió las lejanas risas de los conductores, a los que les había dicho que se mantuvieran a una distancia respetuosa de la tienda. Por el momento habían obedecido.

—Teddy —susurró ella, y le acarició la mejilla con las puntas de los dedos.

Él se sorprendió tanto con aquel contacto repentino que se sobresaltó.

—Pronto te diré mi nombre —volvió a susurrar.

Se sentía como un niño tonto por taparse los oídos con los dedos. Pero nunca hasta entonces había estado tan cerca de una explosión. No sabía a qué atenerse.

Su bella compañera no daba muestras de tener miedo mientras observaba cómo desaparecían los conductores entre las crestas de más arriba, con las mechas de dinamita en las manos.

Delante de ellos había una isla de chapiteles de arenisca erosionada. Formaban una especie de caja en torno a un gran montículo de arena dorada. Teddy sabía muy poco sobre las excavaciones arqueológicas en Egipto, aparte de que esparcían por el paisaje una red de tiendas. Allí no había rastro alguno de una de tales excavaciones.

Estaban a dos días en coche de El Cairo. En medio de ninguna parte, al parecer. Sin embargo, ella los había conducido allí con absoluta confianza, simplemente observando las estrellas. Y ahora, mientras los hombres correteaban por la arena, con las mechas encendidas abandonadas a sus espaldas, el cuerpo de ella se enroscó con una tensión casi sexual.

Teddy apretó más los dedos en sus oídos.

Los hombres, todavía corriendo, se los taparon con las manos. La explosión provocó una reluciente onda expansiva a través de la arena y sus pies. Una columna de humo se elevó en el aire. Ella se puso a dar palmas y a sonreír como si la dinamita contuviera una magia tan poderosa como la que él percibía emanando de ella.

Una vez el humo se aclaró, Teddy vio que un lado del montículo había desaparecido. La explosión había atravesado una puerta de piedra cuyos restos hechos pedazos quedaron esparcidos como dientes cariados.

Aquel territorio no lo había cruzado nadie en siglos, mas ella había sabido la ubicación exacta de aquel templo enterrado.

Los egipcios se alejaron.

¿Hacían bien en tener miedo?

Recientemente los periódicos habían publicado muchas habladurías. El magnate de una poderosa compañía naviera británica había descubierto la tumba de una momia llena de inscripciones que declaraban que aquel había sido el último lugar de descanso de Ramsés el Maldito. En su interior también se habían hallado muebles romanos y una estatua de la que se afirmaba que representaba a Cleopatra, la última reina de Egipto.

Todo aquel asunto era pura locura, sostuvieron los periodistas. Ramsés II había gobernado dos mil años antes del reinado de Cleopatra. Y su cuerpo estaba en el Museo de El Cairo. ¡Todo el mundo lo sabía!

No obstante, cuando el hombre que había descubierto la tumba murió de repente entre sus paredes antes enterradas, los rumores sobre antiguas maldiciones tomaron la delantera a las discusiones académicas. El cuerpo de la momia se había enviado a Londres, según lo último que había leído, a petición de la hija del difunto arqueólogo. Su nombre era Stratford, ahora lo recordaba. ¿Dónde la habría puesto?, se había preguntado. ¿En la sala de estar? ¡Qué macabro! Era evidente que no temía una maldición por parte de la momia.

Tal vez no fuese una maldición lo que los hombres que lo rodeaban temían ahora, sino a la mujer que los había llevado hasta aquel lugar.

El farol que llevaba Teddy apenas penetraba la oscuridad del interior. Ella caminaba tan adelantada como podía sin salir del halo de luz. Pero tenía ganas de adentrarse en la oscuridad, y él se percató. Aquella tumba, incluso en la negrura más absoluta, ella la conocía como la palma de su mano.

Cuando la luz del farol alcanzó los relucientes tesoros que había más adelante, Teddy dio un grito ahogado. Ella se detuvo y aguardó a que la alcanzara, hasta que el resplandor llenara el espacio con la potencia de una docena de velas.

Con los nervios de punta, giró sobre sí mismo, buscando un sarcófago u otro indicio de que hubiera una momia disecada descomponiéndose en aquel lóbrego lugar. Pero lo único que veía eran montones de monedas. Una caja fuerte de tesoros fabulosos. Y su bella compañera caminaba entre ellos sin prisas, limpiando el polvo y la arena de encima de los centelleantes montones con delicados gestos de la mano. También había estatuas de diversos tamaños, alineadas contra las paredes de piedra sin ninguna elegancia. Las habían llevado allí apresuradamente, según parecía, para protegerlas.

—¿Cómo sabías que todo esto estaba aquí? —preguntó él.

—Porque ordené a mis soldados que lo trajeran —contestó ella.

La carcajada de Teddy fue seca, incrédula. Entonces se fijó en el rostro de la estatua que tenía más cerca. Se le cortó la respiración y perdió todo sentido de un mundo ordenado y racional.

—Has sido muy bueno conmigo, Teddy —dijo la mujer—. ¿Puedo esperar más amabilidades de tu parte a cambio de una porción de estas riquezas?

Teddy intentó contestar. Solo fue capaz de emitir un sonido áspero que le recordó una ocasión en la que le faltó poco para asfixiarse con un trozo de bistec.

Ahora tenía su aliento en el oído, sus esbeltos brazos curvándose alrededor de él desde atrás. Sus labios húmedos le acariciaban el cuello. Vivos, respirando. La estatua que lo miraba a través de la parpadeante luz del farol guardaba un parecido exacto con ella, igual que todas las estatuas escondidas en aquella cripta. El mismo rostro proporcionado; el mismo pelo negro azabache y la misma piel olivácea. Solo el color de los ojos era distinto. En las estatuas eran oscuros, no azules, pero tenían el mismo generoso tamaño y parecían llenos de vida e inteligencia incluso debajo de las capas de polvo.

—Un hombre moderno miraría esta cripta y me acusaría de saquear mi propio reino en sus horas finales. De no haber tenido fe en mi amante. Ninguna fe en que la batalla de Accio fuese a detener el avance de Octavio.

Octavio. Accio. Una mujer que no dormía y no podía morir. La mujer que tenía delante y detrás de él. Viva, viva, viva...

—Esto no es... —intentó decir el médico—. Imposible. Esto es... imposible.

—Nadie sabía tan bien como yo que la mayor protección de un imperio reside en su riqueza, no en su ejército. Fueron las riquezas las que nos granjearon la paz con Roma durante años. Riquezas y cereal. De modo que esto tendría sentido para esos historiadores, ¿no? Que en las horas finales de mi reino, en mis horas finales como reina, hiciera poco más que acaparar tesoros.

»Pero estarían equivocados, ¿sabes? Muy equivocados. Una vez quedó claro que era imposible detener a Octavio, una vez que decidí entregar mi vida a la mordedura del áspid, no soporté la idea de que mis retratos terminaran destruidos a manos de sus soldados. Que escribieran mi historia como la de la reina ramera, si querían, pero delante de Isis no rendiría mi semblante para que lo descuartizaran las hordas romanas.

No eran solo las estatuas, reparó Teddy. Eran las monedas, eran los tesoros. Ella aparecía en todas aquellas monedas. Y todas habían permanecido ocultas en aquella cripta durante más de dos mil años.

—Pregúntame otra vez, Teddy —susurró ella—. Pregunta cómo me llamo.

—¿Cómo te llamas? —susurró él.

—Cleopatra —contestó ella—. Me llamo Cleopatra. Y es mi deseo que me muestres todos los placeres de este nuevo mundo, de modo que pueda compartirlos contigo. ¿Te gusta la idea, Teddy?

—Sí —susurró Teddy—. Sí, Cleopatra.

Fue una historia extraordinaria, la que ella contó. Una historia de inmortales, despertares y terribles y trágicos accidentes.

Habló de su muerte como de un gran lago de negrura del que de súbito la sacaron.

Hasta que fue descubierto, el barro del delta del Nilo conservó su cuerpo. Durante las décadas siguientes yació en el Museo de El Cairo, dentro de una vitrina, catalogada con una triste etiqueta que rezaba: Mujer desconocida, época tolemaica. A partir de entonces, un sinfín de historiadores y turistas habían arrimado sus rostros al cristal sin darse cuenta de que estaban contemplando la misma figura que había embelesado a César y Marco Antonio.

Y entonces, dos meses antes, había sido reconocida en la muerte, reconocida por un hombre de su antiguo pasado que volvía a merodear por la tierra.

¡Ramsés! Así pues, eran ciertos los artículos de los periódicos acerca de la tumba recientemente descubierta, cuyo momificado ocupante había dejado rollos que sostenían que era, en realidad, Ramsés II, uno de los más importantes faraones de Egipto. También los muebles romanos del interior, o el cuento imposible sobre un consejero inmortal que había servido y aconsejado a muchos de los grandes soberanos de Egipto durante miles de años. Todo ello, tan rotundamente descartado por académicos e historiadores, era absolutamente verdad, y la mujer que tenía delante era la prueba viva, resucitada de ello.

Ramsés II. Seguía pisando la faz de la tierra incluso ahora, sostenía ella. En Londres, tal vez. O quizá en alguna otra parte, Cleopatra no lo sabía. Lo que sí sabía era esto: lo había despertado el sol después de que se descubriera su tumba y enviaran su cuerpo a Londres. Entonces, tras reconocerla en el Museo de El Cairo, la había despertado mediante el mismo elixir que le había otorgado vida inmortal, un elixir robado a una sacerdotisa hitita loca durante su reinado como faraón de Egipto.

Su reencuentro fue lo contrario a su primer encuentro dos mil años antes, cuando los viejos sacerdotes de Alejandría le habían contado historias sobre un sabio consejero inmortal a quien había despertado del sueño eterno el bisabuelo de la propia Cleopatra. Ella se rio de aquellos sacerdotes y exigió que la llevaran a la cripta de aquel supuesto inmortal. Al ver la momia marchita que contenía, ordenó que abrieran los postigos de la tumba para que la luz del sol inundara aquel lugar. Su desdén por los antiguos mitos se convirtió en asombro cuando aquel baño de luz celestial devolvió piel y cabellos y hermosas facciones a la forma exánime que descansaba sobre la losa.

¡Los cuentos resultaron ser verdad! Y el hombre al que había despertado, Ramsés el Grande en persona, ejerció como consejero jefe y amante durante años a partir de entonces.

Y después llegó su traición.

Había aprobado su aventura con César, incluso le había

aconsejado que se dejara llevar. Pero en Marco Antonio había entrevisto las simientes de la perdición de su reina. Por eso, cuando ella fue a pedirle el elixir en vísperas de la batalla de Accio, no para ella sino para su amante, a fin de que pudiera crear un ejército inmortal para detener el avance de Octavio, Ramsés se había negado. Y ella, desesperada, había acabado entregándose a la picadura del áspid.

¿Y ahora?

El Ramsés de aquel nuevo siglo había empezado a relacionarse con un grupo de aristócratas londinenses, amigos y parientes de Lawrence Stratford, el hombre que descubrió su tumba y murió poco después. Este grupo había viajado a Egipto. Ella no sabía por qué motivo en concreto. Solo sabía que cuando Ramsés se topó con su cuerpo en el museo le sobrecogió una profunda pena y llevó a cabo un acto que nunca antes había realizado.

Vertió su valioso elixir sobre los restos de su cadáver. Después, al parecer huyó, abandonándola a la locura y la confusión que se adueñaron de ella en aquellos primeros días. Una locura a la que aludía en términos muy generales.

Teddy no la presionó.

Pero estaba claro, terriblemente claro, que Ramsés había huido horrorizado por lo que había hecho, que la había abandonado al cuidado de un miembro de su grupo de viajeros, el conde británico Elliott Savarell. Aquel hombre tenía un hijo, Alex, pero cuando Cleopatra llegó a la parte de la historia en la que este desempeñaba un papel, volvió a adoptar un aire distante y distraído. Pronunció su nombre dos veces... Alex... Alex Savarell. Como si su mera mención la abrumara. Como si aquel sonido le pusiera un peso en la lengua.

¿Era enojo o culpa o congoja lo que sentía cuando recordaba a ese hombre, al conde londinense? Allí había gato encerrado, eso seguro. Algo entre ella y ese tal Alex que bastaba para distraerla incluso ahora.

Y había otras lagunas en la historia, otros momentos en los que las pausas devenían prolongados silencios que sugerían un fallo de la memoria o torrentes de sentimiento ante los que se negaba a rendirse. Y Teddy se daba cuenta de que en esos primeros días de locura, de no saber quién era en verdad, había cobrado vida.

Y que así fuese.

No era un ser que se rigiera por las leyes de la naturaleza. ¿Cómo iba él a atreverse a imponerle las del hombre?

—¿Y el accidente? —preguntó Teddy finalmente—. ¿El que te causó tan graves quemaduras?

Fue lo primero que dijo en una hora. El viento por fin había amainado, y el aire ya no alejaba la cháchara excitada de los hombres que estaban cerca de su tienda. Claro que estaban excitados. Ella había prometido darles un porcentaje de los tesoros a los que los había conducido a lo largo de toda la jornada.

—Un accidente, sí —dijo Cleopatra—. Fue un accidente terrible.

Y no diría nada más.

De modo que había terminado mal. Terriblemente, quizá. Dos finales trágicos con aquel inmortal Ramsés, y no deseaba hablar de ninguno de ellos. Pero en aquellas primeras horas tras su milagrosa curación, había aludido a una venganza. Y ahora comprendía que ante cualquier cosa que le pidiera, él se volcaría en cuerpo y alma.

—¿Deseas volver a ver a esas personas? —preguntó Teddy, a sabiendas de que existía una posibilidad muy real de que ella deseara hacerles daño.

Por un instante, ella se quedó mirándolo. Teddy quiso creer que lo estaba aquilatando, juzgando si era un digno compañero ahora que le había revelado la verdad. Pero le constaba que era poco probable y eso lo apenó. Lo apenó creer que estaba mirando a través de él hacia su propia historia.

—Con el tiempo —susurró ella—. Ya llegará el momento.

—¿Y qué deseas hacer ahora?

—Deseo estar viva, Teddy. —Su sonrisa le produjo tanto placer como el contacto de sus dedos recorriendo su columna vertebral—. Deseo estar viva contigo.

Jamás otras palabras le habían causado tanto regocijo.

2

Venecia

Ramsés tenía la impresión de estar viviendo en un sueño. Nunca había contemplado una ciudad más espléndida. Miró por la ventana al otro lado del Gran Canal, con su infinita hilera de palacios enfrente; levantó la vista hacia el luminoso cielo azul de la tarde y después la bajó una vez más hacia el agua verde oscuro. Relucientes góndolas negras se deslizaban raudas, atestadas de europeos y americanos vestidos de vivos colores que miraban con asombro y entusiasmo las mismas maravillas que lo tenían cautivado y sin habla. Cuántos sombreros exuberantes, cargados de plumas y flores. Y en las orillas los mercados de flores con sus radiantes tenderetes polícromos. Ah, Italia. Ah, el paraíso. Sonrió, maravillado ante su incapacidad de aprender idiomas modernos lo bastante deprisa como para desenvolver un tesoro de palabras que pudiera describir tanta belleza. Existían nombres deslumbrantes para el rojo desvaído y el verde oscuro de aquellos edificios, para sus puentes y balcones decorativos, nombres para las épocas de la historia y los estilos que los habían alumbrado.

Ah, aquella gran tierra, aquella espléndida tierra, y aquella época inmejorable que podía nutrir tan densas metrópolis, donde plebeyos y nobles por igual disfrutaban de semejante belleza con tan poco esfuerzo. Deseaba ver más, deseaba ver el mundo entero y, sin embargo, nunca marcharse de allí.

La brisa del Adriático se estaba llevando el calor de la tarde. La ciudad había despertado de su siesta. Había llegado el momento de que él saliera también.

Cerró los postigos verdes y regresó al magnífico dormitorio que para él era en sí mismo mágico, un tesoro. Reyes y reinas se habían alojado en aquellas habitaciones pintadas al fresco con mucha alegría, o al menos eso le habían dicho.

—Es apropiado para ti, querido —le había dicho Julie—. Y el precio es una nimiedad.

Su Julie se entregaba a él con toda confianza.

La Stratford Shipping, la gran corporación que había heredado de su padre, volvía a funcionar bajo la mirada atenta de su arrepentido tío, y Julie había asegurado a Ramsés que siempre tendrían oro a espuertas. Pero ninguna cantidad de oro podría haber comprado aquel nivel de lujo en la época de Ramsés.

Suelos con motivos de madera tan duros y lustrosos como la piedra, mesitas de noche y tocadores de marquetería bordeados de brillante latón, y espejos, ah, los enormes espejos. Allí donde miraba se veía a sí mismo esbozando una sonrisa en aquellos amplios espejos oscuros, como si su doble viviera y respirase en el otro lado del cristal.

Aquella era una época gloriosa, no cabía duda alguna, y la culminación de muchos siglos gloriosos durante los que él había dormido en su tumba en Egipto, ajeno al tiempo, ajeno a la conciencia sin soñar siquiera que tales maravillas le estuvieran aguardando.

Ramsés el Maldito, que había cerrado los ojos antes que presenciar la caída sin remedio de Egipto. Ramsés el Maldito, que había sabido que una vez que lo enterraran lejos del sol se quedaría impotente para luego descomponerse, descomponerse interminablemente, hasta que lo sacaran a la luz desprevenidos mortales de una época futura.

Bien podría haber reflexionado allí sobre todo esto en paz y tranquilidad para siempre, lo que se había perdido y lo que ahora lo cautivaba allí donde mirase.

Pero Elliott Savarell, el conde de Rutherford, y su amada Julie lo estaban aguardando, y aquella ciudad lo aguardaba, lo aguardaba para que volviera a recorrer sus encantadores canales secundarios hasta la piazza San Marcos, donde entraría una vez más en la iglesia que casi lo llevó a arrodillarse la primera vez que la vio. Por todos aquellos parajes había visto iglesias llenas de estatuas y pinturas de inimaginable perfección, pero ningún santuario consagrado lo había subyugado como San Marcos.

Presuroso, terminó de arreglarse, ajustándose la corbata negra al cuello y poniéndose los gemelos de oro que le había regalado Julie. Se pasó el cepillo de mango nacarado por el abundante pelo castaño. Y aplicó una ínfima cantidad de colonia a su rostro recién afeitado. En el espejo vio a un hombre moderno, un europeo de piel morena y radiantes ojos azules, y ni rastro del soberano que había sido para miles de súbditos en una época que no pudo haber imaginado esta.

—Ramsés —susurró en voz alta—. Nunca jamás vuelvas a sumirte en ese pasivo y desesperanzado sueño. Nunca. No importa lo que este mundo te ofrezca o te haga. Recuerda este momento y este dormitorio en Venecia, y jura que tendrás el coraje de enfrentarte a lo que esté por venir.

Bajó con desenvoltura por la amplia escalera de mármol y cruzó el bullicioso vestíbulo del hotel hasta los embarcaderos.

En cuestión de segundos el botones de librea tuvo una góndola a su disposición.

—Piazza San Marcos —dijo al gondolero de ropas coloridas al tiempo que le daba un puñado de monedas—. Y si me lleva deprisa...

Se recostó, levantando la vista hacia los edificios una vez más, procurando recordar los nombres de los puentes que más admiraba. ¿Eran moriscos? ¿Eran góticos? ¿Y cómo se llamaban los postes bellamente torneados de los balcones? Balaustres. Cuántas palabras le pasaban por la cabeza, con sus infinitas connotaciones: decadente, barroco, grandeza, rococó, monumental, perdurable, trágico.

Ideas, conceptos, historias, relatos sin fin sobre el ascenso y caída de reinos e imperios, de tierras remotas más allá del amplio mar, y terrenos montañosos y reinos de hielo y nieve; todos aglomerados a las mil maravillas.

Semejante mundo precisaba un montón de palabras para ser definido, seguro. Y embelesado como estaba, su mente divagó hacia el pasado, remontándose hasta su barcaza de recreo en el Nilo tanto tiempo atrás, con sus preciosas doncellas desnudas a los remos y la brisa que acariciaba el ancho río, donde las gentes sencillas se juntaban en ambas orillas para inclinarse ante el paso de su faraón. Qué despacioso el ritmo sin el tictac y las campanadas de los relojes, qué eternas parecían la arena dorada y las zonas de oscuro légamo fluvial con sus campos verdes primorosamente atendidos. Palmeras balanceándose contra un cielo perfecto, y los límites de todo eso podían conocerse con mucha certeza. Ahora parecía que el sueño fuese aquel tiempo de antaño, y no aquellos importantes y grandes palacios que se alzaban delante de él.

—No, nunca vuelvas a retirarte en el sueño —susurró para sí mismo.

La estilizada embarcación negra alcanzó el muelle y en un periquete estuvo adentrándose entre el gentío de la gran plaza cuadrada, en busca del restaurante donde iba a reunirse con su amada y el mejor amigo de ambos. Los turistas abarrotaban los umbríos portales de la iglesia de San Marcos. Le habría gustado entrar un momento a solas y ver una vez más todo aquel oro resplandeciente y aquellos mosaicos espléndidos.

Pero ya llegaba tarde. La iglesia tendría que esperar, por ahora, hasta el día siguiente o el otro.

Tal vez no les importase a sus queridos amigos. Tal vez estuvieran absortos en la belleza y la vistosidad de aquella esplendorosa ciudad sin igual.

Los vio antes de que se percataran de su presencia, y se detuvo en medio de los turistas por el mero placer de contemplarlos. Julie y Elliott en una mesa exterior debajo del toldo rojo; ella vestida a la moda con un traje chaqueta blanco de hombre, el pelo recogido en un moño bajo, el sombrero de paja masculino con una cinta negra sobre el ala, sus ojos azules vibrando mientras hablaba apasionadamente, seriamente, al juvenil conde de Rutherford, que estaba recostado en su silla de anea, con los tobillos cruzados, asintiendo mientras miraba más allá de Julie.

Cómo los había transformado el elixir a los dos; aquellos mortales, los únicos seres vivos a quien alguna vez había dado el fluido divino. Cómo los había curado de sus más sutiles temores y disuelto sus muchas inhibiciones.

Ellos no podían darse cuenta, en realidad, no tal como lo veía él, pues los había conocido muy bien antes de darles el brebaje mágico. Y ahora se maravillaba, al observarlos, de haber hecho semejante cosa, de haber tenido la audacia de compartir con ellos el secreto del elixir, cuando todos esos siglos anteriores no se lo había ofrecido a nadie. A nadie excepto a su oscuro amor, Cleopatra, que en vida lo había rehusado y que en la muerte no había tenido alternativa; Cleopatra, cuyo rechazo le había partido el corazón.

Un sombrío estremecimiento le recorrió el cuerpo entero. Su Cleopatra. Quería olvidar para siempre que solo dos meses antes se había topado con su cadáver sin identificar en el Museo de El Cairo, y que en un momento de demencial arrebato había vertido el precioso elixir sobre el cuerpo para devolverlo a la vida.

Ah, qué vergüenza. Qué horror. Y lo había hecho él mismo, no un incompetente mortal sino él, Ramsés el Grande; había cometido aquel acto imperdonable solo para ver cómo volvía a perder para siempre a la desdichada Cleopatra resucitada, aquella criatura confundida, loca e impulsiva, cuando su automóvil chocó con el tren que cruzaba el desierto a toda velocidad.

¿Alguna vez podría expiar aquel error garrafal? ¿Alguna vez se perdonaría por haber vertido el valioso fluido sobre aquel cadáver medio podrido que había sido su gran amor, regenerando a un monstruo asesino con recuerdos incompletos y corazón de monstruo? Quería olvidarlo con toda el alma.

Permaneció allí sumido en sus cavilaciones mientras los turistas iban y venían a su alrededor. Aquel pecado mancharía su alma para siempre, a pesar de que él había nacido para creer que nunca podía ser culpable de pecado y que sus más nimios impulsos hablaban en nombre de los dioses de Egipto. Bueno, había habido otro craso error, otro crimen terrible, sí, Ramsés tuvo que admitirlo también.

Se trataba de un acto anterior de imperdonable impetuosidad, un acto cometido miles de años antes. Había tenido lugar en un país enemigo, y lo había cometido contra una sacerdotisa hitita loca y burlona a quien había reclamado un tesoro que era suyo por derecho de conquista: el elixir y el secreto de sus ingredientes, el que lo había transformado en el hombre inmortal que era ahora.

La irreflexiva inmolación de esa sacerdotisa ante su impotente altar había sido, a todas luces, una equivocación espantosa. Siempre lo había obsesionado. Lo obsesionaba incluso en aquel reino de ensueño donde suaves luces eléctricas se estaban encendiendo en las ventanas, donde se estaban poniendo velas en las mesas para la cena, donde las farolas se alumbraban a su alrededor en el radiante azul del ocaso.

Lo obsesionaba porque había sido una estupidez suprimir el único vínculo humano que tenía con el origen de aquel extraño líquido que le había concedido milenios para reflexionar sobre sus orígenes.

Daba igual. El pecado de haber resucitado y matado a Cleopatra bastaba para ensombrecer aquel atardecer sublime y la visión de sus excelentes compañeros.

Y dio gracias a los dioses, quienquiera que fuesen y dondequiera que estuviesen, por no estar solo ya con el poder que le había otorgado el elixir, porque Julie y Elliott ahora lo compartieran con él.

Julie lo vio. Al echar un vistazo de pasada, lo vio, y él vio la sonrisa de sus labios. La terraza elevada de delante del restaurante era ahora un mar de velas titilantes.

Se dirigió hacia ella a paso vivo y se inclinó para besar su mejilla con delicadeza, respetuosamente, tal como hacían los europeos, y después se volvió para estrechar la firme mano de Elliott Savarell.

Elliott se había levantado, y ahora apartaba la silla de su derecha para que Ramsés pudiera ocupar un sitio de cara a la piazza, entre él y Julie.

—Por fin —dijo Elliott—. ¿No estáis muertos de hambre?

—Démonos un banquete —dijo Ramsés—. Perdonad que os haya hecho esperar. Necesitaba pasar un rato a solas para estar tranquilo, tiempo para pensar en todo esto —dijo, sonriendo mientras miraba a la muchedumbre—. Ahora lo único que quiero hacer es viajar, ver más, conocer más, aprender más.

—Te entiendo muy bien —dijo Elliott—. Es una obsesión que compartimos, mi rey. Me has dado el mundo y quiero recorrerlo entero, pero tengo una tarea apremiante que no puede aguardar.

—¿De qué se trata, Elliott? —preguntó Ramsés.

—No vale la pena discutirlo. Dejad que os diga que me largo a Montecarlo y otros lugares con casino. He descubierto, gracias al elixir, que tengo una facilidad para las cartas que nunca había mostrado. Y tengo que utilizarla por razones obvias.

—Elliott, lo único que tienes que hacer es pedir... —dijo Julie.

—No, querida. No. Ya hemos pasado por ahí, y eso no puedo hacerlo.

Ramsés entendía el orgullo de su amigo. Lo había entendido cuando se conocieron. Elliott era un noble sin los medios habituales de un noble, un hombre de clase alta y buena cuna sin los recursos necesarios para mantener las casas que poseía ni el estilo de vida que se sentía obligado a ofrecer a sus más allegados. Elliott conocía el mundo; Elliott sabía de libros, de historia, de literatura; y Elliott conocía la vergüenza silenciosa de estar en deuda y siempre al borde de la ruina. Ahora tenía en sus venas el elixir de la vida eterna, pero todavía no se había liberado de las ataduras del corazón.

—Bien, quizá tenga una solución para ti, conde de Rutherford —dijo Ramsés—. Sí, ve a Montecarlo y apuesta con tu recién descubierto don. Pero te daré algo para el futuro. —Se palpó el bolsillo interior de la chaqueta. Todas aquellas ropas europeas eran gruesas, acolchadas, llenas de bolsillos secretos. Sí, ahí estaba, el trozo de papel en el que había dibujado el mapa. Se lo dio al conde—. ¿Sabes descifrar esto? —preguntó.

Elliott cogió el papel con membrete del hotel y lo estudió con suma atención antes de contestar. Ramsés percibió la curiosidad que asomaba a los brillantes ojos azules de Julie pero aguardó.

—Por supuesto que sé lo que es, esta es la Costa de Oro, en África; has usado todos los nombres modernos —dijo Elliott—. Nunca he estado allí...

—Compra tierra ahí, exactamente donde he puesto una marca —dijo Ramsés—. Nadie está buscando oro en ese lugar. Pero tú lo encontrarás si lo buscas bien y descubres los restos de unas antiguas minas que antaño fueron propiedad del faraón de Egipto.

—Pero ¿por qué me das esto?

—Acéptalo —respondió Ramsés—. Tengo otros recursos tan ricos como ese, o más. He hecho preguntas, muchas preguntas, a los banqueros que he conocido aquí y en todas partes, a los agentes que manejan los asuntos de Julie. El mundo ha olvidado estos recursos míos. Puedo hacer uso de ellos cuando lo necesite. Esto es solo una mina de oro, y es mi obsequio para ti, y te ordeno que lo aceptes.

Elliott sonrió con afecto pero con un ligero aire de desaprobación. Ramsés vio la tragedia en sus ojos, la humillación. «Y vivirá para siempre —pensó—, y un día, siglos después de ahora ni siquiera recordará la agonía de este momento. Pero estamos en este momento y esta agonía es real.»

—Hablo en serio —dijo Ramsés—. Aceptaste el elixir que te di, conde de Rutherford. Ahora acepta esto. Te lo exijo.

Elliott reflexionó un buen rato, las luces jugueteaban en sus ojos, ojos casi del mismo tono que los de Julie, casi seguro como los de Ramsés. Ojos azules de cierto tono que eran la prueba infalible de la existencia del elixir. Después dobló el mapa y lo metió en el bolsillo.

—Ve a Montecarlo —dijo Ramsés otra vez—. Sé prudente con tus ganancias, y listo. Y pronto dispondrás de los medios para explorar esa mina.

Elliott asintió con la cabeza.

—De acuerdo, Su Majestad —dijo con un ligero dejo irónico—. Muy gentil de tu parte.

Elliott sonrió, pero había derrota detrás de su sonrisa.

Ramsés se encogió de hombros.

—Habla ahora mismo con tus banqueros sobre esa tierra.

Una demora en su desarrollo jugará a tu favor. Pero debes adquirirla lo antes posible. —Echó un vistazo a Julie—. En cuanto a mi preciosidad, tengo otros mapas, como ya he dicho.

Julie lo estaba mirando con una admiración sin reservas.

Había anochecido. Y el reino mágico de la piazza San Marcos se había transformado aún más al desaparecer el alto cielo entre la bruma, y acordes de un cuarteto de cuerda surgían de las terrazas de los restaurantes de alrededor. Tal vez la gran iglesia dorada cerraría sus puertas. En fin, ya la vería el día siguiente. Iría durante las horas tranquilas de la tarde en que los italianos dormían.

Los camareros iban de acá para allá, servían vino, y a Ramsés le entró un hambre atroz al percibir los aromas de los platos que estaban sirviendo en las mesas vecinas. Aquel apetito nunca se mitigaba en realidad, como tampoco la sed de vino o cerveza, que nunca lo emborracharían. «Que sirvan la comida», pensó, excitado. La embriaguez formaba parte del pasado pero anhelaba aquel fogonazo caliente del vino que duraba justo unos pocos minutos después de cada sorbo.

Julie hablaba en italiano fluido con el camarero. Pero alguien le había tocado el brazo. Era uno de los muchos ingleses que la conocían de Londres.

Se levantó, saludó al hombre bien vestido que tenía delante y besó a la mujer en la mejilla; una familia de comerciantes londinenses.

—¡Oh! ¡Qué ojos, Julie! —dijo la mujer—. ¡Tienes los ojos azules! ¡Julie, tus ojos!

Ramsés echó un vistazo a Elliott. Siempre ocurría lo mismo, y siempre con la misma convicción Julie contaba el cuento de la misteriosa fiebre que contrajo en Egipto y que le había cambiado los ojos del castaño al azul. Increíblemente absurdo. Elliott disimulaba su sonrisa. Pero la pareja siguió su camino, tan aplacada como pasmada. No habían reconocido al conde de Rutherford, y Julie no había hecho presentaciones.

—Salvada otra vez —dijo Elliott, y suspiró—. Pero ¿por qué se lo creen?

—¿El qué? —preguntó Julie, acomodándose de nuevo en su silla. Levantó la copa—. ¿Que una fiebre hizo que los ojos me cambiaran de color? Te voy a decir por qué se lo creen: necesitan hacerlo.

Ramsés se rio. Sabía perfectamente lo que ella quería decir.

—Los ojos de los seres humanos no cambian de color, es así de simple —dijo Julie—. De modo que agradecen la explicación y la aceptan, y después regresan al mundo normal en el que tales cosas no ocurren. —Bebió un sorbo de vino—. Delicioso —susurró. Disimuló su sed y se tomó la copa entera pero bebiendo a sorbitos.

Sobre su hombro apareció la mano de un camarero para llenarle la copa otra vez.

—Tiene todo el sentido del mundo —dijo Elliott—. Sin embargo, sigue sorprendiéndome. Ha salido en los periódicos de Londres, como bien sabes. «Heredera Stratford contrae fiebre en Alejandría, los ojos se le vuelven azules.» Algo por el estilo. Alex me envió el recorte.

—¿Qué ocurre, Ramsés? —preguntó Julie.

Se dio cuenta de que se había quedado mirándola fijamente. Al principio no respondió. Miró a Elliott.

En la penumbra de las velas, sus compañeros inmortales le parecían increíblemente hermosos.

—Para mí, sois dioses —susurró. Cogió el vino y se lo bebió lentamente de un trago, y no aguardó a que el camarero volviera a llenarle la copa. Saboreó el rico aroma del *chianti* y después sonrió—. No podéis imaginar cómo me siento —dijo—. Después de tantos siglos a solas, a solas con este poder, a solas en este viaje, y ahora estáis aquí conmigo, los dos. Y me he preguntado por qué me fue tan fácil daros el elixir cuando durante siglos había sufrido esta soledad, este aislamiento. Y es porque sois dioses para mí, vosotros dos, quintaesencia de estos tiempos.

—Para nosotros tú eres el dios —dijo Elliott—, y me parece que ya lo sabes.

Ramsés asintió con la cabeza.

—Pero vosotros nunca sabréis cómo se os ve; cuán instruidos, independientes y fuertes.

—Creo que lo entiendo —dijo Elliott.

—Y nunca podréis saber qué significa para mí teneros por compañeros.

Ramsés se calló. Bebió una segunda copa de vino y se recostó con un ademán de aprobación cuando el camarero sirvió el primer plato de la cena, una aromática sopa de marisco y verdura en caldo rojo. Comida, cuánta hambre le provocaba, siempre, y cómo la ansiaban Julie y Elliott ahora también, ambos, pues llevaban poco tiempo con el elixir para estar hartos del hambre.

Julie dio una palmada e inclinó la cabeza. Murmuró una plegaria en silencio a dioses que Ramsés no conocía.

—¿A quién le estas rezando, querida? —preguntó Elliott. Daba cuenta de su sopa con una urgencia impropia de un caballero—. Cuéntame.

—¿Acaso importa, Elliott? —respondió Julie—. Rezo al dios que escucha, al dios que tal vez quiera una plegaria mía. Tal vez al dios que creó el elixir. No lo sé. ¿Tú has dejado de rezar, Elliott?

El joven miró a Ramsés. Después de nuevo a Julie. Ya había terminado la sopa y Ramsés apenas estaba empezándola. Una sombra de tristeza cruzó el semblante de Elliott.

—Me parece que sí, querida —dijo—. Cuando tomé el elixir no pensé en Dios. De haberlo hecho, quizá no lo habría tomado.

—¿Por qué? —preguntó Ramsés, estupefacto. En aquella gruta hitita de tanto tiempo atrás, cuando Ramsés alcanzó el cáliz del elixir estuvo convencido de que, siendo faraón, siempre cumplía la voluntad de los dioses. Y si aquel líquido, aquel líquido sagrado, era propiedad de un dios hitita, pues bien: estaba en su derecho de robarlo.

—Habría pensado más en Edith y en mi hijo —dijo Elliott—. Tal como va la cosa, estaré para siempre apartado de ellos. Y no estoy seguro de que esta sea la voluntad de los dioses a los que rendimos culto los británicos.

—Déjate de tonterías, Elliott —dijo Julie—. Tu única preocupación es ocuparte de ellos dos.

—Es verdad —dijo Ramsés—. Y tienes delante tus aventuras en Montecarlo. Algún día me gustaría visitar Montecarlo. Quiero verlo todo.

—Sí. De hecho, saldré en coche esta misma noche —anunció Elliott—. Me parece que mis ganancias han empezado a llamar la atención aquí en Venecia.

—¿No estarás en peligro? —preguntó Julie.

—No, no, ni mucho menos —respondió Elliott—. Solo ha sido una racha de suerte fabulosa jugando con unos caballeros, pero no tengo intención de insistir. Y debo decir que os extrañaré. A los dos. Os echaré mucho de menos.

—Pero sin duda irás a Londres, ¿verdad? —preguntó Julie—. Me refiero para la fiesta de compromiso. ¿Sabes que prometí a Alex que él y Edith serían los anfitriones? Lo están haciendo por nosotros. Tienen muchas ganas de vernos felices.

—Fiesta de compromiso —murmuró Ramsés—. Qué costumbres tan raras. Pero si esto es lo que Julie desea, lo acepto gustoso.

—Sí, se lo he oído decir a los dos. Me honra que lo permitas. Ojalá pudiera asistir. Pero dudo que vuelva a veros tan pronto. No obstante, quiero darte las gracias por ser tan amable con Alex, Julie.

Ramsés vio una sinceridad absoluta en Elliott cuando pronunció estas palabras sin un ápice de su acostumbrada mordacidad. ¿Cuál era la palabra acertada? ¿Sarcasmo? ¿Cinismo? No se acordaba. Solo sabía que el conde de Rutherford amaba a Julie, y que amaba a su hijo Alex, y para Elliott era una lástima que Julie y Alex ya no fuesen a casarse, pero el conde de Rutherford aceptaba todo aquello de buen grado.

En realidad el joven Alex Savarell prácticamente había superado lo de Julie. De hecho todavía lloraba a la mujer misteriosa que había conocido en El Cairo, la anónima y trágica mujer a la que había amado, la que pudo haberlo matado tan fácilmente como había matado a otros; la Cleopatra despertada de manera tan diabólica del sueño de muerte mediante el elixir.

El consabido rubor de la vergüenza volvió a asomar al semblante de Ramsés mientras contemplaba esa escena. *«Toda mi vida, por larga que sea, allí adónde vaya, aquel pecado...»*

Pero la noche era demasiado bonita, el faisán asado que les sirvieron demasiado sabroso, el aire demasiado húmedo y fragante para pensar en esas cosas. A él no lo entristecía regresar a Inglaterra para asistir a aquella fiesta. Ardía en deseos de volver a ver Inglaterra entera, ver las regiones verdes y boscosas de Inglaterra, ver los lagos legendarios de Inglaterra, toda la Inglaterra que no había visto todavía.

Una orquestina había empezado a tocar allí cerca uno de esos valses etéreos que tanto gustaban a Ramsés, pero no había pista de baile y solo unos pocos violines nutrían el inflamado sonido, que aun así resultaba delicioso.

Ay, sí, recordar siempre aquel momento, con la música sonando y tu amada sonriéndote, y este nuevo amigo Elliott a tu lado, y sin que importe lo que depare el futuro, nunca rendirse a las tinieblas otra vez, nunca ceder al sueño, a la huida. Este mundo es simplemente demasiado maravilloso para eso.

Una hora después se despidieron de Elliott en el ajetreado vestíbulo del hotel antes de subir a sus habitaciones.

Julie se quitó la restrictiva ropa de hombre cual una flor rosa escapando de una vaina blanca. Cayó en sus brazos.

—Mi reina, mi reina inmortal —dijo Ramsés, con los ojos arrasados en lágrimas. Dejó que ella le quitara la chaqueta y la tirase a un lado, que desabrochara la engorrosa camisa almidonada.

Una vez desnudos, se abrazaron en la enorme cama, entre sábanas que olían a sol y a lluvia, mientras el canto de un gondolero se colaba por las ventanas.

«Y nunca morirá como murieron las otras», pensó Ramsés, besándole el pelo, los pechos, la carne tierna del reverso de los brazos torneados, las suaves piernas. Nunca morir como todas las demás, todas esas otras mortales con las que había forcejeado en cámaras a media luz.

—Mi Julie —susurró.

Al entrar en ella, vio su rostro sonrojarse y perlarse de sudor, la sangre palpitando en las mejillas, los labios distendidos y los párpados entrecerrados. Tan confiada entrega, cuando ahora ella era tan poderosa como él. La levantó y la estrechó contra él al correrse.

«Gracias, gracias, dios del elixir. Gracias por esta bendita esposa que vivirá tanto como yo viva.»

Amanecía. En realidad, él nunca dormía. Sí, echaba una cabezadita de vez en cuando, descansaba, pero nunca dormía de verdad; sin embargo Julie dormía, acurrucada entre las almohadas, rosada como las rosas de un florero cercano, su espléndida cabellera sobre la almohada. Volvió a mirar por la ventana el oscuro y reluciente canal de abajo, y después levantó la vista al cielo con sus inescrutables estrellas. Una vez, siendo faraón, había pensado que viajaría allí al morir, uno de los inmortales, y ahora sabía la verdad acerca de esas estrellas, la verdad moderna de las vastas extensiones del espacio y la verdad de su diminuto, insignificante planeta.

Pensó en Cleopatra, o mejor dicho en el monstruo que

había levantado de entre los muertos. Vio el fogonazo que se produjo tras el choque del automóvil contra el tren, haciendo explotar la gasolina que contenía.

«¡Perdóname, quienquiera que fueras! No lo sabía. Simplemente no lo sabía.»

Caminó de puntillas sobre el suelo pulido, de regreso a la enramada de cobertores y cojines en la que había dejado a su Julie.

—Esta vive —susurró—. Vive y me ama, y hemos forjado un vínculo entre nosotros que me dará fuerza para perdonarme todo lo demás.

Le dio un beso en los labios. Julie se despertó. Levantó la vista hacia él, que no podía dejar de besarle los labios, el cuello, los hombros, los cálidos pechos. Sus dedos encontraron los pezones y los apretaron mientras le besaba la boca abierta. Notaba el calor de su entrepierna contra él. Para siempre. Para siempre con ella, el futuro brillante y magnífico como este preciso instante. Descubrimiento y maravilla, y amor sin fin.

3

Alejandría

Le gustaba aquel Teddy, aquel doctor Theodore Dreycliff.

Le gustaba la manera en que le hacía el amor, su atención anhelante y solícita.

Le gustaba que la piel se le sonrosara con sus bofetadas.

Lo había hecho rico más allá de lo que hubiese podido imaginar y seguía aferrado a ella, todavía le manifestaba devoción.

Pero había sido una equivocación pedirle que la llevara a Alejandría.

Ahora poco podía hacer para remediarlo. Estaban juntos en la muralla del mar, contemplando el Mediterráneo. Meditar ante un mar atestado de feos buques de acero era más fácil que explorar una ciudad tan cambiada respecto de la que recordaba. Distinta de lo que deseaba recordar de ella.

Ver El Cairo invadida por el demencial rugido de los automóviles no le había desgarrado el corazón de la misma manera.

Durante sus tiempos de reinado no le resultaba desconocido el curso del Nilo. Y sin embargo entonces el Alto Nilo estaba envuelto en las sensaciones de lo antiguo; sus habitantes hablaban un lenguaje que la mayoría de sus consejeros desconocía. Se había empeñado en aprender aquel idioma, pero eso no había significado que en aquellas tierras se sintiera como en casa. Alejandría había sido su hogar, de ahí que verla despojada de su gran faro y de la biblioteca, con un dédalo de oscuros callejones donde antes habían discurrido rutilantes calles emparradas, todo esto era más de lo que podía soportar.

Se encontró agarrando la mano de Teddy como si fuese la única barandilla de una escalera muy empinada.

—Querida —susurró él finalmente—. Estás sufriendo. ¿Qué puedo hacer? Dímelo y lo haré.

Lo besó con ternura, tomando su rostro entre ambas manos. Nada podía hacer él. No en aquel momento. Pero todo lo que había hecho hasta entonces había sido un triunfo y, por consiguiente, se negaba a hacer que no sintiera una gran confianza en sus aptitudes.

En El Cairo había encontrado a los coleccionistas, los había llevado a la tumba que ella había desenterrado y organizado la rápida venta de todo lo que contenía.

Había regresado sin ellos para asegurarse de que ella se escondiera en las colinas cercanas antes de que llegaran. Si sus compradores potenciales vieran su semblante demasiado cerca de las estatuas talladas con su imagen quedaría expuesta al mundo, había insistido Teddy.

Pero Cleopatra había abrigado sospechas ante su petición. Sombrías sospechas.

¿Había cerrado un trato secreto con aquellos hombres? ¿Se vería obligada a partirle el cuello con un giro de su poderosa mano? Por eso no se había ocultado en las colinas como él le había dicho sino más cerca, detrás de un coche, donde podía oírlos hablar deprisa en inglés. Finalmente todo resultó tal como Teddy había previsto. Con estupefacción y apretones de manos y advertencias de aquellos coleccionistas privados, porque la comunidad académica armaría un gran alboroto en cuanto el rumor de la existencia de aquel lugar y de la rápida venta de su contenido saliera en la prensa. Pero ¿qué podían hacer? Había que ganarse la vida, dijeron varias veces aquellos hombres.

«Una frase curiosa», pensó Cleopatra. «Ganarse la vida.»

No había sitio para dioses ni reinas en aquella frase. Según aquella creencia cada hombre, cada ser humano, cada persona se ganaba la vida en lugar de vivirla. Cuanto más aprendía acerca de aquella era moderna, más la consideraba un tiempo de gobernantes ineptos que velaban poco por sus súbditos, o de demasiados gobernantes para que alguno de ellos gobernara eficientemente.

Teddy estaba eufórico cuando se marcharon los compradores. El resto de gestiones se llevaría a cabo en El Cairo, la informó. Acuerdos firmados, dinero transferido. Sus clientes se habían quedado con los egipcios que habían contratado ellos para que ejercieran de guardas.

A su cuenta, agregó Teddy con los ojos brillantes.

No la había traicionado. No le había robado. Y por tanto no se había visto obligada a tener que matar otra vez en su segunda vida inmortal.

—¿Y ahora qué, mi amor? —había preguntado él—. ¿Qué puedo hacer por ti, mi Bella Regina Cleopatra?

Sintió una punzada de dolor cuando la llamó así. Antes la había llamado así un hombre que le había demostrado el mismo grado de devoción que Teddy pero el doble de encanto.

«No debo pensar en él —se dijo a sí misma—. No debo pensar en el joven, ingenuo y noble Alex Savarell. Ni en su padre, Elliott, el conde de Rutherford. Ni en esa pálida gatita llorona, Julie Stratford. Si voy a ser libre de la mismísima muerte, que sea libre también de Ramsés y su desdichada pandilla del siglo XX.»

Y tal vez este tumulto de sentimientos provocó que contestara demasiado deprisa, haciéndole decir cosas que ahora lamentaba haber dicho.

—Por favor, Teddy. Quiero ver Alejandría.

Y allí estaba ella, en medio de una gris y polvorienta reliquia de su imperio que no guardaba semejanza alguna con la ciudad desde la que antaño gobernó.

Había otra cosa que la afligía, algo que no había compartido con su nuevo compañero pero que parecía haberse intensificado desde su llegada allí.

Los recuerdos que le traía la memoria eran parciales, fragmentados.

Algunos eran vívidos pero otros estaban retirados detrás de un velo, volviéndose más indistintos con el paso de los días. ¿Y quién sabía lo que no lograba recordar en absoluto y quizá nunca recordaría? Se sentía estafada.

La vista del mar, pizarra gris a la luz del ocaso, le devolvió vívidos recuerdos de los remos de su opulenta galera hundiéndose en aquellas mismas aguas. En aquel viaje tanto tiempo atrás con rumbo a Roma y al César había costado una eternidad que Alejandría se retirase detrás del horizonte, el faro como última pieza de su hogar en desvanecerse en el vacío, entre el agua oscura y el cielo nocturno.

Recordaba el miedo en torno a aquel viaje, la tremenda incertidumbre sobre cómo sería recibida por César, por la propia Roma. Recordaba la insulsa fealdad de la ciudad a su llegada, sus calles estrechas y mugrientas, toda ella una auténtica alcantarilla comparada con la resplandeciente y luminosa Alejandría. Que la potencia capaz de obrar semejante cambio en el mundo tuviera su origen en tan fétido y bruto lugar la llenaba de una sensación de pavor e injusticia. Aquellos recuerdos eran como destellos, pulsaciones de pura emoción con la capacidad de transportarla hasta los tiempos en que fue reina.

Mas no recordaba el rostro de César.

Muchos de sus recuerdos de aquella época eran así: mosaicos atisbados a través de una lámina de agua traspasada por haces de sol casi cegadores. Cosas brillantes, cosas atractivas pero todavía confusas e inconclusas. Los acontecimientos de su pasado, su cronología, ahora los tenía claros, pero las sensaciones y olores y sabores de todos ellos seguían pareciéndole remotos. ¿Y en qué medida su supuesta claridad era resultado de haber leído tantos libros de historia durante el trayecto en tren hasta allí?

Sí, era capaz de recodar cómo le succionaba César el cuello, el modo en que le agarraba los dos lados de la cara durante los momentos de concentrada y poderosa liberación, y también podía recordar vagamente un olor masculino que se mezclaba con el acre olor metálico de su armadura y sabía con una extraña especie de certidumbre que aquel era su olor, el olor de César. También podía rememorar la contrastada diferencia entre su manera de hacer el amor y la de Marco Antonio, que reclamaba su cuerpo con escandalosa y verbal ferocidad.

Pero muchas de estas cosas eran hechos. Le acudían a la mente en forma de conocimiento, no eran remembranzas ricas en detalles de experiencias que había vivido.

Todavía no, de momento. Quizá llevaría algún tiempo. O quizá con cada sucesiva resurrección iría perdiendo más partes de sus vidas anteriores. La mera idea la horrorizaba.

¿Quedar aislada de todos los recuerdos de su época de reina si sufría otro incendio como el de El Cairo? Impensable.

Y qué exasperante que pudiera recordar cada encuentro con Ramsés con tan espantosa precisión.

¿Era porque él había estado presente en el momento de su resurrección? El suyo había sido el primer rostro que vio cuando el elixir la hizo resurgir de su carne marchita y sus huesos secos. Tal vez el verlo de pie encima de la vitrina mientras ella la hacía añicos con sus esqueléticos brazos había despertado todos los recuerdos que conservaba de él del mismo modo en que había despertado su cuerpo. Como la ligazón entre un animal recién nacido y su madre.

La idea le repugnaba. Ramsés no era madre ni padre. Ningún padre de verdad para nadie.

Que César y Marco Antonio se retirasen tras una gran cortina de agua mientras Ramsés, el hombre que había supuesto su perdición terminante, bailara vívidamente por su mente, era simplemente intolerable.

Cuánta confusión todavía. No era en absoluto comparable a los primeros y espantosos días que siguieron a su despertar en El Cairo, cuando su cuerpo había estado lleno de heridas abiertas y su mente era un torrente de recuerdos que desaparecían y reaparecían solo para volver a desaparecer.

Ahora había más estabilidad tanto en su cuerpo como en su alma. Pero su mente no estaba curada del todo. Deseaba conservar sus recuerdos.

En el tren, camino de Alejandría, había devorado los libros de historia que Teddy le había comprado. Y no le sorprendió lo más mínimo la manera en que los romanos relataban su historia. Una puta poderosa, cuyo auténtico verdadero poder residía entre sus piernas. Como si la lujuria bastase por sí sola para subyugar a un hombre como César, un hombre que podía haber echado mano de cualquier reina que deseara, como hacía con frecuencia.

¿Acaso se trataba de una maldición de la eternidad?, se preguntó. ¿Ser testigo del grado en que las naciones victoriosas simplificaban y degradaban la narración de sus rivales?

La enfurecía no estar en posición de poner por escrito su versión de los acontecimientos, dado el irregular y poco fiable regreso de ciertos recuerdos en lugar de otros.

Cuando ya no pudo soportar más la lectura de su propia historia, Teddy procuró enseñarle cosas sobre el mundo por el que estaban viajando. Sobre aquellos inventos que todavía no había visto, sobre conflictos entre naciones cuyos nombres no había oído pronunciar hasta entonces.

De vez en cuando le hablaba de cosas que ella ya sabía, y en esos momentos le ponía una mano en el muslo y lo informaba de que en Alejandría, incluso tantos años atrás, los hombres de ciencia habían empezado a especular que en efecto la Tierra era redonda.

Con todo, la extensión del mundo conocido en la actualidad la impresionaba. Parecía increíblemente grande. Demasiado grande, con mucho, para que una sola ciudad, Londres, le sirviera de centro.

Pero así era como describía Teddy la ciudad donde había nacido. El centro de un vasto y caótico mundo que se extendía entre dos polos helados. Parecía algo similar a plantar una tienda gigante en el desierto ventoso con un solo junco. Seguramente, el baile de imperios que a veces había asegurado largos períodos de estabilidad durante su reinado no podría dominar un mundo tan extenso.

Y ahora se decía que se estaba cociendo un gran conflicto en Europa, que según entendía era el nombre que se daba a buena parte de lo que antaño gobernara Roma.

Pero estos pensamientos solo podían ocuparle la mente durante poco rato. Pues en aquella nueva Alejandría gris y ruidosa el pasado y el presente luchaban por controlarle la mente. ¿Cuál ganaría? No estaba segura.

—Traerte aquí ha sido una tremenda equivocación, amor mío —dijo Teddy finalmente—. Un error garrafal.

—Ni mucho menos —contestó ella—. Te pedí que lo hicieras y cumpliste. ¿Dónde está el error?

Teddy la tomó entre sus brazos para evitar que los pisoteara un regimiento de soldados de piel clara que llevaban uniformes más parduzcos que cualquiera de los que lucían los romanos en su día. ¿Eran romanos? ¿O eran británicos, como esas personas entre las que ahora se movía Ramsés? ¿Y qué explicaba su presencia allí? Allí, en su Alejandría.

«No, no es mía. Ya no es mía. No será mía en mil años.»

Se marcharían de allí de inmediato, los dos. Ella podía escapar fácilmente de aquella profunda pena, de aquel arrepentimiento mediante otro viaje en tren. El miedo a la muerte se había esfumado. Y contaba con Teddy, el apuesto y juvenil Teddy que siempre estaba pendiente de cada palabra suya. Que...

... se estaba desvaneciendo ante sus propios ojos. La sonrisa de Teddy devino una mirada de preocupación cuando vio la expresión de su rostro. Cleopatra intentó hablar, pero la mismísima imagen de Teddy empezó a titilar y entonces, de repente, en lugar de su rostro vio otro. El rostro de una mujer. Una mujer que no reconoció. Y una oscuridad se amontonaba en todo el contorno de aquella mujer como un creciente marco de cielo nocturno sin estrellas.

La mujer era de piel clara con tirabuzones de cabello rubio, y su expresión mostraba la misma perplejidad que sentía Cleopatra. Como si se reflejaran mutuamente. ¿Qué llevaba puesto? Una especie de túnica de encaje. Alguna clase de prenda para dormir.

Alargó el brazo hacia la mujer y, sorprendentemente, esta pareció alargar el suyo hacia ella.

Y de pronto desapareció.

Y el tráfico atronaba a su alrededor, y Teddy la había agarrado de la mano con la que había intentado tocar su visión.

Náusea, mareo; dos cosas que no había sentido desde su resurrección ahora la acometían con inusitada fuerza. Fue dando traspiés hasta la pared más cercana. Por alguna razón, su cuerpo prefería el apoyo del frío cemento al de los brazos de Teddy.

Una visión. Una visión que la había hecho salir de sí misma. ¿Cómo explicarlo, si no? Ahora bien, ¿podría explicárselo a Teddy? ¿Lo entendería? Peor todavía: ¿la devoción que le profesaba flaquearía cuando su misterio y su magia adquiriesen un tinte sombrío?

¿Quién era aquella extraña mujer rubia? ¿Dónde estaba?

No era un recuerdo de su pasado, de eso estaba totalmente segura.

¿Y por qué la había mirado con la misma curiosidad que ella?

—Algo va mal —susurró—. Algo está...

—Estoy aquí, Cleopatra. Contigo. Cualquier cosa que necesites, no tienes más que pedírmela. Por favor.

«Maldito seas, Ramsés. Justo cuando intento liberarme de ti...»

—Cleopatra —susurró Teddy.

—Nada puedes hacer, querido Teddy. Solo hay una persona que quizá podría ayudarme y esa persona es...

—Ramsés —concluyó Teddy por ella.

Se volvió hacia él, aceptando el consuelo de su abrazo otra vez.

—¿Qué has visto? —preguntó él—. Parecía que estuvieras mirando a través de mí.

—Una visión. Una mujer que no he reconocido. Estaba en algún otro lugar.

—Ha sido un sueño.

—Estoy bien despierta. No duermo. No necesito hacerlo.

—Justamente, ¿no te das cuenta? No duermes, pero tu cuerpo sigue siendo humano y tu mente sigue siendo humana y por tanto tu mente tiene que procesar las cosas de la misma manera. Los mortales lo hacemos al soñar. De modo que tú debes de hacerlo mediante algún tipo de ensoñación mientras estás despierta. Eso es todo, querida. No hay más. De verdad.

Oh, cuánto deseaba creer aquel dictamen. Y qué conmovedora la seriedad con la que lo había emitido. Al fin y al cabo, era un hombre de medicina y de ciencia a pesar del escándalo que había protagonizado en el pasado.

—Queridísimo Teddy, me temo que el tratamiento para un ser como yo queda fuera de tu ámbito.

—En efecto —contestó él—. Y por eso solo hay una persona que quizá tenga la solución para el mal que te aqueja. Ramsés el Grande.

—Ramsés el Maldito —susurró Cleopatra.

Cuando de súbito se apartó de ella, tuvo miedo de haberlo perdido. Pero estaba rebuscando en el bolsillo de su chaqueta. Encontró enseguida el trozo de papel doblado que había buscado.

—En El Cairo regresé al hotel Shepheard's. Me consta que dijiste que no querías volver a verlos. Pero se me ocurrió pensar que Ramsés y sus amigos quizá andarían buscándote, y si había una búsqueda en marcha, debías estar enterada. No encontré más rastro de ellos que este papel. Un cablegrama que llevaba pocos días en la recepción del hotel.

—¿Un cablegrama? —preguntó Cleopatra perpleja, tomando el papel de sus manos.

—Sí. Son transmisiones. Palabras. Viajan por cables y se escriben solas. ¿Quieres que te lo lea? Este era para Elliott Savarell, el hombre que cuidó de ti. Es amigo de Ramsés. Se lo envió su hijo. Obviamente pensaba que su padre todavía residía en el hotel, pero en recepción me dijeron que hacía algún tiempo que se había ido.

Pero ella ya lo había leído entretanto.

PADRE ESTAS BIEN **STOP** FIESTA COMPROMISO
JULIE Y RAMSEY DIECIOCHO ABRIL NUESTRA
FINCA YORKSHIRE **STOP** MADRE ENCANTADA POR
FAVOR VEN O ESCRIBE TU HIJO ALEX

Alex Savarell era el autor de aquel mensaje. El apuesto y adorable hombre con el que había compartido una única noche inolvidable en El Cairo. Un hombre que se lo había prometido todo, aun sin ser verdaderamente consciente de quién era ella ni cómo había vuelto a la vida.

Había mucho que asimilar en aquel simple y lacónico mensaje. Y, sin embargo, esa era la palabra que parecía flotar hacia ella desde el papel una y otra vez, tan poderoso como la extraña visión que había tenido tan solo minutos antes.

«Alex...»

—Es él, ¿verdad? ¿El señor Ramsey? Ese es su alias. Va a casarse con esa tal Julie Stratford. Es la hija del hombre que descubrió su tumba, ¿no?

—Sí —contestó ella.

—¿Quieres ir a verlo? —preguntó Teddy.

Cleopatra se obligó a mirarlo a los ojos, a apartar todos los pensamientos de otros hombres con los que se había acostado, y de mujeres a las que por poco mató.

—No, en absoluto. No deseo recurrir a él. Pero deseo encontrar respuestas que solo él tendrá. Por tanto, no tengo elección.

—Nosotros, querida mía —dijo Teddy, agarrándole la mano—. Nosotros no tenemos elección, mi Bella Regina Cleopatra.

¡Era ella! La mujer del retrato. Y su acompañante era un joven apuesto, probablemente británico, igual que los hombres que supuestamente buscaban a aquella mujer.

Los había seguido desde la estación del ferrocarril, y ahora estaba seguro. Era un buen bosquejo, realizado por un artista muy caro, de modo que no había confusión posible en su semejanza. Se lo había entregado varias semanas antes su primo, quien sostenía que un amigo suyo de El Cairo estaba buscando a aquella mujer. Sabía poco más, excepto que dicho amigo, un tal Samir Ibrahim, había sido compatriota de un famoso arqueólogo británico recientemente fallecido, y que los parientes de este último, por alguna razón, andaban de-sesperados por encontrar a aquella mujer.

Desde entonces había visitado las estaciones de ferrocarril cada vez que un tren llegaba a El Cairo. Buscaba el rostro de la mujer entre el gentío.

Y hoy, justo cuando se había hartado de aquella persecu-ción, la había atisbado saliendo del tren de la mañana del bra-zo de su atractivo acompañante, y los había seguido en sus correrías.

Le habían ordenado que la siguiera el tiempo suficiente para redactar un informe detallado y nada más. Era peligrosa, aquella mujer, o eso pensaban aquellos británicos.

Había visto suficiente.

Volvió a mezclarse con la multitud y después salió dispa-rado en dirección a la oficina de telégrafos más cercana.

4

Chicago

Sibyl Parker tenía prisa por anotar los contenidos del sueño que acababa de despertarla. Sacó su diario del cajón de la mesita de noche sin encender la lámpara.

A la tenue luz plateada que se colaba por las rendijas de la puerta del dormitorio, escribió febrilmente.

He vuelto a ver a la mujer, una bella mujer con la piel más oscura que la mía, el pelo azabache y los ojos azules. Tenía el mar detrás en una ciudad que no he reconocido. Me miraba. Incluso ha alargado el brazo hacia mí en el preciso instante en que yo parecía alargarlo hacia ella. Y entonces el sueño ha terminado. En este sueño no había violencia como en los demás. Una bendición, diría. ¿Es posible que mi plaga de pesadillas esté llegando a su fin?

Garabatear estas pocas frases la dejó agotada.

El primer sueño placentero desde que comenzaron las pesadillas. Debería saborear aquel alivio, le constaba. Pero en cuanto parpadeaba, imágenes de sus demás pesadillas llenaban las profundas sombras que rodeaban la cama con dosel.

La primera había sido la más espantosa. Aquella en la que miraba hacia arriba a un hombre de Oriente Medio que parecía aterrorizado de verla. Su miedo la dejó perpleja hasta que vio que las manos con las que intentaba alcanzarlo estaban descompuestas casi hasta los huesos. Había oído madera astillándose y cristales rompiéndose, y entonces, en el momento antes de despertar, se dio cuenta de que estaba saliendo de una especie de vitrina.

Después, al cabo de una semana, había soñado que apretaba las manos en torno al cuello de una mujer de Oriente Medio mientras observaba cómo perdían vida sus ojos. Y por si esas dos no habían sido suficientemente perturbadoras, había tenido otra pesadilla. En esta, dos trenes gigantes se abalanzaban sobre ella en la oscuridad de la noche, viniendo en direcciones opuestas, con las luces de sus locomotoras como ojos de dioses enojados. Después se encontró volando hacia el cielo sobre un lecho de llamas y despertó con un chillido que había alertado a todos los que dormían en la casa.

Eran imposibles de olvidar estas pesadillas. Pero una parte de ella no deseaba hacerlo. Estaba convencida de que aquellos sueños eran elementos de algún tipo de experiencia para la que todavía no tenía nombre ni acababa de comprender del todo, de ahí que documentarlas por completo fuese absolutamente esencial.

Al cabo de unos minutos, los jadeos entrecortados de Sibyl dieron paso a respiraciones profundas, y su dormitorio pareció volver a ser el suyo de nuevo.

¿Habría gritado mientras dormía?

Probablemente no. De haberlo hecho, Lucy habría acudido. O una de las criadas. O tal vez uno de sus hermanos, Ethan o Gregory, aquel de los dos que todavía no estuviera borracho y sumido en un sopor etílico.

Fuertes vientos procedentes del lago Michigan azotaban la inmensa casa. Unos cuantos postigos se habían aflojado, y ahora repiqueteaban rítmicamente contra las paredes de piedra como las grandes zancadas de un gigante herido.

Parker House era una de las primeras mansiones que se habían construido en aquella antigua marisma al norte del distrito comercial de Chicago, y sus padres se la habían dejado a ella, y solo a ella, para asegurarse de que su mantenimiento no devendría presa de los vicios de sus hermanos menores. Habían hecho prácticamente lo mismo con el negocio familiar, colocando a Gregory y Ethan en puestos que alimentaban su vanidad y que les procuraban una ilusión de poder y control mientras otros más cualificados impedían que lo liaran todo.

Toda su vida había sido propensa a tener sueños nítidos e intensos. Pero hasta hacía poco habían sido experiencias largas y lánguidas, alimentadas por los libros que había devorado con avidez desde que era niña. Sueños de romances y aventuras y tierras lejanas. Anotarlos en su diario a la mañana siguiente había sido una delicia. Y muchos de los diarios más viejos todavía le inspiraban sus «pequeñas historias», como sus hermanos se referían a ellas en tono burlón, pese al hecho de que esos cuentos ahora proporcionaban la parte más sustanciosa de los ingresos que su familia les había dejado.

Desde donde le alcanzaba la memoria había soñado con Egipto. Había perdido la cuenta de las veces que había surcado el Nilo en la barcaza de recreo de Cleopatra, recostada en un cojín de flores. Las relucientes calles de Alejandría eran tan reales para ella como Michigan Avenue, y de niña a menudo derramaba lágrimas al constatar que la fría realidad de la segunda no era la de la primera.

«Demasiado Plutarco», se había mofado su madre.

Pero había leído mucho más que a Plutarco. Había devorado todo lo que podía encontrar sobre la última reina de

Egipto, de delgados volúmenes para niños a las mayores colecciones de fotografías arqueológicas que tomaba prestadas en la biblioteca. Y cada artefacto, cada ilustración de la luminosa Alejandría, su biblioteca perdida y su museo le inspiraban sueños y fantasías que eran tan vívidos como febriles. En estas obsesiones y fantasías, solo su padre había visto el primer despertar del talento.

—Aprenderás a medida que crezcas, querida mía, que no todo el mundo lee como tú. No todo el mundo tiene el mismo encuentro con el idioma. Tienes una sensibilidad agudizada, no cabe duda, pero puedes abrazarla. Fueron mucho más que una crisis nerviosa las lágrimas que derramaste cuando leíste sobre la caída de Cleopatra y Marco Antonio. Eres una niña preciosa y excepcional, Sibyl. Para la mayoría, las palabras solo son símbolos de los sonidos puestos en papel. Para ti, pueden crear nuevos mundos imaginados.

Y sus sueños eran un reflejo de esto, había insistido su padre, de modo que la alentó a escribirlos todos para que un diario de sueños se convirtiera en su auténtica forma de escribir. Ahora, la autora de una treintena de novelas románticas ambientadas en el antiguo Egipto tal vez supiera más que sus padres sobre cómo respondía la gente al lenguaje. La suya quizá no fuese la alta literatura de su época, pero había conmovido a sus fieles lectores, superando en ventas a H. Rider Haggard y a Conan Doyle y a una legión de otros escritores americanos famosos.

El papel que desempeñaban sus sueños, no obstante, era su secreto. Y desde hacía un tiempo sus sueños estaban llenos de miedo y tormento. Era como si una parte oscura y antaño enterrada de sí misma hubiese salido a la luz por un trastorno que no sabía identificar.

¿Podía ser que la pena por la pérdida de sus padres fuese la causa? Pero ya hacía tres años desde el terrible accidente de barco en el que ambos perecieron ahogados.

¿Cabía culpar a sus hermanos y a las travesuras que hacían cuando se emborrachaban? Si era así, ¿por qué tenía tantos sueños extraños que ocurrían en un lugar remoto, visto con los ojos de una desconocida capaz de asesinar? Y si sus hermanos eran la causa de aquellas pesadillas, ¿por qué no aparecían en ninguna?

Si el repentino alboroto en el recibidor era una indicación, sus hermanos estaban a punto de hacer su aparición abajo.

—¡Sibyl! —La voz de Ethan retumbó en la gran escalinata—. ¡Ginebra! ¡Ginebra para todo el mundo!

«Queridísimos madre y padre —rezó—. ¡Ruego que vuestros espíritus regresen con el viento y le den a vuestro terrible, desagradecido y borracho hijo un bofetón!»

—¡Sibyl! Despierta. ¡Tenemos compañía! —se sumó Gregory—. ¡Salvo que tengas a un pretendiente contigo ahí arriba, en cuyo caso le das nuestras condolencias!

Este comentario provocó un torrente de carcajadas, algunas de ellas femeninas.

Eran más de las tres de la madrugada, los sirvientes estaban durmiendo en el ático y la estaban llamando como si fuese una criada. ¿Y para servir a quién? ¿Qué tipo de compañía podía una esperar a las tres de la madrugada?

Puso los pies en el gélido suelo de madera y se abrochó el cinturón de la bata.

Cuando llegó a lo alto de la escalera, sus hermanos y sus amigas levantaron la vista desde el vestíbulo, que quedaba tan abajo como si Parker House fuese un hotel y ellos cuatro estuvieran siendo groseramente ignorados por el botones.

Ethan era el más alto de los dos. Había sido un diablillo muy guapo hasta que el exceso de bebida lo había convencido de tratar su greñuda mata de pelo negro con descuido y le había dado una tez llena de manchas y una protuberante nariz roja. Gregory era la mitad de alto que su hermano mayor, con un cuerpo ancho de caderas y un poblado bigote anaranjado que se empeñaba en llevar para parecer mayor y más dotado para los negocios de lo que lo era en verdad.

Las chicas que los acompañaban llevaban vestidos cortos y ondulantes que logaban cubrir y mostrar sus largas piernas a la vez. Esta particular moda acababa de arrasar entre las jóvenes que frecuentaban clubs de jazz, y a Sibyl no le gustaba, motivo por el siempre se las arreglaba para olvidar su brusco nombre; tenía que ver con un pájaro, le pareció recordar.

Ambas mujeres solo le echaron un vistazo antes de devolver su atención al lugar donde se encontraban: el reloj del bisabuelo en el vestíbulo y la gran escalinata bajo una cúpula de vidrio de colores digna de un capitolio.

—Son más de las tres de la madrugada —dijo Sibyl sin levantar la voz—. ¿Realmente esperáis que os atienda?

—¿Cuántas habitaciones hay aquí? —preguntó una de las mujeres.

—Un montón, cielo —contestó Ethan—. Parker House tiene un montón de habitaciones y os las vamos a enseñar todas. ¿Dónde está Lucy?

—Aquí estoy —tartamudeó Lucy. Ay, pobre y querida Lucy. Todavía arreglándose la bata, la querida doncella de Sibyl apareció por la escalera que comunicaba con el ático del servicio. Estaba pestañeando por el repentino resplandor de la araña.

—Podéis visitar la casa por la mañana —propuso Sibyl mientras bajaba la escalinata con Lucy a sus espaldas—. O tal vez cuando volváis otro día. Ahora mismo, tanto Lucy como yo necesitamos dormir.

Sus dos hermanos palidecieron ante la idea de pasar más que unas pocas horas de lujuria con sus actuales compañeras.

—¡Ginebra, Lucy! —bramó Gregory—. ¡Ginebra para todos!

—Puedes volver a la cama, Lucy —dijo Sibyl.

—Prepáranos una copa, Lucy —gritó Gregory.

—Vete a la cama, Lucy. Ahora mismo. Insisto.

La doncella dio media vuelta y enfiló la escalera por donde había llegado.

—Eh, ¿qué es esto? —dijo una de las mujeres, cogió de la consola un paquete envuelto en papel marrón y lo agitó como si fuese un sonajero—. ¿Alguno de vosotros me ha hecho un regalo, caballeros? ¡Caray chicos! ¡Si acabamos de conocernos!

—No, qué va, eso es para nuestra hermanita —contestó Ethan—. Veréis, puede decirse que nuestra hermana es una coleccionista. Le encantan las cosas viejas y polvorientas de todas partes del mundo porque le recuerdan su vida amorosa.

Ethan arrebató el paquete a su amiga y lo agitó cerca de una oreja.

—Ethan, déjalo donde estaba —dijo Sibyl. Se detuvo al pie de la escalera—. ¡Por favor!

—No suena como una pieza del cetro de un faraón —dijo Ethan.

—Igual son más huesos —se mofó Gregory—. ¿Recuerdas aquella vez que el viejo le regaló unos huesos y ella se pasó horas estudiándolos en su escritorio como una científica loca? ¡Tendría que haberla encerrado en un manicomio justo entonces!

—¡Suelta eso, Ethan!

Pero Ethan levantó los brazos por encima de la cabeza para que el paquete no estuviera al alcance de Sibyl. Las mujeres rieron socarronamente, como si fuese lo más divertido que hubiesen visto en su vida.

Casi todos los objetos que compraba a un anticuario de Nueva York eran demasiado delicados para soportar aquel trato abusivo. Y la mera idea de que su morboso hermano rompiera un artefacto de cierto valor para impresionar a su amiga era más de lo que podía soportar.

Ahí estaba ella, con treinta años, una escritora de fama internacional, y el gandul de su hermano la trataba como si fuese una niña dándose aires.

—A Sibyl le encantan los cuentos, ¿sabéis? —exclamó. Dio un salto hacia atrás justo lo suficiente para seguir provocándola—. Siempre anda inventando historias dentro de su preciosa cabecita. Quiere ser otra persona, seguramente.

Sibyl le pisó un pie a su hermano. El dolor repentino le hizo soltar el paquete. Lo atrapó con las dos manos al instante.

Cuando volvió a hablar, fue como si su voz llegara de otro lugar más lejano.

—¡Haríais bien en recordar que mis cuentecitos son una sustanciosa fuente de ingresos que contribuye a financiar vuestras correrías nocturnas por la ciudad! ¡Y aunque estoy convencida de que habéis cautivado a estas señoritas hablándoles de vuestra labor en la dirección de Parker Dry Goods Emporium, estaré más que contenta de explicarles que la verdadera dirección de la empresa está en manos de otros cuyas capacidades van más allá de poder rellenar una petaca sin llamar la atención de sus colegas!

Oh, habría dado cualquier cosa a cambio de un retrato de la expresión de las caras de sus hermanos en ese momento. Parecía que su diatriba hubiese hecho desaparecer hasta la última gota de alcohol que corría por sus venas.

En su fuero interno, estaba tan pasmada por su arrebato como ellos, pero resolvió disimular esa reacción, no fuese que la retratase como un ser menos temible que el que acaba de hacerlos callar a todos.

Estaba acostumbrada a que las palabras fluyeran sin trabas y vigorosamente de su pluma, pero no de sus labios.

—La fiesta ha terminado, señoritas —dijo Gregory. Condujo a su amiga hacia la puerta de entrada tomándola del hombro derecho. Ethan hizo lo mismo con la suya.

Justo antes de que la puerta se cerrara detrás de las dos mujeres, oyó que una decía:

—Vaya, esa se cree una especie de emperadora.

«Ojalá —pensó Sibyl con remordimiento—. Ojalá.»

Cuando llegó a lo alto de la escalinata, volvió la vista atrás y se encontró con sus dos hermanos mirándola como perros asustados.

—Solo era un paquete —gimió Gregory.

Sibyl respondió cerrando la puerta de su dormitorio.

Tal como sospechaba, el paquete era de su tratante de antigüedades de Nueva York, E. Lynn Wilson. Rasgó el envoltorio con las manos. Dios la librara de bajar a buscar un abrecartas y arriesgarse a toparse con sus hermanos otra vez.

La estatuilla estaba intacta, a Dios gracias. Y en perfectas condiciones. La diosa Isis sentada encima de una minúscula plataforma, con las alas abiertas; la pierna derecha apoyada sobre la plataforma de la rodilla al pie y la izquierda doblada, a fin de poder volver la mirada hacia su extensa ala izquierda.

Querida Srta. Parker:

Debo pedirle disculpas por haber tardado tanto en localizar la estatuilla que me describió hace algún tiempo. Pero estoy orgulloso de decir que finalmente he conseguido encontrar una que debería reunir todos los requisitos. Si bien es una reproducción, ha sido recreada fielmente partiendo de descripciones e ilustraciones fechadas en la época tolemaica y demás, de modo que confío en que será una adición excelente a su colección. Dado que ha sido usted una clienta maravillosa y también porque soy un fiel y constante admirador de sus entretenidas novelas, he decidido enviársela sin aguardar a recibir el acostumbrado ingreso.

Como verá en la ilustración que también he adjuntado, es muy probable que la proa de la galera a remos en la que viajaba Cleopatra a Roma llevase tallada una reproducción de la diosa Isis bastante semejante a la estatuilla que le mando. Como sin duda sabrá, habida cuenta de su interés en el tema, la mayoría de estatuas y retratos que se supone representan a la última reina de Egipto en realidad están más cerca de la representación de las diosas a las que rendía culto, como la que puede verse aquí.

Espero que sea como la que usted me describió. En caso contrario, le ruego no dude en conservarla como mera muestra de mi aprecio por su interés y sus maravillosos libros. Si lo es, he incluido una factura por la suma total, que puede usted abonar a su conveniencia.

Cordialmente,

E. LYNN WILSON

P.D.: como sé que compartimos la misma pasión por todo lo egipcio, he incluido unos recortes de prensa que me envió un amigo de El Cairo sobre un intrigante asunto que publicaron los periódicos de allí: tengo la presunción suficiente para suponer que pueden constituir una buena base para uno de sus emocionantes relatos en el futuro.

Había doblado varios recortes de periódico que estaban fijados con cinta adhesiva en el interior de la caja.

Su primer impulso fue tirarlos a la papelera.

Aunque parecía un buen hombre, lo último que quería era algún tipo de engañosa reclamación contra ella por parte del autor del artículo o del propio Wilson si algo de lo que escribiera en el futuro guardaba la más ligera semejanza con lo que el relato contara.

Pero al final ganó la curiosidad.

Desdobló las páginas.

Soltó el aire en un prolongado y sorprendido siseo y se encontró hundiéndose en los pies de la cama mientras leía.

El titular rezaba: MISTERIOSO EGIPCIO ABSUELTO EN RELACIÓN AL ROBO DE UNA MOMIA Y EL TRUCULENTO ASESINATO EN EL MUSEO.

Debajo había un bosquejo a tinta del apuesto hombre que había visto en su pesadilla.

Estaba junto a un camello, con el conductor a su izquierda. La bonita mujer que aparecía en el dibujo con él, Sibyl no sabía si americana o británica, no estaba identificada, pero el pie de foto rezaba «Valle de los Reyes». Orgulloso, guapo y caballeroso con pantalón y chaqueta de seda blanca, el hombre no mostraba nada del terror que le había causado en su sueño cuando había alargado hacia él los brazos con manos de esqueleto.

Pero era él, de eso estaba segura. Sus llamativos ojos y la mandíbula esculpida. Su porte mayestático.

Tuvo la sensación de que un gran peso le oprimía el pecho. Le temblaban las manos.

Se obligó a leer.

Alguien había robado una momia en el Museo de El Cairo y asesinado a una empleada del mismo. La momia en cuestión eran los restos perfectamente conservados de una mujer del período tolemaico que había pasado siglos sepultada en fango del delta del Nilo hasta que fue descubierta y transportada al museo. Durante un tiempo, la policía había sospechado del señor Ramsey, un «misterioso egipcio» que había estado de vacaciones en Egipto con miembros de la familia propietaria de la Stratford Shipping. Una vez libre de sospecha, habían autorizado a Ramsey a regresar a Londres con sus compañeros de viaje.

Y eso era todo y se suponía que todo el mundo se daba por satisfecho.

Pero la detective aficionada que había en Sibyl se percató de las lagunas que presentaba la historia. Había visto lo que las familias ricas e influyentes eran capaces de hacer. Las huellas de una de ellas estaban en todos aquellos artículos.

Si habían absuelto al señor Ramsey, ¿quién era ahora el principal sospechoso? ¿Y qué se sabía del paradero de aquella misteriosa momia del período tolemaico que había sido robada?

Se estaba distrayendo jugando a los detectives, distrayéndose de la nueva sensación que tenía en los miembros. Un cosquilleo que sugería falta de aire. Pero también otra sensación más difícil de explicar.

Excitación. Una tremenda y casi incomprensible sensación de excitación.

Sus pesadillas habían sido tan vívidas y espantosas durante el último mes que el miedo a estar perdiendo la cabeza se había vuelto tan constante y persistente como el pulso de su corazón. Pero ahora, el indicio de una explicación más milagrosa había llegado literalmente a su puerta, una explicación que daba a entender que en el mundo había mucha más magia verdadera y maravillas de las que había intentado escribir en sus cuentos.

«El hombre de mi sueño existe —pensó—. De una manera u otra, estamos conectados. Y si sigo esta conexión hasta ahí donde llegue, ¡tal vez mis pesadillas toquen a su fin!»

Enseguida sacó del cajón del escritorio varias hojas de papel con su membrete y se puso a escribir. La carta iba dirigida a su editor londinense.

He reconsiderado sus numerosas invitaciones y ahora estoy de acuerdo con usted en que es una idea excelente que visite Londres y acepte cuantas invitaciones pueda recomendarme para dar charlas o firmar ejemplares...

En cuanto salió el sol, llamó a su agente de Nueva York.

A la hora de desayunar, Sibyl puso dos aspirinas delante de cada uno de sus hermanos, ninguno de los cuales levantó la vista de sus huevos revueltos casi intactos, y a los que no parecía importarle lo más mínimo que fuese casi mediodía de un lunes y no haber intentado empezar las tareas de la semana.

—Me marcho —dijo Sibyl.

Gregory tardó varios segundos en coger sus aspirinas. Las tragó con un sorbo de agua muy pequeño para no afectar a su torturado estómago.

Ethan dejó de masajearse las sienes, abrió un ojo inyectado en sangre e hizo lo posible por mirarla.

—¿Otro paseo por el invernadero de Lincoln Park? —farfulló—. ¿Para fingir que eres una dama añosa en una de esas novelas lúgubres que tanto te gustan?

—Voy algo más lejos que al parque, en realidad.

Gregory levantó la vista de su plato y vio que iba vestida con su traje de viaje: una chaqueta entallada a cuadros negros y azules con las solapas forradas de raso azul. La cinta del sencillo sombrero también era de un tono azul a juego. Nunca había sido propensa a llevar el corsé como si acabara de salir de una ilustración de Charles Dana Gibson, pero las manos nerviosas de Lucy aquella mañana le habían dejado una figura particularmente ceñida. Y eso tenía sentido, pensó Sibyl. Hacía que se sintiera tan estilizada como la proa del barco en el que tenía previsto embarcar pronto.

—¿Cuánto más lejos? —gimoteó Ethan—. Tienes que escribir.

—Sí, y no sé si os habéis enterado, pero ahora solo es posible escribir en la ciudad de Chicago. El presidente Wilson acaba de firmar la entrada en vigor de la ley.

—Bueno, no sé qué diría el presidente sobre tu lengua afilada —refunfuñó Gregory.

—¿Quién sabe? —respondió Sibyl—. Tal vez sea un fan de mis libros.

—¡Ja! En los pasillos del poder nadie lee tus nimiedades, señorita —le espetó Gregory.

—¿Adónde vas, Sibyl? —inquirió Ethan.

—A Londres.

—¡A Londres! —exclamaron los dos a la vez, habiendo perforado su indignación el velo de su resaca.

Sus hermanos empezaron a gritar acerca de responsabilidades que en realidad no eran de ella, y a las que ninguno de los dos era capaz de atender por su cuenta. Ya había esperado una reacción de este tipo. Pero sabía de siempre que Ethan y Gregory eran tan perezosos que si presentaba su inminente viaje como un hecho consumado, quizá no protestarían con toda la artillería.

—¿Por cuánto tiempo? —preguntó Gregory finalmente, al ver que sus acusaciones y quejas no la habían perturbado en lo más mínimo.

—El que sea preciso —contestó Sibyl.

—¿El que sea preciso? ¿Por qué tienes que ser tan críptica, encima? Circulan rumores de guerra, ¿sabes? Ya ha habido una en los Balcanes y, al paso que van, Alemania y Austria no tardarán en crear problemas.

—Lo tienen bien empleado —rezongó Ethan—. Apretujar todos esos países en ese diminuto continente como caballos en un establo. ¿Qué creían que iba a pasar?

—¡Y no puedes salir de viaje sola, no lo permitiré! Ya estuviste cinco veces en Europa con mamá. Has visto todo lo que hay que ver allí.

—Ya iba siendo hora de que fuese por mi cuenta —dijo Sibyl—. ¿A qué he estado aguardando, al fin y al cabo?

Pero entonces el sueño acudió a su mente, y el artículo del periódico, el rostro de aquel hombre.

—Para cuando haya regresado, Ethan —dijo—, estoy convencida de que habrás asumido un papel importante en los asuntos del mundo, y podrás compartir tu gran perspicacia con nuestro presidente.

—Te necesitamos aquí —dijo Gregory—. El personal te necesita.

—Lo que quieres decir es que tendréis que organizarlos vosotros —respondió Sibyl.

Estaba casi en la puerta de entrada cuando Ethan gritó a sus espaldas:

—¡Muy adecuado que te fugues justo antes de que empiece la semana!

—Es lunes, caballeros —gritó ella a su vez—. ¡Hace horas que ha empezado la semana!

Cerró dando un portazo justo mientras oía el tintineo de cristalería volcada y las patas de las sillas rascando el suelo entarimado del comedor.

El viejo Philip la aguardaba en el camino de acceso, lo mismo que Lucy. El equipaje ya estaba cargado en el Rolls-Royce y Lucy y el viejo Philip le sonreían como si estuvieran orgullosos de la rapidez con la que se las había arreglado para escapar de la casa aquella mañana.

Era una novedad aquella voz autoritaria que había descubierto que poseía, aquella seguridad en sí misma. Cuando la soltaba sin restricciones, esa sensación de poder hacía que se sintiera el doble de grande. En el pasado, se habría escabullido sin decir palabra de sus hermanos y después, durante el trayecto a la estación de tren, se habría preocupado sin cesar por cómo reaccionarían ante su súbita ausencia, y por si estaba faltando a la promesa que había hecho a sus difuntos padres de cuidar de sus hermanos incluso a pesar de la terrible autocomplacencia de estos.

Pero ahora se sentía por completo como otra Sibyl Parker, una capaz de cruzar el globo por su cuenta y de apartar a cualquiera que osara interponerse en su camino.

5

París

Samir Ibrahim cruzó corriendo la place de la Concorde hacia el restaurante más famoso del mundo. En una mano llevaba el telegrama que lo había dejado aterrorizado.

Debía encontrar a Julie y a Ramsés enseguida.

Con tanta educación como pudo, se abrió camino a través del bar de Maxim's entre los hombres con esmoquin y las mujeres con vestidos largos, sueltos y brillantes. Entretanto, los acordes hipnóticos del vals *Morning Papers* lo guiaron a través del bullicio de las conversaciones hasta el comedor principal del restaurante.

Los localizó de inmediato.

La pista estaba llena de otras parejas que bailaban el vals vienés, pero él tuvo claro que casi toda la atención de la sala estaba puesta en Julie Stratford y su apuesto compañero de baile.

Por un instante brevísimo, Samir olvidó su oscura misión y observó a la hija única de su querido amigo difunto Lawrence, el hombre con quien había recorrido el mundo, desenterrando tumbas y reliquias, mientras daba vueltas en la atestada pista de baile en los brazos confiados de un antiguo faraón. Había habido un tiempo, justo después de viajar a Egipto tras la muerte de su padre, en el que pareció que la aflicción de Julie por la pérdida iba a adueñarse de ella. Pero ahora era obvio que su espíritu se había recuperado perfectamente. En efecto, bailaba con tanta confianza y belleza que a Samir se le anegaron los ojos en lágrimas.

Su atuendo masculino reflejaba un gusto impecable. Colas negras, el cabello rizado coronado por un sombrero de copa, las manos delicadas con las que sostenía a su pareja de baile enfundadas en guantes blancos.

Y luego estaba su pareja, su nuevo prometido. El hombre cuya tumba había descubierto su padre en unas colinas cercanas a El Cairo. Aquel hombre la había rescatado de un intento de homicidio a manos de su propio primo. Pues no era un mero hombre sino un inmortal que antaño había gobernado Egipto durante más de sesenta años, antes de fingir su propia muerte a fin de que el secreto de su inmortalidad permaneciera oculto para sus súbditos y para la propia historia.

Ramsés el Grande. El orgulloso y guapo Ramsés. Ramsés el faraón del antiguo Egipto que había hecho añicos la idea que tenía Samir de los límites de este mundo en el que vivía, y transformado su visión del mismo para siempre.

Resultaba increíble, pensó Samir, conocer su verdadera y antigua identidad en medio del bullicio y el remolino de aquel opulento lugar con sus murales coloristas, sus camareros de librea y grandes nubes de humo de cigarrillo, en el que las fragancias de docenas de perfumes se mezclaban y devenían un aroma que parecía de otro mundo. Resultaba increíble venerar a aquel hombre, aceptando la certeza de la inmortalidad de Ramsés, aceptando la superioridad de la mente de Ramsés, aceptando el poder y el seductor encanto de aquel auténtico monarca a quien Samir había rendido inmediata e incondicional lealtad.

Samir supo que aquel era un momento que debía saborear y disfrutar.

«Oh, Lawrence —pensó—. Estarías tan contento de ver a tu hija ahora. Tan feliz de ver que no solo está a salvo y protegida, sino electrizada por la inmortalidad. Más viva de cuanto lo haya estado alguna vez. Ah, y ojalá hubieras podido compartir estas revelaciones conmigo, que Ramsés el Grande vive, que está en este mundo, el mismísimo rey que una vez condujo su cuadriga al frente de un ejército en la batalla contra los hititas. Ah, ojalá pudieras haber oído las palabras de este hombre cuando reflexiona sobre aquellos siglos remotos, cuando contesta las más complejas preguntas sobre ellos con tan poco esfuerzo...»

Sus pensamientos regresaron a las figuras que bailaban delante de él, al momento presente.

¿Por qué le había tocado destrozar su felicidad?

Pero podía aguardar. Al menos unos minutos más.

Y así, junto con el gentío, contempló cómo bailaban. Se maravilló ante la inmortal fortaleza que les permitía deslizarse y girar sin detenerse a recobrar el aliento mientras los bailarines que tenían alrededor parecían cansarse. La misma fortaleza que les permitía bailar sin aparatar la mirada de los ojos adoradores del otro.

¿Alguno de los espectadores se habría fijado en que sus ojos eran de un tono de azul casi idéntico? Tal vez. O tal vez estuvieran demasiado distraídos por el espectáculo de la propia danza.

Ramsés lo divisó en cuanto concluyó el vals. Julie también. Fueron en su busca entre las mesas abarrotadas, brindando sonrisas a los comensales que todavía aplaudían su actuación.

No se sorprendieron de verlo. Había planeado reunirse con ellos en París, pero no llevar consigo tan espantosas noticias.

—Samir, amigo mío —dijo Ramsés, dándole unas palmadas en la espalda—, tienes que venir a nuestra mesa ahora mismo. Hemos hecho nuevas amistades aquí y estaremos encantados de que te unas a nosotros.

—Me temo que no, señor —contestó Samir.

«Mejor no entrar en detalles en este lugar tan concurrido.» Entregó el telegrama a Ramsés.

—Me temo que la han encontrado —dijo Samir.

Ramsés leyó. A su lado, Julie se puso tensa.

—En Alejandría —dijo Ramsés, ensombreciéndose.

—Sí.

Le pasó el telegrama a Julie, cuya expresión se había convertido en una máscara de hielo. «No es de extrañar», pensó Samir. Antes de volverse inmortal, Julie casi había fallecido a manos de Cleopatra.

—Vaya —dijo Julie en voz baja, esbozando una sonrisa—. Bien, tal vez debamos mirarlo de esta manera: ahora sabemos que también somos capaces de sobrevivir a un incendio.

Palideció y tragó saliva, con los labios temblorosos.

Ramsés rodeó con un brazo la cintura de su prometida y la dirigió hacia el bar.

—Vamos —dijo Ramsés—. Regresemos al hotel ahora mismo y hablemos de las consecuencias de esto.

La fastuosa suite del Ritz, con sus altos ventanales con cortinajes que se abrían a la place Vendôme, hacía una semana que era su hogar, su última parada en el Continente antes de regresar a Londres. A Ramsés le encantaba tanto o más que todos los grandes hoteles en los que se habían alojado, cenado, hecho el amor.

El personal había sido cumplidor en la entrega de grandes fuentes de pastelitos y quiches a todas horas, junto con cubiteras de champán, tal como ellos habían solicitado.

Ramsés, sentado a la mesa de comer, leyó el telegrama otra vez, como si el breve mensaje fuese a revelar alguna clave oculta si lo volvía a examinar.

MUJER QUE BUSCA EN ALEJANDRÍA **STOP** COMPAÑERO DESCONCIDO AL QUE LLAMA TEDDY **STOP** AMBOS LLEGADOS A EL CAIRO EN TREN DE LA MAÑANA **STOP** INFORME SI QUIERE HAGAMOS ALGO MÁS

Haría mejor preguntando a Samir que concentrándose en aquellas lacónicas hileras de palabras. Le apetecía más champán. Fue Samir quien sacó la botella del cubo de hielo y le llenó la copa de cristal. Luego se recostó y dio unas caladas a su purito. Julie también disfrutaba de uno de aquellos pequeños cigarros. Y desde luego el humo era como un perfume para Ramsés. Siglos atrás, el tabaco era muy raro en su reino, precedente de tierras ignotas del otro lado del mar. Uno de los muchos lujos que había conocido siendo rey.

Sin embargo, una vez más, a Ramsés le pasó por la cabeza que ningún faraón de su época había disfrutado del inmenso lujo que se conocía en el mundo de los negocios y los viajes comerciales en la actualidad. Incluso la gente corriente tenía a su alcance vinos añejos y tabaco. Se bebió el champán de un solo trago.

Cuánto detestaba la información recién llegada de Alejandría.

Estaban en su última semana en aquella gran capital antes de asistir a la fiesta de compromiso que ofrecía el joven y gentil Alex Savarell, el mismo hombre con quien por lo visto Julie había estado destinada a casarse. Ramsés no la temía, simplemente aguardaba con ganas que ya hubiese terminado. Entendía la buena voluntad de aquel gesto, y la importancia que revestía la familia para su amada compañera.

Pero anhelaba seguir viajando en cuanto hubiese terminado, visitar el Lake District de Inglaterra y los castillos del norte, así como los legendarios lagos y cañadas de Escocia.

Ahora esa alarmante noticia proyectaba su sombra oscura sobre todos sus planes, allí en París y en lo sucesivo.

Julie se levantó y abrió una ventana para que el aire de su cigarrillo pudiera escapar. Los cortinajes se agitaron con la fresca brisa nocturna.

Ya no era una chica frágil y delicada. Hacía algún tiempo que había dejado de serlo. Lejos quedaba la temblorosa jovencita que lo había visto levantarse de su sarcófago en su propia casa de Londres, justo a tiempo de impedir que su homicida primo Henry la envenenase en su propia sala de estar con una taza de té; el mismo hombre incorregible que había envenenado a su padre en Egipto, todo en un torpe intento de saquear la empresa familiar para saldar sus deudas de juego. Pero Henry Stratford ya no existía, como tampoco existía la versión de Julie que por poco había matado. Había sido una mujer franca pero ingenua, presionada para que se casara con un hombre al que no amaba, y a punto de verse expuesta al verdadero mal del que son capaces los hombres en nombre de la avaricia.

Sí, aquella Julie había desaparecido casi por completo, dando paso a aquella fuerte y orgullosa novia de su corazón, a quien no tenía que prometer su eterna lealtad con anillos ni ceremonias.

A bordo del barco que la llevaba de regreso a Londres después de su aventura egipcia, aquella Julie había intentado poner fin a su vida para ir a caer en sus fuertes brazos antes de que el mar oscuro la reclamara, y horas después había aceptado el elixir con manos temblorosas.

Irradiaba seguridad y aplomo naturales, la Julie de ahora, y había empezado a ver el mundo que la rodeaba desde un punto de vista completamente distinto. Y hasta hacía unos momentos el mundo entero había sido de ambos para ir a explorarlo.

Ramsés miró a Samir. Cuán preciado era para él aquel amigo y confidente mortal, un egipcio de su edad, de ojos oscuros y tez morena, con tan profunda comprensión de Ramsés y de sus costumbres que aquella gente más ligera del norte, incluso su amada Julie, no podía descubrir tan fácilmente. Algún día, algún día, tal vez, llegaría el momento de conceder el elixir una vez más, esta vez a ese hombre, pero había tiempo para reflexionarlo, y Samir nunca pediría su obsequio, nunca supondría ni por un instante que cupiera abordar a Ramsés con tal petición, como tampoco dar nada por sentado.

—¿Qué sabemos acerca del hombre con el que viaja? —preguntó Ramsés—. Aparte de su nombre de pila.

—Pocas cosas de las que estemos seguros. Pero tengo mis sospechas.

—Cuéntamelas, Samir.

—Tal como te escribí hace algún tiempo, uno de los trenes que chocó con su coche siguió adelante sin detenerse. Buena parte de su cargamento iba dirigido a un puesto de avanzada en Sudán. Después de investigar un poco, mis hombres se toparon con un informe sobre el descubrimiento de un cuerpo en uno de los vagones.

—¿De dónde salió ese informe?

—De un periodista local.

—¿Y el hospital sudanés? —preguntó Ramsés—. ¿Os pusisteis en contacto?

—Nadie quiso hablar del asunto. Las enfermeras que estuvieron de guardia aquella noche se habían ido.

—Eso fue hace solo dos meses —dijo Julie.

—Ese hombre con quien viaja —dijo Ramsés—, ¿crees que pueda ser alguien del hospital? ¿Su médico, tal vez?

—Tal vez, señor.

—¿Y los demás que se fueron?

—Más asesinatos —susurró Julie.

—Quizá, Julie —contestó Samir—. O quizá no. Uno de mis hombres en El Cairo acaba de ponerse en contacto conmigo a propósito de una gran venta de objetos. Una venta privada. La comunidad arqueológica está indignada, como es natural. Quienquiera que efectuase la venta tomó medidas para ocultar su verdadera identidad. Pero corre el rumor de que sostuvieron que la tumba en cuestión era un almacén secreto de tesoros guardados por la propia Cleopatra. Que muchas de las monedas y estatuas del interior llevan su retrato. Ha habido cierta cobertura del asunto en los periódicos egipcios. Pedí que me mandaran los artículos por correo postal a mi despacho en el Museo Británico.

—Cleopatra envió grandes cargamentos de tesoros hacia el sur cuando quedó claro que Egipto caería ante Roma —dijo Ramsés—. Me acuerdo bien.

Una simple respuesta, pero lo había empujado a trastabillar por un pasillo de recuerdos.

Cuánto deseaba creer que era un monstruo, la criatura que había resucitado. Una espantosa aberración que su propia arrogancia había levantado de entre los muertos. Pero la noche del terrible accidente que sufrió Cleopatra, en los momentos antes de que huyera del teatro de la ópera avergonzada, robando un automóvil que no podía controlar y lanzándose a toda velocidad hacia el camino de dos trenes rápidos, había distado mucho de ser un espíritu maligno inepto y sin voz. Había estado concentrada y deseosa de venganza. Poco antes se había enfrentado a Julie en el tocador de señoras. La había amenazado de muerte. Se había deleitado con su miedo.

Durante los desmanes de Cleopatra en El Cairo, Samir y Julie habían hecho lo posible para convencerlo de que era un ser sin alma. No Cleopatra, sino una cáscara monstruosa. Ahora bien, cuando finalmente se habían enfrentado en la ópera fue imposible negar la visión del viejo espíritu en sus ojos.

¿Y ahora? Seguía viva. Verdaderamente indestructible, al parecer.

Pero ¿qué quería? ¿Por qué había viajado a Alejandría del brazo de aquel joven? ¿Para despedirse de su vieja ciudad, la misma razón por la que él mismo había recorrido Egipto entero hacía tan solo unos meses?

Todo lo que tenía que ver con Cleopatra era un misterio para Ramsés. Había sido un hombre vital en la flor de la vida cuando bebió el elixir; ella era un cadáver cuando se lo vertió encima. Él nunca se había visto sometido a un fuego como al que según parecía ella había sobrevivido. Por eso no podía adivinar su estado de ánimo actual, como tampoco había podido hacerlo antes, y tampoco sus motivos, por no hablar de lo que pudiera aguardar a su cuerpo, a su voluntad. Y desde luego ella tenía voluntad, una voluntad tan férrea como la suya. Lo había visto con sus propios ojos, y ella había luchado para seguir viviendo.

Se puso de pie y deambuló por la amplia suite, haciendo un gesto a Samir para que permaneciera sentado. Le constaba que Julie lo estaba observando.

Estaba recordando, juntando cuanto sabía acerca del elixir.

En los miles de años desde que lo robara a la vieja y socarrona sacerdotisa hitita había probado el poder y las limitaciones del elixir, aprendido su burda simplicidad. Cuando todavía era rey de Egipto, había buscado establecer una munificencia inmortal. Pero las cosechas que cultivó con el elixir no podían digerirse. Tuvieron que arrancarlas y hundirlas en el fondo del mar. Pues mataron con gran sufrimiento a multitudes de su propio pueblo en cuanto las consumieron.

Con el transcurso de los años había aprendido en qué medida los rayos del sol podían despertarlo y sustentarlo. Hasta qué punto podía aislarse del poder dador de vida del sol, induciendo un sueño cercano al de la muerte, un sueño en el que su cuerpo se deshidrataba y marchitaba. La luz natural, tanto la del sol como la reflejada a través del cielo nocturno, lo alimentaba. Solo una vez que estaba aislado de ella por completo durante un lapso de varios días recuperaba aquel sueño profundo.

Esto era lo que había hecho dos mil años antes, cuando su negativa a dar a Cleopatra el elixir para Marco Antonio tuvo como consecuencia su suicidio y la caída de Egipto ante Roma.

Lo atormentaba pensar en eso ahora, y siempre sería así.

Recordaba cómo lo había perseguido una vez descubrieron el cadáver de Marco Antonio, muerto por su propia mano. La manera en que lo hizo llamar, suplicándole que trajera a Marco Antonio de vuelta de entre los muertos. Insistiendo en que podía hacerlo con su preciado elixir secreto.

¡Le había dado una bofetada! Un acto atroz, pero la había abofeteado ante la mera insinuación de que utilizara el elixir de aquella manera. Y pensar que dos mil años después había utilizado el elixir precisamente para ese fin, no con los restos de Marco Antonio sino con los de Cleopatra.

Ahora que lo que había hecho en El Cairo se había convertido en una amenaza de la que quizá nunca se librarían, ¿acaso su amor por él se convertiría en ira y amargura?

Julie se dio cuenta de que se estaba atormentando, se puso a su lado y apoyó una mano delicadamente en su hombro.

—Así pues ¿crees que Cleopatra está detrás de la venta y que se ha servido de los beneficios para comprar el silencio de cualquiera del hospital que pudiera recordarla? —preguntó Julie.

—Así como el de cualquiera que pudiera recordar lo deprisa que se curó —agregó Samir—. Pero ¿quién sabe si tales cosas son siquiera necesarias? ¿Quién se creería los cuentos sobre su extraña resurrección?

—¿Tenemos motivo para creer que ha vuelto a matar? —preguntó Julie.

—No del todo —dijo Samir—. Pero sabemos que está viva y coleando. Que ha recorrido todo Egipto. Y que no está sola.

—También sabemos otra cosa —dijo Ramsés.

—¿Sí, querido? —respondió Julie.

—Sabemos que si decide volver a matar, podemos hacer muy poco para detenerla.

Al ver como se ensombrecía la expresión de sus compañeros, lamentó haber pronunciado aquellas palabras. Pero era la verdad. Una verdad inevitable que debían afrontar.

Tras armarse de valor para mirar a Julie a los ojos, vio que en ellos no había temor sino compasión y preocupación. Por él. Esto lo dejó estupefacto.

—No voy a permitir que te pierdas en lamentaciones, Ramsés.

En voz baja, Samir dijo:

—Voy a irme. La perdieron de vista en Alejandría, pero es posible que consigan localizarla de nuevo. Puedo organizar que vigilen los barcos procedentes de Port Said cuando lleguen a Londres, si quieres. Hazme saber lo que deseas y me encargaré de que se cumpla, mi rey.

—No, Samir —dijo Julie—, no debes irte tan deprisa. Sin duda estás agotado, quédate con nosotros. Descansa. Toma algo de comer. Deja que pida habitación para ti.

—No, pero gracias —respondió Samir—. Estoy parando en casa de un viejo conocido del Museo Británico. Por la mañana regresaré a Londres y comprobaré si tu casa sigue siendo segura.

—¿Segura? —preguntó Julie—. Pues claro que es segura.

—Por supuesto. Pero me confortará cerciorarme. Igual que me ha confortado verte en Maxim's esta noche, tan guapa y llena de vida.

Se levantó y recibió ambas manos de Julie y un cariñoso beso en la mejilla.

—Buenas noches, querida Julie. Buenas noches, señor

Ramsey. —Samir le dedicó una sonrisa tímida al usar su alias—. Diría dulces sueños, pero ay...

Y acto seguido salió por la puerta.

Una vez que Samir se hubo marchado, Julie volvió su mirada hacia él. Era la primera vez en semanas que la veía tan alterada. Ramsés odió verla así. Odió que su viaje de ensueño a través de países y continentes hubiese llegado a tan abrupto final.

¿O se equivocaba? Pues Julie parecía más preocupada por su estado de ánimo que por saber que Cleopatra estaba viva.

—¿Crees que debemos temerla, Ramsés?

—Amenazó con partirte el cuello como si fuese un junco. Fueron sus palabras textuales.

—Bueno, ahora no puede hacerlo. Y además, lo dijo solo momentos después de fracasar en el intento. Estuvo a solas conmigo un buen rato, si lo recuerdas, y lo único que hizo fue amenazarme.

—Sí, pero os interrumpieron, ¿no? ¿Realmente crees que sus sentimientos han cambiado?

—Es imposible decirlo con certeza.

—Pues entonces digo esto —dijo Ramsés—. Fue pura vergüenza lo que la ahuyentó de la ópera. Vergüenza y rabia contra mí por permitir que Marco Antonio fuese derrotado. Estaba abrumada. Por eso perdió el control y condujo hacia aquellas vías de tren. Verás, ella nunca deseó el elixir. Se lo ofrecí cuando era reina y lo rechazó. Solo cuando su amante, su compatriota, estaba a punto de ser vencido me lo pidió, e incluso entonces lo quería solo para él. Para su sueño demencial de un ejército inmortal.

—E hiciste bien en no dárselo, Ramsés. Piensa cómo podría haber cambiado el mundo. A veces la muerte es lo único que puede liberarnos de un déspota. Si esa mano divina dejara de influir sobre quienes están en el poder... Bueno, me estremezco solo de pensarlo.

—No sé qué decir —dijo Ramsés. Su voz se había vuelto un susurro—. Cierto, ella era reina, pero habría sobrevivido a su despotismo. Yo era rey y sobreviví al mío; me retiré de las cámaras del poder. No lo sé. Nunca lo sabré. Sé que ahora ella está viva y que mata sin titubeos ni remordimientos. Y soy el responsable de eso, de quien es ella ahora, en estos tiempos. Y temo que sea mucho más peligrosa ahora de cuanto pudo serlo en aquellas épocas remotas.

Julie no respondió. Él la miró. Había vuelto a tomar asiento y lo observó con una gran tristeza.

—No la amo, querida mía —dijo Ramsés—. Lo que oyes no es añoranza de ella. Es arrepentimiento por lo que hice al despertarla.

Se acercó e hincó una rodilla en tierra delante de Julie. Vio paciencia en sus ojos, y el más profundo de los afectos.

—Eres mi amor único y verdadero —dijo—. La nuestra es una unión de la mente, el cuerpo y el espíritu de dos inmortales. Pero ahora su sombra vuelve a caer sobre nuestro camino, ese ser que he admitido en nuestro paraíso.

Julie lo instó a levantarse y se volvió hacia él cuando se sentó al otro lado de la mesa.

—Han transcurrido dos meses desde su espantoso accidente —dijo Julie—. Si busca venganza, sin duda está tomándose su tiempo.

—Razón de más para que crea que no quiere tener contacto con nosotros en absoluto.

—¿Hay algo que quieras decirme? —preguntó Julie—. Ramsés, no temas celos de colegiala por mi parte. Sea como sea Cleopatra, ahora soy igual que ella en fuerza y en invulnerabilidad.

—Lo sé —respondió Ramsés.

—Y creo, tal como creía en el pasado, que no es la auténtica Cleopatra.

—Julie, ¿quién más puede ser?

—Ramsés, no puede tener el alma de Cleopatra. Simplemente no puede. Y creo que todos tenemos alma. Adónde van esas almas cuando morimos, no lo sé, pero seguramente no descansan dentro de nuestros cadáveres en la tierra o en un museo durante siglos.

Ramsés alargó el brazo y le acarició la cara. Qué lista y rápida era, qué audaz y atrevida.

Almas. ¿Qué sabía nadie sobre las almas?

Le pasaban tantas cosas por la cabeza, tantas viejas plegarias, tantos cánticos... Veía los rostros de sacerdotes antiguos. Lo acometió de súbito la carga del deber que había sido suyo durante muchos y largos años como rey, en los que había participado en rituales al alba, al anochecer y a mediodía. Había descendido a la tumba que le estaban preparando durante su reinado y pedido que le leyeran en voz alta las interminables inscripciones de las paredes. Su alma iba a viajar a través de los cielos después de su muerte terrenal. Pero ¿dónde estaba ahora? Dentro de él, por supuesto.

Era demasiado. ¡Sabía que aquella criatura era Cleopatra! Julie ya podía decir que era imposible, llamarla una aparición, un monstruo, y hablar de reinos cristianos a los que las almas iban volando con alas invisibles. Pero él sabía que aquello que había despertado en el Museo de El Cairo era Cleopatra.

—Vamos —dijo Julie—. Demos un paseo. Estamos en una de las ciudades más hermosas del mundo y no necesitamos dormir. Si vamos a regresar a Londres pronto, recorramos estas calles sin miedo a los carteristas, a los accidentes ni a la propia Cleopatra.

Con una risa de deleite, permitió que tirase de él para ponerlo de pie con una fuerza que Julie no poseía meses antes.

6

Julie había temido los ríos una vez.

De niña se negaba a acercarse a cualquier barandilla del Támesis, convencida de que podía resbalar, caer entre los barrotes y acabar engullida por el agua negra.

Ahora no tenía ese miedo mientras paseaba a lo largo del Sena hacia la gran sombra acechante de Notre Dame.

Podía nadar la longitud entera de aquel río sin cansarse, si así lo deseaba. Juntos podían seguirlo todo el camino hasta el mar e instalarse en una isla apartada donde terribles tormentas y costas de acantilados escarpados harían imposible toda intromisión de los mortales. Allí encontrarían un retiro que les permitiría estudiar cualquier pensamiento como si fuese una joya.

Por un instante de delirio, pensó que tal vez ella y Ramsés deberían hacer eso, y de inmediato. Pero le constaba que no tenían más remedio que regresar a Londres, y cuanto antes mejor.

Hacía una cálida noche primaveral y se habían quitado el abrigo, y ella su sombrero de copa, de modo que el cabello le colgaba suelto en una maraña de rizos sobre la espalda de la camisa del traje blanco. Los transeúntes debían de pensar que era una elegante música callejera con afición a la ropa masculina. El calor y el frío severo, así como los entrometidos prejuicios de los demás eran cosas que no volverían a preocuparla, gracias al elixir. Entre sus dones también se contaban los sentidos agudizados que le permitían detectar si había sustancia real en distantes sombras y memorizar grandes volúmenes de texto en cuestión de minutos. Bendecida con esas habilidades, era casi imposible no rehuir las cansinas obligaciones cotidianas.

—¿Estás preocupada? —preguntó Ramsés cogiéndole la mano.

—No, preocupada no. Solo pensativa.

—Comparte esos pensamientos conmigo.

Había algo del rey en aquella orden, pero también del consejero. Pues él había desempeñado ese papel durante miles de años y reinado como faraón solo durante sesenta.

—Estaba pensando qué podría causar que alguien en nuestra posición prefiriese la reclusión en un momento dado —contestó Julie.

—Interesante. Sin compañía, la mera idea me resulta insoportable. Para mí, la reclusión solo significaba dormir. Solo era preferible cuando las exigencias de quienes me habían llamado para requerir mis servicios se volvían insoportables.

—¿Por eso ahora no sueñas con que nos establezcamos en una isla lejana donde los mortales no puedan vivir?

—¿Es eso lo que tú sueñas, Julie?

—No estoy del todo segura. La posibilidad parece sumamente tentadora. Pero solo es una entre mil. O entre un millón. Y disponemos de tiempo para probarlas todas.

Ramsés sonrió y la atrajo hacia sí mientras caminaban.

—Es muy diferente disfrutar de este regalo contigo, Julie. Muy diferente compartirlo con quien sea. Pero sobre todo contigo.

—Así debe ser. Ahora te refieres a ello como un regalo. Antes era una maldición y tú, Ramsés el Maldito. Pero ya no te imagino refiriéndote a ti mismo en esos términos. Y esto me complace, Ramsés. Me complace enormemente.

—Sí, ahora veo que la maldición no era la inmortalidad sino el papel que me asigné a mí mismo. El de consejero. No me arrepiento ni por un instante. Pero acabó siendo insoportable. Y ya no puedo culpar de mi tormento anterior solo a la caída de Cleopatra.

—Ni a la caída de Egipto —susurró Julie.

—Sí. Anhelaba una nueva vida. Pero no lograba imaginarla. De modo que me entregué a las arenas del mismísimo tiempo. Que tu padre me descubriera fue mi despertar. Eso son piezas de un gran destino, y tú, Julie, la parte más maravillosa de este.

Imposible no acurrucarse entre sus brazos ante tales lisonjas, deleitarse con la sensación de su aliento en la nuca cuando la abrazaba. Eran horas avanzadas pero, antes del elixir, semejante demostración de afecto habría parecido inaceptable, incluso en París.

—No es preciso que regresemos a Londres, Julie, si no es lo que deseas.

—Oh, pero sí lo es. No es simplemente por Alex, Ramsés. Tengo ganas de asistir a esa fiesta, a ese compromiso, por mí y por ti. Lo necesito. No puedo cortar todos los vínculos. Y tengo que ir a las oficinas de la Stratford Shipping para asegurarme en persona de que todo va bien. Y además... ¿qué pasa si ese ser encuentra a Alex? ¿Qué pasa si tiene datos suficientes para seguirle la pista hasta Londres?

—Puede encontrarlo tan fácilmente como a nosotros —dijo Ramsés—. Los tiempos cambian. Periódicos, telegramas, fotografías...

Julie estaba empezando a darse cuenta de que quizá tendrían que quedarse en Inglaterra con el único fin de proteger a Alex Savarell. Pero todavía no quería comprometerse a hacerlo. El tiempo diría si Cleopatra resucitada estaba interesada en alguno de ellos. Y después estaba Elliott. Este ahora era bastante capaz de defender a su hijo de cualquier asalto del monstruo. Cuánto detestaba molestar a Elliott precisamente ahora, distraerlo de las cosas que él sentía que debía hacer.

Condujo a Ramsés hasta un banco frente al río, un cómodo banco de hierro en el que podían sentarse y observar a los paseantes.

—¿Deberíamos telegrafiar a Elliott? —preguntó Julie—. ¿Contarle lo de Cleopatra?

—Todavía no —respondió Ramsés—. Si quieres nos vamos a Londres mañana temprano. Preferiría que Elliott completara sus planes. Su familia cuenta con él. Amo a estas personas porque tú las amas, y estoy atado a ellas porque tú lo estás. Si resulta que Cleopatra va a Londres en busca del joven Savarell, bueno, será el momento de avisar a Elliott.

Esto la conmovió profundamente. Dudó de si sería prudente decirlo. Qué ser tan complejo y cariñoso era Ramsés. Y Julie se dio cuenta de que le habría partido el corazón que no hubiese amado a Elliott.

Elliott Savarell había sido el amigo más íntimo de su padre. Julie sospechaba incluso que habían sido amantes en su juventud. De hecho, estaba segura.

Recordaba una extraña tarde de verano de cuando ella era niña. Estaba de visita con su padre en la finca campestre de Elliott y había salido a pasear con Alex. Regresó temprano y sola, un poco aburrida y cansada, y encontró a su padre y a Elliott a solas en la biblioteca.

Los pilló desprevenidos solo por un instante.

Pero fue un instante extraño. Estaban ante la ventana, de espaldas a la puerta. Elliott rodeaba con un brazo a Lawrence y le hablaba en un susurro bastante íntimo.

Fue algo en el modo en que ambos hombres se habían arrimado, en la manera en que su padre estaba inclinado hacia Elliott, el modo en que sus labios casi se tocaban, lo que la sobresaltó e impresionó.

Entonces debió de hacer algún ruido. Los hombres se separaron para saludarla. Pero ella entrevió un brillo de lágrimas en los ojos de su padre, lágrimas que parecieron desaparecer al instante.

Jamás se hizo comentario alguno sobre ese momento. Pero en el largo trayecto de regreso a Londres, su padre sostuvo a Julie bien prieta junto a él, abrazándola con lo que parecía tristeza y desesperación.

—¿En qué demonios estás pensando, padre? —había preguntado Julie mientras él miraba los campos por la ventanilla.

—En nada, cariño —había respondido Lawrence—, salvo en lo mucho a lo que renunciamos en esta vida, tarde o temprano, porque nunca podemos tener todo lo que queremos. Somos afortunados, querida. Bastante afortunados, pero todas las vidas conllevan sacrificios.

Súmense a eso muchas intuiciones sobre Elliott a lo largo de los años, aburrido y cansado, en los márgenes de las fiestas y los bailes.

Bien, ahora Elliott poseía el mundo entero. Nunca tendría que volver a sacrificar lo que hubiese sacrificado años atrás para casarse con una heredera americana que pagó sus deudas y le dio un apuesto hijo para que llevara el nombre de la familia.

Pensándolo bien, no la sorprendía que Elliott hubiese sospechado que Ramsés fuese un ser fuera del alcance de la comprensión normal desde el momento en que se conocieron. Fue Elliott quien lo siguió al Museo de El Cairo la noche en que Ramsés despertó a Cleopatra. Y fue Elliott quien cuidó de la reina resurrecta que Ramsés había despertado, después de que este huyese de ella presa del terror.

Quizá como penitencia, una vez que su gran viaje hubo tocado a su fin, Ramsés regaló a Elliott un frasco del elixir para que hiciera con él lo que quisiera. Y a Julie no le sorprendió que Elliott se lo bebiera.

Y tal vez Elliott nunca habría regresado a Londres, de poder evitarlo, hasta que su hijo y su esposa hubiesen abandonado este mundo. Sin duda nunca permitiría que el secreto de su inmortalidad los lastimara o perjudicara. Enviaría a casa sus sustanciosas ganancias en las mesas de juego, por supuesto, y buscaría aquella mina de oro tal como Ramsés le había ordenado que hiciera, y sería el lejano y misterioso abuelo de niños cariñosos que nunca verían cara a cara a aquel hombre de juventud eterna.

Ahora Julie se enfrentaba a la tarea de engañar tanto a Edith como a Alex acerca de su transformación. Y al margen de los planes de futuro, Julie aprovecharía la fiesta de compromiso para manifestar el gran afecto que sentía por ambos, guardándose para sí la pena del abismo que ahora los separaba para siempre.

De entre todas las personas que se habían unido a ellos en su aventura egipcia, Alex era el único que todavía pensaba que el señor Reginald Ramsey era un misterioso egiptólogo que simplemente se había sumado a su grupo, el único que todavía creía que la enigmática mujer con quien había pasado una noche de pasión en El Cairo solo era una vieja amiga de Ramsey que se había vuelto loca.

Y Julie estaba convencida de que Alex nunca debía enterarse de la verdad. La impresión que le causaría conocer la verdad acerca de ella, acerca de Ramsés, acerca de Cleopatra, acerca de su propio padre dejaría destrozado a Alex por completo.

No, todos sus pensamientos debían encaminarse a que Alex se recuperase de lo que ya había soportado.

Después de que Cleopatra se hubiese ido a su supuesta muerte, Alex se encerró en sí mismo. A bordo del buque de regreso a Londres, confesó que amaba a aquella mujer que en verdad no conocía, pero también juró que no la olvidaría. Retomaría las rutinas de la vida cotidiana, insistió. Todos lo harían.

Y ya entonces Julie encontró que era una frase horrenda. «Las rutinas de la vida cotidiana.»

Ahora seguía pensando igual. Sin duda alguna, Alex se estaba recuperando. Sin duda alguna, su deseo de dar aquella fiesta de compromiso era prueba fehaciente de ello. Sin duda alguna, el flujo de dinero procedente del conde le había asegurado una nueva confianza en sí mismo, una nueva disposición a mirar a las numerosas herederas casaderas de su entorno que sabrían apreciar su cuna, su título, su sutil encanto.

Ramsés le tomó la mano. En algún lugar repicaba la campana de una iglesia. Era tarde, y el paseo a orillas del Sena estaba desierto.

—¿Piensas en Alex o en su padre? —preguntó Ramsés.

—En Alex. Debo confesarte algo porque si lo confieso me libraré de la necesidad de hacerlo.

—Por supuesto.

—Hay una parte de mí que desea contárselo todo a Alex.

¿Era verdad? Sus propias palabras la habían impresionado. Y sí, era verdad. Era una profunda verdad que iba más allá de la lástima, más allá de la compasión.

—Te confunde la culpabilidad. Revelar esta verdad no cambiará el hecho de que nunca lo amaste. Y no deberías sentirte culpable por eso. Si casi te impusieron esa boda fue solo por motivos económicos. A ninguno de sus artífices le importaba lo que pudiera albergar tu corazón.

—Por supuesto, por supuesto. Pero...

—Te estoy diciendo cómo te sientes. Perdóname. Fui consejero mucho más tiempo que rey. Retomo ese papel demasiado deprisa.

—Deseo que cambie, Ramsés. Nunca lo amé. Pero le tengo mucho cariño y me gustaría que cambiara para que...

—¿Para que qué, Julie?

—Para que fuese capaz de absorber el mundo como nosotros. Para que viera sus colores y su magia. Para que estuviera dispuesto a correr el riesgo de resultar herido, en su cuerpo y en su corazón, a fin de profundizar en la experiencia de estar vivo.

»Esa es mi gran preocupación, ¿sabes? De hecho, parece que ahora sea la única. Que desearé compartir el cambio que me ha sobrevenido con todas las personas que aprecio de verdad.

—¿Compartir el elixir, quieres decir?

—Por supuesto, se supone que no lo debo compartir. Pero tú sabes a qué me refiero. Seguro que has sentido cosas parecidas a lo largo de tu existencia.

—Pues sí, pero escucha —respondió Ramsés—. La experiencia que estás teniendo es solo tuya. El elixir en realidad no te ha cambiado. Oh, sí, te ha hecho más fuerte, más resuelta, por supuesto; y yo disfruto mucho de estos cambios. Pero no te ha cambiado el corazón. Ha liberado tu carácter amoroso. No surtirá el mismo efecto en todo aquel que lo tome. Pero me consta que resulta tentador creer lo contrario.

—Pero si desaparece el miedo a la muerte, ¿la persona en cuestión no...

—No ¿qué? ¿Se vuelve buena? Traje a Cleopatra de la mismísima muerte y la perdió el miedo. ¿Y acaso no mató a inocentes en El Cairo?

—Eso es distinto, Ramsés. Es un ser diferente. Uno para el que ni siquiera tenemos nombre.

—El elixir no cura un corazón partido. Confía en lo que te digo. Tu experiencia es tuya y solo a ti te pertenece.

—Y tú me perteneces solo a mí —susurró Julie—. Y eres una parte de esta experiencia que no quiero compartir con nadie. Al menos no así.

Un beso, apasionado y audaz y sin consideración por los transeúntes. Después Ramsés se apartó de ella y le tomó la mano.

—Vamos —dijo—. A la catedral.

—No, querido —respondió Julie—. Es nuestra última noche. Quiero ver los rincones más sórdidos de París, los callejones oscuros, las tabernas y los cabarets donde en el pasado jamás habría puesto un pie. —Se rio—. Quiero ver todos los lugares peligrosos. Quiero ver a los ladrones echándonos el ojo para luego, instintivamente, inevitablemente, tal como hacen siempre, alejarse de nosotros como si fuésemos ángeles.

Ramsés sonrió. Lo entendió en la medida en que cualquier hombre podía entenderlo, pensó Julie. Cualquier hombre que nunca hubiese sabido lo que significaba ser una mujer.

Y echaron a caminar juntos, dejando atrás el río, hacia las zonas de París que desconocían, dos aventureros de quienes nada sabía el mundo mortal.

7

Montecarlo

El inglés hacía el amor como un francés, y por eso Michel Malveaux estaba dichosamente agradecido.

Los camareros y crupieres del casino habían aludido a él como el conde de Rutherford, y así era como Michel prefería pensar en él. El título era un elegante recordatorio de lo diferente que era de los demás clientes.

Se había llevado a Michel a la cama con el mismo vigor con el que había jugado en las mesas del casino durante varios días seguidos. El vigor de un hombre que tuviera la mitad de su edad. Es más, el vigor de un hombre que tuviera la mitad de la edad de Michel. Sus movimientos no emanaban la menor sensación de premura. Tampoco de titubeo ni de nerviosismo. De hecho, el atractivo aristócrata de ojos azules acariciaba y exploraba y saboreaba el cuerpo de Michel con el mismo abandono con que este había experimentado en los viñedos de detrás de la granja de su familia cuando era un chaval.

No, nada que ver con sus otros clientes, aquellos hombres y mujeres que lo invitaban a sus habitaciones de hotel con furtivas señales en clave. Que le decían adiós con prisa en cuanto el hecho estaba consumado, no sin antes darle un obligado regalo. Dinero, joyas o la promesa de una buena comida, siempre con la intención de comprar su discreción y tal vez su regreso a la noche siguiente bajo las mismas condiciones.

Incluso la habitación era diferente.

Michel había frecuentado bastante el Hotel de París pero no conocía aquella suite en concreto, con su papel pintado del color de un cielo despejado, altas ventanas que daban al mar y un balcón. Y qué audaz el conde dejando las ventanas abiertas para que la brisa marina acariciara sus cuerpos desnudos mientras se entregaban a una pasión que la mayoría encontraría incalificable.

Pero era precisamente esa audacia lo que había atraído la atención de Michel hacia aquel hombre varios días antes. El conde era uno de los mejores jugadores que había visto en su vida, dotado de una habilidad casi sobrenatural para interpretar la baraja, la ruleta y las expresiones del crupier. Y cada día, en el mismo momento en que parecía que iba suscitar las sospechas de la banca, se retiraba gentilmente de la mesa. Después daba generosas propinas a los camareros que lo habían tenido bien alimentado con la constante provisión de tentempiés que daban la impresión de sustentarlo.

¿Cuáles serían sus trucos? Michel ardía en deseos de saberlo. Para eso había ido a Montecarlo años atrás: para aprender los secretos de los mejores jugadores, para dominar a la mismísima suerte de modo que pudiera mantener a su madre viuda y enferma.

Su pobre madre.

Ella creía que había alcanzado su meta. Le habría partido el corazón enterarse de que el dinero que le enviaba a casa procedía de atender las íntimas necesidades sensuales de los ricos. Hacía poco le había enviado un anillo con una esmeralda y diamantes incrustados, y ella le había escrito unos días después para decirle que lo llevaba con orgullo y gran alegría cuando alguna de sus hermanas la visitaba. Si supiera que se lo habían regalado un general alemán y su esposa después de que les proporcionara momentos de éxtasis simultáneamente estaba seguro de que se quedaría destrozada.

Michel era un hombre mucho más joven e insensato cuando se fue de casa. Y solo al cabo de unos meses de vivir en un apartamento atestado de crupieres se había visto obligado a entrar en razón. Entonces ya era un amante sobresaliente, pero le llevaría tiempo convertirse en un jugador mejor. No tuvo más remedio que servirse de su primer don mientras intentaba adquirir el segundo.

Pero ahora quería saber mucho más acerca de aquel hombre, aparte de los trucos en las mesas. Muchísimo más.

Y cuando el conde lo llevó al clímax, los gritos que profirió Michel sonaron a un tiempo suplicantes y extasiados. Y el conde de Rutherford pareció deleitarse con ellos, pues aumentó el ritmo de sus embestidas hasta que ambos yacieron amontonados entre las sábanas enredadas.

Se quedó adormecido.

Su compañero, en cambio, parecía no estar cansado en absoluto. Le acarició el pelo apelmazado por el sudor para apartárselo de la frente.

—El conde de Rutherford tiene muchos secretos y habilidades —susurró Michel finalmente.

—Tal vez después de otro momento como este podré convencerte de que me llames Elliott.

—Eres un hombre muy misterioso y hábil, Elliott.

—¿Te refieres a mi habilidad en la mesa de *blackjack* o...?

Con un dedo, dibujó un despacioso círculo en el vientre de Michel.

—A ambas cosas.

—Entiendo. Y veo que los rumores sobre ti son ciertos, joven Michel Malveaux.

—¿Qué rumores?

—Que eres muy ducho en el arte de la seducción. Que así te ganas bien la vida. Tal vez por eso también te apetecía tanto mostrarte el alcance de mi habilidad.

—¿Somos cortesanos en duelo, entonces?

Elliott se rio.

—No, qué va.

—Seguro que sí. Tienes un título.

—¿Y eso qué te permite suponer acerca de mí, exactamente?

—Nada —susurró Michel—. No puedo suponer nada acerca de ti, pues ya has desafiado todas mis expectativas. Careces de la reserva propia de un aristócrata inglés y de toda pretensión. Al menos comparado con los que he conocido.

—¿A cuántos has conocido, querido muchacho? —preguntó Elliott con una pícara sonrisa.

—Sé amable, Elliott. No todos descendemos de una gran fortuna. Hacemos lo que tenemos que hacer para sobrevivir.

—Contigo solo quiero ser amable —dijo Elliott, y le dio un beso—, repetidamente y con gran entusiasmo.

—Así pues ¿no te molestan los rumores sobe mí?

—En absoluto. Mi vida está pasando por una etapa de transición radical. Como consecuencia, me he liberado de las viejas restricciones y etiquetas.

—¿Tu título es una de las restricciones de las que te has liberado?

—Si mi título es lo que me permite conocer una belleza como la tuya, joven Michel, espero no liberarme nunca de él.

—Esta audacia, Elliott, te define. ¿De dónde sale? ¿Tu habilidad en las mesas te da esta confianza?

—Quieres aprender mis trucos, ¿verdad? ¿Crees que he estado contando las cartas?

—Deseo saber muchas cosas sobre ti, Elliott.

Ay, ahí estaba, una pequeña grieta en la fachada de aquel hombre, una mirada súbitamente distante en sus cristalinos ojos azules. ¿Había hablado más de la cuenta? ¿Había demasiado anhelo en aquellas palabras? Era casi compasiva la manera en que Elliott le acariciaba la cara con los dedos doblados.

—Podríamos decir que estoy viviendo una gran aventura. Pero también estoy trabajando para pagar ciertas deudas. Soy lo bastante privilegiado para combinar ambas empresas.

—Saldar deudas. ¿Con tus ganancias?

—Sí.

—¿Y te marcharás pronto? —preguntó Michel, confiando en haber impreso suficiente frialdad a sus palabras.

—Sí.

—A Baden-Baden o a otro casino, donde usarás tus habilidades hasta que despiertes las sospechas de la casa.

—Eres un chico listo, Michel. Está claro que has visto mucho mundo.

—Qué va. He visto mucho Montecarlo. Y buena parte del mundo viene a Montecarlo.

—Buena parte del mundo que tiene dinero viene a Montecarlo. Y hay buena parte del mundo que permanece envuelta en un gran misterio.

—¿Cuánto de este mundo misterioso has visto, conde de Rutherford?

Pareció que Elliott de repente se hubiese abstraído en unos recuerdos tan vívidos que le llevaron la mente lejos de aquella hermosa suite de hotel con sus imponentes vistas al mar. Michel se sentía como si fuese una mera pantalla a través de la cual Elliott estuviese mirando, y eso le dolió más profundamente de lo que quería. Era un cruel recordatorio de que pronto se separarían. De que pronto el conde de Rutherford devendría poco más que otro viajero cuyas generosidad y atenciones habría conocido solo momentáneamente.

—Mi querido Michel —susurró Elliott finalmente. Estaba claro que se había olvidado de sí mismo y que las palabras que pronunciaba le salían espontáneamente—. Últimamente he visto cosas en este mundo que desafían a cuanto antes creía sobre la vida y la muerte. Todo gracias a un rey.

¿Un rey? Pero Michel nada dijo. Hacerlo habría sido echar por tierra su súbita e hipnótica franqueza. Elliott se acordó de sí mismo casi al instante. Una expresión de pavor le cruzó el semblante. Procuró disimularla con una repentina y afectuosa sonrisa, pero lo hizo un segundo demasiado tarde.

—Dúchate, y después nos sentaremos en el balcón a disfrutar del paisaje.

Fue como si la temperatura cayera varios grados en cuanto el peso de Elliott abandonó el colchón. Se sintió como si lo echaran, pero al menos el conde de Rutherford no le había pedido que se marchara. Todavía no, por lo menos. De modo que se duchó, siguiendo las instrucciones que le habían dado.

Cuando reapareció en el dormitorio, Elliott estaba sentado en el balcón. El humo de su cigarrillo ascendía en volutas junto a su cabeza.

Encima del tocador había una carta al lado de la billetera de Michel y, aunque en aquel momento no la necesitaba, por alguna razón su proximidad se le antojó una excusa para echar un vistazo a las hojas manuscritas en cursiva.

Sabiendo que aquella maravillosa velada pronto tocaría a su fin, que aquellas palabras tal vez serían lo único real que atisbaría sobre el hombre que la había propiciado, Michel recorrió la carta con la vista con lo que sentía como un ansia devoradora.

El autor era el hijo del conde, un tal Alex Savarell.

Agradecía a Elliott que por fin le hubiese telegrafiado para darle la fecha de su llegada a Montecarlo. Las sumas de dinero que Elliott había transferido para su familia eran muy apreciadas. Como consecuencia, habían reabierto la finca campestre de Yorkshire, contratando más personal. Allí era donde darían la fiesta de compromiso de una mujer llamada Julie Stratford y su nuevo prometido, un tal señor Reginald Ramsey.

En otras páginas, se fijó en repetidas peticiones a Elliott para que regresara a Inglaterra. Pero en ningún momento se mencionaba qué relación exacta existía entre aquella Julie Stratford, Reginald Ramsey y el conde de Rutherford y su hijo. Alusiones a una calamitosa aventura en Egipto pero sin más detalles, excepto la insinuación de que Elliott en parte estaba viajando para escapar de las consecuencias de dicha aventura.

Un chirrido metálico procedente de fuera lo asustó.

Soltó la carta y se apartó del tocador.

Elliott simplemente había apoyado un pie en la barandilla del balcón para inclinar su silla sobre las patas traseras.

Su espionaje había pasado desapercibido. ¿O no? Aquel hombre parecía tener una habilidad sobrenatural para interpretar las mesas de juego. ¿Habría detectado los actos furtivos de Michel a escasos metros de él?

Se puso los pantalones procurando hacer ruido.

Cuando salió al balcón, Elliott lo recibió con una sonrisa y le indicó la silla libre junto a la suya.

Abajo, el puerto centelleaba.

Había muchas preguntas que deseaba hacerle al conde, a Elliott el de los hermosos ojos azules, muchas cosas que quería saber, pero temía que el esfuerzo fuera igual a alcanzar demasiado deprisa un globo al caer: un simple toque lo alejaría flotando con repentina velocidad.

«Cosas que me han llevado a cuestionar lo que antes creía sobre la vida y la muerte. Y todo gracias a un rey.»

¿Qué podían significar aquellas palabras?

¿Y por qué Elliott le estaba sonriendo?

«Lo sabe —pensó Michel—. Sabe que he leído la carta. Lo ha percibido de la misma manera en que percibe qué naipes va a repartir el crupier.»

—Eres joven —dijo Elliott por fin.

—¿Por qué me lo recuerdas? —preguntó Michel.

—Porque deseas irte conmigo cuando me vaya. Y por tanto tengo el deber de decirte que sería muy mala idea. Espléndida para mí, tal vez, pero espantosa para ti.

—¿Y eso por qué?

—Porque eres joven, querido muchacho.

—Y tú tienes la confianza de alguien tan joven como yo.

—¿Por qué lo dices? —preguntó Elliott.

—Porque das por sentado que me iría contigo de aquí en cualquier momento.

Michel le dedicó una sonrisa irónica a la que Elliott correspondió.

—Dime que me equivoco —susurró el conde.

No pudo. Es más, apenas podía aguantar la mirada curiosa del conde, y notó que muy a su pesar se sonrojaba y hacía un mohín.

—Tus trucos en las mesas. Quizá eso sea lo único que me interesa.

Elliott se rio afectuosamente, en absoluto ofendido.

—Suerte, querido muchacho. Eso es todo. Simple suerte. La misma suerte que me trajo tan encantadora velada con alguien como tú.

—Me halagas.

—No. Hablo con más franqueza de la que estás acostumbrado.

«Sí —pensó Michel—. Porque eres audaz, y es el origen de tu audacia lo que deseo conocer. Saborearlo.»

—Una esposa se reunirá contigo en tu próxima escala —dijo Michel.

—En absoluto —dijo Elliott.

—Sí que lo hará. Una esposa y una familia de críos y te será imposible explicar que soy tu nuevo ayuda de cámara porque soy demasiado guapo y joven. ¡Y francés!

—¡Ah! ¡Lo sabía! Sí que deseas venirte conmigo —respondió Elliott.

—Tu suerte me suelta la lengua, me temo.

—Mi esposa y yo tenemos un acuerdo y llevamos vidas separadas, cada uno con el apropiado grado de expectativas en el otro, y nuestro único hijo es mayor. Ninguno de ellos es el motivo por el que tendré que despedirme de ti cuando termine esta noche. Pero ya basta de hablar de mí. ¿Qué me dices de ti, Michel? ¿Hay una mujer especial en tu vida?

—He hecho muchas amistades en Montecarlo.

—Entiendo. Pero prefieres la compañía de los hombres, ¿verdad? Lo he notado.

—¿Ha sido un sentimiento del que has disfrutado?

—Muchísimo. Pero yo puedo bailar tanto a la luz de la luna como a la del sol. Si no es tu caso, querido muchacho, no deberías sentir la menor vergüenza. Pero tampoco deberías enamorarte del primer hombre que no te hace el amor como si fuese algo breve y vergonzante que deba despacharse con presteza para evitar ser descubierto.

—¿Crees que eres ese hombre para mí? —preguntó Michel con una voz temblorosa que convirtió su pregunta en una afirmación, una confesión. «Sí. Has sido ese hombre para mí, conde de Rutherford.»

—No permitas que lo sea, querido Michel. Es lo único que te pido. Llévate tus recuerdos de mí y de esta noche y deja que te inspiren.

—¿Que me inspiren en qué sentido?

—Que te inspiren para rechazar a todos lo que te traten como si hubiese motivo para avergonzarse.

No debía llorar ante aquellas palabras. Debía mantener la calma y el aplomo. Mantenerse profesional, si tal concepto era posible aplicarlo a aquella velada. Al fin y al cabo, Elliott no le había ofrecido todavía un regalo, y a Michel le faltaban arrestos para pedirlo. De hecho, aquella conversación en el balcón con sus bonitas vistas era regalo más que suficiente.

—Eres un misterio absoluto, Elliott, un misterio que dice cosas extrañas sobre la vida, la muerte y unos reyes.

Elliott se rio y se puso de pie. Cuando tomó el rostro de Michel entre sus manos, este no pudo evitar levantar la vista hacia sus deslumbrantes ojos azules.

—Pues piensa en mí como en un misterio —susurró Elliott.

—Un misterio que pronto se irá.

—La noche todavía no se ha terminado, y en tu presencia, querido Michel, me siento milagrosamente recuperado.

Increíble. ¿Realmente podía repetir?

Cuando Elliott lo arrojó a la cama, Michel obtuvo la respuesta.

De repente pensó en las estatuas de mujeres con el pecho descubierto que formaban parte de la fachada del hotel. Estaban solo unos pisos más abajo, esas estatuas, con los brazos extendidos como alas. Por primera vez dentro de aquel gran hotel, Michel se sintió como si lo soportaran literalmente aquellas mujeres de piedra semidesnudas y su descarado y sensual coraje.

No era la primera vez que se dirigía a pie a su casa al amanecer, oliendo a una piel ajena. Pero sí que era la primera vez que lo hacía tan apesadumbrado.

Por eso no le sorprendió tardar tanto en reparar en los pasos que oía a sus espaldas.

Fue su velocidad lo que finalmente le llamó la atención.

Para cuando levantó la vita, la mujer estaba caminando a su lado. No se la veía borracha ni desaliñada. Un pasador de piedras preciosas le sostenía el cabello en un moño impecable en lo alto de la cabeza, pero el corsé parecía suelto debajo de su blusa; una falda acampanada le confería el aspecto de estar lista para pasar la mañana de compras. Pero todavía faltaban horas para que las tiendas abrieran. De hecho, solo un levísimo rubor de amanecer besaba las aguas del puerto.

Había algo raro en sus zapatos. Eran recios, resistentes, no parecían diseñados para pasear sin prisas.

—Confío en que hayas pasado una velada agradable con el conde de Rutherford.

Tenía un acento británico perfecto. Era la noche de los ingleses, al parecer.

—¿Y usted quién es, *mademoiselle*? —preguntó Michel.

—Alguien que se fija tan bien como tú en las cosas, Michel Malveaux.

Otra noche habría intentado cautivarla, seducirla. Canalizar su curiosidad hacia una experiencia sensual que después querría mantener en secreto. Esto a su vez también mantendría en secreto lo que ella pudiera haber presenciado entre él y el conde. Así funcionaban los secretos. Pero la partida de la habitación de Elliott lo había dejado afectado y vulnerable. Por no mencionar el hecho de que estaba totalmente agotado por el insaciable deseo de aquel hombre.

—Si tiene la bondad de excusarme, es bastante tarde y ahora mismo no tengo ganas de hablar de mi velada.

En un abrir y cerrar de ojos, le agarró una muñeca. La asió con una fuerza asombrosa. Y los ojos que de pronto vio mirándolo eran tan azules como los del conde de Rutherford.

—Si es o no temprano o tarde es una cuestión a debatir, ¿no te parece? —preguntó ella—. Y depende en buena medida de cómo se hayan pasado las horas anteriores.

No era la primera vez que lo amenazaban. Los clientes le habían sacado navajas, lo habían amenazado con botellas de licor vacías. Pero siempre se las había arreglado para encontrar el modo de cautivarlos. Esta mujer, en cambio, poseía un objetivo y una malicia que no eran resultado de la ebriedad ni de la desesperación ni de la lascivia. De ahí que Michel solo viera una salida: mentir.

—Al margen de la hora que sea, lo que haya hecho esta noche es asunto mío. No sé quién es el conde de Rutherford y quiero que me suelte la mano de inmediato.

Ella no se dio por aludida.

—Sin embargo, la primera vez que he dicho su nombre no has manifestado confusión. Solo me has preguntado el mío.

—Y todavía no me lo ha dicho. Por favor, suélteme.

Se zafó dando un tirón. Ella le soltó la muñeca con una sonrisa y retiró ostensiblemente la mano. Ambos gestos daban a entender que podría haber seguido agarrándolo por más que él hubiese forcejeado.

—Solo estoy de paso —contestó ella, y Michel vio que aquello no era en absoluto una respuesta—. Pero tú vives aquí y tienes una reputación que salvaguardar.

Casi adoptó una expresión desdeñosa al decir la palabra «reputación».

—Aquí tenemos un código, *mademoiselle*, pero según parece, usted lo desconoce.

—¿En serio?

—Sí. Quienes están de paso no pueden mancillar la reputación de quienes se quedan. Simplemente, así es como funcionan las cosas en Montecarlo.

Aquella afirmación era una suma tontería. Una airada queja de un visitante rico en uno de los hoteles podría prohibirle la entrada de por vida. El propio príncipe lo escoltaría hasta la frontera si su conducta amenazara de un modo u otro el flujo de turistas que llegaba a aquel pequeño paraíso junto al mar. Pero la mujer que tenía delante pareció impresionarse ante su confianza, como mínimo. Tal vez se le había pegado un poco la audacia del conde.

—Descansa un rato, Michel —dijo la mujer—. Estoy convencida de que volveremos a vernos.

—Así lo espero. Tal vez en otras circunstancias más agradables, cosa que permitirá que nos veamos bajo una luz diferente.

Le tomó la mano y la besó.

Tendría que haber intentado antes aquella treta. Ahora seguramente era demasiado tarde para seducirla, pues se había ganado su ira, quienquiera que fuese, cualesquiera que fuesen sus razones.

Ella sonrió, asintió con la cabeza y acto seguido se retiró con pasos tan veloces como los que la habían llevado hasta él.

¿De dónde había salido? ¿Del hotel? ¿De uno de los barcos del puerto? ¿Y qué andaba buscando? ¿Información sobre el conde de Rutherford o sobre él mismo?

¿Debía enviar aviso a Elliott de que una desconocida los había visto juntos y sospechaba algo?

Este último pensamiento lo seguía atormentando cuando llegó a su minúsculo apartamento.

Enviar un mensaje a Elliott, hacer cualquier intento de comunicarse de nuevo con él, supondría quebrantar la confianza que depositaban en él todos sus clientes, pues solo había una manera de hacerlo, y era a través de la recepción del hotel.

¿Acaso la mujer era la esposa enojada de un cliente anterior?

¿Podía ser la esposa de Elliott?

Aquellos pensamientos eran demenciales. Lo agredían como una bandada de gaviotas, como si él fuese el único hombre en varios kilómetros a la redonda con un trozo de pan en la mano.

«No tiene nada que ver con el conde de Rutherford —se dijo finalmente, y estas palabras, junto con las que siguieron, devinieron un mantra que lo acompañó mientras durmió—. El conde de Rutherford es audaz. El conde de Rutherford no tiene preocupaciones y nunca las tendrá.»

Se despertó pocas horas después, sintiéndose bastante descansado pero todavía insoportablemente inquieto.

Sin detenerse a pensarlo dos veces, telefoneó a la recepción del Hotel de París y pidió que lo pusieran con la habitación de Elliott. Cuando le dijeron que había dejado el hotel horas antes, Michel sintió a un tiempo una hiriente añoranza y un tremendo alivio.

Agradeció que Elliott se hubiese marchado tan poco después de que se dijeran adiós, pues eso significaba que probablemente se había ahorrado un encontronazo con la extraña loca errante de manos poderosas.

Extrañaría terriblemente a Elliott.

Esperaría en secreto su regreso.

Abrigaría cada recuerdo que pudiera del tiempo que habían estado juntos, se serviría de esos momentos para darse placer. Era demasiado peligroso escribirlos y arriesgarse a ser descubierto pero, oh, cuántas ganas tenía de hacerlo. La memoria tendría que bastarle.

Pero al terminar su llamada al hotel asumió que aquel era el final de su breve aventura amorosa.

Tres días después llamaron a la puerta de su apartamento. Casi había terminado de vestirse para la velada, estaba a punto de salir hacia el casino en busca de nuevos y viejos clientes. Aún se estaba abrochando un gemelo cuando abrió la puerta y vio un sobre en el rellano.

Olvidó el gemelo, abrió el sobre, sacó una hoja de papel con un mapa del puerto dibujado a mano. Una flecha señalaba una rampa para una sola embarcación.

Sujeto al trozo de papel con un minúsculo alfiler estaba el anillo de esmeralda y diamantes que había enviado a su madre semanas antes.

8

Salió corriendo de su apartamento vestido con pantalones, camisa formal y pajarita. Para los turistas con los que se cruzaba, debía de parecer un camarero llegando terriblemente tarde a su turno.

Pero no le importaba en absoluto lo que los demás pensaran. Sus únicos pensamientos eran para su madre. Su pobre y frágil madre, a solo un día de viaje en tren. Su madre, que apreciaba tanto el anillo que ahora llevaba en el bolsillo que se lo ponía cada vez que recibía visitas.

Alguien le había quitado aquel anillo.

O la habían traído a Montecarlo con él.

Ambas posibilidades lo aterrorizaban.

Había oscurecido para cuando llegó al puerto. El muelle en cuestión lo llenaba un navío casi tan grande como el yate real monaqués. Parecía un transatlántico en miniatura con su única chimenea y un largo casco blanco con una hilera de ojos de buey.

La mujer de la mano fuerte lo aguardaba en la cubierta. Se había cambiado el vestido de la mañana por un traje de fiesta oscuro con volantes. Y por alguna razón lo aterrorizó que considerase que el horrible regalo que había dejado ante su puerta fuese una ocasión digna de un vestido lujoso. De pronto entendió por qué llevaba zapatos de suela dura y también se explicó que hubiese dado la impresión de aparecer del puerto en sí.

Aquel barco era su hogar.

—¿Dónde está? —gritó Michel sin poder aguantarse.

—Serénate si quieres subir a bordo —dijo la mujer. Era exasperante su superioridad. Le habría roto el cuello para luego arrojarla al mar, si hubiese podido—. No queremos que se asuste más.

De modo que la tenían allí. Aquella mujer se las había arreglado para traerla. Como prisionera, seguramente, lo cual significaba que no trabajaba sola.

Le tendió la mano.

No solo le estaba ofreciendo ayuda para subir a bordo. Le estaba recordando la fuerza que había demostrado en su primer encuentro. Naturalmente, Michel no tuvo más remedio que aceptar el ofrecimiento aunque el contacto con su piel lo repugnara.

Por dentro, el yate estaba decorado con tanta elegancia como las habitaciones del Hotel de París. Accesorios de latón, alguna antigüedad y tapicerías en tonos pastel, todo ello atornillado de manera visible e invisible para impedir que se zarandeara en el mar.

Detrás de la timonera, una cabina central alargada conducía a una estancia más hundida de donde arrancaba un pasillo corto, forrado de madera noble oscura, que conducía a los camarotes.

En medio de la cabina central había una mujer de la misma complexión que su madre, atada a una silla. Portaba una bolsa de papel en la cabeza. La flanqueaban dos hombres bien vestidos. Uno de ellos era enorme. Y si bien llevaba la barba pelirroja recortada y bastante peinada, tenía la apariencia de un gigantón vikingo embutido en lo que los británicos llamaban un traje de etiqueta. El otro hombre parecía sumamente vivaz, en comparación. Pero ambos contemplaban a Michel con la misma mirada fija de la mujer que lo había conducido hasta aquel lugar.

Espantoso que vistieran esmoquin y pajarita mientras llevaban a cabo un secuestro. Espantoso y aterrador, pues sugería que eran capaces de cometer tales crímenes sin desgarrar siquiera una costura.

—Buenas tardes, señor Malveaux —dijo el hombre más bajo.

—Dejadme verla.

Michel tuvo la sensación de que alguien había dicho aquellas palabras a través de él.

El hombre quitó la bolsa.

Habían amordazado a su madre con una lazada de tela atada en torno a la cabeza. Su rostro demacrado y arrugado tenía la misma expresión fatigada que presentaba cada vez que se quedaba agotada por un ataque de llorera. Pero cuando vio a su hijo abrió mucho los ojos y emitió un sonido desesperado a través de la mordaza. El gigantón reaccionó poniéndole una manaza encima de la cabeza. Le acarició el pelo. ¿Tendría tanta fuerza como su compañera?

Michel corrió hacia ella y se arrodilló. Le permitieron aquella demostración. Y eso lo aterrorizó todavía más. Parecían no temer lo que él pudiera hacer.

Tomó las manos de su madre entre las suyas. Ella ladeó la cabeza, intentando transmitir un mensaje valiéndose solo de los ojos. Michel farfullaba disculpas y trataba de tranquilizarla a pesar de desconocer qué acontecimientos los habían llevado a aquella espantosa coyuntura.

—Bien —dijo la mujer finalmente—, ¿te sientes más inclinado a comentar la velada que pasaste con el conde de Rutherford?

—Sí. —Michel se puso de pie de un salto. Ahora tenía a la mujer a su lado. Cuando se volvió hacia ella, sus narices casi se tocaron—. Todo. Se lo contaré todo si me promete soltarla. Reténgame a mí para el propósito que sea tanto tiempo como quiera pero, por favor, ¡deje que se vaya!

—Estupendo —dijo el hombre bajito—. Escuchemos tu relato, pues.

El tono desenfadado de la voz de aquel hombre era demencial, como si hubiesen llevado a Michel allí para que los aconsejara sobre los mejores restaurantes de Montecarlo.

—Mi madre no tiene por qué oír esto. No sabe nada de ese hombre.

—Ni de la vida que llevas aquí, deduzco —dijo la mujer.

El hombre bajito dijo a su compatriota:

—Llévatela a popa. Dale un poco de agua. Si nuestro nuevo amigo se muestra comunicativo, dale algo de comer. Me figuro que estará bastante hambrienta después del viaje que hemos hecho.

El gigante agarró con ambos brazos la silla donde estaba sentada la madre de Michel. La bajó sin prisas al pasillo y la metió en un camarote.

¿Cómo había podido pedir aquello? Una vez que perdió de vista a su madre, el pánico volvió a adueñarse de él. ¿Cómo había podido deshacerse de ella de semejante manera?

Aquellas personas lo manipulaban a su antojo. Su amor, su vergüenza, su necesidad de secretismo. ¿Quiénes eran aquellos malditos monstruos?

Su madre estaba cerca pero, en aquellas circunstancias, parecía que los separasen kilómetros de terreno montañoso. De ahí que contara de un tirón su velada con el conde de Rutherford.

Nunca antes había hablado de su vida, su profesión, con tan imprudente detalle. Pero aquella gente no irradiaba juicio alguno, solo un frío cálculo disfrazado de atención.

Quienesquiera que fuesen, sus secretos sexuales no parecían interesarles. Los pormenores sobre el conde de Rutherford, en cambio, mantenían en vilo a aquellos seres monstruosos. Y cuando repitió las extrañas palabras que Elliott había dicho sobre la vida y la muerte y un rey, el hombre y la mujer que tenía enfrente dieron un paso hacia delante, fascinados.

«Todo gracias a un rey.» Le hicieron repetir esta frase varias veces.

Y, oh, cuánto le dolió incluir detalles sobre la carta que había escrito el hijo de Elliott. La fiesta de compromiso en su finca de Yorkshire. Los nombres de Julie Stratford y Reginald Ramsey. Pero Michel también era hijo, y su madre, la vida de su pobre madre estaba en juego.

—Repite ese nombre —interrumpió la mujer.

—¿Cuál?

—¿Ramsey, has dicho? ¿Señor Reginald Ramsey?

Michel asintió con la cabeza y, por primera vez, el hombre y la mujer que lo tenían cautivo apartaron la vista de él y se miraron a los ojos.

—Todo gracias a un rey —susurró la mujer.

Las piernas de su madre fallaron cuando alcanzaron la colina que llevaba a su apartamento.

Michel todavía estaba asombrado de que los hubiesen liberado tan pronto. Imposible no volver la vista atrás mientras él y su madre salían presurosos del puerto.

Al bajar del barco había suplicado a su madre que se contuviera y no dijese palabra. Lo peor que podían hacer era alertar a otros de lo que aquellas horribles personas habían hecho.

Pero ella estaba desesperada por contarle su aterradora experiencia, contarle cómo habían entrado en su minúscula casa para llevársela como si no pesara nada, como si no fuese nada. Como si no tuviera la menor importancia. Poco después de que Michel lograse convencerla de que guardara silencio, la venció el agotamiento.

De ahí que se viera obligado a llevarla en brazos, como un novio cruzando el umbral de su nuevo hogar con su novia.

Cuando Michel la entró en su casa, su madre desvariaba. Pero a pesar de su aturdimiento se las compuso para hacer comentarios sobre lo bonito que era el apartamento aunque solo tuviera una única habitación. Sobre lo orgullosa que estaba de él. Muy, muy orgullosa. Que siempre había estado muy orgullosa. Y Michel se dio cuenta de que ella sabía que él pensaba que la historia que había tenido que contar a sus captores la avergonzaría, y ahora estaba intentando liberarlo de su temor y su culpabilidad, y esto le arrasó los ojos en lágrimas.

La instaló en su cama, llenó un vaso de agua y la animó a beber. Mientras lo hacía, notó el bulto duro del anillo de esmeralda en un bolsillo de los pantalones, lo sacó y con delicadeza tomó la mano derecha de su madre en la suya. Al principio se quedó confundida, luego vio que le ponía el anillo en el dedo y con una súbita sonrisa le saltaron las lágrimas.

—Mi chico —susurró—. Mi querido chico, me has salvado, me has vuelto a salvar como siempre haces.

Michel le dio un breve abrazo para que no le viera las lágrimas, para que pensara que era tan fuerte como ella necesitaba que lo fuese, ahora y siempre.

Al cabo de un rato la somnolencia la venció, y para cuando Michel la había arropado en la cama, respiraba profunda y regularmente.

De pronto se sitió muy solo y volvió a tener miedo. Estaba seguro de que aquel turbador asunto no había terminado. Que pronto llamarían otra vez a su puerta y encontraría otro regalo espantoso. Pero al ponerse de pie atisbó la vista parcial del puerto sobre el declive de los tejados vecinos.

Vio que el barco en el que habían tenido cautiva a su madre zarpaba hacia el vasto mar oscuro.

«Elliott, queridísimo conde de Rutherford. Que seas un misterio lo bastante fuerte para repeler la fuerza oscura que no he tenido más remedio que desatar contra ti.»

9

El mar Mediterráneo

Navegaron toda la noche.

Su destino era un montón de rocas escarpadas, a varias horas de la costa de Grecia.

Pocos se atreverían a llamarlo isla. Menos aún sabían siquiera de su existencia.

Pero en el fondo de su caverna central dormía su creador, aislado del sol.

A lo largo del viaje habían discutido sobre las consecuencias de lo que les habían contado.

Cuando sus hermanos y hermanas de Londres les telegrafiaron semanas antes a propósito de un misterioso egiptólogo londinense —un hombre surgido de la nada, según parecía, para aparecer de repente en el meollo de un gran escándalo en torno a un sarcófago desenterrado recientemente en Egipto—, acusaron a sus queridos hermanos de alimentar vanas y pueriles esperanzas.

Un particular tono azul de ojos y un pasado incierto no bastaban para tildar a alguien de inmortal. El elixir puro no había podido encontrarse a tiempo. Inventar fantasmas inmortales que tal vez pudieran conducirlos hasta él sería una manera intolerable de pasar sus días finales, habían insistido.

Sin inmutarse, sus hermanos habían enviado recortes de prensa a su próxima escala, los cuales ahora estaban extendidos sobre la mesa del comedor en la cabina central del yate. La maldición de la momia mata al magnate de la Stratford Shipping, Ramsés el Maldito liquida a quienes perturban su descanso, y Heredera desafía a la maldición de la momia, Ramsés el Maldito invitado a visitar Londres.

Sin embargo, la primera vez que leyeron aquellos artículos no acabaron de convencerse.

Su creador les había concedido doscientos años de vida. No más. Y nunca les había ocultado este hecho. Incluso les había puesto un apodo consecuente, sus *fracti*, los últimos *fracti*. Pues cuando perecieran no quedaría nadie que conociera la existencia de una tumba en aquel islote. Nadie que expusiera su cuerpo marchito al sol. Y por tanto su muerte aseguraría una especie de muerte para él.

Ese había sido el plan durante dos siglos. Y debían seguir haciendo honor al pacto que habían hecho; debían resignarse a su destino. Transcurridos unos meses sus cuerpos comenzarían a desmenuzarse y desintegrarse, proceso que duraría solo unos pocos días. Si sus hermanos y hermanas no hubiesen permanecido en Londres, si también se hubiesen hecho a la mar para disfrutar tanto como pudieran del mundo antes de descomponerse, no habrían sido presa de tan esperanzadas fantasías.

Con esa convicción les habían dicho estas cosas, por carta, por cable e incluso por teléfono cuando los telegramas acerca de aquel Reginald Ramsey y sus extraños vínculos con Ramsés el Maldito empezaron a llegar sin parar.

Y, por descontado, sus hermanos y hermanas se mostraron reacios, insistieron en que iban a poner bajo vigilancia constante la casa de Mayfair donde supuestamente residía aquel egipcio. «Así sea —dijeron—. Pasad vuestros últimos días abrigando vanas esperanzas, si así lo deseáis.»

Y entonces ellos también localizaron a un hombre que creyeron que era un inmortal, uno al que no reconocían. Un aristócrata, un hábil jugador. El conde de Rutherford. Tan hábil que parecía tener los sentidos agudizados por el elixir. ¿La versión más pura de la pócima o la corrompida que les había concedido doscientos años adicionales de vida? Esto no lo sabían y ahora, tras el relato del joven prostituto, estaban desesperados por descubrirlo.

¿Acaso habían caído en la misma trampa? Habían pasado las horas de navegación debatiéndolo y no habían aproximado siquiera una respuesta cuando alcanzaron su destino.

Al acercarse a la isla donde dormía su creador salieron a cubierta para poder observar cómo el montón de rocas aparecía entre las luces del amanecer.

Un vínculo especial los unía, y siempre había sido así. A menudo habían vivido separados de los demás *fracti*. No se sorprendieron cuando sus hermanos rehusaron unirse a ellos en su viaje por mar alrededor del mundo. Ellos tres, Jeneva, Callum y el gigante Matthias habían sido creados la misma noche más de doscientos años antes, arrancados de sus lechos de muerte en la misma barriada de Londres. Su creador les proporcionó riqueza y una vida nueva.

De ahí que si iban a despertarlo tuvieran que hacerlo los tres. Y sin embargo...

—Sus órdenes fueron claras —dijo Jeneva—. Debíamos despertarlo solo si encontrábamos el elixir puro. No por una mera esperanza.

—Tal vez después de dos siglos de sueño tendrá sed de vida —sugirió Callum.

—¿Crees que desea que lo despierten justo a tiempo para vernos perecer? —preguntó Matthias. Incluso cuando hablaba bajito, su voz parecía retumbar desde las profundidades de su cuerpo gigantesco. Pero no hablaba de su futura muerte como lo haría un mortal, pues había vivido más de doscientos años.

—Lo despertamos porque existe una posibilidad de que no muramos —dijo Callum—. Ni ahora, ni nunca.

—Una posibilidad exigua —señaló Jeneva—. El fantasma de una oportunidad, en realidad.

—Aun así —dijo Callum—, es suficiente.

Al parecer Matthias también estaba convencido. Fue a echar una mano cuando los marineros bajaron el esquife al agua.

En la isla no había playas ni nada que se asemejara a un muelle, de modo que se verían obligados a remar hasta la costa rocosa.

Llevaban la tripulación más reducida que podían, un capitán y un único marinero que cobraban pequeñas fortunas por hacer la vista gorda ante todas sus peculiaridades. Aquellos hombres los habían ayudado en el secuestro de la madre de Michel Malveaux como si se tratara de uno de los avituallamientos de comida preparada que efectuaban en cada puerto.

El trayecto hasta la tumba fue breve y silencioso.

Los remos se hundían suavemente en las aguas calmosas. Sus botas hacían ruido de vez en cuando mientras caminaban con sumo equilibrio y precisión por las gigantescas rocas.

Matthias, el paciente gigante, trepó a lo alto de la isla por su cuenta y quitó los tres pedruscos que habían sellado la caverna para que no entrase la luz. Luego regresó a lo más parecido a una playa que tenía la isla, y entre los tres hicieron rodar las grandes piedras que bloqueaban la entrada lateral a la tumba.

Para cuando entraron en la gruta central la luz se derramaba sobre los restos de su padre.

La regeneración había comenzado.

Mechas de la abundante y leonina mata de pelo de su amo

y señor brotaban de una cabeza que hasta el momento antes había sido carne marchita. El rostro tenía una plenitud que lo convertía en algo a medio camino entre un esqueleto y un hombre vivo.

La tumba en la que había dormido, sin embargo, estaba tan vacía como cuando lo habían dejado allí un siglo antes. Quedaba elevada por encima de la marca de la marea alta, de modo que solo se veían briznas de algas a lo largo de los bajos de las paredes de roca. Había cedido todas sus posesiones terrenales a ellos, sus hijos. Sus últimos *fracti*. Pero ahora Jeneva vio aquella desolada tumba tal como era. Un templo a su desesperación y a todo lo que había perdido.

Durante milenios había intentado descubrir la fórmula del elixir puro. Cada intento había terminado en fracaso. Como consecuencia, cada dos siglos se veía obligado a llorar a otra generación de sus hijos. Esa incesante pérdida había quebrado su alma inmortal, sostenía. Una vez lo había descrito como si lo atormentaran los propios dioses. Ser capaz de prolongar la vida de quienes había creado, pero solo por un despiadado período en la vida de un inmortal.

Y estos lamentos lo habían seguido a lo largo de los siglos con la persistencia de los espíritus enojados.

¿Por qué había dado todo el elixir a sus soldados momentos después de haberlo robado? ¿Por qué no había previsto que su lealtad desaparecería en cuando tuvieran el don de la vida eterna? ¿Por qué había confiado tanto en que encontraría la fórmula en los aposentos de la reina a quien con tanta brutalidad se lo había robado?

Su insurrección. Su levantamiento, una equivocación grotesca. Tendría que haber probado a servirse de la diplomacia. O, al menos, de un subterfugio.

¿Iban a seguir fastidiándolo aquellos remordimientos?

¿O la noticia que le llevaban le daría una vida verdadera, una resurrección verdadera?

—Levántate, Saqnos —susurró Jeneva encima de su cuerpo—. Tus hijos te traen esperanza.

Su indumentaria estaba descompuesta, de modo que fueron a buscarle ropa al barco. Pero todavía no se había vestido. Masticaba desnudo grandes bocados de la fruta y el pan que le habían llevado. Habría sido más fácil atenderlo en el yate, por supuesto. Pero no se atrevían a pedirle que subiera a bordo. Aún no. Resultaría presuntuoso.

Saqnos todavía no había decidido abandonar aquella isla y aquella tumba.

Que ellos supieran, escucharía su relato y les pediría que zarparan de nuevo sin él.

También se habían preparado para enfrentarse a su enojo. Por el momento no había mostrado ninguno.

Escuchó atentamente y con los ojos brillantes la historia del jugador inmortal que habían localizado en Montecarlo.

Jeneva se maravilló ante su piel restaurada, su lustrosa melena de pelo rizado y negro como el azabache. En la era moderna, su tez se describiría como aceitunada, pero en el reino en el que había nacido, había servido a una reina negra. Aquel antiguo imperio caído, les contó Saqnos, existió en una época previa a que el sol abrasara súbita y despiadadamente el norte de África, creando un desierto en sus tierras ancestrales y empujando hacia el sur y el este a los supervivientes de la gran plaga que azotó su reino. Con hambre y miedo a la enfermedad, estos supervivientes de Shaktanu se habían agrupado en tribus temibles, unidos por la más primitiva de las razones: el color de la piel y retazos de su historia, en buena parte mítica, que sugerían una ascendencia común. Y todo ello trajo consigo incesantes guerras tribales. Todo ello, ese legado de escasez, miedo e ideas equivocadas habían constituido el fundamento ancestral de las tribus y reinos que surgirían en años posteriores en las fronteras de un nuevo desierto creado por un sol cruel.

Pero antes de aquellos tiempos terribles, la suya había sido una civilización global en la que no existía la preocupación por la raza que aquejaba esta era moderna, y Shaktanu, en el lugar que ahora ocupaba el extenso desierto del Sáhara, había sido el centro del poder.

Shaktanu. Jeneva podía contar con los dedos de una mano el número de veces que su padre había sido capaz de pronunciar aquel nombre sin llorar.

Ahora no lloraba.

Escuchaba y comía, y dejaba que se maravillasen con la visión de su cuerpo desnudo hermosamente restaurado, bañado en los haces de luz que caían desde lo alto.

Jeneva no había presenciado hasta entonces el despertar de un inmortal puro.

La ligera confusión de Saqnos desapareció enseguida. Su consciencia se recuperó por completo antes que su cuerpo. Entretanto, su sed y su hambre fueron enormes.

Para cuando hubieron terminado de ponerlo al día, había dado cuenta de toda la comida que le habían llevado. Y entonces todos fueron conscientes, sumidos en un grave silencio, de que había llegado el momento de tomar una decisión.

Había más comida a bordo del barco. ¿Los acompañaría?

—Yo no creé a esos inmortales, si es que en verdad lo son —dio Saqnos finalmente—. ¿Por eso me habéis despertado? ¿Para que me enterase de esto?

—En parte, sí —contestó Jeneva—. Tememos a la reina, como siempre nos has enseñado que debíamos hacer. Si este conde de Rutherford es uno de sus adláteres, o hijo suyo, tenemos derecho a no...

—Bektaten duerme —dijo Saqnos con demasiada brusquedad, con excesiva autoridad. Pero le concedieron aquella certidumbre. ¿Qué otra alternativa tenían? Nunca habían visto a aquella reina, la única con el poder de destruirlos a todos. Él rara vez refería detalles acerca de ella aparte del más aterrador de todos—. Su intención es guardar el elixir puro, no ir repartiéndolo por ahí. Nunca crearía inmortales de esta manera. Por tanto, si me habéis despertado, hijos míos, ha sido con la esperanza de una búsqueda. Una búsqueda que quizá ninguno de vosotros tenga tiempo de llevar a buen término.

—Tú dispondrás de tiempo, amo —dijo Jeneva—. Por eso te hemos despertado.

—Y por eso estamos ante una elección —dijo Callum—, una elección que no podemos resolver solos habida cuenta de que somos muy pocos.

—¿Qué elección es esa? —preguntó Saqnos.

—¿Seguimos al jugador aristócrata en sus viajes o nos congregamos en Londres y tratamos de averiguar cuanto podamos acerca de ese señor Reginald Ramsey de Egipto?

Siguió un largo silencio. Para Jeneva fue un tormento.

Saqnos miraba más allá de ellos; a qué exactamente, ella no lo sabía. Se oía el suave chapoteo del mar al otro lado de las paredes de roca de la caverna. La luz solar que penetraba desde lo alto había empezado a menguar.

El ocaso pronto caería sobre la isla y, con él, su padre quizá decidiera iniciar otro prolongado sueño.

—Vamos a Londres —dijo Saqnos por fin—. Vamos a Londres para averiguar cuanto podamos sobre ese señor Ramsey.

SEGUNDA PARTE

10

SS Orsova

El barco era infinitamente más potente que el que la había llevado a Roma miles de años antes.

Excepto en una tormenta de arena, jamás se había visto expuesta a vientos tan fuertes.

Antes de estar dispuesta a aventurarse a salir a las cubiertas, había obligado a Teddy a asegurarle que no se la llevaría el viento.

—Así de deprisa se mueven las cosas ahora, y su movimiento crea este fuerte viento constante —le había explicado Teddy—. Si el tren que nos llevó a Alejandría no hubiese tenido techo, habríamos notado prácticamente lo mismo, mi hermosa reina.

Eso había sido en el primer día de su viaje y ahora, pocos días después, se había armado de valor para soltar la barandilla y embeberse de la placentera sensación del viento levantándole el pelo de la nuca.

Qué pensamientos tan absurdos. Absurdo creer que la fuerza que le había proporcionado el elixir no bastaría para mantener los pies clavados en el suelo.

«¡Mira a los demás pasajeros!» El viento no se los llevaba como si fuesen granos de arena. Pero por eso necesitaba al joven y apuesto médico a su lado: para que le esclareciera los súbitos e inesperados misterios de aquel mundo moderno con sus máquinas voladoras y trenes estruendosos.

Ojalá Teddy también pudiera revelarle los misterios del elixir.

Sin embargo, para eso necesitaba a Ramsés. Una vez más esta constatación le suscitaba una gran amargura, amenazaba con convertir aquel moderno viaje con destino a Londres a través de los mares en una especie de marcha fúnebre del espíritu.

¿Cómo era posible que su sed de venganza se hubiese evaporado tan pronto?

Semanas antes se hubiese deleitado con la perspectiva de arrancar respuestas mediante tortura a su antiguo amante, su antiguo consejero, su rey inmortal. Ahora la espantaba. Y era imposible poner su vida en peligro, de esto estaba segura. Por supuesto, estaban las vidas de aquellos a quienes ahora él amaba, aquellos con quienes había viajado a Egipto. De ahí que, si se negaba a darle alguna explicación de las extrañas visiones que habían empezado a asediarla, cupiera la posibilidad de amenazar fácilmente a alguno de ellos.

Y aquella boda con Julie Stratford, ¿significaba que también le había dado elixir a ella? Lo dudaba mucho. Era una enclenque de piel clara. Demasiado cobarde para aceptar el desafío de la vida eterna.

Dudaba de que Ramsés hubiese ofrecido a Julie el elixir. Él solo ansiaba la ilusión de tener relaciones con mortales. A fin de cuentas, deseaba ser libre para poder pasar al siguiente sueño, a la siguiente nueva época. ¿Por qué le había denegado si no el elixir a ella cuando se lo pidió tantos años antes, provocando así la ruina absoluta de Egipto?

«No denegó tu petición de elixir. —Era exasperante que la

voz de su conciencia sonara tan parecida a la de Ramsés—. Denegó la petición de Marco Antonio para organizar un ejército inmortal. A ti te lo ofreció y tú lo rechazaste porque creías que reinarías hasta que el cuerpo aguantase.»

Cuánta confusión todavía.

Sacó de un bolsillo del traje el telegrama que Teddy le había dado, y tensó los dedos para impedir que se lo llevara volando el viento.

PADRE ESTÁS BIEN **STOP** FIESTA COMPROMISO
JULIE Y RAMSEY DIECIOCHO ABRIL NUESTRA
FINCA YORKSHIRE **STOP** MADRE ENTUSIASMADA
POR FAVOR VEN O ESCRIBE PRONTO TU HIJO ALEX

—Llegaremos a tiempo —dijo Teddy—. No te preocupes. Se había acercado silenciosamente.

—Estando contigo, nada temo, doctor —contestó ella.

—Ni deberías. —Le besó el lóbulo de la oreja con ternura, acariciándole el cuello con los labios—. Bella Regina Cleopatra.

Pero las palabras de Teddy solo sirvieron para traerle a la memoria al último hombre que la había llamado con tan bonito nombre.

Alex Savarell, joven, guapo y entusiasta. Incluso en medio de la demencial desorientación de su resurrección, sus caballerosos intentos por dominarse en presencia de ella le habían parecido una especie de bendición. Al mismo tiempo, su evidente deseo hizo que se sintiera tan nueva en este mundo como realmente era. Cuánto anhelaba ver aquel entusiasmo otra vez, sentirlo, saborearlo. Sentirlo y saborearlo a él.

Y sus pensamientos acerca de Alex solo sirvieron para recordarle cuánto más serena estaba ahora que en aquellos primeros días aterradores que siguieron a su resurrección. Días en los que su conciencia del mundo que la rodeaba estaba fragmentada y recortada, con filos vivos al acecho de la primera ocasión en que intentase alargar el brazo, recordar su nombre, su memoria, su mismísimo ser.

Sintió una repugnancia tremenda al pensar en las vidas que había segado, casi tan terrible como las visiones que habían empezado a acosarla.

—Vamos —dijo—. Regresemos a nuestro camarote. Te contaré más historias de mi pasado real y tú me complacerás como siempre haces.

—Te torturan los pensamientos, mi reina.

—Los pensamientos en sí nunca son un problema, Alex. Solo los actos que pueden inspirar.

Lo agarró del brazo.

Hubo un breve momento de contento al ver la cubierta vacía azotada por el viento delante de ellos; el milagro de una estructura tan sólida y maciza avanzando sin esfuerzo aparente a través de los mares bajo un firmamento nocturno tachonado de estrellas. Estas parecieron desaparecer y de pronto el cielo se le vino encima como la tapa de un sarcófago.

Le fallaron las rodillas. Oyó su grito asustado como si llegara de lejos. Oírlo la encolerizó, pero su rabia era impotente ante la fuerza de aquella visión.

Un tren. Lo estaba oyendo.

¿Iba disparado hacia ella?

¿Un recuerdo del accidente que por poco la mató por segunda vez?

No. Aquellos sonidos eran diferentes: no venían hacia ella sino de todo su alrededor.

La cubierta del barco se había transformado en una especie de pasillo estrecho y traqueteante, señalado con tenues puntos de luz cambiante.

—Mi reina —oyó exclamar al médico. Pero su voz también sonaba distante; sus manos en las suyas, tan blandas como la fruta demasiado madura.

«Estoy dentro de este tren», se dio cuenta de súbito.

En la oscuridad, otra voz. No la del médico. Tampoco la suya.

«¿Señorita? ¿Se encuentra bien, señorita?»

La voz tenía una acento distinto que no le resultaba familiar; estridente y gutural comparado con el de Teddy. Había oído aquel acento varias veces desde que había vuelto a la vida; era americano.

Haces de luz natural entraban por las ventanillas del tren que pasaba volando a través de una campiña desconocida. La parte de ella que trastabillaba por el pasillo de aquel veloz vagón de tren estaba tan insegura de su propio equilibrio como la que se esforzaba en mantenerse erguida sobre la cubierta del vapor.

De un modo u otro, estaba dividida, atrapada en dos lugares a la vez; lo único que podía sentir, lo único de lo que estaba totalmente segura, era una náusea incontenible y el ruido tremendo de las chirriantes ruedas metálicas del tren.

Oyó que la voz distante de Teddy la llamaba por su nombre. ¡Cleopatra!

Y de repente se encontró mirando un reflejo que no era el suyo en una de las traqueteantes ventanillas del tren. Escuetos indicios de la misma mujer que aparecía en visiones menos poderosas que había tenido antes. Rubia y de tez clara, los rasgos de su rostro disueltos en un remolino de campos desconocidos detrás del cristal.

Oyó su alarido con bastante claridad, tan claramente como podía oír al joven médico rogándole que se calmara, tan claramente como notaba que le tapaba la boca con la mano para contener sus gritos angustiados.

11

El *Twentieth Century Limited*

—¡Señorita Parker! —exclamó el mozo—. ¿Se encuentra bien?

Sibyl se agarró a la barandilla justo antes de caer de rodillas sobre la alfombra. El mozo corrió hasta ella y le rodeó la espalda con un brazo.

«Un sueño —pensó Sibyl—. Pero estoy despierta. Bien despierta en pleno día y sin embargo me ha sobrevenido con la misma intensidad que mis pesadillas.»

Acaba de salir del vagón restaurante para regresar a su compartimento cuando el tren entero se llenó de viento. Alguna clase de puerta había quedado abierta, de eso estaba segura. Abrió la boca para llamar al mozo cuando el olor del mar le llenó la nariz. Y entonces fue cuando se dio cuenta de que sus ropas no se agitaban lo más mínimo, de que el viento que sentía no era más que una sensación. En cuanto al olor marino, el *Twentieth Century Limited* todavía estaba a kilómetros de la costa. Entonces se percató de la presencia del hombre que tenía al lado sosteniéndole la mano. Imposible. En el estrecho pasillo no había espacio suficiente para que hubiese alguien a su lado.

Y entonces lo vio. No al apuesto egipcio de sus sueños.

Esta vez era un hombre de piel clara y mandíbula prominente, desafiante. Pero estaba tan aterrorizado como lo estuviera el señor Ramsey en su sueño, aquel en el que había intentado tocarlo con manos esqueléticas. Y gritó algo, un nombre, pero no acabó de entenderlo, y su voz sonó remota, como si el viento de su visión la alejase de ella.

Ambos estaban en la cubierta de un vapor en alta mar. Y en la ventana de una de las cabinas que tenían al lado, atisbó un reflejo que no era el suyo: la misma mujer de tez morena y rasgos perfectamente proporcionados que había entrevisto en sus sueños. La trenza que recogía la magnífica melena azabache de la mujer se había aflojado.

Y de pronto la visión se esfumó, y ahora ahí estaba ella, con el mozo llevándola de regreso a su compartimento del brazo como si fuese una vieja inválida.

—Se ha mareado con el movimiento, señorita Parker. Eso es todo. Le traeremos un vaso de agua y enseguida se repondrá. Hay tiempo para descansar hasta que lleguemos a Nueva York. Sí, señora. Tiempo de sobra para descansar.

Lucy había oído el alboroto y acudió corriendo por el pasillo, su rostro una máscara de alarma.

Una vez que estuvieron a solas, Sibyl volvió a respirar normalmente. Lucy se puso en cuclillas delante de ella, alargó el brazo y le acarició con ternura el rostro. Su doncella jamás la había tocado así hasta entonces; eso daba fe de lo desmadejada que estaba.

—Solo ha sido un hechizo —balbuceó Sibyl—. Nada más.

—Voy en busca del médico —susurró Lucy.

Se levantó acto seguido. Sibyl le agarró la mano.

—No. No, un médico no podrá hacer nada.

—Pero señora...

—Por favor, Lucy. Café. Solo café. Si puedes traerme un poco de café, me sentará muy bien.

Con una expresión lastimera, Lucy asintió con la cabeza y se marchó enseguida.

No referir los pormenores de su estado a su doncella apenaba a Sibyl en grado sumo. Tal vez fuese temerario, peligroso. Pero había llegado a convencerse de que lo más imprudente sería no efectuar aquel viaje. No buscar alguna clase de respuesta.

No se estaba volviendo loca. Era imposible. Pues el agraciado hombre de tez morena que aparecía en sus sueños existía. Era real aunque nunca lo hubiese visto. Eso demostraba algo tan extraordinario que su doncella se habría vuelto loca intentando entenderlo. Y necesitaba que al menos su acompañante conservara la cordura.

El colorista paisaje campestre que pasaba volando por la ventanilla parecía pertenecer a un universo totalmente ajeno a su temible visión. Y sin embargo, la cubierta del barco barrida por el viento la había sentido tan real como el asiento en el que estaba, una visión que no podía achacar a los misterios de su mente durmiente. Le había sobrevenido con la fuerza de un ataque de epilepsia.

«Estoy empeorando —pensó—. Ya no se trata solo de pesadillas sino de algo más potente. Aunque, por ahora, el miedo es la peor parte. Si soporto el miedo, sobreviviré a esto.»

Y cada vez que el miedo había amenazado con privar a Sibyl de toda razón y autoestima, podía confiar en lo único que le protegía el alma: su pluma.

Cogió su diario y se puso a escribir su visión tan deprisa como pudo y con todo detalle, como si cada rápido trazo de pluma tuviera la capacidad de tranquilizarla. Llevaba consigo tantos cuadernos de tapa dura como aquel que era casi imposible cargar su maleta. Pero no podía analizar lo que le había ocurrido sin estudiar de nuevo los sueños sobre Egipto que había tenido de niña. Todos estaban relacionados, de eso estaba segura. Lo único que tenía eran sus diarios y la acuciante esperanza de que un hombre misterioso a quien solo había entrevisto en unos recortes de prensa pudiera ser capaz de desvelar el secreto de su nuevo estado.

Una vez que terminó, cerró el cuaderno, saboreando la sensación de peso en sus manos.

Escribir la había sustentado, la había llevado a través de cada tormenta: la pérdida de sus padres, la indigencia de sus hermanos y los críticos que tildaban su obra de sandeces descabelladas. Eran unos mentirosos, aquellos críticos. Los relatos de amor, aventura y magia nos ayudaban a imaginar que hacíamos realidad un mundo mejor, aunque solo fuese gradualmente. Ahora bien, ¿acaso sus relatos le protegerían el alma si aquel misterioso egipcio, el tal señor Ramsey, resultaba ser solo otra pieza desconcertante de aquel gran misterio y no su solución?

La idea la llenó de un temor que, si bien era doloroso, seguía siendo preferible al pánico que la había dominado ante la visión. Con ella llegó una súbita somnolencia.

Mientras su mente se relajaba, oyó una vez más el nombre con el que el hombre de la cubierta del barco la había llamado.

Esta vez logró descifrar sus confusas sílabas.

Abrió los ojos de golpe. Alcanzó el diario y apuntó el nombre como si estuviera en peligro de olvidarlo.

Se quedó un rato quieta, estupefacta, observando cómo se secaba la tinta mientras el soleado paisaje de arboledas y colinas onduladas pasaba volando.

«Cleopatra», había escrito.

Pero los demás aspectos de la visión habían sido claramente modernos: la cubierta del vapor, la gran ventana del camarote. Eran cosas de su época y, sin embargo, en la visión alguien había llamado clara y nítidamente Cleopatra a la mujer.

¿Se había limitado a llenar una de las lagunas de sus visiones con un nombre sacado de entre los muchos que la obsesionaban?

Había preguntas para las que no tenía respuestas.

El señor Reginald Ramsey las tendría. Estaba segura. Eso solo era motivo suficiente para continuar aquel viaje alrededor del mundo.

Cuando Lucy regresó con el vaso de agua, Sibyl cerró el diario apurada, como si ese gesto decisivo pudiese contener el torbellino de misterios en el que ahora parecía morar.

12

SS Orsova

No recordaba cómo había regresado al camarote pero estaba en la cama, con Teddy a su lado, aplicándole una y otra vez toallas mojadas en la frente, las mejillas y el cuello mientras el pecho le subía y bajaba con un esfuerzo tan desesperado que le producía un dolor sordo en todo el torso.

Teddy la había confortado durante otras visiones, pero ninguna tan impactante. Dolor y oscuridad; cosas que se habían vuelto ajenas a ella una vez dejó atrás aquellos primeros días de terror posteriores a su resurrección. Y sin embargo, sin previo aviso, se habían abatido sobre ella como una nube de langostas capaces de descuartizarla miembro a miembro.

Solo conservaba un recuerdo muy vago de la reacción de los demás pasajeros ante su alarido, de Teddy ahuyentándolos con explicaciones vacías.

—Vértigo, eso es todo —les había gruñido—. No se había dado cuenta de lo alto que estamos hasta que se ha asomado a la barandilla.

El rostro. Un rostro de mujer. ¿Quién era aquella extraña?

«Ramsés —pensó, y el nombre la llenó de ira. Pero esa ira

la centró, expulsó los últimos rastros de pánico de sus recuperadas venas—. Esto se debe a lo que me has hecho. Me hiciste regresar de entre los muertos para dejar que me atormentara la demencia.»

—Cleopatra —dijo Teddy, pero su voz fue indecisa y débil, y se abstuvo de utilizar su título favorito: su reina. ¿Acaso era para sorprenderse? El suyo era el comportamiento de una princesa demente, no el de una reina.

—Basta —se oyó decir a sí misma.

—Tienes que descansar —insistió Teddy.

El repetido contacto de la toalla húmeda y el roce ocasional de las yemas de los dedos de Teddy en la garganta los sentía como ácido en la piel. De pronto alargó el brazo con la intención de agarrarle la muñeca. Solo al oír un gran estrépito se dio cuenta de que lo había lanzado contra el tocador al otro lado del camarote. Había olvidado su propia fuerza.

La expresión del rostro de Teddy la asqueó; era la misma expresión aterrorizada de la dependienta que había matado en El Cairo. Asombro e incomprensión teñidos de repugnancia.

—Tienes miedo de mí —dijo.

Teddy no contestó. Intentó negar con la cabeza pero no pudo. Se quedó inmóvil, con los ojos como platos.

—Me miras y ves a un monstruo.

—¡No! —exclamó Teddy.

—¡Mentiroso! —replicó a voz en cuello.

Teddy se acercó a ella, se sentó en la cama a su lado y le tomó la cara con ambas manos. De repente significó mucho para ella que hiciese aquello. Que su violento estallido no lo hubiese empujado a huir del camarote presa del pánico, tal como Ramsés había huido del lugar donde yacía su maltrecho cuerpo resucitado.

—Lo único que temo es que no tengo una cura para lo que te aflige. Soy médico pero no puedo tratar algo que ni siquiera sé cómo llamar, y verte así es un tormento, mi reina.

—Él sabrá cómo hacerlo —susurró Cleopatra—. Por eso es preciso que lo encontremos.

—Por supuesto —respondió Teddy.

—Necesito más —dijo ella—. Tiene que ser esto. No me ha dado suficiente elixir y por eso mi mente no... no...

«No es mía», eran las palabras que casi brotaron de sus labios, pero la aterrorizaron, de modo que volvió su rostro hacia la almohada como una niña asustada mientras aquella horrible sensación la desgarraba con una fuerza paralizante. «Mi mente, mi cuerpo. No son míos.»

Y la mera idea de que un desvarío tan grave como aquel pudiera repetirse la aterrorizaba. Había pedido a Teddy que le mostrase el mundo moderno, sí, pero si su estado empeoraba se convertiría en su esclava.

Sin embargo, Teddy le estaba acariciando el pelo, le rozaba el cuello con los labios tratando de sacarla de su oscuro ensimismamiento con tierna pasión.

—Mi reina —susurró—. Estoy contigo, mi reina.

—Demuéstralo —le susurró ella.

—¿Demostrar qué? —preguntó Teddy.

—Demuéstrame que sigo siendo tu reina.

Usó su fuerza, de manera comedida esta vez, para tirarlo sobre la cama. Se puso a horcajadas encima de él, le arrancó la camisa con ímpetu suficiente para hacer saltar los botones. Y cuando notó su falo debajo de ella, cuando vio el temor de sus ojos sustituido por el deseo, cuando sintió su lujuria pese a que estaba dando rienda suelta al lado más bestial de su ser, el terror remitió y el sabor de los labios de Teddy fue un bálsamo tan dulce como el néctar.

Y una vez que estuvieron desnudos y enlazados, con su miembro dentro de ella, Teddy dijo las palabras que ella anhelaba y las dijo sin titubeos ni miedo.

—Siempre —susurró Teddy—. Siempre mi reina.

13

Londres

—Y cuando le dije que tengo título de lord pero no el dinero que suele acompañarlo, me respondió de una manera muy extraña, Julie —dijo Alex Savarell—. «Yo conseguiré la riqueza, milord, eso no cuesta nada. No cuando se es invulnerable.» ¿Qué demonios crees que quiso decir?

—Alex, no debes atormentarte de esta manera —contestó Julie.

—No me atormento. De verdad. Es solo que ella era muy rara, con una extraña confianza en sí misma. No puedo evitar preguntarme si en efecto era invulnerable. Pero de serlo habría sobrevivido a aquel terrible accidente y a todas aquellas llamas.

—Eran delirios de una loca, querido —dijo Julie—. Eso es todo. Cualquier intento de descifrarlos te volverá loco a ti también.

El hijo único del conde de Rutherford, el hombre con quien Julie Stratford había estado prometida, se llevó la taza a los labios con un movimiento rápido que apenas disimuló el temblor de su mano.

La merienda en el hotel Claridge's no era lugar apropiado para levantar la voz, pero si luchaba con valentía para librar a Alex de su obsesión con la misteriosa mujer que lo había conquistado en El Cairo, lo más probable es que acabaran levantando la voz. Tampoco la merienda en el Claridge's era lugar para el engaño, ¿y qué otra palabra cabía aplicar a lo que ella estaba haciendo?

Una cosa era no haber amado a Alex de verdad; una cosa era no haber deseado su mano en matrimonio; estos hechos habían resultado obvios de inmediato para todos los que la conocían, incluso para los parientes que habían conspirado para casarlos por motivos puramente económicos. Incluso, le dolía admitirlo, para el propio Alex.

Pero su desalentado expretendiente seguía siendo el único miembro del grupo que había viajado a Egipto que todavía ignoraba por completo lo que había acontecido allí.

Ver a Alex atormentado por esta mezcla de ignorancia y pesadumbre casi era más de lo que Julie podía soportar. Y su disgusto parecía completamente fuera de lugar en medio de los manteles blancos que parecían flotar como nubes sobre el alfombrado rojo y bajo los arcos dorados del techo. Más aún en medio de todos los demás clientes, que hablaban en un educado murmullo mientras de vez en cuando miraban a la bonita y joven heredera que no iba vestida con el tradicional vestido de tarde, sino con un traje de hombre con un chaleco de seda blanca y un pañuelo anudado holgadamente al cuello.

Julie había organizado el encuentro con Alex el día después de que ella y Ramsés regresaran a Londres. Y no había contado con que la reunión fuese a ser del todo agradable. Crispada, en el mejor de los casos. Fría, en el peor.

Pero no estaba siendo ninguna de esas dos cosas. Es más, estaba asombrada del grado en que Alex seguía estando totalmente obsesionado con la mujer que lo había cortejado en El Cairo, y de la medida en que esa obsesión lo había transformado en un hombre totalmente diferente. Vulnerable y presa de la ansiedad, pero también más vehemente y vivo de cuanto lo había visto jamás.

Su única esperanza era dejar que se cansara hablando de ella. Entretanto, la verdad estaba más cerca que nunca de sus labios.

«Era un monstruo, Alex, y tú no eras más que un peón en su plan para castigar a Ramsés, su creador. Un desdichado peón. Eso es todo. La entrada a la ópera que te regaló había sido robada a un cadáver. Y mientras tú aguardabas a que regresara a su asiento, entró con sigilo en el tocador de señoras, donde intentó partirme el cuello a fin de poder depositar mi cuerpo roto a los pies de Ramsés. Verás, todo era pura venganza. Venganza porque Ramsés se negó a dar el elixir a su amante miles de años atrás.»

Pero el riesgo de compartir estas cosas con él era demasiado grande.

—Tus gafas están atrayendo cierta atención —dijo Alex, haciéndola regresar de golpe al presente.

—¿En serio? —preguntó Julie—. Me las ha recomendado el médico —agregó.

—¿El médico o el señor Ramsey? Conoce un montón de remedios antiguos. O al menos lo que se dice de ellos. En su última carta, mi padre me escribió sobre un tónico antiguo que le dio Ramsey y que le curó por completo la lesión de la pierna.

«Le curó mucho más que la pierna lesionada, querido.»

Tal vez una pequeña revelación aliviaría su cargo de conciencia.

Cuando se quitó las gafas, cuando Alex miró sus ojos que el poder transformador del elixir había vuelto de un azul deslumbrante, su expresión fue de pura sorpresa. El hombre apesadumbrado fue reemplazado por un joven que parecía estar presenciando la aurora desde la cima de una montaña por primera vez.

—Oh, Dios —susurró Alex.

—Es bastante asombroso, me consta —dijo Julie.

—¿Y la causa?

—Los médicos dicen que o bien es una reacción al estrés o bien una lesión producida por el sol. La pérdida de mi padre, tal vez.

¿Estaba cambiando la historia, embelleciéndola? Esperó que no.

—Aflicción y lesión, entonces —dijo Alex.

—Sí —respondió Julie, volviendo a ponerse las gafas en el puente de la nariz—. No quería asustarte.

—Qué maravilla —dijo Alex en voz baja.

—¿Tú crees? —preguntó ella.

—Que la aflicción y una lesión puedan combinarse para producir algo tan bello —dijo, y su voz sonaba remota—. Aunque supongo que en realidad no es un misterio. Dicen que los diamantes los crea la violencia que se desata bajo la superficie de la tierra.

—No son diamantes, Alex. Solo mis ojos.

—Pero son tan bellos como diamantes —dijo él—. Y me temo que por eso no querías mostrármelos.

—¿A qué te refieres?

—Al miedo a despertar alguno de mis antiguos sentimientos románticos por ti, tal vez.

—No soy tan vanidosa, espero.

—No. No eres en absoluto vanidosa. Solo deseo asegurarte que me he desprendido de todas mis viejas expectativas, por así decirlo. Hubo un tiempo, antes de nuestro viaje, en que me contentaba con aguardar para siempre. Confiaba en que un día llegarías a ver mis sentimientos por ti como algo distinto a una carga.

—Nunca los vi como una carga, Alex.

—Sí que lo hiciste. Y es totalmente comprensible. Era mi padre quien quería que nos casáramos. Mi padre y tu tío. Así pues ¿qué defensa tenía contra cualquier hombre que realmente cautivara tu corazón? En cuanto el señor Ramsey entró en tu vida quedó claro que yo había perdido la partida. Ahora estoy resignado. Lo único que lamento es no haber perdido con un poco más de elegancia en su momento.

Se refería a aquella espantosa velada en el barco camino de Egipto, cuando Alex citó toda suerte de medias verdades mezcladas con opiniones sobre la historia de Egipto, de una manera sin duda destinada a provocar a su nuevo rival por el cariño de Julie. Peor todavía, se negó a retirar alguna de ellas cuando estuvo claro lo mucho que había molestado a su compañero de viaje egipcio.

Con todo, estaba siendo, fiel a su costumbre, compasivamente injusto consigo mismo. A lo largo de la historia, los pretendientes desdeñados han hecho cosas mucho peores que iniciar una pequeña disputa durante la cena.

—Eres un perfecto caballero, Alex Savarell, y siempre lo serás.

—Estás siendo amable.

—No te has ganado sino amabilidad por mi parte.

—Simplemente quería decir que no deberías dudar en mostrarme cualquier cosa que te haga todavía más guapa. Ahora eres libre, Julie. Libre de cualquier antiguo sentimiento mío que no era correspondido, aunque cortésmente. Liberada por mi obsesión con una loca, me temo.

—Oh, Alex. No estoy segura de que sea un precio aceptable.

—Bueno, por suerte soy el único que tendrá que pagarlo.

—Solo en tanto que insistas en asumir la responsabilidad de la demencia y los delirios de otra persona —dijo Julie.

—Así pues ¿no hay un gran punto flaco en mí? —preguntó Alex—. ¿Algo que te repelía? ¿Algo que también la repelió a ella, que provocó que se fuera tan temerariamente pese a que yo le supliqué que no lo hiciera?

—¡Por supuesto que no!

—Entonces ¿no tengo defectos? Me alegra saberlo.

—Tienes los mismos puntos flacos que muchos hombres de alta cuna.

—¿Y cuáles son? —preguntó Alex, levantando una ceja.

—Un poco de testarudez y una tendencia a descartar los sentimientos profundos.

—Desde luego, Ramsey te ha alentado a ser más libre en tus opiniones, lo reconozco. Así pues, ¿no estás de acuerdo con mi padre?

—¿A propósito de qué? —preguntó Julie, poniéndose derecha. Esperaba obtener más información sobre Elliott aparte del cotilleo de que había sido visto en varios casinos de Europa y las pocas menciones que Alex había hecho de las sustanciales sumas que había enviado a casa. Echaba de menos a Elliott.

—Es algo que dijo hace algún tiempo —contestó Alex—. Le oí decirlo sin querer, en realidad. Le explicó a un amigo que mi salvación era que no tenía sentimientos demasiado profundos. ¿Qué pensaría de mí ahora, al verme destrozado por un revolcón con una delirante seductora histérica?

—Fue injusto que Elliott dijera tal cosa —contestó Julie. Lo dijo en serio. Había algo innegablemente bondadoso en Alex, innegablemente inocente.

—¿Ah, sí? —preguntó Alex—. Tal vez no. No si estaba convencido de que la persona aludida no tenía verdaderos sentimientos.

—Pero tú eres un hombre de sentimientos profundos, Alex. Eso está más que claro. En todo caso, esta dolorosa experiencia que tuviste en El Cairo te ha proporcionado una nueva sensibilidad que deberías recibir con los brazos abiertos. —Alex sonrió y apartó la mirada como un muchacho—. Verás, Alex, a veces tenemos que perder cosas para aprender lo que es la compasión. Y a veces nos abruman los cambios que llegan con cierta dosis de violencia pero que nos transforman para mejor.

—Como tus nuevos ojos, por ejemplo —dijo Alex.

—Tal vez.

—¿Recuerdas lo que me dijiste a bordo del barco aquella noche, cuando me puse en ridículo discutiendo con Ramsey sobre historia de Egipto?

—Me temo que solo recuerdo la disputa.

—«¿Cuál es tu pasión?» —dijo Alex, citándola—. Eso fue lo que me dijiste. Me preguntaste qué suscitaba mi alegría. Mi pasión. Y en ese momento no supe contestar. ¿No te acuerdas?

—Ahora sí.

—Pues es ser amado, Julie. Es ser amado como me amó aquella mujer. Nunca había conocido esa clase de pasión, esa clase de devoción. En cierto sentido, por eso fui capaz de liberarte tan fácilmente en cuanto regresamos. Pues estaba claro que nunca sentirías algo por mí de la manera en que lo hizo aquella mujer y, después de que muriese, lo único que quería era volver a ser amado de esa manera otra vez. Y cada vez que os oigo a ti o a Ramsey decir que su amor era fruto de la locura, mi corazón se vuelve a romper.

«Mejor creer que estaba loca —pensó Julie—, que saber que eras su títere.»

Aunque ¿lo era? ¿Qué sabía Julie en verdad sobre el clon asesino de Cleopatra? ¿Qué sabía aparte de aquel horrible momento en que creyó que iba a morir a manos de aquella mujer? ¿El ser en cuestión había sentido sincero deseo por Alex? ¿Había sentido por él un amor tan enloquecido e irracional y sin embargo tan genuino como sus ganas de vengarse de Ramsés?

No sabía la respuesta a ninguna de estas preguntas y dudaba que llegara a saberlas. Mejor aún, esperaba no tener que enterarse nunca. Hacerlo significaría encontrarse con aquella espantosa criatura otra vez.

Por el momento no tenía más elección que dejar que Alex creyera que las llamas la habían devorado.

Dejarle creer que algún día volvería a conocer una pasión igual de arrolladora pero con una mujer de corazón puro.

Alex parecía estar de mejor humor cuando salieron del hotel a la acera abarrotada. Sacó su reloj de plata de un bolsillo de su chaqueta y miró la hora.

—Todavía no sé si mi padre regresará a tiempo para nuestra fiesta —dijo Alex. Transmitió afecto con la manera en que pronunció las palabras «nuestra fiesta». De modo que no había organizado el evento por un triste sentido de la obligación, un deseo de salvar las apariencias. Esto alegró a Julie—. Me parece que mi padre extraña mucho al tuyo y que quiere pasar una temporada a solas.

—Por supuesto —dijo Julie—. Pero espero que Elliott regrese. Al menos espero que se lo plantee, y que le estés instando a venir cuando le escribes.

—Faltaría más. Me costó lo mío localizarlo. Según parece, siempre está de un lado para otro. No permaneció mucho tiempo en El Cairo después de que los demás nos marchásemos. Finalmente lo pillé en uno de sus hoteles favoritos de Roma. Me telegrafió para decirme que estaría en Montecarlo al cabo de una semana. Le envié una carta bastante larga; todavía no ha respondido. Espero que la haya recibido. Tengo que reconocer que me pone bastante nervioso tenerlo en el extranjero con tantos rumores de guerra.

»Mi madre, por su parte, está loca de alegría. Ha venido de París. Dudo que haya pasado tanto tiempo en nuestra finca en años. Para cuando haya terminado los preparativos, todo Yorkshire estará entusiasmado de celebrar que tú y el señor Reginald Ramsey seáis una pareja felizmente comprometida.

—Es muy entrañable lo que ambos estáis haciendo —dijo Julie—. De verdad, Alex.

—Considéralo un fruto de mi nueva sensibilidad.

La honró con un cortés beso en la mejilla.

—¿Dónde está el Rolls? —preguntó Alex—. ¿No te ha traído Edward?

—Oh, he preferido caminar.

—Caramba. Es un buen trecho. ¿No quieres que te acompañe a casa?

—Lo cierto es que me gusta pasear.

«Porque puedo caminar y caminar sin miedo a cansarme. Tal como tu padre probablemente está caminando por toda Europa.»

—Muy bien, pues —dijo Alex.

Pero todo lo que dijo Julie fue:

—Ha sido un placer verte, Alex. Y no tengo ánimo de ofender si digo que también ha sido un placer verte un tanto cambiado.

Alex alzó el brazo y le quitó las gafas del puente de la nariz, exponiendo sus ojos azules a los transeúntes. Después las plegó y se las puso con delicadeza en la mano.

—El sentimiento es mutuo, Julie.

Entonces Julie se marchó y, al cabo de unos minutos, decidió dejar las gafas exactamente donde las había puesto Alex.

14

—¡Alex tiene que irse de Londres de inmediato! —exclamó Julie.

Irrumpió en la sala de estar sin considerar quién podría estar allí. Pero podía percibir la presencia de Ramsés muy cerca.

Las puertas de la biblioteca adyacente se abrieron y apareció él, alarmado por su grito.

El invernadero que había más allá era una profusión de flores que Ramsés había plantado antes de que se marcharan a Egipto. Flores que habían estallado en todo su esplendor en cuestión de minutos después de que Ramsés las rociara con unas pocas gotas de elixir. Jamás morirían, aquellas flores, y Rita, la doncella, no tardaría en albergar sospechas ante su vitalidad, de modo que Julie no tendría más remedio que tirarlas al Támesis y esperar que se fueran flotando para siempre. Y fue a través de las vidrieras del invernadero que los rayos del sol despertaron a Ramsés.

Pero ahora todo aquello parecía un tanto amenazante, incluso el grave y persistente borboteo del agua en la fuente del invernadero. Abrumador, con un deje sombrío. Julie había previsto que el regreso a Londres pudiera no ser especialmente dichoso. Pero era la pena por la muerte de su padre lo que había temido una vez que estuvo rodeada de sus pertenencias de nuevo; no aquella abrumadora preocupación por alguien que estaba vivo. Tal vez su inmortalidad daba tanta fuerza a sus emociones, fueran jubilosas o lúgubres, como a sus manos.

Incluso después de que Ramsés la rodeara con un brazo, siguió teniendo la sensación de estar en la cubierta de un barco escorado.

—Está obsesionado, Ramsés. Totalmente obsesionado. Nunca lo hubiese predicho.

—¿Contigo?

—No. Con Cleopatra.

El modo en que dijo el nombre de aquella mujer fue un gruñido de lobo. El nombre de la reina. El nombre del demonio.

Ramsés enseguida la condujo a la vieja biblioteca de su padre, aneja a la sala de estar, la que llamaban «sala egipcia». Las hermosas librerías tenían pesadas puertas de cristal para proteger del polvo los valiosos volúmenes, y pequeñas estatuas y antigüedades se alineaban encima de cada una de ellas. Ramsés cerró la puerta de la sala de estar, señal inequívoca de que Rita todavía andaba por allí, preparando fuentes de comida, sin duda.

Ahora estaban a solas con los viejos libros y revistas de su padre, con sus notas garabateadas en los márgenes. Ninguna de aquellas cosas eran un consuelo. No en aquel momento.

—Le diremos que cancele la fiesta —dijo Julie, hablando con premura—. Diremos que te han llamado para que asistas a una reunión con tus contactos en la India. Después haremos que Alex se vaya a dar la vuelta al mundo. Yo puedo financiarlo, por supuesto. Tal vez pueda irse a París con su madre. Y Elliott está enviando a casa remesas de dinero. Desde cada uno de los casinos de Europa, según parece. De modo que debería ser un...

—Pero ¿por qué, Julie? ¿Por qué ahora?

—Quieres visitar la India, ¿verdad? Lo has dicho un montón de veces.

—Quiero ver el mundo entero y quiero verlo contigo. Ahora bien, ¿cancelar la fiesta? ¿Decirle a Alex que se vaya tan abruptamente? No entiendo qué lo motiva.

—¿No te das cuenta? Lo que ha ocurrido le ha afectado hasta la médula. Y si no vamos a decirle la verdad al respecto, languidecerá por esa espantosa y horrible criatura.

—No hablaste de ella con tanto enojo cuando nos enteramos de que todavía estaba viva. ¿Qué ha cambiado?

—Pensaba que no teníamos nada que temer.

—¿Y lo tenemos?

—Sí. ¿No lo ves? Alex... No ha hecho lo que prometió hacer. No ha retomado la rutina de su vida, ni siquiera en una versión poco entusiasta. Está irreconocible, Ramsés. Es un hombre nuevo, pero es un hombre nuevo que se consume por ella.

—¿Y tienes celos?

—¡No! Es miedo, Ramsés. Temo por él. Pues si ella se ha adueñado de su corazón, imagínate lo que puede hacer con el resto de su persona.

—¿Por eso quieres mandarlo lejos? ¿Para protegerlo de Cleopatra?

—En parte. En parte, sí. Pero también deseo que viva alguna aventura, alguna experiencia nueva. Algo que supla la necesidad que tiene de ella. Es como si hubiese descubierto nuevas verdades acerca de sí mismo. Y si se limita a arrastrarse de regreso a la caverna de su vida para lamerse sus caballerosas heridas, su obsesión con ella solo aumentará. Y entonces es posible que intente buscarla. Piensa qué desastre podría ser eso, Ramsés. ¡Un desastre absoluto!

—Pero no puedes mandarlo a recorrer el mundo para siempre, Julie.

—No puedo, es verdad. Pero puedo esperar que si emprende el viaje con la nueva percepción que tiene de sí mismo, su nuevo deseo de ser amado, según sus propias palabras, eso le guiará hacia algo totalmente nuevo. Una nueva pasión. Una nueva mujer. Algo que convierta sus pensamientos sobre Cleopatra en un recuerdo lejano.

—Pero Alex Savarell carece de pasiones. Eso es lo que define a Alex Savarell.

—A su antigua versión, sí. Pero tú no has visto al hombre que yo he visto hoy, Ramsés. Está tan cambiado como nosotros, solo que no ha tomado el elixir.

—¿De modo que quieres mandarlo en busca de una nueva amante?

—Quizá no. ¡Tal vez muchas amantes! Dejemos que se pierda por completo en el reino de los sentidos. Dejemos que se mude a una isla tropical y no lea más que a ese tal D. H. Lawrence. No importa, Ramsés. Lo que importa es que satisfaga el apetito que ahora siente de alguna manera que no implique a esa criatura. Si necesita un harén para hacerlo, financiaré hasta a la última cortesana.

—Vuestro siglo XX tiene ideas estúpidas en lo que respecta a los harenes. Sus miembros no eran muñecas ni estatuas. Tenían sentimientos, peticiones, exigencias. La dirección de un harén no era precisamente la evasión que a un aristócrata londinense le gustaría creer que es.

—Ramsés. Sé más serio.

—Lo soy, Julie —respondió él, apartándole el cabello de la cara—. Entiendo que en este momento estás hablando muy en serio y muy asustada.

—Pero no compartes mis sentimientos.

—Si Cleopatra realmente quiere hacer daño a Alex, ¿por qué permanece en Alejandría con su atractivo nuevo compañero? Tú misma te lo preguntaste.

—Y tú has dicho que ella es inescrutable. Es posible que ni

siquiera sea la verdadera Cleopatra sino un clon despiadado. ¿Cómo se explica si no su cruel indiferencia por la vida?

—En su familia, el éxito se medía por lo deprisa que uno mataba a sus propios hermanos para ascender al trono. Esta es una explicación plausible de lo que tú llamas indiferencia.

—No hablo de sus actos en Alejandría. Hablo de El Cairo hace solo unos meses. Asesinaba al azar, Ramsés. A hombres que seducía en callejones. Tenemos los recortes de prensa. Nos consta que era ella. ¿Por qué la defiendes?

—No la defiendo —respondió Ramsés en voz baja—. Como tampoco defiendo lo que hice en el Museo de El Cairo. Perspectiva, Julie. Eso es lo que intentaba darte ahora mismo.

—Perspectiva —susurró Julie, como si no recordara el significado de esta palabra.

—Escúchame. Si realmente siente esa cruel indiferencia por la vida y deseara hacerle daño a Alex, ya estaría muerto.

—Pero ¿es que no lo ves? Ese no es el tipo de daño que temo.

—¿Pues cuál es, querida? ¿Qué es lo que temes?

—Temo que lo convierta en una especie de compañero. Que se entregue a ella tan plenamente que se convierta en un compañero de su oscuridad.

—¿Y temes esto porque sus sentimientos por ella lo han vuelto irreconocible?

—Sí —susurró Julie—. Sí, Ramsés. Exactamente.

—Entiendo.

Pero Ramsés no parecía tener respuesta a aquello y el silencio que siguió permitió que los pensamientos más extremos de Julie le pesaran sobremanera.

—Oh, ya sé que es absurdo enviarlo a dar la vuelta al mundo. Nunca estaría de acuerdo. Pero si pudiera haber algo para hacerlo inmune a sus encantos, caso que ella volviera a entrar en su vida, lo haría. Lo haría ahora mismo.

—Te sientes culpable, Julie. Crees que al no amar a Alex lo has hecho vulnerable a ella.

—Tienes razón. Me consta que tienes razón. Pero es que verlo tan cambiado, Ramsés... Por un lado me ha llenado de júbilo, pero, por el otro, saber que ella ha sido el origen de ese cambio...

—Sabiendo que no es posible detenerla.

—Precisamente, Ramsés. Exacto.

—Pues mira qué te digo, y espero que te reconforte: ella quizá tenga el poder de seducirlo pero no ha mostrado el menor deseo de hacerlo.

—Espero que tengas razón, Ramsés. Rezo para que tengas razón aunque ya no sepa a quién rezo.

Ramsés la tomó entre sus brazos y le dio un beso en la frente.

—Si me equivoco, haré cuanto esté en mi mano para enmendarlo. Te lo prometo.

—¿Qué otra cosa se puede hacer? —susurró Julie.

Los hombres de Samir seguían vigilando todos los barcos que llegaban de Port Said. Además se habían enterado de la identidad del hombre con el que viajaba, un médico llamado Theodore Dreycliff. Su familia se había ido de Londres hacía algún tiempo.

—¿Julie?

—Dime, Ramsés —susurró ella contra su pecho.

—Cleopatra. Has dicho que era su clon. Insistes en que no puede tener el alma de Cleopatra. Y procuro entenderte pero en realidad no te entiendo. Ayúdame a comprender lo que quieres decir, Julie.

—Ya he intentado explicártelo antes —contestó Julie—. A menudo reflexiono sobre ello a horas avanzadas de la noche. Mi padre estaba más obsesionado con la reencarnación de lo que yo creía; me enteré leyendo sus notas en los márgenes de los libros que más le gustaban. Cuando empezó a estudiar la cultura de Egipto, pensó que los egipcios creían en la transmigración de las almas. Por descontado, no tardó en darse cuenta de que se trataba de un malentendido. Porque los griegos malinterpretaron pasajes enteros del *Libro de los Muertos* egipcio.

—Sí. Una vez más, me temo que el culpable es Heródoto. Durante mi reinado, los sumos sacerdotes enseñaban que el alma realizaba una serie de viajes. Durante esos viajes crecía y evolucionaba. Pero no tenían lugar en el reino de lo material: tenían lugar en la vida después de la muerte.

—En efecto. Pero aun así, esta idea de que regresemos una y otra vez a este plano lo cautivaba más de lo que yo sabía. Más de lo que nunca dejó que supiera. ¿Tú qué crees, Ramsés?

—Creo que el espíritu y el cuerpo emprenden viajes separados a través de este mundo. Y que el viaje del espíritu es mucho más largo.

—Eso no acaba de ser una respuesta, amor mío.

—Primero dime una cosa. ¿Quieres creer que tu padre renació? ¿Es eso lo que alimenta esta obsesión con la obsesión de tu padre?

—No. Es lo que pienso cuando pienso en Cleopatra. Pues si su espíritu continuó el viaje en el momento de su muerte real, dos mil años atrás, ¿cómo va a ser verdaderamente ella el ser que despertaste en el Museo de El Cairo? ¿De dónde vino el alma de ese ser? Si es que en verdad tiene alma.

¿Acaso Ramsés todavía albergaba un gran amor por su última reina, la última reina de Egipto? Si así era, no aflojó su abrazo. Su aliento siguió siendo constante y regular bajo su mejilla.

—Seguro que te duele oírme decir estas cosas —susurró Julie.

—Lo que me duele es que he cometido un acto cuyas consecuencias parecen infinitas.

—No debería ser así. No debería dolerte. No saco estas cuestiones a colación para hacerte sufrir.

—Claro que no. Pero te juro que no permitiré que le sobrevenga mal alguno a Alex.

—Y yo tampoco.

—Bien, entonces estamos unidos en este empeño, tal como lo estamos en tantas otras cosas, amor mío.

15

Cornualles

El agente inmobiliario y los remilgados y prudentes miembros de la familia le dijeron que el castillo era una ruina.

Sería una insensata si se lo quitara de las manos, insistieron, aunque solo fuese durante un año.

Estaba claro que no querían aprovecharse de aquella alta, acaudalada y negra dama de Etiopía.

Se habían abierto grandes agujeros en el tejado tanto de la torre como del gran salón, y no podían permitirse repararlos. Por tanto, alquilarlo era imposible, dijeron. Estaban en conversaciones para vendérselo a una organización dedicada a la conservación del patrimonio arquitectónico, que quizá algún día lo convertiría en una atracción turística para quienes fuesen capaces de escalar las empinadas cuestas del ventoso cabo sobre el que se alzaba. Siempre y cuando, por supuesto, esa organización construyera una pasarela suficientemente recia para conectar la isla con el continente. Era una distancia corta, pero la caída hasta las olas rompientes era muy abrupta, y el puente actual no resistiría mucho más tiempo.

Ahora bien, cuando insistió, la familia reveló que esas supuestas conversaciones se habían alargado durante años, y que había tantos descendientes, todos ellos propietarios a partes iguales del viejo castillo normando que llevaba su antaño orgulloso apellido, que discutían por todo tipo de nimiedades. Su pena, su frustración, ya fue evidente en los primeros telegramas y en la carta que vino después. Carecían de los medios suficientes para mantener una propiedad que había pertenecido a su familia durante más de un siglo, y esto los avergonzaba en grado sumo.

Bektaten prometió librarlos de aquella vergüenza.

Estaba harta de su hotel londinense, el venerable St. James' Court, dijo, aunque fuese un lugar encantador. Deseaba aislamiento.

No mencionó que, como siempre, llevaba consigo sus valiosos diarios, el relato completo de todas sus andanzas. Ni que hacía algún tiempo que los había copiado en nuevos volúmenes de pergamino encuadernados en piel. Ni que ese trabajo no era para emprenderlo en medio del bullicio y el ruido de Londres, como tampoco en un frágil edificio urbano que pudiera ser pasto de las llamas por un descuido humano. Bektaten necesitaba una ciudadela.

Tampoco mencionó para nada, por descontado, que había terminado su exhaustiva revisión de artículos de prensa recientes sobre la misteriosa momia de Ramsés el Maldito descubierta en Egipto, y sobre el igualmente misterioso Reginald Ramsey, que pronto sería el prometido de la famosa heredera de la Stratford Shipping.

Habían sido los cotilleos internacionales acerca de Ramsés y Ramsey los que la habían traído desde su remoto palacio en el Marruecos español hasta aquella fría tierra norteña que había evitado en sus incesantes viajes. El nombre de Ramsés el Maldito la había provocado e inquietado en particular.

Siglos antes había cedido las legendarias islas Británicas a su viejo enemigo inmortal, Saqnos. Y hasta cien años atrás sus espías lo habían visto con frecuencia, acompañado de su *fracti*, en Londres. Pero ¿dónde estaba ahora? ¿Todavía existía? Caso que no, no podía dejar de preguntarse qué lo había aniquilado. Si existía, oculto en algún lugar a resguardo de los ojos fisgones del mundo, ¿su presencia allí lo haría salir de su escondite? Esta posibilidad la llenaba de espanto. Le constaba que no pasaba desapercibida. Sabía que ella misma pronto podría convertirse en «un artículo» en los periódicos de Londres si permanecía allí. Y por eso estaba más que dispuesta a retirarse al campo sin intentar siquiera entrever a Ramsey y Stratford con sus propios ojos.

Si la familia quisiera alquilarle Brogdon Castle por un año, dijo a media voz, dejaría el edificio milagrosamente restaurado para que se convirtiera en la piedra angular de una nueva fortuna familiar.

Pero ¿cómo?, le preguntaron. ¿Y por qué?

Había sido bendecida, les dijo, usando una palabra alusiva a la buena suerte que poco significaba para ella, pero que estaba segura que significaría mucho para ellos.

Como esas bendiciones le habían llovido durante la mayor parte de su vida, las repartía allí donde podía.

Finalmente, la familia Brogdon fue seducida, y firmaron un contrato de alquiler por dos años con opción de compra.

Por supuesto, ellos no sabían que los hombres que la servían podían reparar los agujeros del castillo con sus propias manos. Era una tarea que diez mortales tardarían meses en finalizar; Enamon y Aktamu podían terminarla en una semana. Pero Bektaten se guardó mucho de decírselo a los vendedores.

Que los Brogdon pensaran que era miembro de la familia real etíope con ganas de pasar una larga temporada en el norte para escapar del sol africano. Que la considerasen excéntrica y dispuesta a vivir como un animal escurridizo en un viejo castillo frío y húmedo, cuyas habitaciones quedaban devastadas por los fortísimos vientos del mar Céltico cuando rompían las ventanas sin previo aviso. No era preciso decirles que tales vientos no suponían amenaza alguna para su salud, que era lo bastante fuerte para aguantar el tipo en medio de fuertes impactos, bien fueran de los puños de varios hombres o del propio cielo.

Por fin estaba allí.

El largo y agotador viaje en coche desde Londres había terminado.

Y con Enamon y Aktamu a su lado, se encontraba ante la la agreste belleza y grandeza descritas en los libros de historia.

Una vez restaurado, sería una maravilla. Y tal vez si se encariñaba lo suficiente, sería suyo; un nuevo santuario para los siglos venideros. Aún no sabía que su mente ya estaba contemplando tal posibilidad.

A menudo nuevos misterios la llevaban a nuevas tierras. Pero el misterio de Ramsés el Maldito no era como los demás.

Las murallas del castillo estaban prácticamente intactas, así como buena parte de la orgullosa torre que daba al embravecido Atlántico. Las losas que faltaban en el suelo del patio dejaban espacio para su jardín, y cuando Bektaten y sus amados servidores deambularon por la torre, encontraron múltiples habitaciones donde podría albergar los nuevos volúmenes de sus diarios, así como los baúles de artefactos y viejos rollos de papiro que siempre viajaban con ella. El castillo había estado habitado como mínimo hasta hacía cincuenta años. Era bastante posible llevar a cabo lo que ella había concebido.

—Manos a la obra —dijo a la devota pareja—. Haced lo que podáis, es decir, después de llevarme a la posada del pueblo donde nos alojaremos hasta que este lugar sea mínimamente habitable. Contratad a trabajadores de la zona, si es que los hay. Gastad lo que sea necesario.

Una semana después llegaron los grandes envíos de mobiliario, tapices y cuadros incluidos, y al cabo de otra semana

Bektaten ya había limado las aristas más duras del vasto interior del castillo, dejándolo fastuoso y grandioso.

Pero todavía quedaba mucho por hacer. Y los periódicos, siempre disponibles en la posada, le hicieron saber que disponía de tiempo para reflexionar sobre el misterio de Ramsey y Julie Stratford, quienes estaban bastante atareados en Londres, visitando a viejos amigos en recepciones y meriendas, recorriendo galerías e incluso, al parecer, paseando en bicicleta con elegantes atuendos o corriendo como locos de acá para allá en el automóvil nuevo de Ramsey.

Aunque fue el artículo sobre la fiesta de compromiso lo que aseguró a Bektaten que pronto tendría ocasión de ver a la pareja en persona, cuando estuviera lista para hacerlo.

Hasta entonces, vagaba por las colinas de los alrededores, exploraba las cuevas talladas por el oleaje. Las minas de estaño más cercanas quedaban a considerable distancia, de modo que el lugar disfrutaba del aislamiento que ella buscaba.

Solo los objetos más livianos podían llevarse a mano cruzando el puente colgante que unía la tierra firme con el promontorio del cabo sobre el que se alzaba el castillo, de modo que llevaron una grúa para trasladar los muebles y cajas salvando la brecha, muy por encima de la rompiente.

Mientras trabajaban, algunos hombres la habían entrevisto, envuelta en ropajes intemporales, contemplando el embravecido mar norteño con el que apenas estaba familiarizada. Cuando preguntaban con impertinencia acerca de su historia, Enamon y Aktamu repetían el cuento de que era un miembro de la familia real etíope que buscaba un largo respiro del calor de sus tierras ancestrales.

Poco importaba.

Había vivido en miles de sitios de todo el globo, demasiados para que alguno lo hubiese considerado su hogar. Una red de castillos y fincas mantenidas por mortales que habían jurado una especie de lealtad a ella, fundamentada en su amor y adoración. A muchos de ellos los había conocido de la misma manera que a los Brogdon: mediante un ofrecimiento de salvación. Eran los últimos descendientes de familias antaño ricas, que se esforzaban en mantener propiedades en ruinas que habían sido magníficas. Y de pronto, como caída del cielo, se presentaba ante ellos, ofreciéndoles restaurarlas. Y dándoles esperanza.

Solo unos pocos de esos mortales conocían su secreto.

Ni uno sabía su historia entera. Esta la contenían sus diarios, y nunca había permitido que alguien los leyera. Escritos en el antiguo idioma de su reino, contenían no solo la historia de su reinado sino también la de todo lo que vino después. Los llamaba los *Shaktanis*, y volvió a enfrascarse en ellos mientras aguardaba a que Enamon y Aktamu regresaran de Londres.

En la sala de la torre donde había montado la biblioteca, la ventana más cercana a ella estaba reparada y tenía vidrios nuevos, y una acogedora chimenea la calentaba.

Ramsés el Maldito. Fue pasando las páginas de sus diarios, copiados hacía tan poco, y en cuestión de minutos encontró el relato de lo que la había empujado a cruzar océanos, a instalarse por vez primera en medio del frescor y el verdor de una isla en la que había jurado no poner un pie jamás.

En los tiempos en que Ramsés II gobernaba Egipto, la peste barrió el Imperio hitita hasta el norte de Egipto.

No fue una peste del mismo tipo que la que hizo desaparecer los últimos restos de su antiguo reino. Pero sus víctimas fueron numerosas y por eso ella y sus sirvientes emprendieron viaje hacia Hatti con la esperanza de poder atender a los enfermos.

Durante la expedición, Bektaten descubrió muchas plantas milagrosas que florecían en las cimas de las montañas o que medraban en el fondo de oscuras cavernas. Algunas obraban milagros solo en la sangre de quienes habían tomado el elixir. Y una de ellas, el muguete estrangulador, era directamente un veneno, descubierto cuando el atrevido y magnífico leopardo que había convertido en mascota inmortal mordisqueó unas hojas y se transformó en ceniza delante de sus propios ojos.

Pero Bektaten nunca había renunciado a su vocación de curandera, papel que había desempeñado mucho antes de ascender al trono para ser la reina de Shaktanu, y por tanto había descubierto y formulado medicinas de sorprendente potencia que podían usarse para tratar a mortales enfermos.

Anhelaba curar al mundo entero, por supuesto, pero ese era un deseo peligroso y siempre lo sería; un aluvión de sentimientos temerarios sin un propósito claro y ordenado. Administrar el elixir suponía arriesgarse a exponerlo a quienes podrían usarlo con fines de dominio y control. Y cada vez que se planteaba esta posibilidad, la paralizaban amargos e irritantes recuerdos de Saqnos.

Con todo, la peste, sus horrores y su tremendo coste siempre la atraían como un canto de sirena.

La peste despertaba sus atormentados recuerdos de las horas finales de Shaktanu.

De modo que fue para curar a los aquejados de la peste por lo que entró en el reino de los hititas en el año que ahora llamaban 1274 a.C., llevando consigo numerosas medicinas y pociones.

Allí, en la tierra de los hititas, una extraña tragedia se abatió sobre Bektaten. Había sucumbido al hechizo de una valiente sacerdotisa disidente que se llamaba Marupa y rendía culto a Kamrusepa, la diosa de la sanación.

Marupa era poseedora de unas notables fortaleza e independencia. Harta de ciudades y cortes, había creado en un monte remoto un santuario consagrado a su diosa, al que muchos acudían en busca de sanación. En opinión de Bektaten,

Marupa era de una belleza antigua y agreste. Tenía el cabello con mechones canosos, y había veces en que ladeaba la cabeza, escuchando la voz de la diosa, y de pronto rompía a bailar y cantar presa de un frenesí que aterrorizaba a quienes acudían a ella por su magia sanadora. Pero sus manos nudosas confortaban y sus pociones hacían desaparecer el dolor, incluso curar huesos, según parecía, y Marupa nunca echaba a nadie del altar de Kamrusepa.

Marupa había sabido sin que nadie se lo dijera que Bektaten no era un ser humano normal y corriente. Pero solo sentía compasión y asombro por la extraña etíope que deseaba compartir sus propias pócimas curativas con tanta generosidad.

Aunque Bektaten no rezaba a ningún dios ni diosa, y desde tiempo atrás era contraria a todo panteón por considerarlo una mentira, se maravillaba ante la fe de Marupa, ante la insistencia de esta en que Kamrusepa le hablaba.

Marupa se convirtió en una apreciada compañera de Bektaten. Y por fin, sucumbiendo a la soledad que tan a menudo la había llevado a revelar sus secretos, Bektaten se lo contó todo. Pasaron muchas horas conversando, horas que devinieron semanas y semanas que devinieron meses. Todas sus dudas, sus pesares, sus grandes temores, Bektaten los dio a conocer a su nueva amiga, inspirada por la ternura de Marupa.

El peor secreto de su alma, le confió Bektaten, era que deseaba no haber descubierto el elixir, y que temía que nunca llegaría a saber cómo utilizarlo para ayudar a los demás. No era como las demás pociones y remedios, confesó. Y Marupa la escuchó con lágrimas en los ojos sin censurarla ni juzgarla. Al final le hizo una petición a Bektaten.

—Permíteme dar este elixir a las palomas de mi santuario, los pájaros sagrados de la gran Kamrusepa. Y déjame poner ante la propia diosa un cáliz de este extraño brebaje, y que Kamrusepa nos diga si es bueno o malo, si hay que destruirlo o utilizarlo, y cómo puede ayudar a la humanidad.

Bektaten no tenía fe en que Kamrusepa siquiera existiese, pero ante la sonrisa y la voz dulce de Marupa, ante la fe de Marupa, cedió.

Y así fue cómo se hizo un altar en el santuario de la montaña, con un cáliz de elixir e incluso una tablilla de piedra donde figuraba por escrito el secreto de los ingredientes. Además dieron elixir a los pájaros del santuario. Y Marupa dijo a Bektaten que fuese paciente y aguardase a que la diosa diera su veredicto.

Bektaten no se sorprendió cuando la diosa, a menudo tan habladora y comunicativa, nada dijo a su devota Marupa. Esta nunca habría engañado a Bektaten.

—Aguarda —dijo Marupa—. Demos tiempo a Kamrusepa para que se manifieste —agregó.

Y Bektaten estuvo de acuerdo. El altar, la tablilla, el cáliz, los pájaros inmortales que volaban incansables en torno al santuario, todo esto daba a Bektaten una suerte de esperanza. Poco pensaba que aquella esperanza pudiera morir con Marupa.

Bektaten siguió con sus excursiones por el monte, visitando a pastores solitarios que necesitaban de sus curas y recogiendo plantas nuevas a las que quizá encontraría una utilidad, en compañía de sus devotos Enamon y Aktamu.

Una mañana temprano Bektaten regresó al santuario y se encontró con una pequeña multitud de montañeses llorando en la entrada. Todos retrocedieron ante ella cuando los interrogó. Bektaten entró sola y vio a Marupa muerta a los pies del altar. Alguien había bebido o robado el elixir del cáliz, que estaba hecho añicos en el suelo, mezclado con trozos de la tablilla que había contenido la fórmula.

Bektaten dio un alarido tan espantoso que los montañeses huyeron despavoridos. Sus devotos compañeros fueron incapaces de consolarla. Y sobre ellos recayó la tarea de enterrar a la valiente sacerdotisa inconformista que sabía la vida entera de su querida amiga Bektaten.

Aquella mujer, que nunca había pedido el elixir para ella misma, una mujer a quien algún día Bektaten hubiese dado la poción con su bendición, fue enterrada en una tumba sin nombre en una ladera ventosa.

—¿Quién ha hecho esto? —inquirió Bektaten a los montañeses de todas partes—. ¿Quién ha cometido este sacrilegio?

Nunca lo descubriría. Aquellos a quienes intentaba preguntar se acobardaban o se alejaban de ella. ¿Había sido Saqnos? ¿Se las había arreglado para perseguirla hasta allí, y robado no solo el elixir sino el secreto para preparar su versión más pura y perfecta?

Bektaten nunca lo sabría.

Finalmente de marchó del reino hitita, dejando sin vengar el asesinato de Marupa. Abandonó Hatti a su pestilencia y sus guerras, dado que el gran Ramsés II de Egipto combatía contra el rey hitita, Muwatalli, en Kadesh.

Con el tiempo, el destino llevó de nuevo a Bektaten cerca de Saqnos, solo para que corroborase que él no había sido el ladrón y asesino de Marupa. En la legendaria ciudad de Babilonia, con sus cien mil habitantes, Enamon y Aktamu espiaban fácilmente a Saqnos de lejos, y sobornaban a sus sirvientes mortales para obtener información acerca de él.

Estaba claro que se había rodeado de alquimistas, a quienes pagaba sumas desorbitadas, y que había construido un laboratorio secreto donde juntos buscaban desesperadamente la forma pura e incorrupta del elixir que había suplicado a Bektaten en Jericó. Casi la entristecía verlo todavía perdido y presa de aquella obsesión.

Pero no se enfrentó a él. Abandonó Babilonia sin siquiera dirigirle la palabra. No obstante, a partir de entonces, mantuvo una red de espías mortales para que la informaran del paradero y las actividades de Saqnos. En ocasiones, la red fallaba y Saqnos desaparecía para ser redescubierto en fechas posteriores, empeñado en realizar los mismos experimentos. Entre los mortales circulaban rumores sobre el loco que siempre andaba tentando a nuevos sanadores y alquimistas con sustanciosos sobornos y desaforadas promesas, el loco que pagaba sumas astronómicas por cada nueva planta, remedio, poción o purgante que hubiere en el mercado.

¿Quién había robado el elixir a la sacerdotisa asesinada? ¿Quién había matado a Marupa?

Bektaten estudiaba los recortes de prensa, tanto viejos como nuevos, esparcidos sobre la mesa.

RAMSÉS EL MALDITO LIQUIDA A QUIENES PERTURBAN SU DESCASO. HEREDERA DESAFÍA A LA MALDICIÓN DE LA MOMIA. RAMSÉS EL MALDITO VISITA LONDRES.

Y el último:

FIESTA DE COMPROMISO DE REGINALD RAMSEY Y JULIE STRATFORD ATRAE A FAMOSA NOVELISTA DE AMÉRICA Y A OTROS DISTINGUIDOS INVITADOS.

¿Cabía que fuese el propio Ramsés II quien cometiera aquel error garrafal dentro de aquella cueva tanto tiempo atrás? ¿Podía ser él quien se había atrevido a beber el elixir hasta los posos y a matar a la indefensa Marupa con su espada?

Los relatos de tiempos antiguos nada decían a Bektaten. Pero ¿y el rumor que circulaba sobre unos ojos azules, los bellos ojos azules del enigmático egipcio, así como las habladurías sobre los ojos azules de Julie Stratford, sin duda una llamativa consecuencia de una fiebre contraída en El Cairo?

Bektaten se levantó para avivar el fuego del hogar y después deambuló por la biblioteca con paredes de piedra antes de asomarse a contemplar el paisaje escarpado que había tallado el mar.

El tiempo había enfriado su ira. Era verdad. Y aunque el dolor que sentía por la pérdida de Marupa nunca desaparecería del todo, tuvo que reconocer que ahora sentía más curiosidad que deseos de venganza.

Se acomodó en su silla de nuevo y apenas se dio cuenta cuando su querida gata Bastet entró en la habitación, deslizándose hasta la silla para frotar con su lomo las piernas y los pliegues de la túnica larga de Bektaten. Sin mirar al animal, Bektaten la cogió en brazos y la besó, masajeándole con sus largos dedos el pelaje y los huesos de debajo.

Bastet levantó la vista hacia su ama y la miró con sus ojos azules, tal como venía haciéndolo durante los últimos trescientos años, desde el día en que Bektaten había dado elixir a la gata. No era una crueldad para tales animales, caviló Bektaten, no para aquellas tiernas criaturas que vivían el presente sin esfuerzo, tal como quizá deberían hacerlo todas, disfrutando el momento de estar vivas sin recordar ni anticipar más que una comida a base de pescado o cordero, o un cuenco de agua limpia y fresca.

—A veces deseo no saber más que tú, bonita —dijo Bektaten levantando a la gata para sentir el sedoso pelaje en su mejilla—. A veces deseo no saber nada.

Ramsés el Maldito. La maldición de la momia.

Tres mil años habían transcurrido desde que Bektaten se arrodillara llorando en aquella cueva, desde que el temido faraón de Egipto condujera a sus ejércitos en su avance para arrasar las orillas del río Orontes en la tierra de los hititas. Sin duda habría aprendido muchas cosas desde entonces, tal como las había aprendido Bektaten. Y quizá eso fuese más importante que poner fin a la vida del maldito rey con una dosis de muguete estrangulador. Aunque, por otro lado, quizá no. Bektaten tenía mucho que estudiar, mucho que ponderar, mucho que aprender sobre aquel hombre llamado Reginald Ramsey.

16

Se reunieron en el torreón del castillo mientras las primeras luces del amanecer surgían sobre el rugiente mar.

Sus leales servidores se habían vestido como caballeros británicos, con camisa, corbata, abrigo ranglán y bombín. Ambos eran altos, de modo que un sastre había tenido que hacerles la ropa a medida.

La estatura de Bektaten era el motivo por el que prefería envolverse en túnicas que ponerse prendas de moda. Conservaba un baúl lleno de ropa elegante, adecuada para todas las ocasiones sociales; un guardarropa digno de un miembro de una familia real que disfrutase de unas vacaciones perpetuas. Pero cuando gozaba de una relativa soledad, le faltaba paciencia para lucir esos conjuntos, ninguna paciencia para corsés que su esbelta figura no necesitaba.

Los sombreros que llevaban sus hombres les daban un toque divertido. Eran demasiado pequeños, se balanceaban en lo alto de sus cabezas como coronas enmohecidas que no fuesen de su talla. Cuando comenzaron a referirle lo que habían visto, pasó entre ellos, les quitó los sombreros y los dejó encima de la gran consola que estaba arrimada a la pared de piedra más cercana.

Así no la distraerían de sus palabras.

De los dos hombres, Enamon siempre había sido el más enérgico. Aktamu, por su parte, tenía un carácter más sereno e introspectivo, complementado por una cara redonda e infantil. Tal vez la nariz torcida de Enamon, recuerdo de su propensión mortal al enfrentamiento físico, solo hacía que pareciera más agresivo, aunque tal vez fuese cosa de la edad; era unos años mayor que Aktamu cuando fueron creados.

Ahora bien, los años mortales que antaño separaban a los dos hombres ahora eran una diferencia insignificante, pensó Bektaten. Ambos habían vivido siglos. Eran iguales en experiencia y en sabiduría adquirida. Y, sin embargo, la diferencia en temperamento estallaba de vez en cuando, particularmente cuando les pedía que trabajaran juntos en una misión de gran importancia. Parecía que existiera en la mismísima fibra de su ser, preservada para siempre en el encantamiento del elixir.

—El señor Ramsey es inmortal —dijo Enamon—. Estoy seguro. Sus ojos son del tono azul exacto y además no duerme. Las ventanas de la casa de Mayfair resplandecían a todas horas y hacía el amor a su prometida durante la noche entera.

—¿Y su prometida? —preguntó Bektaten.

—Casi siempre lleva gafas oscuras. Los periódicos dicen que en Egipto contrajo una fiebre que le cambió el color de los ojos. Estamos casi seguros de que también es inmortal.

—Pero hay algo más —dijo Aktamu, su voz un leve susurro al lado de la confiada voz de barítono de Enamon—. No estamos solos.

—¿Qué quieres decir? —preguntó Bektaten.

—Había alguien más vigilando la casa —prosiguió Aktamu—. No nos vieron, pero nosotros sí a ellos. Los seguí. Enamon se quedó en Mayfair para recoger un informe completo de la noche, tal como nos indicaste.

—¿Los *fracti* de Saqnos? ¿Aquí, ahora?

—No lo sabemos. Tal vez no.

—¿Qué viste cuando perseguiste a esos otros?

—Un hombre era el cabecilla. Conducía muy deprisa. Lo seguí hasta una extensa finca a medio camino entre Londres y la región que ahora llaman Yorkshire.

La familiaridad de Aktamu con el mapa de aquella isla era muy útil. En el pasado, cuando Bektaten se había sumido en prolongados sueños, había dado libertad a sus queridos asistentes para que explorasen el mundo. Por eso Enamon y Aktamu habían pasado temporadas allí, mientras que ella no. Esto también les sería valioso.

—¿Y ese hombre era inmortal? —preguntó.

—Estaba oscuro, entrada la noche —contestó Aktamu—. Pero esa finca es conocida y tiene nombre: Havilland Park. Un lugar magnífico. Extenso, con altas verjas. Y llegó más gente.

—¿Llegó? ¿A qué te refieres, Aktamu?

—Al otro lado de las verjas vislumbré un camino de acceso lleno de coches. De distintos tipos. Las luces de las habitaciones que daban a la fachada estaban encendidas a pesar de las horas. Y otro coche llegó poco después que el hombre que seguí. De él se bajaron un hombre y una mujer, vestidos con mucha elegancia. Estaba demasiado lejos para verles el rostro. De no haber habido tanta actividad, habría saltado la tapia para explorar más de cerca. Pero me pareció arriesgado. Pensé que sería mejor consultarlo antes contigo. Tal vez querrías adoptar un enfoque distinto.

Aktamu echó un vistazo a la estilosa gata gris que se refrotaba contra los tobillos de Bektaten.

—Muy bien, Aktamu —contestó ella—. Has sido sensato.

Bektaten cogió la gata en brazos, le recorrió el lomo con las uñas con una presión que la hizo ronronear y lamerle los dedos de la otra mano. Cuánto amaba a aquella criatura.

—A esas personas de Havilland Park —prosiguió Aktamu— las reconocí porque las habíamos visto en las calles de Londres cuando espiábamos a Ramsey y a su amante. Se reúnen a altas horas de la noche. O bien son inmortales, o están tan enfrascadas planeando algo que les resulta imposible dormir.

—O ambas cosas, mi reina —terció Enamon.

—Cómo no.

Durante un rato, ninguno de los tres habló. El ruido del oleaje batiendo las rocas hizo las veces de un cántico de meditación que permitió a Bektaten asimilar lo que le habían contado.

—Él es el ladrón —dijo finalmente—. Ramsés el Grande es el ladrón del elixir. Ahora lo sé. La espada que mató a mi querida Marupa era poderosa, de bronce. Tendría que haberme dado cuenta. Tenía demasiado miedo de Saqnos. Tendría que haber caído en la cuenta de que el casi siglo de vida de Ramsés el Grande solo era el principio.

—Te diste cuenta, mi reina —la alentó Aktamu—. Por eso ahora estamos aquí.

Estaba siendo generoso. No había reparado en ello hasta hacía poco.

Y lo mismo, al parecer, había hecho alguien más.

—Averiguaremos cuanto podamos sobre esa gente de Havilland Park —dijo Bektaten—. Pero antes, mi jardín. Es hora de plantar mi jardín.

Ambos asintieron con la cabeza y se retiraron.

Bektaten los observaba desde el segundo piso del torreón, desde la habitación que había tomado como aposento privado. Una ventana daba al mar agitado; la otra, al patio de abajo. Allí Enamon y Aktamu plantaban sus semillas en la amplia zona de tierra descubierta que los estaba aguardando cuando llegaron. Varios días antes, habían alisado los bordes de las losas rotas hasta que tuvieron forma de rectángulo. De no haber sido por los cuerpos agachados de ambos hombres, el suelo habría parecido un agujero oscuro en la propia tierra, enmarcado con esmero por la mano del hombre. Las semillas, que antes habían viajado en morrales que llevaban en bandolera, ahora residían en una caja decorada con joyas. Las habían sacado de su nueva biblioteca en la torre adyacente.

Enamon iba anotando la ubicación de cada planta, aunque todas serían reconocibles una vez que florecieran.

Y florecerían en cuestión de momentos.

En el brazo de Bektaten, Bastet ronroneaba. Ah, qué sublime contentamiento.

Cuando acabaron de plantar, ambos hombres se volvieron y levantaron la vista hacia la ventana.

Con un gesto de asentimiento, Bektaten les dio permiso para continuar. Aktamu cogió la copa de elixir que les había preparado, la inclinó una pizca y atravesó por el medio el parterre, dejando caer gotas a su izquierda mientras avanzaba. Luego hizo el viaje de vuelta, haciendo lo mismo por la izquierda otra vez.

Bektaten les había enseñado hacía tiempo a no apresurarse al realizar esta labor. Nunca debían permitir que la incesante marcha de su vida les hiciera olvidar la magia del elixir. Y así, en el momento justo, los dos hombres se quedaron a un lado y observaron en silencio cómo los primeros brotes salían de lo que antes era tierra yerma. Permanecieron allí mientras se abrían las primeras hojas, mientras las primeras flores tomaban forma en medio de los susurrantes arriates verdes.

«La vida —pensó Bektaten—. Dentro de este elixir, la vida misma. No nos mata y nos renueva. Nos da rienda suelta. Hace que la vida sea ilimitada e impenitente.»

Pocos minutos después, los hombres fueron a sus aposentos. En una mano, Aktamu sostenía una única flor: cinco gruesos pétalos naranjas, con las puntas enroscadas, y una maraña de estambres amarillos. Bektaten se sentó en la silla más cercana, con la gata en el regazo, para aceptar el regalo. Pellizcó el extremo de un estambre y lo hizo polvo entre los dedos.

Para aquella prueba solo necesitaba una cantidad mínima.

Cuando la flor desprendió su fragancia, Bastet de pronto se incorporó, con los ojos chispeantes, tan cautivada como lo estaría ante un pez recién pescado. ¿Qué sentía realmente la gata? Bektaten deseó poder saberlo.

Se llevó dos dedos manchados de polen a la cara, dibujó una línea rápida que le cruzó los labios y la barbilla.

La gata se puso a trabajar de inmediato, lamiendo el polen de la barbilla y los labios de Bektaten mientras ella le untaba más a lo largo de su pelaje.

Al cabo de uno segundos de este ritual, después de que la piel de ambas hubiese absorbido el polen, Bektaten empezó a verse a sí misma a través de los ojos de la gata. Aquello siempre le daba una lección de humildad y la llenaba de asombro. Las dos habían establecido aquella conexión muchas veces, y cada vez el felino salía más dócil y atento con los humanos, más vinculado con los estados de ánimo y las necesidades de Bektaten. Algo semejante a un familiar cercano de corazón puro. De hecho, mediante el milagro de la flor de ángel, había convertido a muchas criaturas temibles en sus afectuosos y atentos compañeros.

Sin decir palabra, Bektaten ordenó a la gata que saltara de su regazo mediante una indicación mental. Bastet obedeció y Bektaten se encontró mirando sus propios pies, los pies de Enamon y después los de Aktamu mientras este se apartaba del camino de su querida mascota. Envió a la gata al alféizar de la ventana para tener una vista del jardín en plena floración.

Qué imagen la de las plantas recién nacidas, aunque fuese a través de la visión de la gata; grandes tallos y flores que mecía la brisa marina.

En silencio, ordenó a la gata que regresara a su regazo.

Una vez que regresó, una vez que se encontró mirándose su rostro sin edad, levantó la mano y esparció el polen por sus labios y sus mejillas. Raro, un poco mareante, verse a sí misma haciéndolo. Y su organismo todavía tardaría un rato en absorber el polen por completo, momento en el que la conexión entre ella y Bastet se rompería.

Entretanto, permaneció sentada con la gata en el regazo, aguardando a que el milagro se desvaneciera. Pidió a la gata que cambiara de postura, de modo que Bektaten no estuviera obligada a mirarse como si lo hiciera en un espejo. La gata obedeció.

—¿Sigue siendo inteligente? —preguntó Enamon finalmente.

—Sí, Enamon. Y mucho. Tendrá mucho que contarnos, a la larga.

¿Y quién sabía qué más sería capaz de hacer Bastet a la larga? ¿Quién sabía qué grandes descubrimientos aguardaban a Bektaten y a Bastet en el futuro?

Cuando fueron a verla, acababa de leer sus diarios de los tiempos en que Ramsés II gobernaba Egipto.

La lectura había despertado su infinita colección de recuerdos de aquella época. La búsqueda de Saqnos la había llevado a todas partes durante ese período pero rara vez a Egipto, pues no había noticias de Egipto que indicasen que Saqnos estuviera allí. ¿Acaso había indicios que hubiese pasado por alto, incluso mientras los anotaba? Ay, cuántas cosas que ponderar. Pero no ahora. Ahora era el momento de la bendición conyugal de su nueva morada.

Cuando sus hombres aparecieron, silenciosos, resueltos, estaba lista para ellos.

Ansiosa de ellos.

Los condujo a su alcoba, donde no podía haber duda de

sus intenciones puesto que la cama estaba cubierta de pétalos de flores y el incienso perfumaba el aire.

Habían transcurrido años desde que los tres se habían acostado juntos, y parecía milagroso lo poco que les costaba unirse de nuevo.

Dejó que le quitaran el turbante y le alisaran la melena morena. Dejó que le quitaran la ropa y que después hicieran lo propio con la suya.

Tres espléndidos cuerpos inmortales, abrazados unos a otros en la penumbra de las velas, listos para sumergirse en el lecho de flores y almohadas.

Tan solo momentos antes, Bektaten había estado leyendo sobre sus experiencias amorosas de tres mil años atrás. Encontró que no se habían producido cambios. «Cuando una es inmortal —había escrito— no reclama el contacto del otro con desesperación. No teme perderlo y por tanto no busca contenerlo ni limitarlo ni describirlo con un lenguaje que no alcanza para hacerlo.»

—Tomadme —susurró, cerrando los ojos—. Tomadme y hacedme olvidar el trágico ardor de los amantes mortales, el sabor a muerte que siempre acompaña a sus besos, el sabor a pérdida que ensombrece su abrazo.

La levantaron y la tendieron sobre el mullido lecho perfumado.

Aktamu la besó, metiendo la lengua entre sus labios, acariciándole los pezones, la parte inferior de los pechos. De inmediato se excitó de la cabeza a los pies, amando el peso de sus caderas contra las suyas, amando la presión de su miembro contra sus labios inferiores.

Se abandonó a él por completo mientras la montaba hasta que estuvo chillando en esa divina agonía que siempre se asemejaba tanto al dolor.

—Mi Enamon —dijo Bektaten, buscándolo a tientas con los ojos cerrados.

Y entonces aparecieron aquellas manos que tanto conocía, mucho más ásperas que las de Aktamu, y aquellos besos bruscos, las manos de Enamon debajo de ella, levantándola mientras la penetraba, su aliento lleno de susurros entrecortados:

—Mi ama y señora, mi reina, mi amada y bella Bektaten.

Excitado de nuevo, incapaz de contenerse, Aktamu le tomó el rostro con ambas manos y la apartó de su compañero, pero ese compañero no iba a renunciar a ella, que notó la boca de Enamon en su vientre y después en su pecho izquierdo. Notó su lengua en el pezón y sus dedos enredados en el pelo. Aktamu intentaba atraerla hacia sí, Enamon conducir su pasión hasta la cima.

Bektaten se regocijaba en aquel revoltijo de cuerpos, en estar absolutamente entregada a su combate por poseerla, entregada a sus frenéticos esfuerzos por vencerla con el placer, por conquistarla por completo como quizá nunca lo hicieran en la vida. La entusiasmaba aquel abandono a manos de aquellos hombres a quienes mandaba día tras día, aquella rendición a quienes la adoraban con un temor reverencial que nunca había acabado de entender del todo.

Aktamu la puso de rodillas, la abrazó por detrás, sosteniendo los pechos para que Enamon los succionara, y Bektaten se desplomó encima de ellos, perdida toda noción del tiempo y el espacio, liberada de toda preocupación.

Y es que somos esto, solo esto, este éxtasis que la carne puede darle a la carne.

Con cada demoledor orgasmo que siguió tuvo visiones, visiones del jardín susurrando en el patio de abajo, con sus grandes tallos y flores a los que había infundido vida el mismo elixir que había convertido lo que antaño era para ella un doloroso ritual maquinal en una desenfrenada celebración del cuerpo y el alma.

Aquellos amantes inmortales conocían el mapa de su cuerpo, el mapa de sus sentidos, mejor que cualquier dios que hubiese reivindicado el mérito de su creación. Aquellos amantes inmortales entendían su ansia, su aguante, como jamás lo haría un mortal.

«Vida —pensó de nuevo—. Vida vuelta incesante. Vida vuelta impenitente.»

Todo ello gracias al elixir.

Todo ello como recordatorio de por qué el elixir debía protegerse para siempre, por qué aquella gloriosa magia nunca debían volver a robársela.

Finalmente, terminaron. Permanecieron tendidos juntos, callados, agotados y divinamente vacíos de todo anhelo. Al cabo de un rato se bañarían juntos, se vestirían unos a otros. Pero por el momento se quedaron acurrucados unos contra otros en una sublime extenuación. Y en el antiguo idioma de Shaktanu se confiaron palabras de cariño, promesas de lealtad eterna, besos de puro afecto y ligeras risas y llantos.

—Sellados en el éxtasis —murmuró Aktamu con su grave voz de barítono.

—Atados a ti para siempre —dijo Enamon.

De repente estaba sollozando, temblorosa. Hundió el rostro en el cuello de Enamon.

—Amados, amados, amados —repitió mientras su mano agarraba la nuca de Aktamu.

—Mi preciosidad —dijo Aktamu—. Todo lo que soy es tuyo.

Enamon le besó los ojos cerrados.

—Tu esclavo, ahora y siempre. Un verdadero esclavo que te ha entregado el alma.

En las horas que siguieron, se convirtieron en sus servidores una vez más.

Después del prolongado y pausado baño, le trenzaron el pelo.

Separaron mechones de la mullida melena de cabello rizado y los convirtieron en largas trenzas delgadas, cuidadosamente entretejidas con frágiles cadenillas de oro salpicadas de perlas minúsculas. Era una tarea laboriosa, entretejer tantas trenzas, pero aquellos dos hombres lo hacían con tanta paciencia y cariño como lo hicieran sus doncellas en la antigüedad. Y cuando le llevaron el espejo para que viera el resultado final, oh, la perfección y claridad de aquellos espejos modernos, tuvo la sensación de estar contemplando a una reina egipcia de tiempos anteriores a Ramsés, cuando tantas mujeres de la nobleza llevaban el pelo con aquel peinado. En torno a la cabeza le pusieron una diadema de oro forjado, una liviana corona.

Y entonces llegaron los últimos besos devotos, antes de que se retirasen obedeciendo sus amables órdenes.

De nuevo se puso a sollozar. Se tendió sobre los cojines y lloró a lágrima viva. Lloró por ellos y por ella y por todos los cuerpos y almas que vivían alienados y buscando siempre una unión, una unión que solo podía terminar una y otra vez en aquel dulce y terrible dolor.

17

RMS Mauretania

Sibyl tenía demasiado miedo a otro desvarío para tomar las comidas en el restaurante de primera clase. No obstante, los demás pasajeros la seguían saludando con afectuosas sonrisas y respetuosas inclinaciones de cabeza cuando se topaban con ella en la cubierta, como si fuese su compañera de confianza simplemente en virtud de haber embarcado para efectuar el mismo viaje.

Algunos de ellos, mayormente británicos que regresaban de unas vacaciones en Estados Unidos, inquirían acerca de sus repetidas ausencias en el comedor. A fin de responder, Sibyl había inventado el cuento de que había decidido embarcar tan a última hora que no había tenido tiempo de incluir en su equipaje ropa apropiada para cenar. Tal vez si esos compañeros de viaje hubiesen sido norteamericanos habrían insistido en que rompiera el decoro, pero, para los británicos, su deseo de no parecer fuera de lugar o por debajo de su condición social era absolutamente comprensible.

Sin embargo, no les confió que su verdadero temor, después de su terrible delirio en el *Twentieth Century*, a que no fuese prudente alejarse más allá de un breve paseo, o una breve carrera, de su camarote, donde Lucy siempre aguardaba con un vaso de agua y unas pastillas que rara vez necesitaba.

De ahí que se hubiera organizado para tomar la mayoría de sus comidas en el camarote. Este arreglo le daba tiempo para volcarse en sus diarios, para establecer una cronología coherente de las extrañas perturbaciones mentales que habían comenzado a alterar el curso de su vida.

Era una conexión lo que la asediaba ahora. No había palabra mejor para describirlo.

Sentía una poderosa e inexplicable conexión con otra mujer, una mujer guapa de cabello negro como el azabache que respondía al magnífico título de última reina de Egipto. Pensaba que con mucha probabilidad había inventado esa parte; que su obsesión de toda la vida con Cleopatra había tenido como consecuencia una especie de interferencia mental al intentar asimilar su visión más reciente. Ahora bien, aquella mujer, fuera quien fuese, igual que Sibyl, parecía moverse en el mundo contemporáneo. E incluso si todo no fuese más que una serie de alucinaciones —cosa harto dudosa puesto que en una de las pesadillas en cuestión aparecía un hombre real, el señor Reginald Ramsey—, en todas esas visiones veía el mundo, súbita y violentamente, a través de los ojos de otra mujer. Y por alguna razón aquella conexión había cobrado fuerza para escapar de los confines de sus sueños.

Todo esto parecía lógico y coherente cuando lo ponía por escrito. Cuando lo susurraba para sí, se sentía loca de remate.

Y esos eran los momentos en que solía arriesgarse a dar un paseo por las cubiertas del *Mauretania*.

Su hora favorita del día para llevar a cabo este ritual era el atardecer, cuando el sol poniente perfilaba las cuatro grandes chimeneas del buque, haciendo que parecieran monolitos antiguos que de pronto flotasen en el aire.

Se cruzaba con grupos de bien vestidos pasajeros de primera clase que respiraban un poco de aire fresco antes de ir a cenar.

A veces se asomaba lo suficiente a la barandilla para entrever a los niños de tercera clase que saltaban a la comba y jugaban al escondite en las cubiertas inferiores. Pero el regocijo en su abandono pronto cedía el paso a la amargura. Le disgustaba el sistema de clases que dividía a la gente en grupos considerados superiores o inferiores. La enojaba que todos aquellos niños de a bordo no tuvieran libertad para corretear por el barco entero dando grandes círculos hasta quedarse sin aliento, imaginando que eran piratas o vikingos o cualquier otro tipo de marineros como los que poblaban sus sueños. Peor todavía, estaba convencida de que sus hermanos y su difunta madre, y tal vez incluso su difunto padre, habrían defendido a gritos semejante sistema, aunque solo dejara a los niños un espacio reducido en cubierta donde correr, jugar y soñar.

Cuando su enojo amenazaba con adueñarse de ella —y cada vez amenazaba con hacerlo más a menudo; otra consecuencia de sus perturbaciones, al parecer— contemplaba las picadas aguas grises del océano y rezaba por los pasajeros del *Titanic* que habían perdido la vida en aquellos mares unos años antes.

Y entonces, una vez concluido el ritual, normalmente en el lado del barco que daba al norte, con el sol ya sumergido por completo detrás de las chimeneas, cuando casi todos los pasajeros habían desfilado al interior para cenar, hacía una cosa peligrosa.

Intentaba establecer la conexión por su cuenta.

Se agarraba a la barandilla con ambas manos, apretando hasta tener los nudillos blancos, y evocaba cada fragmento de cada sueño y pesadilla, hasta el último retazo de la visión que se había adueñado de ella en el *Twentieth Century*. La cubierta de otro barco, no tan majestuoso como aquel. Embistiendo el oleaje, posiblemente de aquel mismo mar, quizá el de otro.

No tenía manera de saberlo, pero intentaba recordarlo con todo detalle.

«¿Quién eres, Cleopatra? Háblame. Dime quién eres. Y mientras lo haces dime, por favor, ¿cómo puedes justificar un título tan grandilocuente?»

Al cabo de varios días de vanos intentos, no obtuvo respuesta.

Permaneció absolutamente impotente, y se decepcionó. Pero su decepción hizo algo mucho más significativo.

Le demostró que ya no temía la conexión. Que había despertado una parte de ella que llevaba demasiado tiempo en estado latente. Aquella parte de ella había sido capaz de abandonar a sus estúpidos hermanos; le había dado el coraje para cruzar sola el Atlántico norte hasta Londres. En cierto modo, se trataba de cosas milagrosas, tan milagrosas como la idea de que quizá estaba entreviendo otras partes del mundo a través de los ojos de una desconocida.

Quienquiera que fuese aquella otra mujer, ¿estaba Sibyl sacando fuerzas de ella?

¿Se estaban dando fuerzas la una a la otra?

No tenía manera de saberlo, solo la vaguísima sensación de que el señor Ramsey tendría alguna clase de respuesta. Y hasta entonces, contaba con sus diarios y el espléndido y lujoso aislamiento de su camarote.

El tercer día de travesía, Sibyl acababa de comenzar su paseo vespertino cuando vio a un hombre leyendo un ejemplar de un libro que ella había publicado cinco años antes.

Se titulaba *La ira de Anubis* y, como tantas de sus novelas, estaba inspirada en una vida entera de sueños sobre el Antiguo Egipto.

El hombre estaba sentado a solas, tan absorto en su texto que a Sibyl le costó reprimir una sonrisa al pasar delante de él.

En el libro, una poderosa reina despierta a un antiguo rey egipcio que una maldición de los dioses había vuelto inmortal. El rey se aviene a ser su consejero. No tardan en enamorarse perdidamente. Pero su amor se hace añicos cuando la reina hace una petición imposible: que el rey haga caer la misma maldición que lo volvió inmortal sobre su ejército particular, concediéndole así una banda de mercenarios indestructibles.

El rey se niega y la abandona. Desesperada, la reina se tira a un trecho del Nilo infestado de cocodrilos.

Su editor había insistido en aquel ridículo final, llegando incluso a exigir a Sibyl que añadiera extensas descripciones de la reina siendo descuartizada miembro a miembro por los reptiles sedientos de sangre. Pero se las había arreglado para divertirse con aquellas escenas, dedicándoles su imaginación con abandono pese a que cada frase le encogía el estómago.

A modo de inspiración general solo había usado fragmentos de la verdadera historia de Egipto. Para su reina mítica, Aktepshan, Sibyl había mezclado los relatos más dramáticos en torno a Cleopatra y Hatshepsut, aunque las separaban miles de años.

Hacía mucho tiempo que había renunciado a escribir libros que fuesen históricamente rigurosos, como resultado de las penosas peleas con su editor.

«Los lectores quieren cuentos, Sibyl. ¡No lecciones de historia!»

Ella no se lo creyó, ni por un instante. Pero había perdido la energía suficiente para discutir, y casi toda la historia que aparecía en sus novelas era una amalgama de historia antigua y tolemaica con los nombres cambiados, como a veces se decía a sí misma irónicamente, para proteger lo verdaderamente interesante. Y en cierto sentido fue un poco como una bendición. Librarse de la carga de la exactitud histórica le había permitido dejar que sus sueños de infancia sobre Egipto, con toda su extraña abstracción, reinaran como una soberana sobre su proceso creativo.

Había escrito tantas novelas que a veces las tramas discurrían juntas en su cabeza. Pero por alguna razón *La ira de Anubis* destacaba entre las demás. Tal vez se debiera a que la había inspirado un único sueño.

Pospuso el resto del paseo vespertino y regresó al lugar donde aquel hombre estaba leyendo su libro.

Su esposa se había reunido con él.

Sibyl no estaba segura de qué esperaba conseguir al sentarse tan cerca de ellos. Se preguntó si su recién descubierta fortaleza podría llevarla a tender la mano y presentarse como la autora. En la mayoría de ediciones no había fotografías ni ilustraciones de ella. A bordo no había dicho a nadie cuál era su profesión y todavía no la habían reconocido. Por tanto, fingió estar embelesada con el mar, lanzando de vez en cuando una mirada de soslayo en su dirección.

—Vaya —dijo el hombre finalmente, tras cerrar el libro con un golpe sordo—. Me parece que esta Sibyl Parker es un poco socialista.

—¿Y eso, querido? —preguntó su esposa, mostrando absoluta indiferencia.

—La mayor parte es un relato genial. Pero hay un sermón justo en la mitad del que sin duda podría prescindir.

—¿Un sermón? ¿De qué tipo?

—Hay una reina egipcia que se enamora locamente de un hombre inmortal que resulta que antaño había gobernado Egipto. Juntos corren toda suerte de aventuras y entonces, una noche, él se presenta en sus aposentos vestido de plebeyo y le exige que haga lo mismo, de modo que puedan pasear por su propia ciudad sin que los reconozcan. Como gente corriente, vamos.

¡Ahí lo tenía!

Ni siquiera el pícaro desdén del hombre que contaba su recreación ficticia podía diluir la fuerza del sueño. Sibyl había tenido desde pequeña la sensación de haber sido una reina egipcia y de que un compañero inmortal la conducía vestida de plebeya por los callejones y calles de una ciudad que no podía identificar. Tal vez había sido Alejandría. Tal vez había sido Tebas. Nunca podría estar segura. Los detalles eran demasiado vagos.

El sueño no era tanto una experiencia visual sino más bien una especie de conocimiento que se posaba sobre ella mientras dormía. Inmersa en él, sabía cosas con esa mágica certidumbre que uno solo parece alcanzar en sueños: sabía que el hombre que caminaba a su lado, dándole la mano, era inmortal; sabía que ella era reina de Egipto. Sabía que su amor por ella había tomado la forma de aquel recorrido por su propio reino, visto a través de los ojos de sus súbditos. Pero se trataba de fragmentos de conocimiento acompañados de escasas imágenes. Por tanto el sueño resultaba vago e incompleto. Nunca había visto el rostro del hombre que iba con ella, y cuando había tenido que describirlo, había robado las facciones de uno de los actores de teatro más guapos de Chicago.

—Diría que media bastante distancia entre eso y el socialismo, querido —musitó la esposa.

—¿Te imaginas al rey disfrazado de mendigo y paseando por las calles de Londres?

—A lo mejor —contestó la esposa—. Pero no me lo imagino aprendiendo gran cosa al hacerlo.

—¿Y por qué debería aprender nada? La inmundicia es inmundicia. Hay que vencerla y listos. Él solo tiene que dedicarse a lo que lo convierta en un soberano eficaz. ¡Fingir que es un mendigo no le serviría de nada!

Y ahí estaba una vez más su recién descubierta fortaleza y, antes de que se diera cuenta, Sibyl estaba dirigiéndose al hombre en un tono sereno y confiado.

—Tal vez no sea posible que un rey que no conoce de verdad a su pueblo, a todo su pueblo, sea un soberano eficaz.

El hombre la miró sin comprender. Tiró el libro al asiento contiguo y se puso de pie.

—¿Querido? —preguntó su esposa, a todas luces divertida—. ¿No vas a responder?

De espaldas a Sibyl, el hombre dijo:

—Aquellos a quienes no he hablado no deberían esperar respuesta cuando me hablan.

Y dicho esto se marchó resueltamente, no sin antes farfullar algo entre dientes sobre lo idealistas que eran los norteamericanos.

Su esposa dedicó una sonrisa lastimera a Sibyl y se levantó para irse tras él.

—Ruego excuse a mi marido. A duras penas soporta que le pregunten otros hombres. Pasarán años antes de que esté a gusto cuando le pregunte una mujer, y eso con suerte.

Pero Sibyl no se inmutó ante la grosería de aquel hombre; fue su elección de palabras de despedida lo que la sorprendió y, cuando la esposa se hubo marchado, se levantó y se acercó a la barandilla de la cubierta.

«Aquellos a quienes no he hablado no deberían esperar respuesta cuando me hablan.»

Desde que el *Mauretania* había zarpado del puerto de Nueva York había intentado muchas veces establecer la conexión entre ella y aquella Cleopatra, y cada vez lo había hecho con los ojos cerrados, buscando un lugar profundo e invisible dentro de su fuero interno. Y cada intento había sido como tratar de abrirse camino en una habitación silenciosa y oscura sin que los sentidos pudieran guiarla.

Y sí, había llamado a la mujer mentalmente, silenciosamente, ocasionalmente con un susurro. Pero si quería hablar de verdad con ella tenía que hacerlo durante uno de sus escasos momentos de conexión. Hasta entonces, ¿cómo podía esperar recibir una respuesta?

Sibyl regresó presurosa a su camarote. Animó a Lucy a

dar un paseo por las cubiertas para respirar un poco de aire fresco. La sirvienta puso reparos hasta que se dio cuenta de que no era una sugerencia.

Durante un buen rato, Sibyl estuvo dando vueltas a la redacción exacta del mensaje, y después de tirar a la papelera varias hojas arrugadas, se decidió por una que consideró que podía dar resultado.

La redacción tenía que ser simple y clara. Si el siguiente arrebato iba a parecerse en algo al anterior, solo dispondría de un par de minutos para mostrar su mensaje a la desconocida que de repente estaría viendo el mundo a través de los ojos de Sibyl.

Una vez escrito el mensaje, se quedó un rato mirándolo fijamente.

¿Debería llevarlo encima y sacarlo del bolsillo ante la primera amenaza de desorientación? ¿Era lo bastante grande el papel? ¿Debía usar un lápiz de labios para escribirlo en el espejo del cuarto de baño, aun a riesgo de que Lucy pensara que estaba loca?

Tal vez si su primer intento fallaba, recurriría a estas medidas, pero, por el momento, dejó la nota encima del tocador, al alcance de la mano.

ME LLAMO SIBYL PARKER.
DIME CÓMO ENCONTRARTE

18

SS *Orsova*

Un gran estrépito despertó a Teddy.

Había sonado en el cuarto de baño del camarote. Cleopatra estaba despatarrada en el umbral, tiritando. Había sufrido otro episodio sin que Teddy se diera cuenta. Se había bebido casi todo el café de a bordo y aun así no había logrado mantenerse despierto.

Menudo fracaso estaba hecho. Qué lamentable y abyecto fracaso. Le había asegurado que dormiría lo menos posible. Que estaría a su lado si otro ataque se adueñaba de ella.

Las lágrimas le escocían en los ojos cuando saltó de la cama y la tomó entre sus brazos.

Ella levantó la vista hacia él, los ojos como platos. Imposible decir si estaba alerta o si el ataque le había vaciado la mente.

—Estoy aquí —susurró Teddy—, estoy contigo, querida Bella Regina Cleopatra.

Lo destrozaría ver morir delante de sus ojos a aquella criatura hermosa e imposible. Tal vez su cuerpo perduraría. Pero ¿y su mente? ¿Aquellos episodios empeorarían con el tiempo, convirtiéndola en una bonita muñeca parpadeante, tan loca como un interno de Bedlam?

No podía permitir que sucediera, pero ¿cómo impedirlo?

«Nuestra única esperanza es Ramsés. Debemos ver a Ramsés.»

—Sibyl Parker —susurró Cleopatra, con repentina y desconcertante claridad.

—¿Quién?

—Me ha dicho su nombre. —Lo miró a los ojos por primera vez desde que la había tomado en sus brazos—. He visto las palabras. Cuando he tenido la visión, he visto las palabras. En inglés: «Me llamo Sibyl Parker. Dime cómo encontrarte».

De pronto Cleopatra se incorporó, poseída por un repentino arranque de energía. Teddy se alegró, hasta que se dio cuenta de que lo que la impulsaba no eran el enojo ni la impresión sino la desesperación.

—Es una amenaza, ¿no lo ves? Me amenaza y me roba los recuerdos.

—¿Roba tus recuerdos? Reina mía, ¿cómo es posible?

—La nave... la nave que me llevó hasta Roma, hasta César. Ya no consigo verla, Teddy. Cuando volví a despertar en tu hospital, la recordaba. Podía describirla. Y ahora, cuando la busco, es como si mis dedos arañasen la pared de una tumba. Ha desaparecido, Teddy. Del todo. Me lo han robado, este recuerdo. Y hay otros... El rostro de César. Se desvanece y lo reemplaza otro: la cara de uno de los hombres que he entrevisto a bordo de este barco. Hasta el punto de que no estoy segura de cuál es el real.

Teddy no había presenciado una desesperación de aquella magnitud hasta entonces. Nunca había visto síntomas de demencia asociados a tan terrible conciencia.

—Y mientras estos recuerdos me abandonan, ella está ahí. Una y otra vez. Esa mujer, la tal Sibyl Parker. Me los está arrebatando. Tiene que ser ella. Y ahora quiere encontrarme.

—No —dijo Teddy, atrayéndola hacia él—. No te rindas a esta explicación. Todavía no. No hasta que hayamos encontrado a Ramsés.

Un estremecimiento al oír ese nombre. Pero se relajó arrimada a él, entregándose a su abrazo.

Sus lastimosos gemidos quedaban ahogados por el viento oceánico que silbaba en torno al ojo de buey del camarote. El balanceo del barco hacía que los elementos de latón golpearan dentro de sus encajes, un sonido que había encontrado relajante al comienzo de aquel viaje pero que ahora parecía mofarse de los dos.

—¿Quién soy yo, Teddy? —susurró Cleopatra—. ¿Qué es esta cosa que soy?

Teddy la agarró de los hombros. Faltó poco para que la zarandease, pero consiguió detenerse a tiempo. A cambio, vertió su enojo en sus palabras.

—Eres Cleopatra VII, la última reina de Egipto. Una de las más grandes reinas que el mundo haya conocido. Desciendes de Alejandro Magno. Gobernaste un imperio que alimentaba a Roma, y tu capital era el centro de toda la sabiduría, de todas las artes. El centro del mismísimo mundo. Y tú, su reina. Y tu hijo, tu hijo Cesarión. Te sobrevivió y devino...

Por un momento pareció que estaba pendiente de su conferencia, pero ante la mención de su hijo su expresión se torció convirtiéndose en una mueca.

¿Demasiado doloroso, aquel recuerdo? ¿Había sido un error incluirlo? Teddy también había leído los libros de historia que había comprado para ella. Cesarión la había sobrevivido poco tiempo antes de que le dieran muerte los hombres de Octavio. Pero Teddy pensaba que la salvaría de la desesperación recordarle que su suicidio ante la derrota no había supuesto el auténtico final de su linaje.

—Cesarión —pronunció el nombre como si nunca antes

lo hubiese oído—. Cesarión... —repitió, probando cómo le sabía en la lengua.

Y entonces, la alarma que Teddy viera en sus ojos le devolvió una expresión atormentada.

—¿Quién es Cesarión? —preguntó en un trémulo susurro, con los ojos arrasados en lágrimas. Teddy separó los labios pero le faltó ánimo para responder—. ¿Mi hijo? ¿Mi hijo, dices?

—Sí —contestó él—. El hijo que tuviste con César.

Cleopatra negó con la cabeza como si tratara de empujar el recuerdo a su sitio.

No dio resultado.

Teddy habría preferido verla destrozar el camarote en un ataque de ira. Si hubiese necesitado tirarlo contra la pared más cercana en un momento de olvido de su propia fuerza, se lo habría permitido con gusto. Cualquier cosa habría sido preferible a aquella desesperación convulsiva.

Los sollozos la sacudieron mientras Teddy la llevaba a la cama. La obligó a beber.

Primero, agua, después parte del café que quedaba, solo, con la esperanza de que la centraría, de que tal vez le aclararía la mente.

Pero era una vana y estúpida esperanza. ¿Qué efecto podía surtir una sustancia tan anodina como el café en una criatura como ella?

¿Qué podía hacer?

Esa pregunta volvió a atormentarlo cuando ella se acurrucó junto a él.

Sus sollozos se acallaron, y entonces dio la impresión de que se hubiese ausentado mentalmente de la habitación, pese a que permanecía entre sus brazos. Tenía la mirada tan perdida y vidriosa que Teddy cedió a la persistente urgencia de zarandearla cada pocos minutos para asegurarse de que no había caído en alguna clase de coma.

Sibyl Parker. Le dio vueltas en la cabeza a aquel nombre una y otra vez. Le resultaba familiar.

¿Británico o norteamericano? No estaba seguro. ¿Y por qué esa familiaridad?

Finalmente, cayó en la cuenta. Un libro que había leído mientras estaba trabajando en Sudán. Un relato espectacularmente entretenido sobre magia y antiguos reyes y reinas egipcios. Apenas recordaba el argumento, solo que lo había disfrutado tremendamente. El nombre de la autora, Sibyl Parker.

—Tengo que dejarte sola un momento —susurró de pronto—. Regresaré con más comida y bebida.

Ni dolor ni miedo en la expresión de Cleopatra al oírlo. Pero alargó el brazo hacia él. Teddy le tomó la mano. Parecía que lo estuviera estudiando con compasión.

—Afirmas que me amas, doctor Theodore Dreycliff. ¿Todavía me amas?

—No es una afirmación —dijo él—. Es la constatación de un hecho.

—¿Cómo? ¿Cómo puedes cuando no sabes quién soy?

—Sé quién eres —dijo Teddy, tomándole el rostro entre ambas manos. Aunque sus labios solo estaban separados unos centímetros, sus ojos seguían estudiándolo, ahora fríamente—. Sé quién eres aunque tú no lo sepas. Y también sé quién te salvará de estas perturbadores visiones. Lo veremos bastante pronto, y no cejaremos hasta que nos dé las respuestas que buscamos.

No la besó, a pesar de que su postura invitaba a hacerlo. En cambio le acarició un lado de la cara con una mano. Con delicadeza, distraídamente, mientras la mirada de ella se perdía más allá de él y una vez más miraba el vacío de su desesperación.

—Será un momento —dijo Teddy—. Estaré de vuelta en cuestión de minutos.

Cómo lo desorientaba recorrer con prisas el barco después de tantos días aislado del ajetreo mientras cuidaba de ella en el camarote.

Encontró la biblioteca del barco en un abrir y cerrar de ojos.

No tenían uno sino dos títulos de la escritora Sibyl Parker. Ninguno de ellos era el que él había leído años antes, pero un rápido vistazo a los primeros capítulos le bastó para comprobar que ambos estaban ambientados en Egipto; aventuras tan divertidas como las que le habían hecho disfrutar tanto.

Pero no incluían fotografías ni ilustraciones de la autora.

Con todo, el nombre, la conexión con el antiguo Egipto, eran pistas, ¿no?

Y entonces lo acometió una fría sospecha, forrándole de hielo la boca del estómago.

¿Era una loca? ¿Una loca que había leído relatos tan fantasiosos como aquellos y que había perdido la cabeza?

No podía ser.

No podía ser el resumen de todo ello, al menos.

No explicaba su fuerza. No explicaba que las enfermeras hubiesen jurado por su vida que se había recobrado de horribles quemaduras en cuestión de horas. No explicaba la llamativa semejanza entre su propio rostro y el de las estatuas y medallas escondidas en la tumba de las afueras de El Cairo.

No obstante, la naturaleza de aquella conexión residía de un modo u otro en aquellos libros. No tanto en los libros como en la autora.

¿Debía mostrárselos a ella?

No, todavía no. Estaba demasiado frágil. Creía que Sibyl Parker estaba dentro de su cabeza, robándole recuerdos. No la confortaría saber que aquella mujer podía estar aprovechándose de aquel empeño.

No, por el momento tenía que guardárselo para sí. Atenderla. Protegerla. Guiarla hasta el final de aquel viaje. Pero no pudo por menos de preguntarse si no habían emprendido un viaje equivocado. Si no deberían estar viajando para ver a Ramsés el Grande sino a la propia Sibyl Parker.

19

Havilland Park

Bektaten todavía no había viajado tan al norte, y las grandes extensiones de campo abierto la dejaron perpleja. Aquella región de Gran Bretaña parecía mucho más aislada que la escarpada costa que ahora consideraba su hogar. Allí se encontraban las complejas construcciones de las minas y los pueblos necesarios para albergar a quienes trabajaban en ellas. Aquí, grandes paredes de piedra parecían prolongarse hasta el infinito. Vallaban mares de ondulantes colinas verdes. De tanto en tanto una gran casa se erguía sobre esas colinas como un trasatlántico a la deriva.

Havilland Park era una de esas casas, le había explicado Aktamu.

Durante buena parte del trayecto, había acunado a Bastet en el regazo. Cuando se detuvieron, la gata se incorporó de inmediato, apoyó las garras en la ventanilla y escrutó las sombras.

Desde aquella distancia la casa solariega no era más que un halo entrevisto a través de un denso baldaquino de ramas, como una estrella alzándose sobre un mar envuelto en bruma.

El coche en el que habían viajado estaba pensado para el servicio de taxi. Se lo había dicho Enamon: un Unic Landaulette. La parte trasera constaba de dos bancos enfrentados que ofrecían espacio de sobra para que Bektaten se recostara mientras los hombres montaban guardia fuera.

Había molido varias flores de la mata de ángel hasta convertirlas en un polvo fino que había guardado en un frasquito que llevaba colgado al cuello. Lo vació en las palmas y las frotó. Cuando las manos mostraron un tinte naranja visible incluso en la penumbra, las frotó por el elegante pelaje de la gata, aplicándole polen también en la trufa.

Bastet ronroneó, lamió los dedos de su ama. Después, cuando hubo consumido su ración, Bektaten se frotó un poco los labios y la nariz.

A pocos metros del coche aparcado, Enamon había ocupado su puesto como un auténtico centinela.

Aktamu sostenía abierta la portezuela trasera del Landaulette mientras observaba cómo trabajaba Bektaten.

Había pedido que ambos hombres buscaran sombreros de la talla correcta para sus gigantescas cabezas, y lo habían hecho. Los llevaban puestos y, junto con sus abrigos oscuros, estos accesorios los ayudaban a fundirse con las sombras.

Y entonces, en silencio, sin la menor fanfarria, se estableció la conexión.

Lo último que Bektaten oyó antes de que el punto de vista de Bastet se convirtiera en el suyo fue el suave chasquido de Aktamu al cerrar la portezuela del coche en cuanto hubo salido la gata, que se fue corriendo, perdiéndose en la noche.

Una pequeña riña con los instintos del animal era de esperar.

Cuando Bektaten oyó el correteo de un roedor a través de la maleza cercana, se vio obligada a reprimir el deseo de Bastet de perseguirlo. La ausencia de palabras regía aquella conexión; la mejor manera de dominar a la gata era mediante la visualización de lo que quería que hiciese a continuación y, de vez en cuando, grandes arrebatos de deseo y necesidad podían llevar al animal a responder. El lenguaje, mayormente, era inútil.

Treparon hasta la tapia que cercaba la finca, bajaron al prado del otro lado y entonces tuvieron la mansión a la vista.

Vio el camino de acceso que Aktamu había descrito, todavía lleno de los coches que había visto días antes. Quienesquiera que se hubiesen reunido allí, parecía que se hubiesen instalado. Sobre este camino había una enorme puerta cochera, en sí misma del tamaño de una casa adosada de Londres. Las alas del edificio terminaban en torres redondas de arenisca.

En aquel lugar todo presentaba un diseño medieval: sus volúmenes rotundos, su austeridad general. Pero la arenisca estaba demasiado limpia y nueva para ser de esa época. La finca era una de tantas muestras del resurgimiento del gótico que habían brotado como setas por todo el país durante el siglo anterior.

Bektaten todavía no tenía claro qué sugería acerca de sus moradores, aparte de un deseo de transmitir cierta amenaza.

Ordenó a la gata que rodeara el perímetro de la casa, pasando ante paredes cuajadas de hiedra bien podada. En el ondulante terreno de los alrededores, distantes edificios quedaban envueltos en sombras y bosquecillos. Pero más allá de aquellos árboles acertó a distinguir la silueta de una solitaria construcción de piedra de tres plantas en lo alto de una ligera pendiente. Parecía una versión reducida de la Torre de Londres. Había visto dibujos en las guías victorianas de las grandes haciendas de Inglaterra. Esos libros aludían a Havilland Park como la Jaula, y la descripción indicaba que se había levantado en la Edad Media, a fin de que los nobles pudieran asomarse a sus ventanas más altas para contemplar a sus hombres cazando ciervos en las laderas vecinas.

Tal vez la exploraría después si tenía ocasión, pero antes tenía que averiguar quién se alojaba en aquella inmensa casa.

Buscó una posición elevada o una ventana abierta, y solo encontró un hermoso fresno añoso que acariciaba uno de los muros laterales.

Se imaginó a la gata trepando y Bastet se puso a trepar.

El primer alféizar permitía ver el interior de una inmensa sala gótica. Una sucesión de severos arcos ojivales sostenía el techo.

La noche era fresca pero no tanto como para justificar el infierno que ardía en la chimenea de mármol, cuya repisa estaba tallada representando una escena de batalla que no pudo distinguir desde aquella altura. Tapices cubrían las altas paredes; sus imágenes de cacerías de ciervos parecían titilar a la luz de las velas que emitía una araña gigantesca.

Se estaba celebrando una especie de asamblea en la sala de abajo. Fuera lo que fuese aquella congregación, se habían hecho preparativos para que fuese una reunión alegre, pero la expresión de los presentes era sombría, seria. Concentrada. Aquella gente iba bien vestida. La mayoría eran de piel blanca. Y todos ellos tenían los ojos azules. Se trataba de aquel tono particular, aquel tono delator. Todos ellos, ahora podía suponerlo sin miedo a errar, eran inmortales. Pero no reconoció a ninguno.

¿Eran *fracti*? ¿Tenían alguna relación con Saqnos?

Permaneció un rato observándolos desde su resguardado mirador y, al cabo, un hombre que no reconoció entró en la estancia por una de las puertas de vaivén, con un gran rollo de papeles debajo del brazo.

Reclamó la atención del grupo con una mera orden verbal.

No estaba a punto de proponer algo tan formal como un brindis. Ni siquiera sonrió a los presentes. Su rostro surcado de profundas arrugas no parecía capaz de sonreír, y llevaba la mata de pelo hirsuto y entrecano con raya en medio, formando dos alas que daban la impresión de contener tanta energía como el resto de su persona. Entonces empezó a desenrollar los papeles que había traído consigo, extendiéndolos encima de una mesa redonda que ocupaba el centro de la habitación.

Alguien había retirado previamente las sillas de la mesa. Esto permitía que el grupo se acercara en torno a lo que estaba expuesto.

Y entonces la puerta se abrió otra vez. Entró una mujer blanca, de ojos azules, vestida con un vestido suelto de tarde que hacía juego con los colores oscuros y apagados de la sala. La seguían un hombre de estatura gigantesca vestido de etiqueta y otro caballero notablemente más bajo, también con chaqueta negra, camisa blanca formal y pajarita. Los presentes se irguieron al ver entrar a aquel trío.

La puerta se abrió otra vez.

Saqnos.

¿Se estremeció al verlo? ¿Le temblaron los labios?

Imposible saber esas cosas, pues se había entregado por completo a la conexión de la flor de ángel. Y tampoco quería saberlo. Solo quería observar, averiguar. No dejarse afectar por la impresión de ver a su antiguo amante, el hombre cuya traición había fijado el curso del destino de ambos. Cualquier malestar emocional podría perturbar la conexión entre ella y Bastet, de modo que no tuvo más remedio que contenerse. Concentrarse. Y buscar un sitio por el que entrar en la casa.

Obligó a Bastet a pasar de alféizar en alféizar. Por fin encontraron una ventana entreabierta y envió a Bastet a cruzar presurosa la alfombra oriental de una habitación opulenta y los suelos de piedra hasta la gran escalinata, desde donde las voces de las personas reunidas devinieron levemente audibles.

No era la mejor manera de que la gata pasara desapercibida al entrar en una habitación, ciega y sin saber dónde estaban las personas que había dentro.

Pero Bektaten no tenía más alternativa. La puerta estaba a

punto de cerrarse detrás de un recién llegado. Obligó a Bastet a entrar corriendo por la rendija. Después le ordenó que buscase la sombra más cercana y que se escabullera a lo largo de ella mientras se orientaba.

Se dio cuenta de que un gran sofá burdeos ocultaba a la gata, motivo por el que el hombre que hablaba no se saltó ni una palabra.

Unos cuantos prudentes pasos después, la gata estaba atisbando desde el borde del sofá.

El hombre que había traído los papeles dirigía la presentación. Le recordó a un romano antiguo que una vez había sido su amante. Murió en combate. Y al cabo de un tiempo dejó de llorarlo porque le había dejado claro muy a menudo que lo que lo excitaba era su piel oscura, y poco más. Era poco frecuente que un inmortal encontrase a un amante a la altura de su apetito, de modo que lo utilizó mientras fue capaz de soportar sus arrullos sobre su belleza de ébano. Al final el destino lo había eliminado, tal como había hecho con tantos otros a los que había amado y con quienes se había acostado, devolviéndola al seno de sus preciados inmortales.

Mortificarse con los recuerdos de aquel hombre no era sino una distracción; una distracción para no fijarse en otro hombre, presente en la sala, cuyo semblante le inspiraba una tormenta de sentimientos que temía no ser capaz de controlar.

Saqnos.

Era el único que estaba sentado. El grupo le había hecho sitio para que viera la mesa redonda y al hombre que se dirigía a todos ellos en un tono que solo cabía describir como crispado.

—Y aquí está el templo romano, construido en el siglo XIX por el padre del actual conde de Rutherford. Es un edificio, pero servirá perfectamente a nuestros propósitos puesto que se encuentra encima de un túnel subterráneo que se abrió en una guerra civil anterior. Actualmente hay una trampilla de madera en el suelo del templo que permite acceder al túnel. Está cubierta por unas delgadísimas losas de piedra, pero son indetectables. Al lado se yergue una estatua romana. Este templo está en el prado del oeste. Y si la información que hemos conseguido de sus amigos es exacta, la casa y el prado del oeste son los dos únicos lugares donde los Savarell han recibido a sus invitados en el pasado. Por tanto...

—¿Un túnel? —preguntó Saqnos con una autoridad que silenció al presentador—. Explícanos todo esto.

Lucía la tersura de una resurrección reciente: el brillo de los ojos, el rosa lozano de los labios. Bektaten había visto esos atributos en su propio rostro después de un despertar, y enseguida reconoció su origen. No envejecían visiblemente, pero aun así un sueño prolongado podía ser reconstituyente.

—Es perfecto para nosotros, amo. Había muchos escombros y desechos en el túnel. Según parece el conde actual lo usaba en su libertina juventud para reunirse con amigos que su padre despreciaba. Nosotros lo hemos sacado todo.

Saqnos se puso de pie.

—¡Ve al grano! —dijo—. Me cansas con todo esto. ¿Cuál es el plan en realidad?

El grupo entero dio un paso atrás. Esto, junto con la manera en que el altanero anciano que dirigía la reunión se había referido a él como amo, demostraba que Saqnos era el creador de aquellos seres.

Qué equivocación, ahora se daba cuenta, con partes iguales de horror y miedo. Una equivocación haber dado aquella isla británica a Saqnos, permitirle crear legiones de sus hijos incompletos, sus *fracti*. ¿Cuántas generaciones había habido? ¿Cuántos problemas habían causado?

¿Por qué no lo había liquidado en Jericó cuando tuvo la oportunidad de hacerlo? ¿O en Babilonia, donde sus espías habían localizado su taller secreto de alquimia? ¿Por qué había decidido gobernarlo mediante un decreto y el miedo al muguete estrangulador? Solo había una respuesta, y se había debatido con ella durante siglos: destruirlo equivaldría a destruir su conexión más poderosa con Shaktanu.

Emanaban frialdad aquellas personas, aquellos *fracti* esclavos de Saqnos. Frialdad y un discreto, refrenado regocijo en la mecánica del asunto que discutían. ¿Esas cualidades eran intrínsecas a sus *fracti*, o fruto del elixir corrupto?

Tantas preguntas. Demasiadas para responderlas en aquel momento.

Ahora debía ser testigo y nada más.

Y lo que presenció fue que a pesar de la vitalidad que le proporcionaba su reciente resurrección, Saqnos tenía los ojos vidriosos. Agotados. Lastimados. Cuando apoyó las manos en el borde de la mesa y bajó la vista a los esquemas que su hijo había estado usando para hacer su pequeña presentación, no irradiaba más que fatiga. Estaba lejos de ser el enérgico loco al que había espiado en sus diversos laboratorios secretos a lo largo de los años.

Sin embargo, sus esclavos le tenían miedo.

—Y bien, Burnham, ¿quieres atraerla a ese templo y raptarla a través del suelo? —preguntó Saqnos—. ¿Es eso? ¿Durante una fiesta de gala en la que los invitados merodean por todas partes? ¿Cómo te propones lograrlo?

—Amo —dijo el hombre llamado Burnham—. Tal como he dicho hay una estatua en el templo, delante de la trampilla. Es una estatua de Julio César que funciona a modo de palanca. Varios de nosotros pediremos a Julie Stratford que nos brinde una visita a la propiedad. Seremos muy insistentes. Una vez que la tengamos rodeada en el templo, abriremos el suelo y la haremos bajar. Los demás no lo verán.

—¿Y luego qué? —preguntó Saqnos, la frente arrugada, mirando los esquemas como si lo hubiesen ofendido.

—Otros estaremos aguardando abajo, en el túnel, donde la encerraremos enseguida dentro de un ataúd. Uniendo nuestras fuerzas, lo sellaremos y lo transportaremos a la lejana boca del túnel, cerca del estanque. Allí hay un camino. Nos la habremos llevado de la fiesta antes de que alguien repare en su ausencia.

Saqnos sonrió.

—Muy bien —dijo—. No es tan mal plan. Y un ataúd, un ataúd aterrorizará a esta inmortal recién nacida.

—Sí, amo. Y sin una pizca de luz, empezará a debilitarse.

Saqnos apartó la mirada, como si le costara prestar atención a aquellos planes.

—La oscuridad tardará un tiempo en debilitarla —dijo.

—Sí, pero tendrá miedo. Y sabrá que la han privado de cualquier luz. Y sabrá que si no coopera con nosotros en el futuro, puede acabar enterrada viva fácilmente.

Saqnos sonrió cansado.

—Sí. Y os aseguraréis de decirle a su querido Ramsés el Maldito que ella está en un ataúd.

—Ese es nuestro plan, amo —dijo Burnham—. Ten la certeza de que le diremos que está encerrada en un ataúd. Pero no la mantendremos dentro tanto tiempo. Solo hasta que lleguemos a nuestro destino final.

Burnham sonrió con regocijo como si invitase a su amo a sonreír con él.

—Es la Jaula lo que tenemos en mente para ella —agregó, y no pudo contener la risa—. Vamos, te lo mostraremos, amo.

20

Era demasiado arriesgado seguir de cerca al grupo, de modo que Bektaten ordenó a la gata que subiera de nuevo por la escalinata y saliera por la ventana por la que había entrado.

Desde el alféizar, Bastet observó al grupo rodear la inmensa casa e iniciar la corta caminata hacia el edificio de tres plantas que se alzaba a los lejos, el que llamaban la Jaula. Una vez que estuvieron a una distancia prudente, Bastet bajó del fresno y los siguió entre las sombras.

Caminaban en silencio, con Burnham y Saqnos a la cabeza. Sus zapatos aplastaban la hierba. Las elevaciones del paisaje circundante eran demasiado modestas para llamarlas lomas.

Qué curioso era aquel edificio al que ahora se aproximaban. Era como la ruina del centro de una localidad por lo demás devastada.

Cuanto más cerca estaban, más primarios y defensivos instintos despertaban en Bastet.

Algo vivía dentro de aquel edificio, algo que reaccionaba a su aproximación. Ahora alcanzaba a olerlo. Una extraña mezcla de aromas almizcleños. Un tanto familiares pero aparentemente fuera de lugar y por tanto difíciles de ubicar con exactitud.

—¿Y la reina? —preguntó Burnham con timidez—. ¿Cómo va con la reina?

—La reina duerme —gruñó Saqnos.

—Pero ¿cómo sabes...

—Duerme —insistió Saqnos como si no quisiera que lo interrogara—. O se ha quitado de en medio con su propio elixir. Pensaba que podía pasar la vida eterna simulando ser curandera y comerciante. Vagando sin rumbo, en busca de qué, ni ella lo sabía. Qué tormento, esa falta de ambición. Esa falta de claridad la destruyó. La ha conducido a una tumba que ha cavado ella misma, estoy seguro. Si no, ya habríamos tenido noticias de ella hace mucho tiempo.

Ambición, claridad. «De modo que estas eran las palabras del siglo XX que ahora emplea para designar su avaricia y su codicia —pensó Bektaten—. ¿Y me supone muerta por mi propia mano porque no compartí su deseo de agarrar firmemente el mundo entero con un puño?» Qué burlona arrogancia en su tono de voz. ¿En verdad se lo creía o simplemente quería que sus hijos lo creyeran?

—Pero, amo, no podemos estar seguros de que...

—No hables más de la reina, Burnham. Es asunto mío y siempre lo ha sido, no tuyo.

Estaban solo a unos pocos pasos de la Jaula. La entrada era una única puerta de acero; Bektaten estuvo segura de que no era la original.

Las ventanas de las tres plantas estaban oscuras.

Uno tras otro, el grupo desfiló al interior. Ella aguardó hasta el último segundo posible.

Otra vez la impresión de entrar a ciegas. Pero los sentidos de Bastet se vieron asaltados por algo más que el olor a animales del interior; un terrible ruido ensordecedor. Aullidos, ladridos, gruñidos; todos resonando locamente contra las paredes de piedra desnuda. No había muebles allí; solo una tosca escalera sin barandilla. Bastet la subió como un rayo hasta las sombras más densas de lo alto, de modo que pudo volverse y vigilar al grupo de abajo.

La característica más notable de la habitación era una gran reja de acero en un rincón del suelo. Tal vez antaño había sido la entrada a un sótano. Ahora parecía que ese sótano se había transformado en un foso, y de ahí salía aquel coro de feroces ladridos y aullidos.

¿Era la presencia de la gata lo que había vuelto locos a los sabuesos? ¿O reaccionaban así ante cualquier intruso?

Una *fracti* se adelantó, una mujer maciza y elegantemente vestida, con una espléndida melena rubia sujeta en la nuca con un pasador de piedras preciosas. Abrió el bolso y arrojó varios bistecs crudos a través de la reja; cuatro, cinco, seis... Bektaten se asombró al contar ocho en total. Hasta que el último pasó entre los barrotes, el coro de gruñidos no se transformó en el ruido húmedo de un festín voraz.

Habían sido precisos ocho bistecs para acallar aquella horda. ¿Cuántas fieras había allí abajo?

Guardando un silencio pasmado, Saqnos observó cómo comían los animales.

—Son inmortales —dijo Saqnos finalmente—. ¿Habéis dado el medio elixir a estos... perros?

—Sí, amo —contestó Burnham—. Y los ha vuelto bastante hambrientos. Y bastante fuertes. Antes eran bestias de combate, entrenadas para cazar y matar. Ahora pueden hacer ambas cosas con una fuerza increíble.

—Ya lo veo. Ya lo veo, Burnham.

Sus palabras fueron casi un susurro. ¿Estaba complacido o asqueado?

Desde su posición privilegiada, vislumbró los grandes flancos color chocolate de los perros mientras forcejeaban y peleaban por pedazos de carne. Cabezas enormes, orejas caídas. Eran mastines. Grandes y poderosos mastines a los que el medio elixir les había dado todavía más fuerza.

Los ladridos se reanudaron. Los bistecs habían desaparecido. Ocho bistecs liquidados en cuestión de segundos.

Monstruos. En las entrañas de aquel edificio preparado para el ocioso entretenimiento de una nobleza extinguida tiempo atrás, los hijos de Saqnos habían criado monstruos.

—¿Queréis meter a Julie Stratford aquí dentro? —preguntó Saqnos.

—En efecto, padre —contestó Burnham.

Imposible decir si los demás estaban tan horrorizados como Bektaten.

—¿Supongo que no esperáis que muera? —preguntó Saqnos.

—No. Esto será todavía peor. Podrá rechazarlos a ratos. Tal vez se recupere de sus heridas como nosotros, o como alguien con tu fuerza. Pero el ciclo de ataque y defensa y regeneración será incesante. No terminará hasta que lo decidamos. No terminará hasta que el señor Ramsey nos diga todo lo que sabe. —Burnham sonrió con delicadeza a sus hermanos y hermanas, después a su padre—. Los he llamado los sabuesos de Sísifo.

Monstruoso, pensó Bektaten. Pero sintió una extraña agitación en su pecho humano mientras veía aquella escena a través de los ojos de Bastet. ¿Qué era aquel sentimiento? ¿Esperanza?

Era un crimen abominable lo que Burnham proponía, lo que aquella gente había creado allí. Una forma de tortura que rivalizaba con los métodos de la Inquisición española, acontecimiento que la envió bajo tierra para dormir un prolongado sueño.

¿Sentía lo mismo Saqnos? ¿Podía sentir lo mismo? ¿Era siquiera capaz de semejante compasión? ¿Explicaba aquello su silencio y el tiempo que había dedicado al estudio de animales voraces? ¿Se estaba imaginando a una pobre mujer, inmortal o no, *fracti* o pura, siendo obligada a rechazar el ataque de aquellas bestias terribles una y otra vez? Y en tal caso, ¿esta fantasía de barbarie resucitaría al hombre atento y paciente que ella había conocido miles de años atrás, antes de que sus ansias de elixir lo transformaran en un hombre que era puro anhelo?

«Rechaza esto, Saqnos. Rechaza este plan. Arroja a su artífice al foso con sus creaciones si es preciso para que conozca el horror de sus propios actos. Hay una parte de ti que sabe que ningún inmortal ni *fracti* debería dirigir su poder contra un ser humano de esta manera. Lo sabes. Tienes que saberlo.»

—¿Burnham?

—Sí, amo.

Saqnos se volvió hacia su hijo y le dio unas palmadas en la espalda.

—Es un buen plan, y tú eres un buen sirviente.

De pronto abajo todos dieron media vuelta y miraron hacia ella. Los perros se excitaron otra vez. Solo entonces se dio cuenta Bektaten de que su furia y su angustia habían hecho maullar a Bastet; el grito del felino había delatado su escondite.

Se lanzó escaleras abajo, golpeó la piedra entre el revoltijo de sus patas y salió disparada por la puerta abierta. Los *fracti* no la siguieron. Saqnos, tampoco.

Para ellos, Bastet no era más que un gato montés cuya madriguera secreta había sido profanada. Tal vez después se cuestionarían por qué un gato se acercaría tanto a unos perros enloquecidos por propia voluntad, pero por el momento tuvo tiempo de escapar. Cruzó el prado a la carrera y trepó a la tapia de piedra.

Entonces, justo en el instante en que Bastet vio el Landaulette entre las sombras, Aktamu pareció surgir de ninguna parte. La recogió y acunó en un brazo.

Cuando se vio a sí misma a través de los ojos de Bastet, Bektaten alcanzó su pañuelo. Era como buscarlo a tientas en la oscuridad, pero había practicado aquel movimiento varias veces aquella misma noche. Se limpió el polen de la cara. Poco a poco, la conexión empezó a debilitarse.

Durante un par de minutos más sintió el movimiento del coche tal como lo sentía Bastet, luego recuperó la sensibilidad de las piernas y sintió de nuevo el roce de la blusa contra su piel y el peso de su chal de seda sobre los hombros y los brazos.

Una vez que se encontró mirando fijamente al frente, viendo las espaldas de los dos hombres en el asiento delantero del coche, Bektaten dijo:

—Parece ser que tenemos que asistir a una fiesta.

21

La heredad Rutherford

Alex Savarell siguió a su madre hasta la escalinata de piedra que conducía al extenso prado oeste de la heredad Rutherford.

Edith Savarell, la condesa de Rutherford, era casi tan alta como su hijo, a quien su cabello plateado le parecía tan hermoso como la melena rubia que tenía años atrás. Elegantemente vestida con una chaqueta entallada y una falda de tubo, y exquisitamente peinada, para Alex era como una belleza intemporal renacida.

La inminente fiesta de compromiso de Julie y Ramsey ya era la comidilla de todo Londres, mencionada en dos ocasiones en las columnas de sociedad. Estaba prevista la asistencia de una famosa escritora norteamericana junto con una sucesión de otras celebridades del mundo literario y artístico. Dentro de unos pocos días, algunas de las familias más ricas de Gran Bretaña pisarían aquella misma extensión de hierba.

Como parte de los preparativos, la finca, que había supuesto una carga terrible para la familia durante mucho tiempo, había sido restaurada con primor gracias al constante flujo de depósitos bancarios que efectuaba Elliott desde el extranjero y al renovado entusiasmo de Edith. Le habían devuelto la vida, igual que a Edith, que ahora caminaba a grandes zancadas delante de él, haciendo amplios ademanes que abarcaban el prado mientras explicaba dónde irían las carpas, las mesas y las sillas.

Durante las últimas semanas, los jardineros habían conseguido podar los setos de boj que recorrían toda la longitud del prado. Habían aclarado las enredaderas que habían medrado en los árboles de los alrededores en los últimos años. En el interior, los suelos de madera estaban encerados y pulidos, los tapices limpios y los ventanales brillaban inmaculados, cristalizando cualquier vista alcanzable de la ondulada y verde campiña. El espantoso papel pintado victoriano del salón se había sustituido con un nuevo estampado de William Morris que daba la sensación de que el verdor que rodeaba la casa se hubiese colado al interior, siendo podado y domesticado por el elegante mobiliario.

Edith era una mujer guapa y de carácter fuerte, una heredera norteamericana que siempre había sido la pareja perfecta para el padre de Alex, un hombre propenso a efectuar largos viajes y a los «ataques de aislamiento», según ella los describiera una vez. Nunca se había quejado de la situación económica de la familia, que había consumido su propia herencia años atrás, gobernando la casa tan bien como podía, y presentando las obligadas disculpas por el comportamiento a menudo excéntrico de Elliott.

Una mujer con mayores necesidades emocionales habría sido incapaz de soportar todo aquello, pensaba Alex. Y estaba encantado de ver a su madre tan radiante de felicidad. Aunque Alex nada sabía sobre ropa y accesorios femeninos, le constaba que la chaqueta y la falda nuevas eran caras, a la última moda —de hecho sus armarios estaban repletos de prendas nuevas—, y que las perlas que lucía las había recuperado de la caja fuerte del banco donde estuvieron depositadas como garantía de deudas ya saldadas. Aquello le hacía bien a su madre. Se lo merecía. Se merecía estar orgullosa y reactivando su vida social, de la que la fiesta de compromiso sin duda sería solo el principio.

¿Estaría su padre ejerciendo su habitual rebeldía, su incesante rechazo a doblegarse a las exigencias sociales de su posición? ¿Explicaba eso los viajes de Elliott por toda Europa? Desde luego no explicaba las grandes sumas de dinero que había ido enviando a casa. Había mencionado casinos en sus cartas, sí. Y viejos amigos de la familia que lo habían visto en Baden-Baden habían hecho circular algún que otro chisme.

En el banco les habían hablado de una poco aconsejable adquisición de tierras en África. Pero con el dinero entrando a raudales, nadie se había quejado. Por descontado, Edith no se había quejado. Había seguido invirtiendo sabiamente la mitad de cada nueva y sorprendente transferencia por si su marido jugador dejaba de tener tanta suerte. Y encima había organizado toda aquella magnifica restauración.

—Es un poco raro que Julie quiera celebrar la fiesta al aire libre —dijo Edith, volviéndose hacia su hijo—. Todavía no es temporada, y no lo será hasta dentro de unas semanas.

Alex tenía una sospecha razonada, pero le pareció que no era asunto de su madre. Julie seguía mostrando mucha timidez por el extraordinario cambio que habían sufrido sus ojos. Al aire libre, tenía la excusa perfecta para llevar aquellas excéntricas gafas de sol tan pequeñas.

—Pero ahora mismo hace un tiempo la mar de apropiado —dijo Alex.

—Por ahora, tal vez. Pero la temperatura aún puede caer en picado. ¿Y entonces qué? ¿Jerséis y mantas para todos?

—Simplemente trasladamos la fiesta al interior, que luce tan impresionante como esto gracias a tu duro trabajo.

—Me otorgas demasiado mérito —dijo Edith—. Con la

cantidad precisa de recursos se puede hacer cualquier cosa. Y además tú mismo has colaborado un poco.

—Lo que has emprendido aquí dista poco de ser un milagro, madre. Y muy bonito, por cierto.

Volvió la vista atrás, hacia la casa. Los marcos de piedra en torno a las ventanas de los miradores estaban limpios. Destacaban como huesos sobre las paredes de ladrillo, ahora de un rojo tan brillante como en su juventud. La heredad Rutherford había sido restaurada devolviéndole su sutil elegancia jacobina original.

—Tal vez —dijo su madre—. Pero sabes para quién se ha hecho todo este trabajo en realidad, ¿no?

—¿Para papá? ¿Para atraerlo a casa, tal vez?

Edith agitó una mano delante de ella como si espantara una mosca.

—Ni mucho menos. Hace mucho que dejé de intentar refrenar a tu padre. Y, por favor, no te lo tomes como un gesto de repulsa. Lo amo de verdad. Pero a él y a mí nos arrastran corrientes distintas. ¿Quién sabe? A lo mejor vivimos bajo lunas diferentes. En cualquier caso, parece que nos va bien así, de modo que nunca lo he cuestionado y no voy a empezar a hacerlo ahora.

Edith subió los peldaños. De pronto Alex se sintió tímido y se sonrojó ante la contundencia de la integridad de su madre.

—Además, está haciendo todo lo que puede para ocuparse de nosotros. Todo ese dinero que nos ha enviado sostiene que es fruto de una repentina racha de suerte en las mesas de juego. Pero sin duda se trata de algún tipo de negocio.

—Me cuesta imaginarlo.

—A mí también. Pero, por el momento, seamos agradecidos. Y confiemos en que el viento nos lo traiga como siempre hace. Aunque también quiero dejar clara una cosa: en lo que a esta fiesta respecta, solo voy a celebrarla por una persona, y esa persona eres tú, querido muchacho. Porque me lo pediste.

—En efecto.

—Y supuse que me lo pediste porque era importante para ti. Porque hay algo en todo este asunto que te permitirá desprenderte de Julie de una vez por todas.

—Quizá sea así, madre. Quizá.

—Ah, y si te quedas a pasar la noche, tengo un regalo para ti. La última grabación de *Celeste Aida* de Enrico Caruso, que según me han dicho es maravillosa. Está dentro, al lado del gramófono.

Asombrosa la manera en que aquellas palabras tiernas y cariñosas lo golpearon como un puñetazo en el vientre. *Celeste Aida*. La ópera. El Cairo. La sensación de su mano en la suya, volverse, ver cómo se deslizaba hasta su lado en el palco, una magnífica criatura enjoyada, radiante con una energía que parecía casi sobrenatural. Y después ardió. Devorada por las llamas.

—¿Alex? ¿He acertado, verdad? *Aida*. ¿No es la ópera que visteis en El Cairo? ¿La que tanto te gusta?

Premura en la voz de su madre. Le agarró del hombro y lo volvió hacia ella. Lágrimas en los ojos de Alex. Qué espanto. Nunca había llorado así delante de su madre, al menos desde que era pequeño.

—Alex. ¿Qué sucede? Es Julie, ¿verdad? En realidad no has...

—No, madre. Precisamente. Ya me he desprendido de Julie por completo. Esto es parte de lo que me aflige ahora.

—Entonces ¿hay otra?

—Por así decirlo.

—Alex, soy tu madre. Que la única manera de hablar el uno con el otro sea la más sincera.

—Hay alguien. Había alguien, debería decir. Pero según parece también se me escapó de las manos.

—Oh, cariño. ¿Alguien que conociste en esa aventura egipcia de la que tan poco me has contado?

—Sí.

—Entiendo.

—¿En serio?

Estaba tan sorprendido de tener la voz tomada que se apartó de ella.

Veía borroso. Hacía tanto tiempo que no se le saltaban las lágrimas que estaba asombrado de las consecuencias físicas.

Empezó a alejarse deprisa. Su madre mantuvo el brazo en alto como si pensara que podía hacerlo regresar con un simple gesto. Seguía intentando alcanzarlo cuando él se volvió y le lanzó una mirada avergonzada.

—Es verdaderamente espantoso, ¿verdad? —preguntó Alex—. Abrir el corazón. Es imposible conocer el terror que da hasta que lo haces sin reservas, me imagino. Me dicen que estaba loca, ya ves. Una vieja amiga del señor Ramsey. Pero era... En fin, nunca he conocido a alguien como ella, y dudo que me vuelva a suceder.

—Pero ¿qué ha sido de ella, Alex?

Edith apoyó una mano en su hombro con ternura.

—Sufrió un accidente horrible. Habíamos ido todos a la ópera y fue una velada deliciosa hasta entonces. Simplemente deliciosa. Le había contado todo sobre mí. Todo. Que tenía un título pero no el dinero que suele acompañarlo. —Edith hizo una mueca y bajó la cabeza como si los problemas económicos de la familia fuesen un terrible fallo suyo—. Pero estas cosas no le importaban, madre. Ni lo más mínimo. Lo que sentía por mí era una especie de adoración. Y fue instantánea. E intensa. Muy intensa.

—Y tú correspondiste a esos sentimientos —dijo Edith.

No fue una pregunta, y había un deje de compasión en su voz.

—De pronto se marchó en coche y no pude detenerla —prosiguió Alex—. El coche se quedó atascado en unas vías de tren, y ella se negó a bajar. Le supliqué que saliera. Incluso tiré de ella. Pero fue como si hubiese sufrido una tremenda transformación. Parecía confusa, muy confusa por muchas cosas. Excepto lo que sentía por mí. De eso estaba segura, madre. Parecía estar totalmente segura.

—Oh, Alex. ¿Por qué no me contaste nada de esto hasta ahora?

—Porque hacerlo sería hacer... esto.

Por supuesto supo mantener cierta caballerosa compostura mientras se secaba las lágrimas de los ojos.

Su madre, siempre tan americana, le frotó la espalda de la chaqueta hasta que Alex se rindió y se inclinó aceptando su medio abrazo.

—La culpa es mía —dijo Edith finalmente.

—Eso es absurdo, madre.

—Puede parecerlo, sí. Pero no lo es. Lo que tenemos tu padre y yo, lo que siempre hemos tenido, es una buena amistad, pero poco más. Describir algo que nunca ha sucedido entre nosotros como pasión o un gran romance sería engañoso, en el mejor de los casos. En el peor, una falacia. Fue un acuerdo de conveniencia, un poco como iba a ser tu matrimonio con Julie. Y teniendo esto en cuenta ha resultado bastante bien, diría yo. Pero nada de lo que ha habido entre nosotros, nada de lo que hemos hecho te ha preparado, hijo mío, para albergar sentimientos de esta magnitud. De modo que sí, aunque parezca absurdo, me culpo.

—Bien, pues no debes hacerlo —respondió Alex—. Además, ¿qué podríais haber hecho a fin de prepararme para la pasión de una loca?

—Si es que en verdad está loca —contestó Edith.

Alex se quedó pasmado con su tono de voz, que sonó a un tiempo distraído y calculador. Edith miraba a lo lejos.

—¿Crees que era algo más? —preguntó Alex.

—No estuve allí. —Lo miró a los ojos y desvió la vista enseguida. ¿Lamentaba lo que había dicho?—. Pero me parece que si realmente estuviera loca, habrían aparecido indicios antes del accidente.

—Pero es que hubo indicios. ¿No te das cuenta?

—Me temo que no, querido. No la conocí.

—Su deseo, su urgencia. La pasión. Todo era muy raro.

—¿Consideras dementes a quienes sienten una atracción instantánea por ti? Querido Alex, dime que te criamos para que tuvieras un concepto más elevado de ti mismo.

—Ponte seria, madre.

—Lo estoy siendo bastante.

—Bueno, en realidad poco importa. Nada importa. Nada borrará el accidente ni todas aquellas horribles llamas.

—Es verdad. Lo que importa es lo que tienes por delante, Alex.

—Lo estoy intentando. Te lo prometo. Lo estoy intentando con toda el alma.

—Escucha el disco —dijo su madre de pronto—. Te animo a que busques tu fortaleza y lo escuches. No permitas que todos los recuerdos de aquella noche se envenenen por culpa de su trágico final. Saborea lo que puedas. Aprecia las cosas que fueron valiosas para ti. Quizá no ahora ni enseguida. Pero pronto, Alex. —Le dio un abrazo—. Pronto, prométemelo.

—Te lo prometo, madre. Lo intentaré. Muy pronto.

22

Yorkshire

—No debes ir —exclamó Teddy por tercera vez desde que
había empezado a vestirse—. ¡No estás en condiciones!

La idea de pasar un minuto más en aquella habitación pequeña y polvorienta era insoportable. «Pintoresca» era la curiosa palabra que Teddy había usado para describir aquel lugar,
aquella posada, según la llamaban. A ella le parecía una palabra
amenazante; y la sonrisa forzada con la que la había pronunciado una y otra vez había devenido una especie de escarnio.

Desde el momento en que llegaron a Inglaterra, las atenciones de Teddy habían pasado de ser cariñosas a exasperan-
tes. La idea de que ahora quisiera detenerla, cuando estaban
tan cerca de su destino, cuando no hacía ni media hora que
había comenzado la fiesta dedicada a Ramsés... ¡Eran una locura las cosas que estaba diciendo!

Ya la había ayudado a ponerse un corsé, pero ahora que
ella estaba tirando de los hombros del vestido que Teddy le
había comprado en El Cairo, parecía que se estaba viniendo
abajo. Estudió su reflejo en el espejo de cuerpo entero mientras él iba de acá para allá a sus espaldas.

—Hemos efectuado un viaje muy largo. No puedes esperar que yo...

—Iré yo —dijo Teddy—. Se lo explicaré todo a Ramsés. Ahora quiere vivir bajo un alias. Si amenazo con sacarlo a la luz, estará de acuerdo en reunirse contigo de inmediato. Te contará todo lo que necesitas saber y, casi con toda certeza, te dará más elixir. ¡Estoy seguro!

—Ese es el problema, querido Teddy —dijo Cleopatra. Sacó su sombrero de la sombrerera, junto con su largo y puntiagudo alfiler—. Estás demasiado seguro. Estás demasiado seguro de cuanto dices en este momento.

—¿No te das cuenta? Tu estado ha empeorado desde que llegamos. No debes moverte hasta que podamos...

Ojalá no la hubiese agarrado de los hombros. Ojalá no la hubiese zarandeado. Hubo algo en la sensación de sus manos agarrándola de ese modo que desencadenó un enojo que fue incapaz de controlar.

Le dio un empujón.

Teddy chocó de espalda contra la pared de detrás con tanta fuerza que el espejo de cuerpo entero se inclinó, haciendo que Cleopatra viera su reflejo torcido.

—¡Basta! —gritó. Pero el miedo en los ojos de Teddy la llenó de remordimiento. Cuánto miedo en él, ahora; miedo a su gran fuerza, miedo a su estado, como él lo llamaba.

Y llevaba razón.

Había empeorado desde que llegaron a aquella enorme isla verde. Las potentes visiones las habían sustituido extrañas fugas psicógenas. Tenía ganas de dormir pero no conseguía conciliar el sueño. La consecuencia era una especie de aturdimiento en el que se le entumecían los miembros, apenas podía formar palabras y se quedaba mirando al vacío durante varios minutos.

«Más —pensó—. Tan solo necesito más. Y así nunca tendré que volver a ver esta mirada de miedo en los ojos de Teddy.

En los ojos de nadie. Quienquiera que sea esa Sibyl Parker, es una bruja, una sacerdotisa, y ha utilizado la hechicería para aprovecharse de mi estado de debilidad. Un buen trago del valioso elixir de Ramsés me hará fuerte contra ella.»

Pero la mirada en los de Teddy estaba ahí. La tristeza y el miedo. Nadie la había mirado con tan abyecto terror desde que Ramsés huyera ante su cuerpo resucitado en el Museo de El Cairo. No lo podía soportar. Simplemente, no lo soportaba.

—Eres tú quien se está viniendo abajo —dijo—. Y eres tú quien se quedará aquí mientras yo asisto a esa recepción. Solo te he pedido que me cuides. No me convertiré en tu esclava.

—Mi reina —susurró Teddy, llorando—. Por favor... mi reina...

Imposible no compadecerlo. Cuando fue a tocarle la cara, pensó que se encogería o se volvería. Y vio la chispa de ese impulso. Pero duró un instante y, cuando le acarició la mejilla, cerró los ojos parpadeando.

—Confía en mí, Teddy. Confía en lo que no puedes entender del todo.

Qué falsas esas palabras. Al menos la confianza con la que las había pronunciado era falsa, por más que las palabras en sí fuesen verdaderas. Pues entendía casi tan bien como él el estado en el que se encontraba.

Teddy torció los labios hacia sus dedos y se los besó con ternura.

¿Acaso creía que estaba muriendo? O, peor todavía, ¿que iba a perder la cabeza aunque su cuerpo resistiera?

¿Cómo si no interpretar su pena?

No había tiempo para tales especulaciones.

El sombrero que habían comprado en El Cairo tenía el ala ancha y una franja de plumas de avestruz que se arqueaban como los chorros de espuma de una fuente. Ya se había recogido el cabello para que el sombrero encajara bastante ceñido en lo alto. Pero había olvidado insertar el propio agujón. Con pánico a que su determinación se desmoronase ante otro lamento de Teddy, salió deprisa de la habitación, clavando el agujón en su sitio mientras se alejaba a grandes zancadas por el estrecho pasillo.

Cuando la punta afilada le tocó el cuero cabelludo, soltó un chillido.

Un negligente descuido, y un molesto recordatorio de lo indispuesta que estaba.

Ya había pedido un taxi. Cuando salió a la calle la estaba aguardando.

Una vez instalada en el asiento posterior y tras indicar al conductor su destino, se palpó el punto de la cabeza donde se había pinchado. Unas gotitas de sangre le mancharon las yemas de los dedos. Las lamió. Solo le faltaba mancharse el vestido.

El tren acababa de entrar en la estación cuando Sibyl Parker sintió una punzada de dolor en el cuero cabelludo. Paralizada, cayó de rodillas al pasillo alfombrado.

Varios pasajeros le tendieron la mano para ayudarla. En cuestión de segundos volvió a estar de pie, disculpándose profusamente por su torpeza. Haciendo lo posible para disimular el dolor agudo que seguía palpitándole en el cráneo.

Menos mal que había convencido a Lucy de que se quedara en su suite del Claridge's.

Si su doncella y compañera hubiese presenciado aquel incidente, habría insistido en que dieran media vuelta *ipso facto*. Fuera cual fuese la aflicción de Sibyl, había empeorado considerablemente durante el día anterior. Imposible no creer que cuanto más se acercaba al señor Ramsey, más grave devenía su estado.

Nada iba a impedir que Sibyl asistiera a aquella fiesta. Su editor había organizado su presencia en respuesta a las preguntas de Sibyl sobre el extraño señor Ramsey. Y cuando Sibyl llegó al Claridge's, la invitación la estaba aguardando en recepción junto con recortes de prensa recientes sobre el misterioso egipcio y la garantía de que la anfitriona estaba encantada con que una célebre escritora americana acudiera al evento.

Cuando el tren se detuvo por completo, cesaron las atenciones de los demás pasajeros.

Se sintió a salvo para tocarse el moño.

¿Había dejado señal aquel doloroso episodio?

Los dedos salieron secos. No tenía una roncha ni una herida abierta.

Se trataba de un aspecto nuevo, extraño e inexplicable de aquella experiencia. Tan extraño como su reciente insomnio, suponiendo que ese fuera el término para describirlo. Un cambio había empezado a acometerla de madrugada después de su llegada a Londres. Había empezado a tener la sensación de que su cuerpo permanecía despierto sin que ella pudiera remediarlo, y el resultado era algo muy parecido a un estado de fuga.

Y ahora aquello. Un dolor fantasma que no dejaba señales ni derramaba sangre.

«Encantada de conocerlo, señor Ramsey. Me consta que puedo parecer loca, pero he viajado desde muy lejos para verlo porque usted ha aparecido en mis sueños estos últimos meses y...»

Pensaría en algo mejor que decir cuando llegara a la fiesta, estaba convencida.

O eso esperaba.

23

La hacienda Rutherford

La fiesta parecía estar desarrollándose exactamente como Edith la había planeado, llenando a Julie de una alegría infinita. De hecho, Edith estaba tan contenta con el buen tiempo que hacía y con el continuo flujo inicial de los invitados que iban llegando que no había hecho comentario alguno sobre el original conjunto de Julie: un traje de hombre a medida, confeccionado para la ocasión, con chaleco y pañuelo de seda blanca y sombrero de copa.

Julie y Ramsés circulaban por el césped mientras sus anfitriones, Edith y Alex, recibían a los recién llegados en la puerta principal de la casa. Eran los invitados de honor, de ahí que Edith los hubiese situado fuera, donde hacían de señuelo para que la concurrencia atravesara deprisa la casa hasta el prado del oeste.

En opinión de Julie, el plan estaba funcionando bastante bien.

Más allá de la pareja que acababa de arrinconarla, observaba el flujo de invitados procedentes de las habitaciones de la primera planta, que estaban abiertas para facilitar el paso al exterior. El resto de la casa permanecía cerrado.

Justo delante de las puertas de la terraza, camareros de librea ofrecían copas de vino a los invitados y después indicaban a los recién llegados que descendieran la escalinata que conducía al prado salpicado de alfombras orientales, mesas y sillas.

Puesto que hacía un día escasamente nublado, Edith solo había levantado unas pocas carpas de las que había encargado. Como consecuencia, las personas que llegaban eran recibidas por una visión perfecta de Julie y Ramsés en medio de parasoles, bonitos trajes y vaporosos vestidos blancos diseñados o inspirados en Madame Lucille, todo ello enmarcado por los setos paralelos que bordeaban ambos lados del prado y los fresnos que la brisa agitaba en las ondulantes colinas del fondo.

Asistían todos los miembros del consejo de dirección de la Stratford Shipping, con sus esposas y sus hijos mayores, y Julie había pasado un buen rato charlando con todos ellos.

Como resarcimiento por haber hecho la vista gorda ante los hurtos de su difunto hijo, el tío Randolph de Julie había trabajado con diligencia para congraciarse de nuevo con los miembros de su consejo de dirección mientras enderezaba el curso de la empresa. Su presencia allí era signo inequívoco de que su esfuerzo estaba dando resultado.

Pese al cielo encapotado, el día era lo bastante claro para que solo un par de invitados hubiesen hecho comentarios sobre sus gafas de sol. De hecho, muchos invitados también llevaban gafas de sol, dificultando el reconocerlos cuando se acercaban por primera vez. Julie tuvo tentaciones de quitárselas y dejar que el cuento de su misteriosa fiebre hiciera su trabajo. No tardaría mucho en llegar el día en que lo hiciera.

Muchos invitados no la reconocieron en absoluto. Aunque Julie no se sorprendió.

Edith no solo había invitado a sus amigos íntimos sino también a muchos conocidos. Al fin y al cabo, tanto si se daban cuenta como si no, los presentes eran algo más que invitados: eran testigos. Testigos con propensión al cotilleo, y con un sinfín de relaciones sociales que pronto difundirían chismes sobre la felicidad de la pareja y su bonita fiesta de compromiso. Edith tampoco había deseado imponer una lista de invitados muy estricta. Que los pintores y escritores de moda llevaran a sus amigos. Tal como lo veía, si un periodista entrometido decidía presentarse, tanto mejor. Que escribiera un artículo sobre la pareja felizmente comprometida disfrutando de una tarde de brisa en la campiña de Yorkshire. Así sería más fácil olvidar las escabrosas historias sobre momias robadas y muertes misteriosas.

Aquella fiesta nada tenía de privada o exclusiva. Era un anuncio. No solo el del compromiso sino el de su nueva estabilidad.

Aunque, por supuesto, Edith tenía otro motivo para celebrarla, Julie estaba convencida: demostrar al mundo que la familia no guardaba rencor por el compromiso frustrado de Alex y Julie. Y seguro que había en circulación unas cuantas futuras novias para Alex, a quienes Edith dedicaba más de unos breves minutos de conversación.

Durante buena parte de la fiesta el cuarteto de cuerda había interpretado piezas de Mozart y Haydn. No obstante, los apuestos músicos negros de América finalmente habían llegado y el delicioso sonido sincopado del piano y los instrumentos de viento llenaba el aire. Julie tenía ganas de bailar. Sabía perfectamente que Ramsés se moría por bailar antes de ver cómo le guiñó el ojo. Pero no había pista de baile en la fiesta, y, en el fondo, tanto mejor. Ramsés era demasiado propenso a bailar durante horas sin cesar.

La música no sonaba tan fuerte como para impedir que Julie pudiera seguir una conversación, y ahora incluso oía a Ramsés a pocos pasos de distancia. Ramsés por fin había aprendido a dominar el arte de presentar sus relatos sobre el antiguo egipcio como resultado de sus estudios, no de una experiencia que hubiese vivido. Lejos quedaba su tendencia a hablar de personajes históricos muertos tiempo atrás con vívida familiaridad, como si fuesen viejos amigos. Aunque en muchos casos lo eran. Durante las horas siguientes sería Reginald Ramsey el egiptólogo, el guapo y apuesto prometido de Julie.

Era de ensueño, la fiesta. De ensueño, perfecta y tal como había esperado que fuese en todos los pormenores.

—Se quedarán en Inglaterra, claro —le dijo la mujer con la que había estado charlando. Tal vez se había percatado de que Julie tenía la mente en otra parte, cosa que la llevó a sentirse terriblemente grosera—. No más largos viajes, seguro. Menos aún teniendo una boda en el horizonte.

¿Cómo se llamaba aquella mujer? Julie ya lo había olvidado. Genève o algo parecido. Llevaba un vestido blanco de volantes con las mangas azul celeste; su sombrero era compacto, uno de los más pequeños de la concurrencia, y con tantas plumas blancas que parecían bolas de algodón. Su marido era un hombre reservado. Estudiaba a Julie con una intensidad inquietante. Un rato antes Julie los había visto tratar con mucha familiaridad a un gigante barbudo que debía de haber gastado una pequeña fortuna en que le hicieran a medida un traje de tan buena calidad.

Ambos llevaban gafas de sol, igual que Julie.

—El caso es que todavía no hemos fijado la fecha —contestó Julie—. Y no me imagino una manera mejor de pasar el compromiso que viajando por el mundo. Ver sus maravillas. Disfrutarlas del brazo de tu verdadero amor.

—¡Qué deliciosamente excéntrico! —dijo la mujer.

—Sí. Lo siento mucho, pero he olvidado sus nombres.

—Callum Worth —dijo el marido, tendiendo la mano deprisa, como si el gesto pudiera distraer a Julie de la grosería de su esposa—. Y mi esposa, Jeneva.

—¿Son amigos de la condesa de Rutherford? —preguntó Julie.

—En cierto modo —dijo Jeneva—, pero como sin duda ya sabe, esta fiesta no es solo la comidilla de Yorkshire. También lo es de Londres. Debe perdonarnos por haber solicitado ser invitados a través de amigos comunes.

—Conocidos comunes, más bien —agregó Callum.

—¡Que noviazgo tan intrigante, el suyo con el señor Ramsey! —prosiguió Jeneva como si su marido no hubiese hablado—. Todos estamos convencidos de que el relato sobre cómo se conocieron es igual de intrigante. No debería extrañarle que deseemos saber más cosas.

—Ruego disculpe a mi esposa, señorita Stratford. Le encantan las buenas historias.

—Me encantan las personas, Callum —repuso Jeneva, tratando de imprimir convicción a sus palabras, pero se quedó corta y, como consecuencia, se produjo un momento de silencio glacial mientras su marido le dedicaba una mirada que parecía cargada de reproche. Quizá su autoproclamado amor por el prójimo rara vez lo incluía a él.

—Por supuesto —agregó Callum enseguida—. Bien, señorita Stratford, espero que podamos alistarla en una pequeña conspiración.

—¿Una conspiración? —dijo Julie—. ¡Qué enigmático!

—Verá, estamos un poco avergonzados por habernos hecho invitar a esta bonita reunión, de modo que pensamos en comprar un obsequio para la condesa.

—Seguro que Edith estará encantada —respondió Julie.

—Así lo esperamos, pero nos gustaría que también fuese para su marido, aunque tengo entendido que actualmente lo ocupan asuntos en el Continente.

No debía hablar sobre Elliott con aquellos desconocidos; de hecho, con ninguno. Al menos hasta que se enterase mejor de sus planes.

—¿Qué tipo de obsequio? —preguntó Julie.

—Nos han dicho que en la finca hay una réplica de un templo romano que diseñó el propio conde de Rutherford. Se nos ocurrió que podríamos regalarle algunas estatuas para complementarlo. Si tuviera la bondad de mostrárnoslo, nos ayudaría a escoger algo apropiado y majestuoso.

—Pero querríamos mantener en secreto nuestras intenciones mientras sea posible, ¿entiende? —agregó Jeneva.

—Y si piden a Edith que les muestre la finca temen que descubra sus cartas —señaló Julie.

—¡Exactamente! —exclamó Jeneva, con un entusiasmo una pizca exagerado.

—Bien, estaré encantada de...

Una mano le agarró el codo con inusitada fuerza. Esperó encontrar a Ramsés detrás de ella. Pero era Samir. Iba muy elegante con su traje blanco pero su expresión era una máscara de preocupación.

—Si me concedes un momento, Julie —dijo en voz baja.

—Sí, solo un momento mientras...

—Por favor, Julie. Es un asunto bastante urgente.

—Sí, por supuesto. —Se volvió de nuevo hacia los señores Worth—. Ruego me disculpen. Luego, quizá después del brindis, estaré encantada de organizar lo que acabamos de comentar.

—Oh, fenomenal. Simplemente fenomenal. Y gracias por su...

Pero Samir ya se la estaba llevando consigo.

—¿Qué ocurre? —susurró Julie.

—Pido perdón anticipado por lo que voy a decirte. Verás, los hombres que están a mi servicio no son espías profesionales. Son asistentes del museo, estudiantes universitarios. Hasta ahora lo han hecho de maravilla, pero...

—Samir, claro que te perdono. Pero dime de una vez qué te tiene tan asustado.

—Ayer llegó un barco procedente de Port Said. Pero mis hombres se confundieron. Fueron a Southampton en lugar de ir al puerto de Londres. Cuando cayeron en la cuenta de su equivocación, era demasiado tarde. Los pasajeros ya habían desembarcado. Y entonces estos muchachos pasaron el resto del día peleando por si debían contármelo o no. Si no los hubiese telefoneado esta mañana para que me informaran, quizá nunca habríamos...

—Entiendo. Pero han vigilado cada llegada desde que regresamos, ¿no? Y han transcurrido semanas sin que viéramos indicio alguno.

—Estos hombres en concreto son nuevos. Estudiantes universitarios, como he dicho. Quizá tendría que haberlos supervisado más de cerca pero...

—Déjate de tonterías, Samir. Todos habéis hecho un trabajo excelente durante semanas. Sería una estupidez que diéramos por sentado que podrás protegernos siempre. Ramsés lleva razón. Si Cleopatra hubiese querido...

—No, Julie, no. Aguarda. Por favor. Quería asegurarme, de modo que he llamado a las posadas de la zona. Un hombre y una mujer que encajan con su descripción se registraron anoche en la Red Crown Inn. Y esta mujer ha salido de la pensión hace poco rato.

Como se había librado de tantos temores, el miedo dejó paralizada a Julie.

—Está aquí, Julie. Está aquí, en Yorkshire, y creo que viene de camino a esta fiesta.

Asombrosa la manera en que el terror regresó a ella. La sensación de estar atrapada mientras la última reina de Egipto amenazaba con partirle el cuello. Pero era un recuerdo, nada más. Un recuerdo de algo que no podría volver a suceder. «Inmortal.»

No iba a permitir que Cleopatra le aguara la fiesta.

Ni Ramsés.

Ni...

—Alex —dijo sin poder contenerse—. Ven conmigo, Samir. Enviaremos a Edith y Alex a mezclarse con los invitados y nosotros recibiremos a los que falten por llegar.

—Pero Julie. Ella está...

Julie se echó a caminar y Samir fue tras ella.

—Ya no soy una mujer mortal que tiembla al ver a Cleopatra. No va a ser el centro de atención de este evento, Samir. Ha dejado de ser reina.

Claramente sorprendido ante su determinación, Samir asintió con la cabeza y la siguió al interior de la casa.

Varios invitados quisieron abordarla al verla pasar. Julie hizo lo posible por no fijarse en sus atenciones sin parecer abominablemente grosera. Que la siguieran hasta la puerta principal. Ya los saludaría allí. Pues ahora se daba cuenta de por qué había apurado el paso.

Alex. Había que impedir que viera a Cleopatra. No debía caer presa de Cleopatra. No en aquel momento, no en aquella fiesta. No cuando se había puesto en una situación tan vulnerable entregando humilde y públicamente a Julie a su futuro marido.

Alex se volvió al oír sus pasos.

El flujo de invitados había disminuido. Él y su madre estaban charlando junto a la puerta abierta. Sus ojos se iluminaron cuando la vio. La fiesta lo había animado, según parecía. No se estaba limitando a cumplir con sus obligaciones de anfitrión, tal como Julie había temido que hiciera; su nueva sensibilidad le permitía disfrutar más que antes de la compañía de los demás. La sonrisa que ahora le dedicaba parecía totalmente sincera.

Julie no dejaría que les arruinaran el día. Ni a Alex ni a ninguno de ellos.

—Intercambiemos deberes —dijo Julie con tanta jovialidad como pudo. Su vehemencia hizo que Edith se sobresaltara y permaneciera callada—. Insisto. Me quedaré un rato recibiendo a los invitados. Así podéis tomaros un respiro y disfrutar de esta fiesta tan maravillosa que habéis montado.

—Pero el señor Ramsey... —comenzó Edith.

—El señor Ramsey está derrochando encanto en el prado, y no quiero apartarlo de sus admiradores. Samir y yo os relevamos de vuestras obligaciones. Por favor. Insisto.

¿Había dejado traslucir demasiado su miedo con aquella petición? Edith le estudió el semblante un momento y después miró a Alex.

—Bien, la verdad es que me muero de sed.

—Hecho, pues —dijo Alex, tomando a su madre del brazo—. Volvemos enseguida.

—Por nosotros no tengáis prisa —dijo Julie.

Y por fin se marcharon.

El aliento regresó a sus pulmones. La sangre regresó a su corazón.

A su lado, Samir susurró:

—No le falta una pizca de razón, Julie. Ramsés debería estar aquí cuando...

—Ahí donde va Ramsés, la fiesta lo sigue. No llamemos más atención de la absolutamente precisa sobre la llegada de Cleopatra. Además, si hoy viene aquí, en parte es para verlo; no puedo conceder esta petición hasta que tenga claros sus verdaderos motivos.

—Entendido, Julie. Entendido.

Justo entonces, los invitados a quienes había prácticamente ignorado al dirigirse a la entrada aparecieron con las manos abiertas y sonrisas corteses. De repente Julie se vio envuelta en un mar de parloteo mientras Samir no perdía de vista lo que ocurría al otro lado de la puerta principal.

Era desesperante aquella pequeña farsa. Todas las células de su cuerpo querían volverse hacia el camino de acceso como si la llegada inminente de Cleopatra pudiera predecirla mágicamente un murmullo de los setos, un viento extraño entre las ramas de los árboles.

—Julie...

Cuando Samir la tomó del codo estaba en plena conversación con una encantadora pareja de jóvenes suecos con quienes Edith solía pasar parte de las vacaciones.

—Julie —dijo Samir otra vez.

Julie se volvió y la vio.

Había recorrido la mitad del camino de entrada. Iba sola. Había ladeado ligeramente la cabeza para que sus grandes y expresivos ojos azules fuesen visibles bajo el ala ancha y llena de plumas de su sombrero. Su vestido era varios tonos demasiado oscuro para la ocasión, de un azul marino con rayas doradas en diagonal. Pero lo cierto era que estaba despampanante, devastadoramente bella, en realidad.

Cuando vio a Julie se detuvo tan de repente que dio la impresión de que estuviera preparando su cuerpo para alzar el vuelo. Conservaba parte de su antiguo porte, el porte y la elegancia de una mujer que se había educado con los mejores maestros de Alejandría. Aunque ahora le faltaba ímpetu.

—Si tienen la bondad de excusarme —se oyó murmurar Julie.

Samir distrajo a la joven pareja con un arranque de conversación mientras Julie descendía por la escalinata.

Se le hizo eterna la breve caminata hacia aquella mujer, el ser que casi le había quitado la vida. A cada paso veía con mayor claridad que Cleopatra iba un poco encorvada y que su respiración parecía trabajosa. Forzada.

—¿Por qué has venido? —preguntó Julie.

—Llévame a verlo. Llévame a ver a Ramsés.

—Antes tienes que contarme por qué has...

—Llévame con él o te parto el cuello como si fuese una caña.

Desesperación en el modo en que había dicho estas palabras. La desesperación de un animal herido, no de uno amenazante.

A modo de respuesta, Julie se quitó las gafas de sol, revelando sus ojos azules.

—Haz lo que quieras, última reina de Egipto —susurró Julie—. Haz lo que quieras.

Difícil discernir sentimientos en la expresión de Cleopatra. Una extraña sonrisa burlona, casi como si la aliviara que le hubiesen ahorrado un enfrentamiento físico. Y también emanaba tristeza, una tristeza tan profunda que irradiaba desconsuelo. Pero fueron su respiración trabajosa y su extraña postura las que volvieron a llamar la atención de Julie.

«Enferma —pensó Julie—. Dios mío, está enferma. ¿Es siquiera posible? ¿Realmente puede enfermar una persona que haya tomado elixir?»

No estaba preparada para aquello, para aquella sensación de afinidad y compasión que anidaba dentro de ella al ver a otra inmortal esforzándose por mantenerse erguida y centrada.

—Vamos —dijo Julie—. Primero hablaremos en privado. Y después iré a buscar a Ramsés. Pues sea lo que sea lo que tú y yo tengamos que hacer, no podemos hacerlo delante de toda esta gente.

Sin pensar, le tendió la mano tal como lo haría con cualquier anciano o enfermo. Solo cuando la atónita Cleopatra bajó la vista hacia su mano se dio cuenta Julie a su vez de lo extraño que resultaba el gesto, habida cuenta de su atormentada historia. Pero había tristeza en los ojos de Cleopatra. Tristeza y anhelo, como si el consuelo que le ofrecía aquella mano fuese un vaso de agua fresca tras un largo viaje por el desierto.

Sin embargo, no tomó la mano de Julie. En cambio, dirigió una mirada suspicaz a la mansión que tenía delante, tras haber visto que Samir la observaba desde el porche de la entrada.

Julie volvió a compadecerla. Pues parecía que estuviera imaginando el bochorno de aparecer en medio de todas aquellas personas en su débil estado.

—Ahora somos iguales, tanto si nos gusta como si no —dijo Julie—. Lo que te haya traído aquí debemos hablarlo como tales.

—Iguales... —susurró Cleopatra, como si esa palabra le repugnara—. Qué ideas tan tontas que saca este mundo moderno del antiguo derecho romano.

—Seguro que no has venido desde tan lejos con el único propósito de desbaratar esta fiesta. ¿Me equivoco, Cleopatra?

—En absoluto. No te equivocas.

—Muy bien, pues —dijo Julie.

Con el brazo extendido, indicó el ala este de la casa, opuesta al lugar donde se estaba celebrando la fiesta. La rodearon y luego fueron derechas hacia el templo romano de Elliott. Quedaba a buena distancia del prado oeste y les proporcionaría tanta privacidad como quisieran.

Después de lo que pareció una eternidad, Cleopatra empezó a caminar.

Julie la siguió. Caminaron en silencio entre un jardín desierto muy bien cuidado y la pared de la casa hasta que salieron a una gran extensión ondulada de césped. Mientras caminaban, Cleopatra volvió la cabeza hacia los lejanos sonidos de la fiesta, hacia los invitados que se entreveían en el prado oeste, hasta que un alto seto tapó la vista por completo.

A Julie le fue imposible interpretar su expresión.

¿Recelo? ¿Añoranza?

A cada paso, Julie tenía que recordarse a sí misma que ahora era seguro estar a solas con aquella mujer, que no podía dominarla y que si no podía dominarla no había razón para tenerle miedo. Y cada segundo que la mantenía lejos de Alex lo sentía como una victoria.

El templo se alzaba en lo alto de una loma herbosa del paisaje, acurrucado ante una densa pared de robles y fresnos. Su pesada puerta de acero estaba abierta.

Dentro, las aguardaban sombras y estatuas.

24

La salvaría.

Le demostraría su valía una vez más.

Le impediría montar una escena delante de todos aquellos aristócratas y entonces ella lo nombraría su protector y guardián y lo utilizaría para algo más que satisfacer su sensualidad y guiarse en el mundo moderno.

Volvería a llamarlo «querido Teddy» y reanudarían sus viajes por el mundo.

Teddy estaba seguro.

Estaba seguro porque estaba borracho.

Pero no tan borracho como para no poder escalar la verja de servicio que había descubierto la noche anterior.

Valentía liquida. Eso era todo. Lo que había ido a hacer requería un par de tragos de coñac, de modo que había tomado varias docenas antes de salir de la posada. De por qué se había llevado un cuchillito afilado de la cocina de la posada no estaba seguro. ¿Contra qué inmortal tenía previsto usarlo? ¿El que había ido a amenazar o el que había ido a salvar? No daría resultado con ninguno de los dos. Pero eso poco le importaba cuando salió de la posada.

Porque estaba borracho.

¿Estaba más borracho que cuando había salido?

No debía distraerse con esos cálculos sin sentido. En cambio, debía hacer un reconocimiento del terreno para no aparecer en la zona de recepción y encontrarse ante una posible lista de invitados.

Lo importante era que ahora estaba en la propiedad y que por fin había dejado de llorar como un niño humillado.

La noche anterior había circundado el perímetro de la hacienda. Localizó las verjas y puertas de acceso y los diversos puntos en los que la altura de la tapia de piedra variaba. Había supuesto que quizá ella querría entrar en secreto. Con él, por supuesto. Por eso había trazado un plan mental de los lugares por los que acceder.

El camino de servicio en el que se encontraba ahora discurría hacia la parte trasera de la propiedad. Había huellas recientes de neumático en la tierra, probablemente de alguno de los vehículos del catering. Aunque no acertaba a entender por qué se habrían aventurado hasta un lugar tan lejano a la casa. ¿Dónde habían aparcado? ¿Junto al estanque que había vislumbrado la noche anterior, detrás de la pequeña réplica del Panteón y su acompañamiento de árboles? Eso quedaba a considerable distancia de donde parecía que estaba teniendo lugar la fiesta.

Justo delante había un pequeño jardín recién podado. Un poco más allá, el edificio principal. Las sombras envolvían en penumbra la zona a aquellas horas. No era de extrañar que hubiesen decidido dar la fiesta en el prado oeste. La terraza de piedra de este lado también era más pequeña. Y a través de sus ventanas de cuarterones no vio movimiento en el interior.

Si las puertas no estaban cerradas con llave, desde luego entraría por allí.

¡Victoria!

Se coló y fue a dar a una pequeña sala de estar y biblioteca. Oyó de inmediato el ruido que hacían los criados al subir presurosos del sótano con fuentes de plata llenas de humeantes entremeses. Aquel lado de la casa estaba casi vacío de invitados y, si se quedaba allí, llamaría la atención.

Siguió adelante.

Entró en el pasillo y faltó poco para que lo atropellara un hombretón vestido de esmoquin, que le dedicó una sonrisa forzada y le dijo:

—La fiesta es allí, señor.

Teddy asintió con la cabeza y sonrió como un bobo. El criado siguió su camino, absorto en sus tareas.

Estaba a un paso de entrar en el vestíbulo de la mansión cuando oyó un nombre que lo hizo parar en seco.

—¡Sibyl Parker! —exclamó una voz femenina.

Sibyl se quedó inmóvil.

La mujer que iba a su encuentro con los brazos abiertos para recibirla sin duda era la anfitriona de la fiesta, y estaba saludando la llegada de una visita sin invitación como si fuese un feliz acontecimiento.

¿Cuántos guiones había redactado y ensayado Sibyl para aquel momento? Al parecer ninguno de ellos sería necesario.

Exhibió su mejor sonrisa.

—Usted es Sibyl Parker, ¿verdad? —dijo la mujer. Tomó gentilmente las manos de Sibyl entre las suyas. Puro deleite en su sonrisa—. El *Daily Herald* ha publicado un par de imágenes de usted. Dígame que no estoy equivocada o pasaré una vergüenza horrorosa. ¿Es usted la escritora Sibyl Parker?

—Lo soy, en efecto, y usted debe de ser la condesa de Rutherford.

—Por favor, llámeme Edith. Soy una gran admiradora de sus libros. Debo confesar que los prefiero a los viajes de verdad. ¡Ay, por supuesto, tiene que conocer a nuestro misterioso señor Ramsey!

—El señor Ramsey, sí.

La dejó sin aliento pronunciar aquel nombre en una conversación tan normal. Pues en su mente había adquirido connotaciones casi míticas.

—Pasemos adentro. Una copa de vino la aguarda en la sala de estar, y después encontrará al señor Ramsey en el prado oeste, justo enfrente. Qué privilegio —dijo Edith, llevándose a Sibyl escalinata arriba con una mano apoyada en su espalda—. ¡Qué privilegio tan grande! Si tuviera aquí mis ejemplares de sus libros, le pediría que me los firmara. Pero me temo que tendré que conformarme con su autógrafo en una servilleta, si le parece bien.

—Me parece perfecto —susurró Sibyl, tan aliviada con aquel giro en los acontecimientos que estaba al borde del llanto—. Como usted guste, Edith... Le aseguro que no tengo inconveniente alguno. No puedo agradecerle bastante su hospitalidad.

—Ni lo mencione. ¡Alex, querido! Esta señorita es Sibyl Parker, la novelista egipcia. Tú tienes tus recuerdos de tu reciente viaje a Egipto; yo tengo sus deliciosos y entretenidos libros. Y eso no cambiará puesto que no deseo viajar a un Egipto que no se parezca al que describe en sus novelas.

Su hijo era joven y guapo. Pero había una tristeza en sus ojos que pareció intensificarse mientras la estudiaba.

—Debo decir, señorita Parker —susurró Alex—, que me resulta usted familiar.

—Vaya, pues claro que sí. Es una novelista de fama mundial.

—No soy muy dado a leer, debo confesarlo. Desde luego, ficción no. Casi todo lo que suelo leer es bastante... árido. —Lo dijo como si acabara de darse cuenta de ello, y su vergüenza al respecto fue algo nuevo para él—. ¿Es la primera vez que visita Yorkshire?

—Es la primera vez que estoy en Inglaterra después de muchos años.

—Oh, vaya... En ese caso quizá solo sea que me ha recordado a alguien.

Sibyl tuvo la impresión de que aquellas palabras, y la intensidad con que las había pronunciado Alex, podían ser un primer indicio de lo que la había llevado hasta allí. Pero era imposible preguntarle ahora, en la escalinata de la casa.

Edith echó un vistazo más allá de Sibyl, señal de que estaban llegando más invitados.

—Muchísimas gracias por este recibimiento —dijo, inclinando la cabeza—. Ha sido muy gentil. Ambos lo han sido.

Hubo más agradecimientos y sonrisas. Después se encontró cruzando a trompicones el vestíbulo hacia la luminosa sala de estar. Justo enfrente de las cristaleras de la terraza, camareros de esmoquin aguardaban firmes con bandejas llenas de copas de vino. Más allá, un pequeño mar de invitados deambulaba por el extenso prado verde entre dos altos setos vivos.

—¿Le apetece una copa de vino, señorita? —preguntó un camarero.

Pero Julie ya lo había visto y se sumió en el mutismo.

El señor Ramsey. Guapo, egipcio. Asintiendo con la cabeza y escuchando atentamente a la persona que estaba conversando con él. Cada detalle de su ser, desde la tez olivácea hasta la atractiva mandíbula y el asombroso azul de sus ojos la invadieron con un recuerdo tan poderoso que se encontró sin habla y sin aliento. Aquel no era el vago bosquejo a tinta de los recortes de prensa. Era el hombre de sus sueños, de carne y hueso.

Pues ahora veía que el hombre que estaba a tan poca distancia de ella había aparecido no solo en sus pesadillas más recientes sino también en otro sueño, un sueño que la había acompañado a lo largo de toda su vida, un sueño que había constituido el fundamento de su novela *La ira de Anubis*.

Ese era el hombre con el que había recorrido las calles de una indefinida ciudad antigua. ¡Estaba totalmente segura! El hombre cuyos porte y rostro nunca había sido capaz de recordar después de despertarse; cuya presencia siempre había presentido, y nada más. Este era el hombre que le había proporcionado atuendos de plebeya y solicitado que viera su propio reino a través de sus ciudadanos corrientes. Y su presencia física delante de ella era como un toque de acuarela que aportaba color y riqueza a lo que hasta segundos antes solo había sido un bosquejo a lápiz.

No había sido solo un sueño. Él no había sido solo un sueño.

Una vez más la pregunta sacudió la tierra que pisaba: ¿Cómo podía haber soñado con un hombre vivo al que no conocía?

A no ser que lo hubiese visto, por algún motivo, en algún lugar. A no ser que no fuese un sueño sino un recuerdo. Un recuerdo de un hombre que se llamaba...

—Ramsés —susurró Sibyl.

Aquel hombre la miró a los ojos a través del gentío.

En ese preciso instante, un brazo le rodeó la cintura. Demasiado cerca, demasiado súbito, demasiado íntimo. A punto estuvo de chillar pero acto seguido la sobresaltó una vaharada de aliento en la nuca. Con ella llegó el pestazo a licor.

—No te muevas —susurró su agresor con vehemencia, poniendo un énfasis terrible en cada palabra.

El desconocido se situó detrás de ella como si fuese un antiguo amante que hubiese querido darle una sorpresa, pero le estaba clavando algo puntiagudo en la base de la columna vertebral.

—Lo que notas es un cuchillo —dijo—. Afilado como un bisturí. Muévete un centímetro y hundiré la hoja entre dos vértebras. Perderás el uso de las piernas en el acto. Quizá no puedas volver a caminar.

Cuando Julie intentó hablar, solo consiguió emitir una serie de débiles jadeos.

—Ven conmigo —susurró él—. No armes un escándalo. De lo contrario te pincharé y huiré de este sitio antes de que alguien se dé cuenta de que te estás desangrando. Andando.

Estaba desquiciado aquel hombre, desquiciado y borracho. Pero dada la fuerza con la que sostenía el cuchillo contra ella parecía terriblemente confiado. De modo que obedeció. Él caminó detrás de ella, con el pecho a escasos centímetros de la espalda de Julie y rodeándole los hombros con un brazo para dar una impresión de intimidad.

No podrían recorrer mucha distancia de esa guisa. Resultaba demasiado extraño, demasiado llamativo. Pero la guio deprisa en dirección contraria a los invitados, hacia las habitaciones desiertas de la primera planta, cruzándose con los criados que subían y bajaban raudos la escalera del sótano. A cada paso que los alejaba más de la gente, de la agradable música que sonaba fuera, el terror de Julie iba en aumento, y él relajó su presuntuosa actitud.

De pronto la agarró por la nuca. La condujo a través de una biblioteca desierta y enfilaron un corto pasillo.

—¿Quién es usted? —preguntó Julie—. ¿Qué quiere?

Con lo que pareció un único gesto, él abrió de golpe la puerta de un cuarto de aseo pequeño y la empujó dentro. En cuanto cerró la puerta a sus espaldas, le puso el cuchillo en la garganta.

—¿Quién eres tú, Sibyl Parker? ¿Quién eres realmente? ¿Y por qué quieres aniquilar a mi reina?

Imposible.

Estaba viendo cosas, imaginando cosas. Pensamientos sobre Cleopatra lo habían estado fastidiando todo el día. Que pudiera aparecer allí era posible, por supuesto. Con qué propósito, no tenía ni idea.

Pero Samir y sus hombres habían estado vigilando los barcos, los puertos. De momento, ni un solo informe.

Y eso estaba muy bien.

Con todo, la tenía en su mente, como se decía en la actualidad, y siempre la tendría. Por eso había reconocido su mirada en el rostro de la rubia de piel blanca que acababa de aparecer por las cristaleras de la terraza. Sus ojos. La mujer tenía los ojos de Cleopatra. Sus ojos antes de que resucitase. Antes de que hubiesen cambiado de color. Castaños, grandes, expresivos, muy inteligentes y perspicaces. Y su porte. Perfecto, erguido, confiado.

Y de pronto dejó de estar allí.

Perdida en una repentina corriente del mar de invitados que lo rodeaban. No estaba a la vista en la terraza ni en la escalinata ni en el prado que alcanzaba a ver.

Había empezado a ignorar con suma rudeza a los invitados con quienes conversara hasta segundos antes. Se disculpó con tanta cortesía como pudo y se alejó.

¿Dónde se había metido aquella mujer? Tal vez su parecido con Cleopatra fuese una alucinación. Ahora bien, ¿y su súbita desaparición? Era causa suficiente para sospechar de inmediato.

Una mano le agarró el codo.

Alex estaba a su lado.

—No vayas muy lejos, amigo. Vamos a brindar por vosotros dentro de nada. Trae contigo a Julie, si puedes.

—Sí, por supuesto, Alex. Gracias.

Sí, traería a Julie; pero antes iría a buscar a la escurridiza mujer con los ojos de Cleopatra.

El miedo la estremeció.

¿Acaso había algo que temer en aquel pequeño templo? Parecía una réplica del Panteón, con una galería de estatuas romanas en hornacinas alineadas en las paredes y una estatua sobre un pedestal en el centro. ¿Era César? No estaba segura. Había perdido por completo los recuerdos de su semblante.

¿De dónde había salido aquel miedo? No era pavor. Tampoco ansiedad, sino una súbita y violenta parálisis que le afectaba el cuerpo entero.

«Sibyl Parker. De Sibyl Parker viene este miedo. ¿Me lo envía adrede? ¿O es lo que ahora mismo está sintiendo?» La estaba agotando dar sentido a todo aquello.

—Estás enferma —dijo Julie.

Ni pizca de malicia en su afirmación, solo una especie de tierna fascinación.

Siempre amable, esta Julie. ¿Por qué tan amable?

—¿Cómo es posible que estés tan enferma? —le preguntó Julie—. ¿No te has recuperado completamente del incendio?

—Me repuse del incendio. La enfermedad... está en mi mente.

—Quieras lo que quieras, te lo daré, o haré que Ramsés te lo dé, con una condición.

—¿De modo que ahora tú y yo negociamos? ¿La reina que alimentó a Roma y la aristócrata que lloró para caer en los brazos de un faraón?

—Sírvete de tu crueldad como te plazca. Ya no te vale de nada. Necesitas ayuda. Has venido aquí en busca de ella. Y eso es lo que te ofrezco: ayuda.

—Pero con una condición. Pues bien, dime, querida Julie Stratford, ¿cuál es esa condición?

—Debes mantenerte alejada de Alex Savarell. Para siempre. Tienes que dejarlo en paz.

—Dejarlo en paz —susurró Cleopatra.

Qué inesperado, el enojo que le causaba esta petición. La

ira que sintió cuando vio el miedo en los ojos de Julie, tan semejante al miedo en los de Teddy cuando lo dejó en la pensión hacía solo un rato.

—Dejar que me olvide a mí y el tiempo que pasamos juntos, quieres decir.

—Sí —susurró Julie—, eso es exactamente lo que quiero decir.

—De modo que piensa en mí a menudo, ¿no? ¿Y eso te apena? ¿Todavía lo amas?

—Nunca lo amé. No como una mujer debería amar a su marido.

—Entiendo. De modo que me consideras un veneno y sus pensamientos sobre mí, corruptos.

—Lo atormentan los recuerdos de tu demencia.

—¿Mi demencia? —rugió Cleopatra—. ¿Mi demencia fruto de la culpa y la arrogancia de tu amante? ¿Así es como describes lo que me ha hecho? ¿Como una demencia que surge de mis entrañas y no de las suyas? Dime, querida Julie, ¿cómo te ofreció el elixir? ¿Te ungió con óleos? ¿Destapó el frasco en una alcoba palaciega mientras unos músicos tocaban? ¿Te explicó su poder y sus defectos? ¿Lo que obtendrías, lo que perderías? No tuvo tales amabilidades conmigo en el Museo de El Cairo. Me convirtió en un monstruo y me abandonó a mi suerte.

—Te lo ofreció mil años atrás. Tú...

—¡Y lo rechacé! Lo rechacé y aun así me lo impuso dos mil años después, en la muerte. ¡Una muerte que yo elegí!

¿Por qué lloraba Julie ahora? ¿Simplemente tenía miedo? ¿O había tal sufrimiento en las palabras de Cleopatra que se sentía abrumada? Casi daba la impresión de que se sentía culpable.

—Él te ha dicho lo mismo, ¿verdad? —preguntó Cleopatra—. Sabe lo que hizo. Se atormenta porque lo sabe.

—Te amaba —susurró Julie.

—Me abandonó dos veces. La primera mientras mi imperio se venía abajo, y después en el mismísimo momento en que me trajo de vuelta a una vida que no deseaba. Ojalá tú, su nueva prometida, siempre te libres de la clase de amor que me demostró a mí.

—Te estoy ofreciendo lo que deseas, pero no puedo borrar los siglos que duró vuestra relación. Y él tampoco.

—Lo que deseo... —dijo Cleopatra entre dientes, rodeando a Julie. La respuesta a aquella pregunta parecía estar mirándola desde todos los lados, desde los extraños y estoicos rostros de cada estatua de aquel homenaje al imperio que la había conquistado—. Deseo saber quiénes son estos hombres, estos romanos. Estos hombres a quienes debería conocer. Aunque estas estatuas, estos rostros, no sean más que caricaturas, debería reconocer alguno de sus rasgos. Alguna característica de su mentón, su pelo o su armadura. Y sin embargo mis recuerdos de ellos se desvanecen. Y cada día que el sol surca el cielo desaparecen más. César... —Se volvió hacia la estatua que había en medio del templo—. ¿Se supone que este es César? No lo podría asegurar. El hombre con el que me acostaba, el hombre con el que concebí un hijo, se ha esfumado de mi memoria. Su olor. El sonido de su voz. Perdidos. Y mi hijo. Me dicen que tuve un hijo suyo, un hijo que reinó brevemente como faraón después de mi muerte y, sin embargo, cuando busco algún recuerdo de él me zambullo en una gran laguna de oscuridad. Su nombre nada significa para mí. ¿Qué será lo siguiente? ¿Qué será lo siguiente que se extinga?

—Cesarión —susurró Julie—. Se llamaba Cesarión.

—¿Te deleitas con todo esto, Julie Stratford? ¿Te deleitas con mi perdición?

—¿Todavía quieres partirme el cuello solo porque sabes que harás daño a Ramsés?

—No he viajado tan lejos para eso.

—Pues entonces no me deleito con tu angustia, Cleopatra. Y él tampoco lo hará. Pero todavía no me has dicho qué quieres.

—Quiero el elixir —dijo con amargura. Cuánto detestaba el sonido de su propia desesperación—. No utilizó suficiente cuando me hizo regresar. Tenía agujeros por todo el cuerpo. Veía mis propios huesos y me volví loca. Ahora tengo agujeros en la mente, en la memoria. Crecen día tras día. Solo existe una posibilidad de curarlos. Y está en manos de Ramsés. Este es el único motivo por el que he deseado verle, o verte a ti, otra vez.

Alivio en los ojos de Julie.

Pero justo entonces Cleopatra sintió un dolor agudo en la garganta.

Julie avanzó hacia ella enseguida.

Cleopatra retrocedió, abrazándose al pedestal de la estatua.

—Quieta ahí —dijo Cleopatra. Imposible no interpretar el avance de aquella mujer como un ataque, Julie aprovechando un momento de debilidad. Pero su expresión era de preocupación absoluta. Compasión absoluta. Por algún motivo, esto solo hizo que el daño se agudizara—. Quieta ahí —repitió Cleopatra, aunque en un atormentado susurro—. No te acerques más.

—Sufres —dijo Julie en voz baja—. Me has hablado de recuerdos perdidos, pero no de dolor. Y dolor es lo que estás sintiendo. ¿Todo esto es consecuencia de lo que te está ocurriendo en la mente? No es posible.

Cleopatra no podía contestar, no podía hablar. Especular sobre la pregunta de Julie significaba retomar los pavorosos pensamientos que la habían asediado durante el viaje hasta allí: que su mente ya no le pertenecía. Que la había invadido otra que se estaba aprovechando de su debilidad. Pero se trataba de una vulnerabilidad demasiado grande para reconocerla en aquel momento. No lo haría hasta que tuviera el elixir en sus manos.

Siguió agarrada al pedestal, respirando trabajosamente.

Peor que el dolor era el terror. Aquel miedo paralizante que volvía a acometerla en oleadas imparables. ¿De dónde salía aquel terror?

—Cleopatra —susurró Julie, con la mano tendida.

—No —chilló Cleopatra—. Por favor, no... me toques. Mantente alejada.

—¿Por qué la atormentas? —gruñó el hombre—. ¿Por qué?

El impulso de Sibyl fue sacudir la cabeza, pero si se movía un centímetro podía morir en aquel diminuto cuarto de baño, a pocos pasos de la agradable charla de aristócratas y criados. Nada de lo que había dicho hasta entonces había calmado a aquel hombre.

Le agarró la nuca con una sola mano. Con la otra, sostenía el cuchillo contra la vena yugular.

¿Podría pedir ayuda a gritos antes de que consiguiera cortarle el cuello? Era médico, según había dicho tras empujarla dentro de aquel espacio diminuto donde no había esperanza de huir. Un médico que sabía dónde pinchar y sajar y causar una muerte instantánea.

—¿Por qué le haces esto? ¿Por qué?

—No sé a qué te...

—¡La atormentas! Has entrado en su mente. ¿Cómo lo ha has hecho? ¿Brujería? ¿Eres hechicera?

—Yo... Cleopatra. ¿Te refieres a la mujer que se hace llamar Cleopatra? ¿Dices que yo he entrado en su mente? Pero si eso es lo que me ha...

—Le enviaste un mensaje. Exigías saber cómo dar con ella. Ahora estás aquí. La acechas. ¿Con qué fin?

—Para ayudarla. Pensé que podríamos ayudarnos mutuamente. Pero no sabía que estaría aquí. Vine porque... Oh, qué confuso es todo. Terriblemente confuso. Si tuvieras la bondad de calmarte. Si pudieras...

—Si te liquidara, se terminarían sus visiones —gruñó él—. Se curaría de su sufrimiento. Se curaría de ti.

Llamaron bruscamente a la puerta.

Ambos se sorprendieron tanto que Julie tuvo miedo de que al médico loco le fallara la mano, dejando que el cuchillo le cortara la vena donde la sangre palpitaba al ritmo frenético de su corazón.

—Ocupado. Un momento, por favor —dijo el médico con una voz enloquecedora y aterradoramente serena.

Silencio al otro lado de la puerta.

Oh, cuánto deseaba gritar. Se moría de ganas de gritar. Qué tortura oír alejarse a quienquiera que hubiese llamado. Haber estado tan cerca de ser rescatada. Pero ahora la nariz del médico loco volvía a estar a pocos centímetros de la suya, sujetando con firmeza el cuchillo.

—Bien —dijo—, dame una razón por la que no debería...

Alguien abrió la puerta hacia fuera de un tirón. El pomo se desprendió y cayó al suelo con un sonoro golpe sordo. El sol inundó el minúsculo cuarto de baño.

Ahí estaba el señor Ramsey. Tras arrancar la puerta de sus goznes, la apoyó contra la pared de detrás de él como si fuese una obra de arte. Después agarró al médico loco por la nuca y lo arrastró hacia el vestíbulo con una sola mano.

La sensación de alivio fue tal que a Sibyl le fallaron las piernas. El médico loco había sido lo único que la sostenía de pie.

Se golpeó la nuca contra el tocador. La inundó el dolor, seguido de una gran oleada de oscuridad que pareció tragársela entera.

—Cleopatra, por favor. Dame la mano.

Ella mantenía el brazo extendido a modo de advertencia: Quédate donde estás.

Julie no estaba sorprendida.

La reina tenía las rodillas dobladas, los ojos como rajas. Daba la impresión de estar debatiéndose con una terrible sensación de desorientación.

Pero Julie percibía algo más. Una presencia que no lograba identificar. Muchas presencias, en realidad, y sus sentidos agudizados le decían que estaban bajo tierra. En algún lugar debajo del suelo de piedra. Esta presencia parecía cobrar vida con los ruidos de arriba.

De repente, Cleopatra se enderezó. Pero justo en ese instante su cuerpo cayó hacia delante como si la hubiesen golpeado por detrás con una fuerza tremenda. Salió despedida, alargando los brazos a ciegas. Agarró el brazo levantado de la estatua.

Al principio, Julie creyó que era la pura fuerza de Cleopatra la que había doblado el brazo extendido de la estatua como si fuese una palanca. Pero de súbito las envolvió el sonido de un chirrido muy fuerte. El suelo comenzó a moverse bajo los pies de Julie. Instintivamente, retrocedió y se alejó. La losa que estaba pisando una fracción de segundo antes se deslizó hacia un lado.

Imposible entenderlo. Todo sucedía demasiado deprisa. Y Cleopatra era completamente inconsciente. Quizá no podía distinguir entre su mente alterada y los cambios reales en su entorno físico.

Se irguió de repente.

—¡Para! —gritó Julie—. ¡Cleopatra, para!

¿Oía siquiera?

No hubo manera de saberlo porque justo entonces Cleopatra dio un paso al frente y desapareció por el agujero que se había abierto en medio del suelo.

Caía, esperando a cada aterrador instante que el desplome terminara. Arañaba las paredes de barro de ambos lados, pero estaban demasiado lejos para alcanzarlas.

Siguió cayendo hasta que chocó contra una dura superficie metálica. Ningún dolor, sino una especie de aturdido asombro. Después, justo encima de ella, raspaduras y un chirrido metálico. La oscuridad se volvió impenetrable cuando le pusieron una tapa encima.

Se retorció y agitó los brazos, haciendo acopio de todas sus fuerzas. ¡Aquello era un ataúd! ¡Estaba atrapada dentro de un ataúd! La tapa la sujetaba una fuerza tan formidable como la suya.

¿Era la única que oía sus gritos? ¿Era la única a quien ensordecían? Atrapada, confinada, incapaz de moverse.

Y después, movimiento.

Se estaban llevando aquel sarcófago —¿qué otra cosa podía ser?— con las sacudidas propias del movimiento humano. Sus gritos se iban con ella, en lo profundo de la tierra, sin que nadie los oyera, se temía, excepto quienes acababan de hacerla prisionera.

Ramsés no había esperado que aquel hombre presentara tanta batalla. Esos puñetazos salvajes, esos zarpazos desesperados.

¿Quién era? ¿Por qué estaba tan enfurecido? Estaba loco y apestaba a alcohol. Hizo que Ramsés temiera su propia fuerza. Si no iba con cuidado, le rompería huesos o le destrozaría el cráneo sin querer. Y no deseaba hacer algo semejante. ¡Pero el tipo no paraba de pelear!

Su objetivo era sujetar a aquel granuja contra la pared, haciendo una demostración de su propia fuerza. Entonces el airado borracho no tendría más remedio que contestar a sus preguntas.

Mas no iba a ser así.

De repente el borracho se zafó y se echó a correr aullando.

Alguien lo aguardaba al final del pasillo.

Una mujer alta y delgada, con la piel tan negra como la de los nubios. Su turbante dorado hacía juego con el vestido amplio que complementaba con un chal de brocado amarillo; los colores entremezclados hacían que pareciera una especie de armadura. Llevaba el cuello a la vista, y a pesar de las láminas desiguales de oro que componían su collar, esa extensión de piel visible la hacía parecer sumamente vulnerable ante el avance y los aullidos del loco. Mas mantuvo su posición con confianza absoluta.

¿Se apartaría de su camino?

No lo hizo.

En cambio, justo cuando el borracho enloquecido parecía dispuesto a derribarla, ella alargó el brazo y lo sujetó por la nuca. El hombre se paralizó bajo su poderoso agarre.

Por primera vez, Ramsés vio los ojos de la mujer. Eran azules como zafiros, tan azules como los suyos.

El loco masculló:

—Suéltame, negra...

Ella le estrelló la cabeza contra la pared.

Dejó una marca en el enlucido.

Él se desplomó, quedando inerte en el suelo.

Detrás de ella aparecieron dos hombres, también de piel negra y ojos azules, ambos impecablemente vestidos.

—Lleváoslo —dijo ella—. Atadlo si es preciso.

Sin mediar palabra, los hombres levantaron el cuerpo inconsciente. Entre los dos se lo llevaron como si fuese una alfombra enrollada, dedicando corteses inclinaciones de cabeza a Ramsés al cruzarse con él. Se encaminaron en dirección contraria al vestíbulo principal. Lejos de la fiesta, lejos del clamor de los invitados en el prado.

Y entonces se quedó a solas con ella, con aquella misteriosa mujer que había surgido de la nada, al parecer, y que reducía la distancia entre ambos con una cálida y paciente sonrisa, como si el desagradable incidente que acababa de tener lugar en el pasillo no fuese más que un mero inconveniente.

—¿Quién eres? —preguntó Ramsés.

—Busca a tu prometida. Están preparando el champán para el brindis. No lo bebáis. Ninguno de los dos. ¿Me entiendes? No debéis beberlo. Yo me ocuparé de ella.

Ramsés la había olvidado, había olvidado a la rubia con ojos como los de Cleopatra, cuya súbita desaparición lo había llevado hasta allí.

Estaba inconsciente, desplomada en el suelo del cuarto de baño.

—Ve, Ramsés el Grande —dijo la mujer negra de brillantes ojos azules.

—¿Quién eres tú y qué has hecho? —preguntó Ramsés.

—Solo quienes hayan venido a hacerte daño serán castigados. Siempre y cuando tú y la señorita Stratford no bebáis el champán. Haz lo que te digo. Busca a tu prometida. De inmediato.

Como si no albergara la menor duda de que obedecería sus órdenes, la mujer se arrodilló y dirigió su atención a la bella durmiente que yacía en el suelo del cuarto de baño. Se quitó el enorme chal y la envolvió con él. Acto seguido, sin el menor esfuerzo, la cogió en brazos. Una inmortal, aquella mujer negra y fuerte. Ramsés no tenía duda alguna. Pero...

«El champán. No bebáis el champán...»

Echó a correr.

25

Julie corría.

Divisó a Ramsés en la terraza de piedra. ¿La estaba buscando?

¡Sí!

Cuando Ramsés la vio corriendo por la vasta extensión de césped del otro lado del seto, bajó raudo la escalinata y zigzagueó entre los camareros que repartían copas de champán a todos los invitados.

Cuando la alcanzó, Julie se dejó caer contra él, no solo en busca de consuelo sino porque así podría susurrarle al oído todo lo que había visto. El muro de seto los ocultaba de la fiesta, pero estaban lo bastante cerca para que una voz asustada llamara la atención de algún invitado.

—Está aquí —dijo Julie en un tono áspero—. Cleopatra. La he llevado al templo para mantenerla alejada de Alex. Está enferma. Algo la aqueja. Piensa que con más elixir se curará. Ha intentado explicarse pero había una especie de trampa. Ramsés, el suelo se ha abierto y se la ha tragado, y he oído movimiento en el túnel de abajo. Alguien se la ha llevado, Ramsés.

—Tenemos que poner fin a esta recepción de inmediato —dijo Ramsés—. Y tenemos que hacerlo sin sembrar el pánico.

—¿Qué está ocurriendo?

Le sobrevino un recuerdo. Un recuerdo de hacía muy poco rato. Aquella extraña mujer crispada, Jeneva Worth, y su marido, Callum, pidiéndole que les mostrase la propiedad, no solo los terrenos sino el mismísimo templo donde acababan de secuestrar a Cleopatra.

—Julie, ven conmigo. Te lo explicaré todo mientras...

—¡Ahí estáis! —gritó Alex Savarell. Acaba de aparecer rodeando el extremo del seto y ahora se dirigía hacia ellos, ebrio y regocijado.

—No bebas —susurró Ramsés con apremio—. No bebas champán. Solo finge que lo bebes. No dejes que ni una gota te toque los labios. Asiente con la cabeza para indicar que me entiendes.

Julie asintió con la cabeza. De modo que había algo más en aquel enredo, pensó, algo más en el extraño complot con el que había tropezado Cleopatra, y Ramsés estaba enterado, y la única opción era seguir sus instrucciones.

Desde detrás, Alex los condujo hacia el prado.

—Os hemos estado buscando por todas partes —dijo, dando la impresión de haber bebido mucho—. He pasado semanas preparando este brindis. Si me obligáis a aguardar un minuto más tendré un ataque de nervios que no podrá remediar todo el vino de Yorkshire.

Segundos después, Alex los había situado al pie de la escalinata de la terraza.

La multitud se volvió de cara a ellos. Y en primera línea estaban Jeneva Worth y su marido, Callum. Imposible creer que no tuvieran relación con lo que había ocurrido en el interior del templo. ¿Cómo explicar si no su extraña y pormenorizada petición de visitar precisamente aquel sitio? Ahora sus expresiones eran indescifrables gracias a las gafas de sol que ambos llevaban. Pero, desde luego, estaban mirándola con insistencia. ¿Se estarían fijando en las pequeñas manchas de tierra del templo que ensuciaban su vestido?

Mientras hablaba, la simpática voz de Alex se oía en el prado silencioso, ahogada de vez en cuando por la brisa que mecía las copas de los árboles en lo alto.

Parecía un brindis de lo más respetuoso, plagado de amables y humildes sentimientos para comunicar al grupo que tenían delante que él y su familia entera habían pasado página, que todos los presentes debían aceptar que el señor Reginald Ramsey y Julie estaban hechos el uno para el otro. Pero Julie solo oía retazos sueltos, de modo que se llevó una sorpresa cuando Alex dijo:

—Por eso os pido que alcéis vuestra copa para homenajear al señor Reginald Ramsey y a su prometida, la señorita Julie Stratford.

Todos los invitados obedecieron.

Julie solo fingió beber un sorbo, tal como Ramsés le había indicado. Ahora bien, ¿qué podía significar aquello?

Miró una copa tras otra en busca de una misteriosa nube o unas motas de alguna partícula extraña. Pero solo vio fluido espumoso en todas ellas.

Hubo algunos aplausos, risas educadas, unos pocos murmullos sobre lo delicioso que era el champán.

Jeneva Worth se secó la boca con una servilleta. De repente se quedó visiblemente inmóvil. La visión de algo en la terraza detrás de Julie la había paralizado de miedo.

Se quitó las gafas. Julie vio que sus ojos eran tan azules como los suyos. Entonces agarró la muñeca de su marido, le dijo algo en voz baja y él también miró detrás de Julie.

También se quitó las gafas. Sus ojos también eran asombrosamente azules.

Finalmente, Julie se volvió hacia lo que les había atraído la atención.

Era una de las mujeres más guapas que Julie había visto en su vida, y estaba saliendo lentamente por las puertas de la terraza. Su turbante dorado centelleaba al sol, y fue levantando el mentón a medida que cruzaba la terraza desierta hasta que sus rasgos fueron visibles para todos los presentes en el prado oeste que habían reparado en su llegada. Su piel era oscura como el ébano; sus ojos, tan azules como los de los inmortales, y la mirada que dirigió a la multitud que tenía delante parecía tan firme e inmutable como la de la Esfinge.

Muchos se habían fijado en su llegada pero procuraban no mirarla abiertamente. Ese no era el caso de Jeneva y Callum Worth. Ni del gigante barbudo al que había visto alternando un rato antes. Como tampoco el de otros varios invitados que habían reparado en la llegada de aquella bellísima mujer negra con un horror evidente que los dejó boquiabiertos y con las manos temblorosas. Todos y cada uno de estos aterrorizados invitados llevaban gafas de sol que se quitaron. Todos revelaron los cristalinos ojos azules de un inmortal.

Ramsés parecía estar menos sorprendido que Julie con la entrada de aquella mujer, pero también levantó la vista hacia ella. Reconocía la importancia de su silenciosa llegada.

Casi todos los invitados habían reanudado la cháchara.

Pero Julie se sentía como si tuviera trabados todos los músculos de su cuerpo.

«No bebas —le había dicho Ramsés—. Solo finge que bebes.»

Y ahora...

Se oyó un golpe sordo contra el césped a pocos pasos de allí. Jeneva había dejado caer su copa de champán. La miraba como si fuese una sierpe lista para atacar.

—La reina —susurró Callum Worth.

Y entonces Jeneva cayó de rodillas al suelo. El azul se desvaneció de sus ojos, sustituido por lo que al principio parecía ser un encendido tono rojizo, pero después sus ojos se convirtieron en negras cuencas vacías.

Cuando Callum Worth quiso tocar el hombro de su esposa, vio que su propia mano se estaba marchitando ante sus ojos, como si le hubiesen succionado de la carne hasta el último gramo de sangre y la última gota de agua en un silencioso y brevísimo instante.

Las manos de Jeneva presentaban exactamente el mismo aspecto. Pero eso no le impidió estirar el brazo hacia Julie y Ramsés pese a que la mandíbula se le desprendía del rostro y se convertía en un montón de cenizas que bailaban con gracia en la brisa fresca de la tarde.

Y entonces comenzaron los gritos, unos gritos desgarradores.

Pues a todos les estaba sucediendo lo mismo. A todos los aterrados inmortales que se habían quitado las gafas de sol ante la visión de la magnífica mujer que ahora se erguía orgullosa en la terraza desierta, mirándolos a todos como si fuese un monarca preparándose para dirigirse a sus súbditos. Solo que su discurso era silencioso, pensó Julie, y se desarrollaba a un ritmo pavorosamente destructor.

Por todo el prado, los inmortales empezaron a marchitarse y descomponerse, provocando momentos de caos entre los invitados. Ahí un brazo marchito se alargaba hacia ninguna parte; allí un torso disecado se desmoronaba sobre un par de piernas súbitamente huecas, ambas deviniendo nubes de ceniza arremolinada.

Se volcaron mesas y sillas mientras todo el mundo intentaba escapar a la carrera.

Cuando una mano le agarró la parte de atrás del vestido, Julie chilló.

Era la majestuosa mujer negra, la artífice de aquello, Julie estaba segura.

—Venid conmigo —dijo—. Los dos.

Agarró a Ramsés de la misma manera y tiró de ambos para que subieran de nuevo la escalinata mientras el caos imperaba en el prado.

—¿Quién eres? —inquirió Ramsés. Disimulaba su pavor valiéndose de la ira.

—Soy tu reina —contestó la mujer.

—No respondo ante ninguna reina.

—Tal vez no —contestó la mujer—. Pero todavía tienes una.

26

Dentro de la casa, los criados huían por la puerta principal. La mujer los condujo a través de habitaciones vacías, después salieron por una puerta lateral y cruzaron una terraza mucho más pequeña que la del lado oeste. Acto seguido estaban apresurándose a través de un umbrío jardín podado hacia una amplia verja abierta que daba a la entrada del camino de servicio.

Más allá había dos resplandecientes automóviles aparcados. Al lado de cada uno, un hombre negro muy alto con traje beige y corbata. Ambos coches eran Unic Landaulette, cada cual con su pareja de asientos enfrentados en la parte trasera.

—¡No podemos irnos sin más! —exclamó Julie.

—¿Por qué no? —contestó la mujer—. Todos se están marchando.

—Pero Samir y Alex y...

—Lo que he hecho no hará daño a ningún mortal.

—No podemos abandonar a nuestros amigos mortales mientras cunda el pánico —dijo Ramsés.

—¡He enviado un mensaje! —respondió la mujer—. He aniquilado a quienes habían venido a raptar a tu prometida. De esta manera he enviado un mensaje al que envió a estos lacayos. Y el mensaje es este: estoy despierta, viva, y conozco sus malvados designios. Estos actos míos requieren tu gratitud, Ramsés, no tu desaprobación.

Quienquiera que fuese aquella autoproclamada reina, parecía fríamente satisfecha con la reacción de Julie y Ramsés ante sus impactantes palabras. Y pronunciaba su antiguo título con la indiferencia justa para indicar que no se iba a amedrentar.

—Tenemos muchas cosas que contarnos —dijo, más calmada—. Y lo haremos una vez que haya una distancia segura entre nosotros y este lugar.

Miró hacia el coche aparcado delante.

Su alto criado seguía sosteniendo abierta la portezuela del que estaba aparcado justo detrás.

—Eso no es suficiente —dio Ramsés con firmeza.

—¿Suficiente para qué? —preguntó ella.

—Suficiente para que no nos sintamos como tus prisioneros. Cautivos del veneno que usaste contra los invitados.

—Si quisiera envenenarte, ya lo habría hecho.

«Un argumento excelente», pensó Julie. Y de pronto temió que el orgullo de Ramsés fuese un obstáculo para conocer las revelaciones que aquella mujer se reservaba.

Se miraban fijamente, Ramsés y aquella mujer, aquella reina. Cada uno juzgando la fuerza y la determinación del otro, según parecía. Dos monarcas marcando territorio. ¿Recaería en Julie el impedir una guerra abierta entre ellos?

—No entiendes qué fuerzas son las que te quieren hacer daño —dijo la mujer—. Ni siquiera sabías que existían, hasta ahora. No te equivoques. No soy una de ellas. —Miró a Ramsés a los ojos—. Soy Bektaten, reina de Shaktanu, una tierra que pereció antes de que tu Egipto naciera.

Dicho esto, el otro criado abrió la portezuela trasera del primer coche y ella subió. Mientras lo hacía, Julie entrevió a una bella mujer rubia tendida en uno de los asientos enfrentados del coche, envuelta en alguna clase de manta o chal.

No podía estar durmiendo. Debía de estar inconsciente.

Bektaten. Shaktanu. Julie se percató de que Ramsés estaba perplejo. Miraba fijamente al frente, claramente sumido en una tormenta de preguntas.

—Vamos, Ramsés —dijo Julie, tirando de él hacia el otro coche—. Vamos. No tenemos elección.

TERCERA PARTE

27

Cornualles

La mujer rubia que caminaba con el mismo porte que Cleopatra todavía no había despertado, de modo que Julie se había ofrecido voluntaria para acostarla.

¡Qué aprensivo y receloso se había mostrado Ramsés mientras observaba al hombre llamado Aktamu llevar en brazos a la extraña mujer a través del inestable puente colgante! ¿Y si la pobre mortal despertaba de súbito? ¿Y si veía la peligrosa caída hasta el oleaje rompiente y daba un grito tan fuerte que sobresaltara a su cuidador y este la dejaba caer sin querer?

¿Cuándo en su larga experiencia había permanecido callado e impotente mientras observaba los actos de otro inmortal al que no podía controlar?

Nada de eso sucedió, y ahora estaban todos a salvo dentro del inmenso castillo, con sus altas paredes y sus lustrosas colgaduras.

El mobiliario del gran salón era nuevo y apropiadamente espléndido; había profusión de alfombras orientales de colores tenues para que no compitieran con el púrpura y el oro que definían las cortinas y la tapicería. Cada silla situada en torno a la enorme mesa de juego parecía una especie de trono con armazón de madera tallada y cojines gruesos y mullidos. Las arañas de hierro colgadas del techo estaban cableadas con réplicas eléctricas de velas que iluminaban la estancia de manera constante. Era un castillo normando. Los arcos de las ventanas y las puertas eran redondeados y sutiles. Ramsés lo prefería a la dentada severidad del gótico, un estilo que seguía embelesando a gran parte de aquel país.

El hombre llamado Enamon encendió unas cuantas teas en los pasillos. De ahí que pareciera que el castillo tenía rincones a los que aún no había llegado el tendido eléctrico.

Ahora estaban a solas, él y aquella reina con su turbante a modo de corona. Y en su porte y en la fluida y paciente manera en que deambulaba por el gran salón, en su comportamiento, el de una persona que podía haber llegado a este mundo mucho antes de la época de Ramsés, este percibió una gran reserva de control.

Estudiaba a Ramsés en silencio, sin ningún recelo o sospecha aparentes.

—Eres mi gran disparate, Ramsés el Maldito —dijo finalmente—. ¿Te das cuenta?

—¿Y eso?

—No te vi. No supe ver la mano de un inmortal en la larga historia de Egipto.

—No todos los soberanos me llamaron a su servicio. Y solo hubo uno con el que compartí mi historia.

—¿A cuál te refieres? —preguntó ella, acercándose.

Una sensación increíble, la presencia de alguien que pudiera ejercer su autoridad sobre él, que lo superara en experiencia, sabiduría y vida. Ciertamente, era la creadora del elixir; tenía que serlo. Pues Ramsés percibía la serena fortaleza de sus muchos años de vida.

¿Cómo reaccionaría esta reina cuando le dijese lo que le

había hecho a Cleopatra? ¿Lo consideraría un crimen inadmisible? ¿Pertenecían a una raza especial de seres, él y esta mujer? ¿Acaso ella se consideraba el árbitro de sus leyes?

—Con el tiempo, reina Bektaten de Shaktanu —dijo Ramsés—. Quizá llegue un momento en el que te cuente todo lo que quieres saber.

«Y te puede destruir con esa poción suya, la poción que ha infectado a esos inmortales de ojos azules que has visto aniquilar a tu alrededor.»

Respiró profundamente y procuró borrar de su rostro la más ligera expresión de pavor.

Bektaten arrugó un poco la frente. Una leve desilusión en su expresión, pero no enojo.

Justo entonces, Julie regresó. Se apostó junto a él como si tuviera intención de protegerlo contra una agresión física. Fue un gesto encantador, y en otras circunstancias la habría tomado entre sus brazos para demostrarle su gratitud.

—Ese hombre —dijo Ramsés—. El borracho que la agredió. ¿Dónde está?

Bektaten fue hasta la ventana abierta y contempló el mar.

—¿Conoces a ese hombre?

—Creo que sí —contestó Ramsés—. Me parece que es un médico que se llama Theodore Dreycliff.

—Un médico —susurró Bektaten. Seguro que la palabra le resultaba familiar, pero puso mucho cuidado al pronunciarla, como si la encontrara exótica—. ¿Cómo llegaste a conocerlo?

Visto que ni Ramsés ni Julie contestaban, se volvió y se quedó mirándolos de hito en hito.

—Entiendo —dijo finalmente—. De modo que todavía no hemos establecido la confianza necesaria entre nosotros.

—¿No es eso lo que hemos venido a hacer aquí? —dijo Ramsés—. ¿Establecer mutua confianza?

—Pues empecemos —respondió Bektaten—. Maté al médico. Viste el golpe que le di, ¿no? Pues no sobrevivió. No era mi intención poner fin a su vida. Creo que tampoco era la tuya, pues los golpes que le diste fueron cautos y contenidos. ¿Acierto en esto?

—En efecto —contestó Ramsés—. Solo quería impedir que hiciera daño a la mujer...

—Sibyl Parker —susurró Julie.

—¿Cómo sabes su nombre? —preguntó Ramsés.

—Es una novelista americana. Escribe historias de amor muy conocidas. —Julie miró a Bektaten con cautela—. Mi padre pensaba que era muy inteligente y recortó un artículo sobre ella publicado en el *Daily Herald*. Todavía lo tengo en mi estudio.

Una vez más, Julie miró incómoda a la reina.

Se produjo otro violento y largo silencio, solo se oía el batir de las olas contra los acantilados.

—Así no vamos a ninguna parte —dijo Bektaten finalmente—. Tanto recelo, tanto ocultar nuestras historias.

—Estoy de acuerdo —dijo Ramsés—. Podrías tomar la iniciativa tal como has hecho con buena parte de lo que ha ocurrido hoy.

—Ramsés, por favor —susurró Julie con cautela.

—Me tienes miedo, Julie Stratford —dijo Bektaten.

—Me da miedo tu veneno —contestó Julie en voz baja.

—No tenía intención de infundirte miedo —contestó Bektaten—. El complot que hoy he desbaratado, Julie Stratford, tenía como objeto meterte en un foso con perros entrenados a los que habían dado una versión del elixir. Les harían pasar hambre a esos perros, de modo que se abalanzasen sobre ti una y otra vez con una voracidad y una fuerza terribles.

Ramsés notaba los silenciosos latidos de su corazón en la cabeza. ¿Quién haría semejante cosa a Julie? Se estremeció, montando en cólera.

—¿Con qué fin? —preguntó Julie inocentemente—. ¿Qué he hecho para tener enemigos como esos?

—Para obligar a tu amado rey a revelar la fórmula del elixir puro, el que nos ha hecho como somos y como siempre seremos.

—¿Quién preparó este complot? —Ramsés ya no podía guardar silencio por más tiempo—. ¿Quiénes poseen una versión adulterada del elixir?

—Venid conmigo —dijo Bektaten a media voz—. A la torre. A mi biblioteca. Permitid que vuelva a tomar la iniciativa, como tú mismo has propuesto.

28

Estaba siendo perseguida y persiguiendo a su vez.

El laberinto por el que corría lo atravesaban de tanto en tanto grandes haces de luz que caían en ángulos raros. Perseguía a la mujer del pelo azabache que aparecía en sus sueños; perseguía a la mujer mientras doblaba esquinas y se escabullía por callejones.

Entonces se convirtió en la mujer de pelo azabache.

Ya no era Sibyl.

Sibyl la estaba persiguiendo.

Se repetía una y otra vez esta pauta, una danza continua de perseguir y ser perseguida. Y todo ello era más vívido que un sueño, y mucho más sustancial que las fugaces visiones que la habían acosado desde que empezara el viaje.

Ahora un niño la llamaba.

No reconocía la voz, no sabía si era un niño o una niña. *Mitera, mitera, mitera*, llamaba el niño. Lejano pero insistente. Haciendo eco en los extraños e interminables callejones y túneles por los que corría. En lo alto se atisbaban fragmentos de cielo azul.

No estaba bajo tierra. Estaba en una ciudad.

Alejandría, dijo una voz femenina.

De pronto se encontró en el borde de un estrecho canal que discurría entre grandes paredes de arenisca. Las orillas estaban pavimentadas. Y allí estaba la mujer de pelo azabache que hasta entonces solo había entrevisto. Perfectamente clara, prácticamente a un brazo de distancia, en el otro lado del canal. Llevaba un vestido moderno azul marino de un tono luminoso, y miraba a Sibyl con tanto asombro como el que sentía ella.

¿Eres tú quien me ha secuestrado? La voz de la mujer hizo eco. Sus labios no se movían, pero el sufrimiento que traslucían aquellas palabras se reflejaba en su expresión, en sus abrasadores ojos azules.

Era ella. Tenía que serlo. La mujer que se hacía llamar Cleopatra. Y ahora estaban juntas, por primera vez, pero en un lugar que no era un sueño ni una alucinación. ¿En verdad se trataba de Alejandría o de un vago recuerdo de la ciudad, limado de todo detalle, vuelto inmutable y desnudo?

No, no te rapté. Nunca te trataría mal.

Pues déjame en paz. Sal de mi mente.

No puedo. Has entrado en mi mente del mismo modo en que yo he entrado en la tuya.

La voz. La voz otra vez. La voz del niño llamando. La mujer de pelo azabache volvió la vista atrás. Pero Sibyl tenía la impresión de que la voz procedía de detrás de ella, también. *Mitera, mitera, mitera.* Era griega, esa palabra. *Madre*, llamaba la voz del niño una y otra vez. *Madre.*

¿Dónde lo tienes escondido? ¿Dónde escondes mis recuerdos de él?

No te entiendo. Quiero encontrarte. A ti no te ocultaría nada.

La mujer dio media vuelta para mirarla, como si estas palabras la hubiesen dejado pasmada.

Algo llamó su atención en el agua rizada.

Dio un grito espantoso.

Cuando Sibyl bajó la mirada, vio que su reflejo ya no era el suyo sino el de la mujer a quien había estado mirando apenas segundos antes.

29

Cuando Sibyl se despertó de golpe, un hombre alto y guapo de piel negra se levantó de la silla que había junto a la cama. Tenía un aire elegante. Tendió una mano gentil, como si pensara que quizá querría levantarse.

Sibyl no tenía tanta prisa. La cama en la que se encontraba era un pequeño mar de lujo. Suaves sábanas le besaban las piernas desnudas. Apoyaba la cabeza en un auténtico campo de almohadas mullidas. Todo ello resultaba tan reconfortante que no deseaba incorporarse. Todavía no.

Pero cuando cayó en la cuenta de que alguien la había desnudado, dejándola en ropa interior, se puso tensa. Le habían quitado incluso el corsé, todo ello sin despertarla. ¿Lo había hecho aquel hombre tan extraño y seductor?

La mera idea la avergonzó tanto que permaneció muda.

—Fue una mujer quien la preparó para acostarla —dijo el hombre, su voz grave y tranquilizadora. Era increíblemente alto, de piel negra, con un dulce rostro infantil—. Una mujer, se lo aseguro. Su recato estuvo en todo momento a salvo.

Solo pudo responder asintiendo con la cabeza.

El sueño había terminado. La extraña visión de Alejandría. Su reflejo en el agua sustituido por el de otra mujer.

Ahora solo existía aquel dormitorio, con sus altas paredes

de piedra y la araña de hierro llena de velas titilantes. No, aquellas velas eran eléctricas. Y por alguna razón la reconfortó seguir conectada con el mundo moderno incuso en medio de aquellas austeras paredes, la atronadora rompiente y el fuego que rugía en el hogar a los pies de la cama.

La habían llevado a una costa ventosa.

¿A qué distancia de Yorkshire estaba aquel sitio?

No conocía el mapa de Inglaterra lo bastante bien para hacer siquiera suposiciones. Pero era un sitio cálido y habían cuidado de ella y el hombre que tenía al lado no mostraba signos de malicia ni de hostilidad. Todas estas cosas la serenaron.

—Un hombre —dijo—. Un hombre intentó matarme.

—Ahora está a salvo. No piense más en ese hombre. Murió debido a su temeraria conducta. Nunca podrá volver a hacerle daño.

Le sirvió un vaso de agua de una jarra de cristal que había en la mesilla de noche y, con un ademán, la conminó a beber. Por supuesto, podía ser veneno. Por supuesto, aquel hombre podía ser un secuestrador mucho más temible que el loco borracho que la había agredido en la fiesta. Pero no estaba encerrada ni atada, y su guardián era amable. Muy amable y delicado, y poseía una fuerza interior para la que ella no tenía nombre.

—Me llamo Aktamu —dijo el hombre.

Un nombre bien extraño. Nunca se había topado con semejante nombre en sus sueños ni en sus estudios.

Aktamu le sostuvo la mirada durante el silencio que siguió, y Sibyl se dio cuenta de que le estaba preguntando su nombre sin exigírselo.

—Soy Sibyl Parker —dijo—. Y me gustaría mucho saber dónde estoy.

—Voy a decirles que ha despertado —dio Aktamu—. Seguro que tendrán muchas cosas que contarse.

Sibyl asintió con la cabeza, pese a que le era imposible saber qué significaba eso, a quiénes se refería o cómo había llegado a aquel lugar.

«Al menos es bonito», pensó.

Al menos se oía el mar.

Notó un movimiento en la manta junto a ella y gritó. Pero entonces se encontró contemplando la mirada vigilante de una gata gris. El simpático animal se acercó con pasos cuidadosos y se tendió encina de su pecho como para confortarla.

Aquel no era un animal corriente, estaba segura. Sibyl se puso a acariciarle el pelaje, de todos modos, y a observarlo mientras lentamente cerraba los ojos azules con una somnolencia que parecía casi humana.

30

Havilland Park

Su grito fue lo bastante fuerte para despertar a una jauría de perros que había cerca.

Los oía aullar fuera, en algún lugar más allá de donde estaba confinada. Su reflejo en el agua del canal había desaparecido para ser sustituido por otro: el de Sibyl Parker. Pero ¿eran ciertas las palabras de aquella mujer? ¿En verdad no quería ocultar nada, robar nada? ¿La conexión la atormentaba tanto como a Cleopatra?

Qué embrollo tan confuso, esos pensamientos, ninguno de ellos lo bastante absorbente para distraerla del frío en la espalda, los guijarros y las piedras que se le clavaban en la piel y del olor húmedo y terroso de la celda donde se encontraba.

Sus ojos no necesitaban tiempo para adaptarse a la oscuridad. Eso tenía que agradecérselo a Ramsés y su elixir.

Las ranuras del suelo de piedra las veía con claridad, así como el contorno de una formidable puerta hecha de algún tipo de metal. En aquel sitio tan oscuro también persistía un olor animal. ¿Las bestias que aullaban en algún lugar cercano habían estado encerradas allí dentro en algún momento?

Qué maldición, esa agudización de los sentidos. Habría saboreado con gusto un par de segundos de desorientación. Otros pocos minutos de sentir cómo su sueño con Alejandría y la mujer llamada Sibyl Parker se desprendían de ella como una mortaja.

Atrás quedaba Alejandría. La sensación de perseguir y ser perseguida a través de una vaga impresión de sus callejones y canales. Atrás la terrorífica visión del reflejo de Sibyl Parker donde tendría que haber estado el suyo. Atrás el sonido de un niño llamando una y otra vez a su madre en griego.

Y ahora...

Oyó un chirrido tremendo. Semejante al ruido que habían hecho sus captores cuando cerraron la tapa del ataúd que la llevó allí.

Tenue luz anaranjada cayó formando un pequeño rectángulo a lo largo del suelo, hasta sus pies descalzos.

A través de la repentina abertura de la puerta metálica vio tres rostros. No reconoció ninguno. El hombre del medio tenía cascadas de rizos negros y los rasgos exquisitamente proporcionados. A su izquierda, un hombre que parecía mucho mayor, con una expresión contraída y amarga y una mata de pelo hirsuto con raya en medio que serviría para fregar cacerolas. A su derecha, una mujer con una abundante melena rubia que no guardaba el menor parecido con los otros dos. Inmortales, todos ellos, y la estudiaban fríamente, tal como un científico lo haría ante un experimento fracasado.

—No es ella —dijo el hombre del medio, con un temblor de ira en la voz.

—Amo —dijo el mayor—. Lo siento muchísimo, pero...

—Largo —dijo el hombre del medio.

—En el túnel actuaron demasiado pronto y ahora, con todo lo que...

—¡Largo! —rugió el guapo.

El criado, o lo que fuese, obedeció, y la mujer se marchó con él.

«En el túnel actuaron demasiado pronto.» Repitió estas palabras mentalmente. De modo que la trampa en la que había caído no la habían tendido para ella. Pero aun así la habían recluido. Indeseada pero prisionera. «No es ella», había dicho aquel hombre. Por tanto la trampa la habían tendido para una mujer.

Al caer había estado convencida de que era Julie quien lo había hecho, quien había hecho desaparecer el suelo del templo de debajo de sus pies. Que todo había sido una pura artimaña; la dulzura de Julie Stratford, sus reiteradas afirmaciones de que solo deseaba ayudar. Pero recordó la cara de asombro de Julie, el modo en que había extendido el brazo para impedir que Cleopatra se balanceara y cayera al hoyo.

«No es ella...»

Julie Stratford no había tendido la trampa. Aquellos inmortales habían tendido una trampa a Julie Stratford.

Ahora bien, ¿por qué?

Y más importante todavía, ¿la liberarían ahora?

Quienesquiera que fuesen aquellos inmortales, tendría más posibilidades de escapar si no conocían su identidad. La puerta se cerró con un chirrido tremendo.

La envolvió la oscuridad. La bendijo. Le daba tiempo para pensar y tomar aire.

Sus sentidos agudizados no detectaron pasos que se alejaran. Por tanto, la puerta era increíblemente gruesa, increíblemente pesada. Diseñada para resistir la fuerza de alguien como ella.

Pero ¿sabían que era inmortal? ¿Le habían abierto los párpados mientras estaba sumida en el sueño?

Imposible saberlo...

La puerta se abrió otra vez.

—Mírame —dijo el hombre. Ella se volvió hacia la pared—. ¡Que me mires! —Rehusó hacerlo—. ¿Has oído a esos sabuesos? ¿Oyes a los perros que todavía ladran por la manera en que has gritado? Obedéceme o te los echaré encima aquí mismo, en esta celda.

—Pues los destrozaré miembro a miembro con mis propias manos —chilló. Fue el desdén de aquel hombre lo que la hizo chillar. Y al hacerlo volvió el rostro hacia la luz, permitiéndole ver perfectamente sus ojos azules. Craso error. Pues ahora la miraba con tanta maravilla como asombro. Su sonrisa era triunfante.

Demasiado tarde, volvió el rostro hacia la pared otra vez.

—De modo que nuestra trampa quizá no ha atrapado a la mujer que queríamos pero sí a otra inmortal —dijo el hombre—. Qué interesante. Sí, muy interesante.

—Trae a tus perros y haré lo que pueda para que aumente su interés por mí.

—Son tan fuertes como tú. Sería todo un espectáculo. ¿Te las das de gladiador romano? Los vi muchas veces en acción en el Coliseo. Careces de su complexión.

—Ellos carecían de mi ojo de lince.

El hombre rio.

Con todo, la idea de unos sabuesos inmortales y fuertes abalanzándose sobre ella en aquella celda le heló la sangre. Pero no podía mostrar ese sentimiento. No ante aquel extraño ser. Aquel desconocido que había querido encerrar a Julie Stratford en aquella misma celda, tal vez para poder amenazarla de la misma manera.

«¡Pero tiene el elixir! ¡Tiene que tenerlo!»

Qué espantosa parecía la decisión ahora. Qué imposible. Conseguir con su encanto la cura para su enfermedad de manos de su renuente y vil captor, o intentar escapar para poder confortar a Ramsés una vez más.

Si lograra liberarse, ¿se apiadaría de ella Julie tal como había hecho en el templo convertido en trampa? ¿Bastaría esto para convencer a Ramsés de que le diera otra dosis?

Debía evitar dar muestras de su inseguridad a su captor. Pero una vez hecho, se dio cuenta de que volver el rostro hacia la pared hacía precisamente eso.

—Debo decir —dijo el hombre— que pese a tu inesperada llegada aquí, me resultas vagamente familiar. Tu rostro ya lo he visto antes, hace mucho tiempo...

Y entonces, como si quisiera torturarla con aquellas palabras, cerró la puerta con un tremendo chirrido que le llegó hasta los huesos. Y fuera, en algún rincón de aquel recinto, los perros seguían aullando.

31

Cornualles

Shaktanu...

Ramsés había oído ese nombre antes. En los tiempos en que había gobernado como rey. Un nombre que evocaba leyendas, fantasías y una ingenua creencia en una época dorada más perfecta. Una época sin guerras ni conflictos, que desapareció por la furia inexplicable de dioses remotos. Shaktanu, un reino africano, una fantasía relacionada con remotas junglas que ahora eran objeto de innumerables rumores, junglas que antaño proporcionaban marfil, oro, piedras preciosas y esclavos.

No era una creencia tan ingenua, ahora que caía en la cuenta.

Mientras Bektaten hablaba de sus tierras, de sus flotas de naves que habían navegado por el mundo entero, de templos cuyas ruinas todavía no habían sido descubiertas y que tal vez nunca lo serían, de un mundo perdido por culpa de la peste y las guerras tribales que acontecieron después de su caída, estaba claro que no decía más que la verdad. De hecho, había adoptado su papel de historiadora, archivera y narradora con absoluta desenvoltura, y Ramsés se encontró totalmente embelesado. Si su mirada con los ojos como platos era una indicación, Julie también estaba bajo el hechizo de la reina.

Shaktanu.

La primera vez que Ramsés había despertado en este siglo no había reparado en la ausencia del nombre del reino en los libros de historia que devoró, ni siquiera en las populares mitologías de antiguos reinos perdidos. Pero ahora era bien consciente de ello.

Y la mujer que tenía delante había sido reina de Shaktanu; y el hombre que había querido raptar a Julie esa tarde, su primer ministro.

Tendría que haberlo sabido.

Este pensamiento se repetía una y otra vez mientras ella hablaba, mientras les mostraba los diarios encuadernados en cuero, escritos por entero en una grafía antigua e irreconocible. Distinta a cualquier escritura que hubiese visto. Primitiva. Más cercana al alfabeto romano que a los jeroglíficos pero con símbolos intercalados que casi parecían pictogramas. Llamaba a estos diarios los *Shaktanis* pese a que también eran la crónica de su vida durante los miles de años posteriores a la caída de su reino.

«Tendría que haberlo sabido —pensó Ramsés otra vez—. Tendría que haber sabido que algo tan mágico y trascendental como el elixir no podía haberlo creado una loca que vivía en una cueva.»

¿Había sido ingenuo de su parte o simplemente insensato? Aunque según había admitido Bektaten, el descubrimiento del elixir había sido, de hecho, una casualidad. No había estado buscando el secreto de la vida eterna, sino tónicos y curas para enfermedades corrientes. De ahí que tal vez debiera perdonarse a sí mismo su ceguera, tal como ella quería perdonarse por no haberse percatado de la sabiduría inmortal de Ramsés mientras había guiado a tantos soberanos de Egipto.

Pero que lo descubriera a él no había sido casual.

Y le había salvado la vida, pese a que tenía poder para darle muerte.

Ante lo extensa que era su historia, Ramsés sentía una gran humildad. Y esta humildad le proporcionó un gran alivio, pues ya no estaba solo entre inmortales recién creados.

Ahora bien, ¿lo había llevado allí para someterlo a juicio?

En tal caso, ¿por qué estaba siendo tan generosa con su historia?

¿Por qué se tomaba tantas molestias para cuidar a Sibyl Parker?

Tal vez, por ahora, solo buscase instruirlo y ser instruida a cambio.

No obstante, ¿iba a cambiar todo eso cuando se enterase de que había usado su creación para despertar a Cleopatra?

Los tres se sobresaltaron al oír pasos. Era el sirviente al que llamaba Aktamu, el del rostro aniñado.

—Ha despertado —dijo—. Sibyl Parker está despierta.

—Pues vayamos a verla —dijo Bektaten.

En una gran cama con dosel, Sibyl Parker yacía apoyada sobre un montón de almohadas. Al acercarse Ramsés, su rostro pareció bailar a la luz titilante del fuego. Lo alivió constatar que no tenía heridas en el pálido cuello. Acurrucado junto a los bultos gemelos de sus pies había un esbelto gato gris que observaba su aproximación con inquietante atención.

A pesar de haber entrado en aquella habitación con Bektaten y Julie a su lado, parecía que Sibyl solo lo viera a él. Y en su expresión, Ramsés vio el mismo reconocimiento que cuando la miró entre los invitados de la concurrida fiesta.

Aktamu y Enamon aguardaban en silencio en un rincón del fondo, junto a la ventana, y Bektaten al lado de la chimenea, tan quieta como una estatua, como si pensara que mantener las distancias con todos ellos le permitiría asimilar mejor cualquier extraña historia que Sibyl Parker hubiese llevado a su castillo.

—Me ha salvado —susurró Sibyl—. Me ha salvado de aquel hombre horrible.

—¿Se encuentra bien, Sibyl Parker? —preguntó Ramsés—. ¿Le duele algo?

—¿Cómo sabe mi nombre? ¿Usted también me reconoce?

Sin darle tiempo a contestar, Julie se adelantó y dijo:

—Fui yo quien la reconoció. Conozco bastante bien sus libros. A mi padre, Lawrence Stratford, le gustaban mucho.

—Y ahora he arruinado por completo su fiesta de compromiso. —Lágrimas arrasaron los ojos de Sibyl. Lágrimas y una expresión lastimera, empeorada por el agotamiento; Ramsés estaba seguro—. Espero que puedan perdonarme.

—No, no, no. —Julie rodeó la cama y se sentó en el otro lado para poder tomar la mano de Sibyl entre las suyas—. No hay nada que perdonar.

—Es verdad —dijo Ramsés—. Usted ha sido uno entre varios invitados inesperados y extraordinarios.

—Bueno, es una manera muy cortés de expresarlo. Gracias. Pero ese hombre. Ese loco borracho...

—Ya nada debe temer. —La rotundidad del tono de Ramsés provocó un prolongado silencio—. Y ahora, por favor, señorita Parker, debe contarnos qué la trajo hasta aquí. Es norteamericana, ¿verdad? Lo digo por el acento.

Ramsés nada dijo sobre la extraña conducta de aquella mujer, nada sobre su expresión que tanto evocaba a la difunta Cleopatra, la Cleopatra que ahora estaba muerta y enterrada. Nada dijo del raro efecto que surtían sobre él su porte y su voz.

Sibyl pareció darse cuenta por vez primera de que Julie le sostenía una mano entre las suyas, y eso la hizo sonreír.

—Oh, Dios mío. ¿Por dónde empiezo? —susurró Sibyl.

—Por donde guste —dijo Julie—, no tenemos prisa.

—Cuánta amabilidad. Muy amable de su parte. Es como un sueño que todos ustedes estén siendo tan amables. Verán, la mayor parte de mi vida he tenido sueños nítidos e intensos. Sueños sobre Egipto, mayormente... Oh, me temo que lo que he de contarles tiene poco sentido.

Ramsés sonrió.

—Ha venido al lugar apropiado, señorita Parker. Somos expertos en lo que no tiene mucho sentido.

—Bien —dijo Sibyl, riendo y llorando a la vez—. Bien.

Julie llenó el vaso de agua de Sibyl y se lo puso en la mano temblorosa.

Después de beber, comenzó su relato.

—Tal como he dicho, toda mi vida he tenido sueños muy vívidos sobre Egipto. Pero había uno en concreto que se repetía una y otra vez. Al despertar solo recordaba fragmentos, y esos fragmentos no eran recuerdos reales, sino más bien como una consciencia, o un saber lo que había ocurrido. Pero en este sueño en concreto soy consciente de que soy una reina. Y usted, señor Ramsey, un hombre con un aspecto exacto al de usted, es mi guardián. Y de un modo u otro, en ese sueño también soy consciente de que usted es inmortal.

»Una noche, llega a mis aposentos con la ropa de una mujer plebeya y me pide que me la ponga para que podamos salir a pasear por mi reino. Para que pueda ver a mi pueblo a través de un par de ojos distintos. Los ojos de una plebeya. Ojos compasivos, solidarios. Y obedezco. Dado que ha sido usted, mi inmortal consejero, quien me lo ha pedido, obedezco. Y juntos nos vamos a hacer ese viaje a pie.

»Verá, crucé un océano porque usted aparecía en otros sueños míos. Sueños más recientes. Sueños espantosos. Y entonces recibí un recorte de prensa en el que aparecía su retra- to, y ahí estaba usted. Pero solo cuando lo he visto de carne y hueso por primera vez me he dado cuenta de que usted era la pieza que faltaba en un sueño que me ha acompañado toda la vida. Por eso le pregunto, ¿cómo puede ser? Y más aún, ¿es posible que fuese algo más que un sueño?

Ramsés reflexionó. Si continuaban por aquel derrotero, si sus sospechas sobre lo que había traído a Sibyl Parker hasta allí se confirmaban, pronto no tendría más remedio que reve- lar su espantoso crimen a Bektaten. Pero la mirada de Julie le imploraba que contestara la pregunta de Sibyl con tanta sin- ceridad como pudiera.

—Sí, es mucho más que un sueño, Sibyl Parker. La ciudad era Alejandría. Yo era, en efecto, su consejero inmortal. Y usted era Cleopatra.

La noticia cayó como una bomba. Sibyl apretó la mano de Julie. Daba la impresión de que podía perder contacto con la realidad de aquel momento y lugar, y deslizarse hacia sueños muy profundos de los que quizá nunca regresaría. Pero se es- forzó en concentrarse, en ignorar un desconocido e inmenso país de recuerdos, sensaciones y voces.

—No es un sueño —prosiguió Ramsés—. Es un recuerdo. Un recuerdo de una vida anterior.

—¿De su vida anterior? —susurró Sibyl.

—No —contestó Ramsés—. No, de mi vida en curso, pues soy inmortal y he vivido miles de años. Por eso lo que usted ha vivido hoy en la fiesta ha sido una experiencia sin igual.

—¿Qué quiere decir? —preguntó Sibyl.

—Usted, por primera vez, ha visto a alguien que conoció en una vida anterior. No una versión reencarnada de la perso- na en cuestión, sino a la propia persona. De carne y hueso. Y esta experiencia ha sido de por sí lo bastante poderosa para convertir un sueño confuso en un recuerdo coherente.

—Usted... ¿Usted procede de... una vida anterior?

—Sí.

Sibyl negó débilmente con la cabeza y Julie le puso una mano en la frente para tranquilizarla. Volvía a dar la impresión de que Sibyl podía perder contacto con la realidad, y que el tenebroso país ignoto la reclamaría. Pero ante la llamada de un oscuro mundo fantástico, se aferró a un propósito. *«Vivir ahora, vivir y pensar y saber ahora.»*

Durante un rato nadie habló y solo se oyó el estruendo del mar.

Una sensación de resignación acalló a Ramsés. No volvió la vista atrás para mirar a Bektaten, para ver cómo reaccionaba la gran reina ante aquella información. En la habitación nadie conocía mejor que Ramsés las prerrogativas de los monarcas antiguos, la autoridad divina que los rodeaba y la presteza con que podían juzgar o actuar. «Pero yo también soy un monarca —pensó—, nacido y criado como monarca, nacido y criado con autoridad, y debo protegerme no solo a mí mismo sino también a mi amada Julie. Ocurra lo que ocurra, seré Ramsés como lo he sido siempre.»

—Esos otros sueños —dijo Julie finalmente—, los más recientes, esos en los que también vio a Ramsés. Cuéntenoslos.

—En el primero, fue como si yo estuviera saliendo de las tinieblas, de la mismísima muerte. Estaba de pie encima de mí y cuando intenté tocarlo, mis manos eran manos de esqueleto, y usted estaba aterrorizado.

—Dios mío —susurró Julie—. El Museo de El Cairo. Casi exactamente como ocurrió.

—En otro, había dos trenes que venían hacia mí en plena noche, y después un incendio. Un fuego espantoso por todas partes. Y después, en otro... —Se le saltaron las lágrimas, pero intentó recordar todos los detalles con valentía—. Segué una vida. Con mis propias manos. Fue como si no supiera lo que estaba haciendo. Y el propio hecho de ser capaz de matar con mis manos dio pie a una tremenda confusión...

Luego fue demasiado para ella, y negó con la cabeza como para ahuyentar aquellos pensamientos.

—Es exactamente como sospechaba —dijo Julie.

Miró a Ramsés, que estaba sin habla.

La culpabilidad lo paralizaba, le llenaba la garganta de algo que sentía como un trozo de tela, pues ahí la tenía de nuevo, otra consecuencia del crimen que había cometido en el Museo de El Cairo, el crimen contra la vida y la muerte, contra la naturaleza, contra el destino. Eran incesantes las repercusiones de aquel terrible suceso, y ahora esta pobre mortal estaba fuera de combate por eso, y sus terribles actos estaban siendo revelados a una reina cuya existencia había desconocido por completo hasta aquel día. No se le ocurría qué decir, nada excepto tomar la otra mano de Sibyl para intentar confortarla. El rostro que reveló a Julie era fuerte, confiado, la máscara de un monarca para ocultar su confusión.

Julie había deslizado un brazo en torno a los hombros de Sibyl Parker, apoyándole la cabeza en su pecho. Julie la sostuvo con ternura de esta manera pese a que estaba en medio de sedosas almohadas y una lujosa colcha.

—Nuestra Cleopatra del Museo de el Cairo está enferma —explicó Julie—. Hoy, en el templo, apenas se sostenía de pie. Le costaba trabajo caminar. Tenía la piel brillante y los ojos demasiado vibrantes. Presentaba todas las señales de quien ha tomado el elixir. Pero tenía una enfermedad dentro de ella. Una grave enfermedad en su mente, me ha dicho. Y en el preciso momento en que a usted, Sibyl, la ha agredido ese hombre espantoso, ha sido como si ella también sintiera la agresión. Cada golpe. Hay una conexión entre ustedes dos, una conexión vital que se fraguó cuando nuestra Cleopatra abrió los ojos en el Museo de El Cairo.

—Cuando yo la desperté —dijo Ramsés—, cosa que nunca debería haber hecho. —Suspiró profundamente, mirando el techo—. Esos sueños que tenía, Sibyl Parker —prosiguió—, esas pesadillas estaban conectadas con esta nueva Cleopatra retornada mientras deambulaba por El Cairo hace solo unos meses. Ambas han estado conectadas desde que despertó.

Negó con la cabeza, recordando los clones sin alma a los que había aludido Julie, y todavía le horrorizó más lo que había hecho.

—Porque usted, Sibyl, es Cleopatra renacida —dijo Julie, excitada—. Usted es el recipiente de su verdadero espíritu.

—Eso no lo sabemos, Julie —dijo Ramsés—. Quizá sea verdad, pero quizá no lo sea. Hablas de cosas que no podemos saber con certeza.

Cuánta angustia. ¿Qué lo había poseído cuando estaba en el museo con el frasco de elixir en la mano? Entonces era un hombre en el sentido más trágico del término, un ser humano imperfecto y torpe, debatiéndose entre el poder de un dios y el corazón roto de un amante.

—¿Cómo que no lo sabemos? —cuestionó Julie—. Ramsés, ¿qué otra explicación podría haber? La Cleopatra resucitada es una aberración. Siempre lo he sabido. Nunca estuvo previsto que existiera. La verdadera alma de Cleopatra, reina de Egipto, hacía mucho tiempo que había proseguido su viaje, viviendo y muriendo en un sinfín de semejantes, para finalmente reencarnarse en esta mujer americana totalmente humana, Sibyl Parker. El clon busca a la desesperada el alma que habita en Sibyl Parker porque el clon carece de alma. Y Sibyl se beneficia mientras el clon se deteriora.

—¿Considera que estoy sacando provecho? —susurró Sibyl.

Esta reacción sorprendió a Julie, haciéndola callar. Se quedó aturullada, incapaz de encontrar las palabras adecuadas para decir lo que había querido decir.

—Me han asediado visiones —dijo Sibyl—, muchas de ellas aterradoras. Paralizadoras. Me sobrevienen en lugares públicos y me hacen caer de rodillas. Lo que antes solo eran pesadillas ha empezado a aparecer de día. Este proceso que ha descrito, en el que una de nosotras asciende mientras la otra cae, no es lo que he experimentado, Julie. No es lo que experimento ahora.

—Quizá no —dijo Ramsés—, pero ¿diría que se ha vuelto aún más real a medida que ustedes dos estaban más cerca? ¿Se ha intensificado, como se dice ahora?

—Sí. Indudablemente.

—Y después de hoy, cuando ambas estaban en los terrenos de la misma finca, ¿ha cambiado en algo la naturaleza de esta conexión?

—Cambió en cuanto puse un pie en Londres. Sentí como si... En fin, sentí como si de pronto estuviera disfrutando del tipo de conexión que suele atribuirse a los gemelos. Notaba pinchazos que parecían no tener origen. Me sentía incapaz de dormir aun estando agotada. Y emoción. Grandes oleadas de emoción que me acometían sin previo aviso, sin ninguna relación con lo que estaba ocurriendo en mi entorno más inmediato.

—Ella no duerme —explicó Ramsés—. Nadie que haya tomado el elixir lo hace. Podemos disfrutar de una especie de duermevela durante un rato, pero nunca de un sueño profundo. En lo fundamental, ustedes dos son dos seres diferentes. Sin embargo, están conectadas de algún modo y por eso sus distintas naturalezas luchan entre sí.

—Entonces tenemos que averiguar si a ella le ocurre lo mismo —dijo Sibyl, como si fuese la propuesta más sensata que cupiera hacer—. Hay que encontrarla y traerla aquí. Si aquí he encontrado refugio, entre seres empáticos, ¿no podemos proporcionarle el mismo refugio a ella?

Silencio.

—En el sueño —prosiguió Sibyl—, en el que hablamos, me preguntó: ¿Eres tú quien me ha secuestrado? Está cautiva en alguna parte, ¿no? —Sibyl estudió sus semblantes. Lo que vio en sus expresiones pareció asustarla—. Me ayudarán a encontrarla, ¿verdad? ¿Es pedirles demasiado, que me ayuden a poner final a esto?

Ramsés sonrió, pero la suya fue una sonrisa discreta, reservada y triste. Después de todo lo que había soportado aquella mujer, solo deseaba ayudar a la Cleopatra resucitada. Allí, rodeada de inmortales, teniendo conocimiento de revelaciones que tendrían que haberla sacudido hasta la médula, solo pensaba en la otra, en la horrenda aparición a quien él había devuelto su ser, como si no tuviera elección. «Aquí lo tenemos —pensó Ramsés—. Están tan íntimamente conectadas que esta mujer no es capaz de pensar en otra cosa.»

—Un final —dijo Julie, como si temiera la idea—. ¿Qué final imagina para esto, Sibyl?

—Poner final a esta confusión seguro que nos ayuda a las dos —dijo Sibyl—. ¿Cómo puedo hacerles comprender la urgencia que tengo de estar con ella, de mirarla a los ojos, de tomarle las manos? —Hizo una pausa—. Sí, Ramsés —agregó finalmente—. En respuesta a su pregunta, algo ha cambiado después de la fiesta. Por primera vez parecía que compartiéramos un sueño, ella y yo. Nos perseguíamos mutuamente por las calles de una ciudad. La voz de un niño llamaba a su madre. En griego. La palabra madre una y otra vez. Y luego nos hemos mirado de hito en hito a través de una especie de canal. Por primera vez nos hemos mirado sin vaguedades ni distracciones. Hemos hablado.

—¿Qué se han dicho? —preguntó Ramsés.

—Me ha preguntado dónde lo había escondido. Donde estaba escondiendo los recuerdos de su hijo. Y le he contestado... —Lágrimas otra vez—. Y le he contestado que nunca le ocultaría nada.

—Está perdiendo sus recuerdos —dijo Julie—. Hoy me lo ha dicho en el templo. Ha mencionado en concreto a su hijo Cesarión. No lo recuerda en absoluto. Descubrir que tenía un hijo la atormenta. «Una gran laguna de oscuridad», así es como ha descrito el lugar donde deberían estar los recuerdos de su hijo, pero no lo están.

—¿Ha mencionado a Sibyl? —preguntó Ramsés.

—No, pero se estaba guardando algo para sí, algo que no quería decir. Le he preguntado por qué una enfermedad de la mente también la afectaba físicamente. No me ha contestado. Pero eso fue en el momento en que pareció que la empujaba una fuerza invisible. El momento exacto en que estaban agrediendo a Sibyl, me parece. —Se le arrasaron los ojos en lágrimas—. Sentí pena por ella. Por más que la deteste, pues no puedo dejar de detestarla, la compadecí. —Julie bajó la voz, que pasó a ser poco más que un murmullo—. ¿Cómo debe de ser no tener alma, buscar a tientas un alma que reside en otra persona? ¿Cómo será ser consciente de que eres una cáscara vacía?

—El hombre que me agredió —dijo Sibyl— sabía mi nombre. Me acusó de invadir su mente, de intentar aniquilar a su reina.

—Vaya —dijo Ramsés—, de modo que era ese, tal como pensaba. El médico con el que viajaba, Theodore Dreycliff. Ahora sabemos que Cleopatra también está enterada de su existencia, que detecta su presencia tal como usted detecta la suya. Y que ha sido capaz de hacerlo antes de la fiesta de hoy, antes de que ambas estuvieran a un tiro de piedra.

—Le envié un mensaje —respondió Sibyl, como si fuese una admisión vergonzante—. Le envié un mensaje cuando estaba a bordo del *Mauretania*. Le dije cómo me llamaba y le pregunté cómo podía encontrarla.

—¿Y recibió respuesta? —preguntó Julie.

—Solo el hombre que me ha puesto el cuchillo en la garganta —contestó con labios temblorosos de contener el llanto—. Yo quería ayudarla. Quería que nos ayudásemos mutuamente. Y ahora tengo la sensación de haber hecho algo espantoso.

—No ha hecho nada espantoso, Sibyl Parker —dijo Julie enseguida—. Nada espantoso en absoluto.

—Pero ustedes piensan que ella sí, ¿verdad? —preguntó Sibyl. Refrenaba sus sollozos, y adoptó un tono de voz tan lastimoso que Julie la estrechó más entre sus brazos—. La ven como una villana, como un monstruo. Por eso no la ayudarán, porque creen que yo estaré mejor si ella sigue deteriorándose, como dicen ustedes. Y si lo que dicen es verdad, padecerá una locura que será permanente porque no puede morir. Y se supone que esto debe aliviarme, incluso reconfortarme. Y si les digo que siento una conexión con ella más profunda que el amor que haya sentido por cualquier otra persona, incuso por mis difuntos padres, no me creerán, ¿verdad? Pensarán que me ciegan la emoción y la extraña naturaleza de esta conexión, como ustedes la llaman. Pensarán que soy incapaz de verla tal como es. Incapaz de juzgar sus crímenes como es debido.

—Ha quitado vidas al azar, Sibyl —dijo Ramsés con tanta delicadeza como pudo, pero incluso sus palabras hicieron que Sibyl cerrara los ojos con fuerza y meneara la cabeza—. Ha segado vidas humanas como si fuese un ser ajeno a la ley, un ser desalmado, como dijo Julie. Es capaz de hacerlo otra vez.

—Lo sé —dijo Sibyl tristemente—. Lo sé. Es como si yo estuviese presente para ello. Pero también estaba presente para su sufrimiento y su confusión, ahora me doy cuenta. Sentí su miedo. Sentí su terror a la oscuridad. Y es superior a mí, y será superior a cualquier cosa que usted me diga sobre cómo es en verdad. He cruzado el mundo por usted, señor Ramsey, pensando que podía ser la clave de mis sueños. Y ahora que lo tengo, le imploro, porque es la clave para ella. Para ella y para mí, que estamos...

Se interrumpió, le faltaron las palabras.

—Nos alegra que haya venido, Sibyl —susurró Julie—. Se lo digo en serio. Debe saber que nos alegra que haya venido.

—Pues entonces búsquenla. Por favor. Búsquenla y libérenla para que podamos descubrir si su experiencia coincide con la mía. Búsquenla para que podamos averiguar si otro encuentro entre ambas cambiará la naturaleza de esta conexión de algún modo que impida que nos destruya a la dos. Como mínimo, dejen que se enfrente a su decisión. No a la decisión de quienes la tienen cautiva. Pues siento su miedo a esa gente como si fuese el latido de un segundo corazón dentro de mi pecho.

Había acallado a todos los presentes con aquel ruego. Se desmoronó en el medio abrazo de Julie y dio rienda suelta a sus sollozos.

Ramsés le había hecho eso. Él y solo él. Había hecho eso a aquella mujer y no tenía más opción que ponerle remedio. Igual que Sibyl, no estaba seguro de si se creía la teoría de Julie o si simplemente pensaba que la versión actual de la teoría, que describía a Cleopatra como una aberración en declive y a Sibyl como la custodia de su verdadero espíritu resucitado, era demasiado perfecta. Demasiado simple. Aunque ¿acaso importaba eso ahora? ¿Había algo más importante que aliviar la desesperación que había causado a aquella pobre mujer que sollozaba, que había viajado tan lejos bajo coacción, solo para casi perder la vida a manos de un borracho con un cuchillo? Sí, había una cosa más importante: proporcionar descanso a aquel horror que él había resucitado en El Cairo. Eso importaba más.

Sibyl ahora necesitaba algo más que reposo, pensó Ramsés. Necesitaba saber la verdad. Necesitaba una verdad que todavía no conocían a pesar de sus poderes y sabiduría.

Estos pensamientos anegaron la mente de Ramsés.

Julie levantó la vista de golpe. Notó una suave presión en el hombro. Una mano que se apoyaba en ella, una voz en su oído, la voz de Bektaten.

—Parece ser que tenemos más cosas que tomar en consideración.

—Id vosotros —susurró Julie—. Yo me quedo con ella.

32

—Cleopatra —dijo Bektaten finalmente—. ¿Es la única soberana de Egipto a quien contaste tu historia entera?

—Sí —contestó Ramsés.

Estaban a solas. Girando la palma de la mano, Bektaten había ordenado a sus hombres que permanecieran arriba con Sibyl y Julie. Ahora apoyaba una mano en la repisa de piedra de la chimenea del gran salón, contemplando las llamas. Imposible decir si estaba silenciosamente furiosa con él o si su revelación la había sumido en profundos pensamientos.

¿Tenía esperanzas? No estaba seguro.

—¿Y no has dicho su nombre antes porque no querías confesar lo que hiciste? —preguntó Bektaten.

—Sí.

—Entiendo.

—En cuanto a lo que hice —empezó con cuidado Ramsés—. ¿Tienes algún conocimiento al respecto?

—¿Que si sé algo al respecto? —Bektaten dio la espalda al fuego—. ¿Sobre el uso del elixir para traer a alguien de vuelta de la mismísima muerte? No, Ramsés. Sobre eso no tengo conocimiento alguno.

—¿Cómo es posible? En todos tus miles de años, ¿cómo has podido no probarlo ni una vez?

—Nunca se me pasó por la cabeza.

—Pero seguro que has tenido que enfrentarte a la muerte, a una pérdida, a una tragedia que te tentara...

—Jamás —respondió Bektaten—. Somos seres diferentes, tú y yo. Una vez que el alma abandona el cuerpo mortal, uno se queda solo con una cáscara vacía. Esta es la verdad que conozco. Nunca he tenido tentaciones de despertar esa cáscara vacía, de lidiar con un ser monstruoso cuya naturaleza no podía conocer de antemano.

—Tenías tu veneno, el muguete estrangulador.

—¿Y qué? ¿Insinúas que para probar una teoría traería un cuerpo de vuelta de la muerte, para luego asesinarlo si el experimento salía mal? Nunca he sido alquimista. Ese era el ámbito del hombre que me traicionó y destruyó nuestro reino.

—Sin duda, en algún momento tuviste curiosidad. Tienes que...

Bektaten sonrió y negó con la cabeza.

—Somos diferentes, tú y yo —repitió—. Pero no intentes confundirme. Durante todos los siglos que estuviste en Egipto, ¿alguna vez probaste el elixir de esta manera? No. Solo cuando volviste a ver en el Museo de El Cairo a tu amada Cleopatra, la reina que humilló a César y sedujo a Marco Antonio, la legendaria mujer fatal de los mil talentos, te sobrevino ese deseo. ¡No fue curiosidad!

Sus palabras lo hirieron, pero no lo pondría de manifiesto, y solo vio paciencia en sus ojos.

—Sé sincero, Ramsés —dijo—. No fue curiosidad. No fue nada por el estilo. Busco afinidad contigo, pero no intentes convertirme en tu socia para este empeño en concreto a fin de evitar las consecuencias de lo que hiciste.

—¡Es imposible evitar las consecuencias de lo que hice! —declaró Ramsés. Las palabras y la paciencia de Bektaten lo habían enfurecido tanto como la serena precisión con la que se había expresado—. Esas consecuencias, como dices, me han perseguido a través de océanos. ¿No significa nada para ti, reina mía, que me despertaran sin mi consentimiento? ¿Que me aislara hasta llegar tan cerca de la muerte como pude? Y sin embargo, todo ese tiempo, desde la caída de Egipto hasta ahora, yo...

—¿Tú qué? —preguntó Bektaten en voz baja.

—De haber sabido que había algo en esta tierra que podía poner fin a mi vida, si hubiese conocido la existencia del muguete estrangulador... Ojalá hubiese sabido que al menos no estaba solo.

—Ya veo —susurró Bektaten—. De modo que soy tu caprichosa madre. Y estoy en falta por no haber cuidado de ti como si fueses mi creación, no el ladrón de lo que yo quería ocultar al mudo.

—Pero ¿por qué? ¿Por qué querías ocultárselo al mundo?

—Puedes contestar tú a esa pregunta. ¿Acaso no hiciste lo mismo? No revelaste tu verdad hasta que el amor te cegó. Hasta entonces, ¿no encontraste Egipto en manos de un soberano tras otro, todos indignos de conocer tu secreto? ¿Incapaz de confiarles el poder del elixir? ¿No viste las semillas de las mismas cosas que destruyeron mi reino en los ojos de cada rey y cada reina a quienes aconsejaste?

»Considéralo el fuego de Prometeo, si es preciso. Pero lo sabías. Eras suficientemente sensato para ver lo que yo aprendí cuando cayó Shaktanu. Si este fuego tocara la tierra, encendería una conflagración que incineraría a todo el mundo a su paso, trayendo consigo más muerte de la que jamás podría impedirse. Entre las ruinas humeantes de mi reino vi esta verdad. En la guerra que asoló la tierra. En los cuerpos maltratados por la peste. Esta es la historia tal como la he vivido, tal como la he conocido. Fuentes de vida caen en manos de quienes buscan aprovecharse y abusar de ellas, provocando gran mortandad como resultado. No permitiré que ese sea el destino del elixir. Y es la soledad lo que temes, Ramsés, te unirás a mí en este empeño. Y reconocerás humildemente que la pasión no te ha dejado ver su importancia.

Ramsés se sentía tonto como un muchacho que ha dado excusas desesperadas para actos pueriles. Sí, era un monarca que había sido educado para creer que todos sus caprichos debían ser satisfechos, pero también había nacido y lo habían educado en el deber, en la defensa de la justicia, la razón, lo correcto. Había nacido y lo habían educado para llevar una vida mortal llena de rituales y sacrificios que muchos humanos humildes habrían encontrado insoportables, y cuando se había deslizado de las páginas de la historia viva a la leyenda de Ramsés el Maldito, había seguido vinculado por el deber, vinculado para ser el consejero de los soberanos de Egipto. ¿Y qué era ahora ante la presencia de Bektaten? ¿Por qué era tan vulnerable ante ella, por qué estaba tan dispuesto a sufrir aquello?

Se le debía de notar que había escarmentado. Bektaten cruzó la habitación y tomó sus manos entre las suyas con delicadeza.

—No debes volver a hacer algo como esto otra vez. Nunca, Ramsés.

—No lo haré —dijo él—. Los dioses de Egipto debieron echarme una maldición en ese momento, si es que tales dioses existen.

—Te condenaste tú mismo, Ramsés —dijo Bektaten—. Tú eras tu propio dios. Y tienes que comprender, antes de decir una palabra más, que no te daré el muguete estrangulador solo para que puedas despachar a la oscuridad eterna a esta Cleopatra resucitada, la consecuencia de semejante acto.

—Jamás pediré tal cosa —dijo Ramsés—. Hacerlo podría poner en peligro a la frágil Sibyl. —Hizo una pausa, mirando a Bektaten—. ¿No entiendes cómo me afecta a mí que el alma de la verdadera Cleopatra quizá esté dentro de esta tierna mortal? En el preciso instante en que divisé a Sibyl vi a Cleopatra. Mi Cleopatra. Lo sentí en lo más hondo. —Se llevó la mano al corazón—. Y no sabemos qué relación hay entre este nuevo tabernáculo del alma de Cleopatra y el cuerpo resucitado de la Cleopatra que existe ahora.

—¿Esto significa que no te crees la explicación de Julie? ¿No crees que Sibyl Parker esté reivindicando su legítimo espíritu al ser que resucitaste, y que este ser pronto se volverá loco?

—No —contestó Ramsés—. Si fuese verdad, Sibyl rebosaría de recuerdos nuevos, los mismos recuerdos que está perdiendo Cleopatra. Esta conexión, sea lo que sea, es más complicada de lo que Julie da a entender. Amo a Julie, pero le ciega la aversión. Cuando Julie todavía era mortal, faltó poco para que perdiera la vida a manos de la Cleopatra resucitada.

—Vaya —dijo Bektaten con la misma paciencia exasperante—. Creo que subestimas a Julie Stratford, gran rey. Pero entiendo lo que quieres decir.

Extraordinaria la manera tan espontánea de estudiarlo, casi como una amante estudiaría a quien fuese a besar. Pero no había tal necesidad o anhelo en su expresión. Solo una serena audacia.

Lo poco que había entrevisto de la ira de Bektaten sugería que le costaba montar en cólera; que su ira, cuando se manifestaba, cobraba fuerza gradualmente como una tormenta en mar abierto, avanzando inexorablemente hacia una costa lejana. ¿El atentado de aquella misma tarde, la matanza de los hijos de Saqnos, había sido el término de ese viaje? ¿O era como había dicho: que simplemente había querido enviar un mensaje eficaz e inequívoco al hombre que la había traicionado miles de años antes?

Demasiado pronto para preguntar estas cosas, sobre todo después de su confesión. Aunque conversar con ella así, íntimamente y en relativa soledad, resultaba aleccionador. Ramsés estaba tan absorto estudiando e interpretando cada elegante gesto de ella como lo estaba en complacerla con su perspicacia. Y al mismo tiempo se hallaba discretamente en guardia.

Bektaten le soltó las manos y regresó despacio a la chimenea.

—¿Realmente habrías puesto fin a todo en aquellos tiempos? —preguntó—. Si me hubieses conocido. Si te hubiese enseñado cómo convertirte en ceniza.

—Es una clara posibilidad.

—Una clara posibilidad —susurró Bektaten—. Has llegado a dominar el lenguaje de esta época. En particular el amaneramiento que los británicos usan para poner a buen recaudo los sentimientos profundos. Hay tantos idiomas flotando en mi cabeza... A veces es como si los oyera todos a la vez y no estuviera segura de cuál va a salir de mis labios. Te envidio, Ramsés.

—¿Y eso?

—Tu despertar, lo que te permitió después de un letargo tan prolongado. Beberte el siglo xx a grandes tragos sedientos después de haber conocido solo reinos del desierto en los tiempos anteriores a Cristo. Experimentarlo todo sin las distracciones de las épocas intermedias. La caída de Roma, la oscuridad posterior. La furia de los mongoles y los vikingos. Los barcos negreros con destino a las Américas. Las revoluciones que convulsionaron Europa. Estas cosas no atestaban tu cabeza mientras descubrías el automóvil, las máquinas voladoras y potentes medicinas que ahora previenen la peste. Pero en mi existencia estas cosas llegaron lenta e inevitablemente, no como creaciones mágicas. Me imagino que la primera vez que las viste parecía que acabaran de llegar del templo de los dioses.

—Sí. Es verdad. Pero aun así me habría gustado presenciar la caída de Roma. Por motivos que ahora seguro que han quedado claros.

Bektaten sonrió.

—¿Sigues considerando mágica esta época?

—Siempre he vivido en una suerte de magia. Fue la magia lo que me convirtió en inmortal.

—Podría decirse así, tal vez —dijo Bektaten—. Pero si ahora te pregunto esto es porque deseo saber si te has liberado de la angustia, de la misma angustia que te llevó a aislarte para siempre.

—¿Puedo hacer una pregunta antes?

—Hazla.

—Si me hubieses conocido entonces, mientras Egipto caía ante Roma y mi reina yacía muerta por su propia mano, si me hubieses conocido entonces, ¿me habrías dado el muguete estrangulador?

Bektaten contestó sin titubear.

—No.

—¿Por qué no?

—Porque entonces necesitabas liberarte de tu vocación, no de tu vida eterna.

—¿Consejero de reyes y reinas, quieres decir?

—Sí. La tuya no era una falta de espíritu, Ramsés. Era una falta de imaginación. Pues ese es el más profundo y grave desafío de la vida inmortal. Cómo imaginarla cuando nos han criado, educado y formado para que consideremos efímera nuestra existencia, en la que resbalamos impotentes por la superficie de una tierra violenta.

—¿Y de dónde sacas tu gran imaginación, reina Bektaten?

—Cuidado con ese tono, Ramsés. No pretendo acusar. Simplemente expresarme con exactitud y con la experiencia que llevo a mis espaldas.

—¿De modo que también has sufrido faltas de imaginación, como tú las llamas?

—En efecto —contestó Bektaten—. Muchas veces.

—¿Y cómo has sobrevivido a ellas? Aparte de los prolongados letargos.

—El riesgo surge cuando te encuentras contemplando a los mortales que te rodean como si fuesen marionetas. Tapices. Niños tediosos en el mejor de los casos; seres superficiales anhelantes e ignorantes, en el peor. Una vez que estos pensamientos se adueñan de ti, la sensación de aislamiento no tarda en aparecer. Solo existe una cosa que la detendrá: tienes que ir al lugar donde los mortales estén más heridos y procurar cuidar de ellos, curarlos. Pero toda tu vida inmortal no puede consistir en viajes como este. Al final generan su propia angustia. Vivir solo entre los infectados por la peste, recorrer solo las naciones asoladas por la guerra. Pero cuando te sientes como si fueses una hoja seca a merced de los interminables vientos del tiempo y ya no soportas más lo que parece un deambular al azar, tienes que ir donde haya dolor e intentar aliviarlo.

—Aliviar el dolor. ¿No es lo que hacía cuando asesoraba a los soberanos de Egipto? ¿Cuando intentaba guiarlos hacia la sabiduría y la fortaleza?

—Lo que perseguías era dar poder a un imperio. No desdeño ese objetivo. Pero es distinto de lo que describo. Si deseas verte libre de la desesperación que puede adueñarse de un inmortal, tienes que ir más allá del mismísimo concepto de imperio. Tienes que ir a lugares donde el sufrimiento de los mortales es tan grande que se resienten sus pueblos e incluso sus ciudades, y tienes que hacer lo que puedas para ponerle fin.

—Sin usar el elixir —dijo Ramsés.

—En efecto. Sin usar el elixir. Usa tu fortaleza, tus conocimientos, tu sabiduría.

—Y esto es lo que me habrías dicho si nos hubiésemos conocido en Alejandría. Si te hubiese hablado de mi deseo de poner fin a mi vida inmortal.

—Sí —contestó Bektaten—. Por eso vuelvo a preguntar. Esta desesperación, esta angustia. ¿Te han abandonado? ¿Es suficiente tu amor por Julie Stratford?

—Es una auténtica compañera. La primera que he conocido.

—Porque la convertiste en inmortal.

—Porque es la mujer más sensata, inteligente e independiente que haya conocido jamás. —Titubeó, pero al final lo dijo—. La salvé del mismo desespero que sentí en Alejandría hace muchos años, cuando había perdido a todas las personas más importantes para mí. Aun siendo sensata e inteligente, estaba abocada a terminar con su vida.

Había más que decir.

—Fui yo mismo quien le causó ese desespero. Fui yo, la revelación de quién y qué era yo, el salto a su mente racional que llevó a cabo mi propio ser. La empujé hasta el borde del abismo.

—Entiendo —susurró Bektaten.

Se retiró a la ventana y sus vistas al mar oscuro. Tal vez no había esperado que respondiera con tanta prontitud.

—Al parecer hemos llegado a un acuerdo —dijo Ramsés, confiando en reconducir la conversación hacia aspectos más simples del asunto que llevaban entre manos, lejos de aquellas grandes preguntas filosóficas que ella dominaba con gran desenvoltura mientras que a él no hacían sino confundirlo—. No me darás el muguete estrangulador para poner fin a la vida de Cleopatra.

—No, para poner fin a su vida, no —contestó Bektaten—. Pero mi jardín esconde otros secretos. Otras herramientas que quizá pongan fin a este problema.

Justo entonces, los desgarradores gritos de Sibyl resonaron por todo el castillo.

33

Havilland Park

No debía mostrarles el alcance de su humillación. De hacerlo, quizá sospecharían que tenían presa a una reina en su calabozo.

Acababa de decidir ocultar la profundidad de su tristeza y su ira a sus inmortales captores cuando la puerta se abrió de golpe. El guapo de pelo rizado que la había amenazado antes entró con paso confiado. Fuera estaban los demás. No los veía pero percibía su respiración y el crujido ocasional de sus botas sobre el suelo de piedra.

—Dime tu nombre —ordenó su captor.

Su rostro estaba en penumbra. No le mostraría el suyo salvo si la forzaban a hacerlo.

—Cazadora de sabuesos —susurró.

Su captor chascó los dedos. Unas sombras entraron por la puerta que tenía a su espalda. No solo los dos inmortales que había entrevisto antes sino más, cinco en total. Al juntarse, taparon todavía más la luz del pasillo. Iban provistos de cadenas. Por sí mismos, esos instrumentos no habrían bastado para atarla, pero en manos de quienes eran tan fuertes como ella serían más que suficientes para mantenerla prisionera.

—Dime tu nombre —repitió el hombre.

—Asesina de sabuesos —susurró ella.

Parecían trabajar como una única masa, esas personas.

La pusieron de pie de un tirón. Le ataron las muñecas a la espalda. Una pesada argolla se cerró en torno a su cuello con un chasquido. A empujones la sacaron del calabozo al pasillo. Sirviéndose de las cadenas, le hicieron subir un tramo de peldaños de piedra.

Cuando sus pies descalzos tocaron la tierra del exterior, al principio sintió un frío y mullido alivio. Después oyó a los perros de nuevo, ladrando mucho más fuerte que antes.

Un cielo tachonado de estrellas en lo alto, pero cuando intentó volver la vista atrás, le dio un tirón la cadena sujeta a la argolla metálica del cuello. Trastabilló varios pasos hasta que recobró el equilibrio. Frente a ella, un alto edificio se erguía en el ondulante paisaje nocturno. Aislado en medio de umbrías colinas. Cuanto más se acercaban, más espantosos se volvían los aullidos de los perros sedientos de sangre.

La puerta de acero de la planta baja estaba abierta de par en par.

La hicieron entrar a empujones. La estancia estaba vacía. Vacía y con paredes de piedra que volvían más fuerte y sobrecogedor el alboroto de los temibles perros. El ruido salía entre unos barrotes de acero ubicados en un rincón del suelo. Y cuando vio las sombras que se retorcían abajo, se dio cuenta de que había muchos más sabuesos furiosos de lo que había sospechado al principio. Tantos que sus sombras parecían formar una masa casi sólida que puntuaba aquí y allá un destello de dientes o de encías rosadas.

«No tengas miedo. Demuestra a esta gente que no tienes miedo. Recuerda que eres una reina.»

Aquellos inmortales la empujaron hacia la reja. Cayó de rodillas. La peste de los sabuesos la asaltó en infinitas oleadas tan infinitas como su hambre, tan infinitas como su fiereza. Tembló no solo de humillación sino del puro terror que podía aguardarla si la echaban al foso.

Había demasiados perros para someterlos. Demasiados para defenderse. Y si su hambre se parecía en algo al hambre que el elixir le había causado a ella, la destriparían con total abandono. ¿Serían más rápidos que la capacidad de su cuerpo para curarse? Imposible saberlo. Todavía sabía muy poco sobre su propio estado, dado que su intento de confortar a Ramsés había terminado en aquel terror.

Su captor se vio obligado a levantar la voz por encima de los ladridos de los perros.

—Dime tu nombre.

Volvió a negarse. Le aplastó la cara contra los barrotes. Por primera vez vio el poco espacio que había entre la reja y las cabezas de los sabuesos. Una quijada se cerró con un chasquido a pocos centímetros de su nariz.

—¡Cleopatra! —gritó—. Soy Cleopatra Séptima. La última reina de Egipto.

Pero otra frase tomó forma en su mente. *Ayúdame, Sibyl Parker. Por favor. Ayúdame.*

Por fin le apartaron la cabeza de la reja.

—O sea que es verdad —dijo su captor—. Es lo que sospeché cundo me mostraste tus proporcionadas facciones.

Para su asombro, la puso de pie de un tirón y la arrastró hasta la puerta. Antes de que se cerrara a sus espaldas, vio que los demás inmortales arrojaban algo a la reja, algo que acalló a los perros del foso. Comida.

Una vez fuera, aquel hombre se plantó delante de ella como si le estuviera dando la bienvenida a aquellos extensos terrenos por primera vez, y con orgullo. Pero seguía siendo su prisionera. Dos inmortales la flanqueaban, sosteniendo las cadenas sujetas a la argolla del cuello y a las esposas que le mantenían las muñecas en la espalda.

—Asistí a muchos de tus desfiles triunfales en Alejandría —dijo—. Era un gran admirador tuyo. Perdona que no te haya recibido como debería haberlo hecho. Pero es que hoy no tenía previsto conocerte. Cenaremos juntos, tú y yo. Seguro que estás tan hambrienta como mis perros.

Puro teatro, esa cortesía. Tal vez una forma más sutil de tortura.

Pero ¿acaso importaba? La había sometido, y lo sabía. Se refocilaba en ello. Un monstruo, aquel hombre.

—Lavadla y llevadle ropa. Su vestido está hecho jirones. No es digno de una reina.

Y acto seguido caminó a grandes zancadas hacia la oscuridad. Por primera vez vio la casa principal de aquella extensa finca a cierta distancia. Las altas ventanas resplandecían tras las ramas desnudas de los árboles. Era un lugar mucho más espléndido que la hacienda donde la habían raptado. Pero en su tamaño, ella solo vio espacio para horrores todavía mayores.

34

Cornualles

Sibyl había dejado de gritar cuando Ramsés y Bektaten irrumpieron en la habitación.

Ahora estaba acurrucada en medio de un lío de colchas y sábanas. Ramsés se sentía tan angustiado por sus gimoteos como lo había estado con sus desgarradores gritos. Al parecer había sufrido algún tipo de ataque. Su vaso de agua estaba roto en el suelo al lado de la cama, y había una gran mancha en la blusa del traje de Julie.

Esta no se tomó el tiempo de secarla; estaba demasiado ocupada tratando de abrazar a Sibyl otra vez.

La gata, que antes había dado la impresión de estar protegiendo a Sibyl, estaba encaramada en la repisa de la chimenea, observando la escena con humana atención.

Aktamu y Enamon estaban apostados en ambos lados de la cama. ¿Pensaban que Sibyl podría salir volando y habría que retenerla? ¿Cuán severo había sido su arrebato?

Una vez que Julie se las compuso para tomarla entre sus brazos, Sibyl habló en un incesante torrente de palabras.

—La están torturando. Con fieras. Fieras espantosas. Las

puedo oler. Noto el calor de su aliento. ¡Grita a través de mí porque no quiere hacerlo delante de ellos!

Ramsés se volvió hacia la reina.

—¿Estos animales son los perros de los que me has hablado?

—Supongo que sí.

Ramsés escrutó el semblante de Bektaten.

—¿Sabes dónde está presa Cleopatra? ¿Has estado dentro del lugar donde ahora la retienen?

—En cierto modo he estado dentro, sí.

—¿Significa que te has reunido con Saqnos en su propio domicilio?

—No —contestó Bektaten—. Aktamu, al jardín. Tráenos flores de estrella. Eso debería calmarla.

Ante la mención del jardín, Julie dirigió a Bektaten una mirada de espanto. Ramsés, sin poder evitarlo, hizo lo mismo.

—Son muy adecuadas para su estado actual —respondió Bektaten—. Mi jardín ha producido un sinfín de milagros y solo un puñado de venenos.

—Salvadla —susurró Sibyl—, tenéis que salvarla, por favor. Tenéis que hacerlo. Me está pidiendo socorro.

Nadie contestó. Sibyl estaba en tal estado que si lo hubiesen hecho quizá no los habría oído. Sus ojos eran rajas de las que aún brotaban lágrimas. Se aferró a Julie como si un vendaval pudiera llevársela en cuanto la soltara.

Cuando Aktamu regresó con varias flores azules en una mano, Julie se retiró lentamente de la cama, pero no sin antes acomodar a Sibyl sobre los almohadones.

El fiel sirviente de Bektaten arrancó los pétalos azules y los estambres de las flores y los molió hasta conseguir un polvo fino en la mano. Después volvió a llenar el vaso de Sibyl y empezó a soltar aquel fino polvo azul entre los dedos sin dejar de frotarlos. Era un proceso delicado y silencioso. Cuando acercaron el vaso a los labios de Sibyl, pareció surtir efecto casi en el acto. Los temblores que sacudían su cuerpo cesaron de golpe.

—¿Sabemos si afectará a Cleopatra? —preguntó Julie.

—No —contestó Bektaten—, pero si lo hace, hará que su aprieto sea más llevadero. Venid conmigo. Los dos.

Hicieron lo que les ordenaron. Enamon los siguió. Aktamu se quedó en la habitación.

Los condujo hasta la primera planta de la torre y, desde allí, bajaron un tramo de escaleras de piedra hasta una especie de cámara subterránea, con dos ventanas enrejadas, literalmente tallada en el acantilado.

Ramsés comprendió que allí se guardaban artículos secretos y muy valiosos. Aunque no estaba seguro de qué podía ser más valioso que el jardín encantado del centro del patio, aunque resultaría inútil para quien no conociera sus secretos. Y estaba convencido de que allí, en aquella cámara privada, era donde se destilaba la magia del jardín, donde se separaba y convertía en algo útil, a veces con resultados fatales.

Las paredes de piedra estaban cubiertas de armas de distintos períodos de la historia. Grandes espadas bañadas en oro y con adornos de plata, ébano y marfil. Y encima de la mesa central, una hilera de dagas plateadas, cada una dentro de su vaina. En el extremo del fondo de la mesa, varios tarros de polvos de colores brillantes, etiquetados con la misma grafía que había visto en los diarios de Bektaten. Pólenes diversos, estaba seguro. Pólenes que, de una manera que no estaba clara, se habían aplicado a las armas que tenía delante, encima de la mesa. Al lado de la hilera de dagas había varios anillos de bronce, cada uno con una reluciente piedra roja. Estos anillos eran sospechosamente mayores que los de la joyería moderna, pues tenían un receptáculo debajo de la piedra que sin duda había contenido uno de los secretos de Bektaten.

Aquella habitación era una armería. No había mejor palabra para describirla.

—Intentas armarnos con los frutos de tu jardín —dijo Ramsés.

—No intento armaros. Os armo. Las dagas se han bañado en una sustancia que dejará sin sentido a un inmortal durante varias horas seguidas. Cada una sirve para asestar cinco golpes eficaces antes de que la hoja se agote. Los anillos contienen la solución permanente que habéis visto hoy. —Quitó el tapón de piedra preciosa de uno, revelando una pequeña aguja de bronce alojada en su interior—. Es precisa una penetración completa del muguete estrangulador para que surta efecto. En la superficie de la piel no os hará daño. Y para los mortales es inocuo.

—El sedante del que están impregnadas las dagas, ¿dará resultado en los mortales? —preguntó Julie.

—No —contestó Bektaten—. Pero la daga sí, por supuesto, si tenéis buena puntería y golpeáis con fuerza. ¿Eres ducha en estas cosas, Julie Stratford?

—No acabo de tener claro adónde nos envías ni para qué —contestó Julie.

—Nos os envío a parte alguna —dijo Bektaten—. Otorgo esperanza a una misión que sin duda emprenderéis con mi consentimiento o sin él. Eso es todo.

—¿Eso es todo? —preguntó Ramsés—. ¿Estas dagas y estos anillos?

—No.

Bektaten se volvió hacia el armario de caoba que tenía detrás. Sus puertas estaban decoradas con incrustaciones de nácar. Cuando lo abrió, Ramsés vio estantes llenos de botes de cristal. Algunos grandes, otros minúsculos frascos, todos llenos de líquidos de distintos colores y luminosidades.

¡Qué ganas tenía de explorar aquel armario! Oír a Bektaten describir cada poción mágica que contenía. Sin duda no todas eran semillas puras del jardín, sino mezclas diversas de plantas todavía desconocidas para el hombre. Habida cuenta del larguísimo tiempo que llevaba en la tierra, algunas de las plantas que guardaba y cultivaba quizá hacía tiempo que se habían extinguido. Pero no había tiempo para estas elucubraciones. Pues en aquella cámara había con ellos una presencia casi espectral: su miedo a que Sibyl sufriera pronto otro episodio y alarmara al castillo otra vez con sus terribles gritos.

Bektaten sacó del armario un frasco grande, largo como una mano y de varios dedos de diámetro, lleno de alguna clase de polvo naranja, y se lo pasó a Enamon.

—¿Qué es esto? —preguntó Ramsés.

Enamon lo metió en un bolsillo de su chaqueta. Cuando Ramsés lo miró a los ojos, respondió con una mirada inexpresiva, un silencioso y educado recordatorio de que no estaba obligado a contestar las preguntas de Ramsés.

—Es polen de flor de ángel —dijo Bektaten.

—¿Y no requiere daga ni anillo para ser eficaz?

—Es una herramienta más compleja —contestó ella—. Es lo que me permitió ver por dentro la finca donde está retenida Cleopatra.

—¿Y cómo funciona? —preguntó Julie.

—Ya lo veréis —contestó Enamon.

—No es para que lo uséis vosotros —dijo Bektaten—. Ninguno de los dos. Os falta experiencia.

—Nos cedes a tus hombres, pues —dijo Ramsés.

—En efecto —contestó ella.

—¿Y vamos a dejaros a ti y a Sibyl desprotegidas? —preguntó Julie.

—Querida Julie —dijo Bektaten, acariciando con un dedo las puertas del armario de caoba—, no estoy desprotegida.

Julie asintió con la cabeza.

En el tenso silencio que siguió, Ramsés empuñó una de las dagas envainadas y la sopesó. Cuando Julie hizo lo mismo, un impulso protector prendió dentro de él y, como si lo hubiese notado, ella buscó su mirada en el acto. Lo estaba desafiando a prohibirle que participara en la misión. De modo que Ramsés se abstuvo de decir algo en ese sentido. Pero no pudo evitar sonreír ante su exhibición de desafío y fortaleza, la manera en que tensaba los labios, haciéndolos suculentos en el preciso momento en que sabía que un beso podría interpretarse como un burdo rechazo de su determinación.

Bektaten los estudiaba a los dos. Lo mismo hacía Enamon, como si pensaran que quizá no tendrían la fortaleza suficiente para enfrentarse a lo que les aguardaba.

—He armado vuestra misión —dijo la reina—, de modo que ahora tengo derecho a poner condiciones.

Ramsés dejó la daga encima de la mesa.

—Si no aceptamos esas condiciones, ¿se nos retirarán las armas?

Bektaten hizo caso omiso a la pregunta.

—Traeréis aquí a Cleopatra para que podamos confinarla y establecer la verdadera naturaleza de su ser, así como la naturaleza de aquello en lo que se está convirtiendo y cómo afecta a nuestra nueva amiga Sibyl Parker. No debéis eliminarla con lo que os entrego. Solo debéis eliminar a sus captores y a cualquier otro que se interponga en vuestro camino. Como ya te he dicho a ti, Ramsés, matar precipitadamente a Cleopatra puede poner a Sibyl en peligro. No permitiré que suceda.

Ramsés miró a Julie. Esta asintió con la cabeza.

—Estamos de acuerdo. ¿Y la segunda condición?

—Traedme a Saqnos.

Difícil al principio precisar el origen de la ira que flotaba en la habitación; la respiración agitada que enviaba corrientes de tensión que vibraban en el silencio reinante. La ira procedía de su sirviente Enamon. Había sido él quien había reaccionado a la orden de Bektaten con una gran inhalación. Fue la primera muestra de emoción que Ramsés había visto en aquel hombre, y daba a entender que no era solo un sirviente. Un compañero constante. ¿Saqnos le había dejado heridas tan profundas como las que había dejado en su reina?

Bektaten se volvió para mirar a Enamon sin decir palabra y vio sufrimiento en sus ojos, pero una fría determinación en el resto de su semblante.

—¿Te parece sensato? —preguntó Ramsés.

—¿Sensato? —repuso Bektaten, volviendo la mirada de su compañero a él.

—Busca el elixir puro, como siempre ha hecho. Y tú lo tienes aquí.

—Aquí tengo los ingredientes, esparcidos entre muchos otros, no están mezclados; una vez preparado, nunca se guarda. Si Saqnos quedara libre...

—No quedará libre.

La voz de Enamon fue un inesperado retumbo grave. Incluso Bektaten se sobresaltó. Había algo más que instinto protector en su tono de voz. Un dejo de reproche.

—Si de un modo u otro llegase a encontrar mi jardín —empezó Bektaten con cuidado y dejando claro que volver a expresarse con otras palabras sería la única concesión que haría al miedo y el enojo de su sirviente ante su decisión—, se encontraría de nuevo con que no sabe cómo combinar los ingredientes.

Otro tenso silencio.

Bektaten los miró uno por uno.

¿Estaba dándoles la oportunidad de contradecirla?

Nadie la aprovechó.

En cambio, Enamon bajó la mirada al suelo, el más sutil gesto de rendición que Ramsés hubiera visto, y Julie volvió a empuñar una de las dagas.

—¿Estáis de acuerdo con estas condiciones? —preguntó finalmente Bektaten.

Ramsés se disponía a asentir con la cabeza cuando Julie rompió el silencio.

—Antes tengo que hacer una pregunta.

—Habla.

—¿Por qué no has envenenado a Saqnos hasta ahora? —preguntó.

Fue la primera vez que Ramsés vio a la reina encogerse, como si las palabras de Julie la hubiesen golpeado literalmente. Se volvió hacia el armario y, por un momento, Ramsés pensó que iba a sacar un rollo o una tablilla con secretos que quizá responderían a la pregunta de Julie con un relato antiguo. Pero no hizo nada semejante. Más bien dio la impresión de que solo podía serenarse dando la espalda a sus miradas expectantes.

—Es lo único que me conecta con mi pasado —contestó—. Es lo único que me conecta con lo que fui. Si voy a eliminarlo para siempre, el motivo para hacerlo tiene que enfrentarse a mí de carne y hueso una vez más.

—Yo te conecto con lo que eras —dijo Enamon—. Aktamu te conecta con lo que eras. Te liberamos para que pudieras convertirte en lo que eres ahora.

—Sí, me consta, y os estaré eternamente agradecida —respondió Bektaten—. Pero Saqnos tenía la otra mitad de mi reino en sus manos. Si se va para siempre, también se va Shaktanu.

Ramsés guardó silencio. No era el momento ni el lugar de decir nada. Pero tuvo la sensación de que la cegaba el amor, no tanto por un hombre como por un reino perdido. O tal vez fuesen ambas cosas y no estuviera dispuesta a arriesgar su nueva y frágil alianza.

—Siempre hay una última oportunidad —dijo Bektaten—. Traedlo aquí para que pueda tenerla.

—¿Una última oportunidad? —preguntó Ramsés—. ¿Para Saqnos?

—Sí, para él —respondió Bektaten en voz baja.

—¿Crees que puede reparar su error? —le preguntó Julie.

—Creo que voy a darle una oportunidad. —Se volvió hacia ellos otra vez, enunciando cada una de sus palabras con un sereno énfasis que transmitía la amenaza de su ira—. Hay muchos secretos en mi jardín. Muchos más de los que os he mostrado encima de esta mesa. Esta conversación... la doy por terminada. ¿Estáis de acuerdo con mis condiciones? ¿Podemos empezar?

Ramsés contestó alargando el brazo para empuñar una daga, tal como Julie había hecho momentos antes.

—Sí —dijo—. Empecemos.

35

Havilland Park

Imposible saber cuánto tiempo había pasado. Tenía la sensación de llevar horas encerrada en la celda.

¿Estaban preparando la comida? ¿O aquel aislamiento era otra forma de tortura sin derramamiento de sangre?

¿Y cómo explicar la súbita calma que parecía haberla embargado? ¿Era resignación, rendición?

La puerta de la celda se abrió.

Los inmortales que antes le habían puesto cadenas ahora le traían un vestido, un bacín de porcelana lleno de agua caliente y un trapo con el que lavarse. Le presentaron esos artículos como si fuesen tributos reales. Tuvo que hacer un gran esfuerzo para no mofarse de semejante absurdo. ¿Tributos reales en aquella celda oscura que olía a tierra y a hojas podridas? ¿Quiénes eran aquellos desdichados?

No obstante, se había producido un cambio en su actitud. Seguía siendo su prisionera, pero ahora creían que era una reina.

El vestido era liviano e insustancial, tachonado de perlas y piedras preciosas que le recordaron la escarcha a orillas del

Nilo. No tanto una prenda como un ridículo adorno. Joyas en forma de ropa. Llevarlo la rebajaría, pero no tanto como permanecer en aquella precaria celda.

Fulminó con la mirada a sus captores convertidos en portadores de obsequios hasta que se marcharon, después se desnudó.

De no haber pasado por el terror de casi ser arrojada al foso de los perros para servirles de alimento habría sido incapaz de soportar semejante humillación, lavándose con un único trapo que tenía que mojar en el bacín que tenía a sus pies. Pero el tejido era suave y el agua estaba a la temperatura justa, de modo que agradeció ambas cosas.

Y cuando se puso el vestido sobre la piel, se sintió muy reconfortada. Supo en el acto que no era solo consecuencia de la tela que le acariciaba la piel. Tal vez el llevar ropa limpia desencadenara esa súbita e intensa sensación, pero su verdadero origen estaba muy lejos de allí. Era Sibyl Parker. Sábanas de seda y un grueso edredón; eso era lo que Cleopatra sentía como un beso. Alguien la había acostado en una cama lujosa. Justo en el momento en que este pensamiento la llenó de envidia y enojo oyó la voz de Sibyl, tan clara como la había oído en el sueño.

Estamos viniendo, Cleopatra. No tengas miedo. Estamos yendo a buscarte, te lo prometo.

Podía oír el océano, el estruendoso rugido del oleaje y, cuando dejó que se le cerraran los ojos vio el contorno espectral de una chimenea encendida y las sombras de personas que pasaban por delante. Pero entonces la visión se esfumó; la voz de Sibyl, no obstante, su recuerdo de ella, siguió siendo tan clara como el tañido de una campana.

—¿Quiénes? —gritó, incapaz de contenerse.

La puerta de la celda se abrió de nuevo. Sus captores no se habían ido, al parecer. Por tanto, para disimular aquel estallido, dijo enseguida:

—Estoy vestida. Lista para cenar.

¿Quiénes están viniendo, Sibyl? ¿Qué esperanzas de rescate pueden darme?

No obtuvo respuesta.

Qué errática la frecuencia de esta conexión, menos clara de cuanto lo había sido en el sueño. Y ahora parecía basarse más en sensaciones físicas que en demenciales visiones. ¿Era posible que Sibyl decidiera no contestar, que se negara a decir quién estaba viniendo? ¿En verdad había enviado Sibyl una partida de rescate, o estaba Cleopatra a punto de ser víctima de un segundo secuestro?

Estaba sin hogar. Sin hogar ni refugio ni templo ni palacio. Solo aquellos escasos recuerdos a los que todavía podía aferrarse y una determinación que sentía gélida en su fuero interno.

Ruido de botas pisando la piedra.

Esta vez los portadores de obsequios trajeron consigo las cadenas otra vez.

No opuso resistencia. ¿Para qué? Eran tan fuertes como ella y mucho más numerosos.

Le dejaron las muñecas libres pero aseguraron la argolla del cuello y extendieron las cadenas sujetas en ambos lados para poder mantenerse a una distancia segura de ella mientras salían juntos de la celda.

Ya no era solo su prisionera.

También lo era de Sibyl Parker.

36

Bajo centelleantes arañas eléctricas, la larga mesa del comedor estaba puesta con un festín que habría servido para diez mortales. Pero la única persona sentada a la mesa era su anfitrión, que la recibió con una mirada tan inmutable que se diría estatuaria.

En los bordes del mantel vio dibujos hechos con perlas bordadas. El suelo de madera resplandecía. Las colgaduras púrpura en la pared de las altas ventanas que tenía a su derecha eran tan largas que se amontonaban en el suelo.

La condujeron a aquel suntuoso comedor encadenada y la dejaron en un extremo de la mesa, frente a su apuesto anfitrión.

Mientras se acomodaba con inquietud en la silla de respaldo alto, vio un trozo de papel en su plato vacío.

Era un recorte de periódico. Un artículo sobre un gran alijo de objetos del Egipto tolemaico vendido a coleccionistas privados. Los arqueólogos y los conservadores de museos del mundo entero estaban indignados, pues aquellas estatuas y monedas bien podían haber contenido el verdadero semblante de Cleopatra VII, y debían estar en un museo.

¿Qué locura había asolado las arenas de Egipto?, se preguntaban. ¿Se trataba tan solo de otro fraude como el descubrimiento de una tumba ocupada por un demente que fingía ser Ramsés el Grande? Una ilustración acompañaba al texto: una representación sorprendentemente rigurosa de una de las estatuas que ella había escondido dentro de la tumba a la que había llevado a Theodore Dreycliff. Una ilustración que guardaba un parecido asombroso con ella.

De modo que por eso la había reconocido. ¿Sabía su nombre mientras la torturaba con sus perros? ¿Cómo explicar si no la prontitud con que la había creído?

«Pero ¿es tu verdadero nombre? ¿Seguirás considerándolo tu verdadero nombre cuando haya desaparecido tu último recuerdo de Alejandría?»

Cleopatra pestañeó. No debía derramar lágrimas delante de aquel hombre. Tenía que ser fuerte. Pues pronto esta fortaleza podría ser lo único que le quedara.

Sí sabía su nombre mientras la torturaba, señal de que también quería quebrantarle el espíritu, y eso no lo podía permitir. De modo que agarró el recorte de periódico y lo arrugó con el puño como uno haría con un despacho de un enemigo de guerra. Después, una vez hecha la bola de papel, la dejó caer al suelo.

Miró a su alrededor, ignorando adrede la reacción que su anfitrión pudiera tener ante la falta de respeto de su gesto.

A través de las ventanas solo se veía oscuridad. Apenas se divisaba el contorno del lejano edificio solitario donde había faltado poco para que la arrojaran al foso de los sabuesos. En las paredes había tapices que representaban escenas de cacerías y batallas de épocas que habían transcurrido mientras ella dormía el sueño de la muerte. Aquí sentía, como había sentido durante su visita a Roma mil años antes, como si todos los adornos y lujosas telas sirvieran para contener la siempre invasora amenaza de la naturaleza, los grandes bosques y los campos verdes. Aquí no se podían dejar abiertas las ventanas sin miedo. Miedo a los animales, miedo a la lluvia, miedo a lo agreste.

De modo que conservaba aquel recuerdo; aquella remota apreciación de paisajes verdeantes e indómitos; aquel anhelo de la limpia simplicidad de la costa del desierto. ¿Podría aferrarse a él? ¿Podría atrapar este recuerdo, y otros semejantes, con un puño?

De pie contra la pared de enfrente de las ventanas, otros tres inmortales. Los tres de tez blanca y ojos azules, que parecían oriundos de aquella tierra llamada Gran Bretaña. Más hijos de él, sin duda. ¿Ese era el grupo entero, los dos que sujetaban sus cadenas y los tres que observaban cada movimiento suyo cautelosamente?

—Come —dijo su captor.

¿Podía? Tenía cubiertos de plata frente a ella, y los brazos y las manos libres. Tenía a su alcance una fuente llena de pequeñas aves asadas.

Despedazó la primera ave con las manos, separó la carne del hueso con los dientes.

Su captor observaba esta exhibición fríamente. ¿Su negativa a utilizar tenedor y cuchillo modernos era un insulto?, parecía preguntar su mirada.

Cleopatra no tenía ganas de contestar. Se limitó a comer. Su captor también comía, pero sin mirar una sola vez su comida. Tenía una paciencia increíble aquel hombre. Un temple que la asustaba tanto como la brutalidad con que casi la había echado al foso de los perros. Pero comía con el apetito infinito de los inmortales.

«Me consta que he cautivado a muchos hombres —pensó—. Me consta que he cautivado a gobernantes de Roma. No recuerdo cómo exactamente, pero los libros de historia me dicen que lo he hecho y por tanto tengo que ser capaz de volver a hacerlo.»

Sin embargo, aquel hombre no era un gobernante de Roma. Más bien tenía una ausencia de emoción que hacía que no pareciera del todo humano.

—O sea que fingiste tu muerte —dijo él de repente—. El cuento del áspid. Tu suicidio. ¿Otra mentira de Plutarco?

Cleopatra no contestó. ¿Qué ocurriría si dejaba que aquel hombre supiera que su muerte, en efecto, había sido real, y que la habían hecho regresar de ella dos mil años después? ¿A él lo habían creado de esta manera? Si supiera que a ella no, ¿la vería como una inferior, merecedora de más tortura?

—Quiero conocer tu historia —dijo él.

—Y yo la tuya.

—Empecemos por lo que sabemos uno del otro, pues. Tienes suerte de haber sobrevivido al día de hoy. Nuestro secuestro te ha salvado de morir.

—¿Qué quieres decir?

—Se ha repartido un veneno en la fiesta de compromiso de Julie Stratford y el señor Ramsey. Un veneno que solo surte efecto en inmortales. Que los reduce a cenizas.

Le concedió un momento para que asimilara aquello. Cleopatra se encontró masticando más despacio. Le temblaban las manos. ¿Veneno que podía matar a inmortales? Ramsés nunca había aludido a la existencia de semejante sustancia en todos los años que habían pasado juntos.

—Deduzco que no sabías que existiera algo semejante —señaló él.

—¿Lo sabías tú?

Él bebió un sorbo de vino de su copa de plata.

—¿Cómo te has salvado? —preguntó ella.

—No he asistido a la fiesta.

—Ya veo.

—¿Qué es lo que ves, Cleopatra?

—Tú repartiste el veneno.

—¿Por qué dices eso?

—Habías oído hablar del señor Ramsey. Relatos sobre la tumba que fue descubierta justo antes de su repentina aparición en Londres. Reconociste en esos relatos la presencia de un inmortal al que no conocías. Y no deseabas compartir el mundo con él. Por eso quisiste envenenarlo. Para restaurar lo que tú defines como orden.

Estos pensamientos los reveló casi sin querer pero, una vez expresados, una vez que imaginó a Ramsés envenenado, la embargó la tristeza. Una tristeza que rivalizaba con la profunda pena que sentía, no ya por su hijo sino por los recuerdos de haber tenido un hijo.

¿Era posible que la crueldad de aquella gente con ella hubiese despertado su viejo amor por Ramsés? ¿Tal consecuencia sería peor que un espíritu quebrantado?

—Si tu historia es verdad —dijo él—, y simplemente quería envenenar al señor Ramsey, ¿cómo explicas la trampa en la que caíste por error?

—¿La trampa que tendiste a Julie Stratford, quieres decir?

Finalmente hubo una chispa de emoción en sus ojos azules, que parecieron casi humanos. Pero imposible de interpretar. ¿Enojo? ¿Simple sorpresa? ¿Estaba impresionado por lo que ella había deducido?

—Nunca he querido envenenar al señor Ramsey —dijo en un tono glacial.

—Pero querías raptar a Julie Stratford.

—En efecto.

—¿Y el veneno?

—El veneno no era mío. ¿Era tuyo?

Los había llevado al umbral de la extraña historia de su origen, una historia demasiado peligrosa para que Cleopatra la revelase.

—No lo era —contestó—. Hasta hoy no sabía que existía. ¿Tú sí?

Era la segunda vez que había hecho la misma pregunta. En esta ocasión la respuesta fue el silencio.

La tensión de los captores que la flanqueaban era tan grande que podía sentirla.

Cleopatra se dio cuenta de que él conocía la existencia del veneno y aun así había enviado a parte de su gente a llevar a cabo el secuestro. ¿Cuántos habían muerto como consecuencia? Los supervivientes la flanqueaban ahora, de eso estaba segura. ¿Los había salvado su misión en el túnel del templo?

Percibió en su tenso silencio una división en el grupo que quizá podría aprovechar. Si era cuidadosa. Si era paciente.

—Deberías estarme agradecida —dijo aquel hombre en un tono mordaz.

—Dime cómo te llamas para que mi gratitud tenga un depositario —dijo Cleopatra en voz baja.

—Saqnos —contestó él—. Y tú eres Cleopatra, la última reina de Egipto. Amiga de Julie Stratford y de su enamorado, el misterioso egiptólogo Reginald Ramsey.

Se estaba burlando del nombre que Ramsés había asumido en aquella época moderna. Acosándola para que revelara si conocía su verdadera identidad. Pero lo único que ella dijo fue:

—Saqnos. ¿De dónde procede ese nombre?

—De mi historia, por supuesto. De mi pasado.

—¿De qué tierra?

Meditó su respuesta.

—De la tierra que existía cuando todas las tierras eran una.

—¿Hablas de los continentes antes de que se separasen? —preguntó Cleopatra.

—¿Eres estudiante de ciencia moderna?

—Leo muchos idiomas.

—Y hablas otros tantos. O al menos los hablabas cuando eras reina.

—Ya no soy reina.

—Siempre serás reina. —Casi paternal la manera en que dijo esto, como si hubiese conceptos que le importaran más que lo que había en juego en aquella conversación. Conceptos como la pervivencia de los títulos monárquicos—. Igual que yo siempre llevaré el título que ostentaba en mi reino ancestral. Las cargas que hemos soportado, las visiones y los sueños, darán forma para siempre a nuestras vidas inmortales.

—Así pues, ¿fuiste rey hace trescientos millones de años, cuando las tierras todavía estaban unidas?

—Hablas de unidad en sentido literal. En términos de continentes. Yo me refiero a un reino que unía casi todo el mundo mediante tratados, comercio y conocimientos compartidos. No fue hace trescientos millones de años. Y yo no era el rey sino su primer ministro.

—¿De cuándo estamos hablando?

—De los tiempos que ahora llaman ocho o nueve mil años antes de Cristo.

Cleopatra no podía dejar de mirarlo.

—Shaktanu —susurró finalmente.

—Crees que es un mito.

—Es un mito.

—Me lo dices con una seguridad que solo cabe describir como arrogancia.

—Exiges gratitud por las humillaciones que he sufrido aquí porque me salvaste de un envenenamiento al azar. La arrogancia es un tema en el que eres experto, Saqnos, primer ministro de Shaktanu.

—¿Humillaciones? Te negabas a decirnos tu nombre.

—Me tomasteis prisionera.

—Caíste en nuestra trampa. Todavía tengo curiosidad por saber cómo y por qué. ¿Qué te vincula a Ramsés el Grande, Cleopatra? ¿Los artículos sobre ese misterioso egiptólogo te llamaron la atención tanto como a mí? ¿Cómo es que el señor Ramsey genera tanto revuelo en el mundo moderno mientras que tú has permanecido en la sombra hasta ahora? ¿Te despertó alguien? ¿Alguien te bañó en luz solar para que pudieras caminar de nuevo? ¿Te dijeron que tu antiguo amante había resucitado?

»O quizá Ramsés no sea nada de eso. Quizá sea un antiguo rival, un enemigo de guerra. Tengo entendido que en su día no trabaste amistad con el gran rey Herodes. Por descontado, hoy la historia recuerda a Herodes por crímenes mucho peores que tramar tu asesinato.

—Ramsés fue para mí mucho más de lo que dices —dijo Cleopatra.

—«Fue», dices —señaló Saqnos—. ¿Y lo sigue siendo?

Se dio cuenta de que aquello era peor que lo de los perros, peor que ser obligada a decir su nombre. Reconocer la complejidad de sus sentimientos por Ramsés delante de aquel hombre. Pero ¿qué alternativa tenía? ¿De qué otra manera podía reconducir la conversación, lejos de su extraña resurrección y sus destructivas consecuencias? Bastante duro era ya admitir esas cosas ante Julie Stratford, pero ¿ante aquel hombre, aquel inmortal brutal y desalmado? Imposible.

—Fue mi consejero y mi guía durante los tiempos más oscuros de mi reinado —dijo—. Trajo consigo siglos de sabiduría. Usó esa sabiduría para ayudarme. Contra mis propios hermanos, contra Roma. Y con Roma, cuando fue posible.

Había caído en otra trampa. Si Saqnos decidía interrogarla, sería incapaz de contestar preguntas concretas sobre su pasado sin desvelar lo deprisa que estaba perdiendo sus recuerdos.

—Sabiduría no fue lo único que llevó consigo, ¿verdad? —preguntó Saqnos.

Ella le sostuvo la mirada.

—El elixir puro —dijo Saqnos—. Su poder. Sus ingredientes exactos. Su fórmula.

Una afirmación curiosamente concreta, así como la celeridad con que se llevó la copa de vino a los labios, como para distraerla del afán que traslucían sus ojos.

«Su fórmula...»

Intentó despojar de toda emoción a su semblante, juntar

los fragmentos de información que le había proporcionado. De modo que no había envenenado a nadie ese día. Pero había intentado raptar a Julie.

¿Su plan había consistido en dejar vivo a Ramsés a fin de poder usar el rapto de Julie contra él?

«Su fórmula...»

¿A fin de poder torturar a Julie para que le diera la fórmula del elixir?

Fingió un renovado interés por la comida. Masticar, descoyuntar huesos minúsculos y pinchar pequeños trozos de ternera Wellington con el tenedor, actos todos que le permitían disimular la rapidez de sus pensamientos.

¿Era posible que Saqnos, a todas luces inmortal, no tuviera el elixir? ¿Que este lo hubiese transformado, tal como la había transformado a ella, pero que nunca lo hubiese poseído y no supiera cómo prepararlo?

¿Lo mismo era válido en el caso de los otros inmortales que estaban a su servicio? ¿Los que lo llamaban amo? Sería extraño que le llamaran amo si no los había creado él. Y no se podía pasar por alto el ansia tan particular que había impreso a su voz al decir dos simples palabras. «Su fórmula.»

¿Creía que ella sabía cuáles eran los ingredientes del elixir?

¿Debía permitir que así lo creyera?

Y entonces recordó otra palabra que acaba de usar. Su frase final la había distraído, pero ahora le acudía a la mente, nítida como sus visiones de Sibyl Parker.

«Puro.» Lo había llamado el elixir puro. Por tanto la versión que él tenía era impura, incompleta. Adulterada.

Llevaba demasiado rato callada.

—¿De modo que no sabes quién es el culpable del envenenamiento de hoy? —preguntó.

—Esto no va así.

—¿Quién es? —preguntó Cleopatra—. ¿Quién lo ha hecho?

—Estamos intercambiando información, ¿no?

—En efecto. Yo te he explicado mi relación con Ramsés. Te he confirmado que el hombre que se hace llamar señor Reginald Ramsey en realidad es Ramsés el Grande. Ahora pido información a cambio.

Se sintió triunfante. Lo había engañado, era evidente. Saqnos creía que ella conocía la fórmula del elixir puro, como él lo llamaba. Sus ojos estaban demasiado atentos y apretaba la mandíbula.

—Los bibliotecarios de Alejandría —dijo—, mi Alejandría, decían que Shaktanu era un mito. Un cuento fantasioso. Un cuento sobre una época dorada que desconocía la guerra. Una fantasía reconfortante para quienes no son amigos de la guerra, quienes no aceptan que es inevitable.

—Nada es inevitable. Ni siquiera la muerte. Nosotros somos prueba de ello.

—Seguro que tus hijos que han muerto hoy creían lo mismo.

—No intentes aguijonearme, Cleopatra. Soy inmune a estos trucos.

—Pero no eres inmune a ese veneno, sea lo que sea. Como tampoco eres inmune a quienes desean administrarlo.

—Soy inmune a los trucos de esa mujer, a sus mentiras y a sus engaños, y siempre lo he sido —dijo en tono burlón, y acto seguido se dio cuenta, demasiado tarde, de lo que acababa de revelar.

—¿De quién hablas, Saqnos?

—Tu turno ha terminado. Ahora me toca a mí preguntar. Ramsés el Grande. ¿Amante o enemigo?

—A menudo son lo mismo. ¿Por qué me obligas a escoger?

—Ya has escogido. La elección radica en el motivo que tuvieras para asistir hoy a la fiesta.

—¿De qué te serviría saberlo?

—Lo sabré cuando lo sepa.

Una alianza. ¿Realmente proponía una alianza después de la manera en que la había tratado?

—Hace dos mil años fue mi amante —dijo—. Hoy es mi rival.

—Ya veo —dijo Saqnos—, y por tanto has asistido a la fiesta para hacerle daño. O para utilizar a su prometida contra él, tal como teníamos previsto hacer nosotros.

—Es mi turno de pedir información.

Saqnos alzó su copa para indicar su consentimiento.

—La envenenadora. ¿Quién es?

Saqnos siguió masticando.

—¿Amante? ¿Rival? —insistió Cleopatra.

Tampoco contestó esta vez.

—Ya veo —dijo ella finalmente.

—¿Qué? ¿Qué es lo que ves?

—Era tu reina —susurró Cleopatra—. Sigue siendo tu reina, razón por la que estás recluido aquí como un cobarde, en tu finca, pese a que haya matado a tantos hijos tuyos.

—Tonterías.

—Es la pura verdad. Te entretienes torturándome porque estás indefenso delante de ella. No eres inmune. ¡Eres impotente!

—No se atrevería —murmuró Saqnos.

—¿Por qué no? —preguntó Cleopatra.

—Porque soy lo único que queda de nuestro reino. No ha alimentado grandes propósitos para su vida inmortal, aparte de ser una historiadora insegura e insignificante. Me envidia, y siente que tiene conmigo un vínculo enmarañado y confuso, y que así sea. Pues no soy lo que ella cree que soy, y nunca lo he sido.

Un silencio crispado.

—Nos dijiste que dormía.

La voz que sonó a su lado fue tímida y débil, pero su novedad hizo que Cleopatra se llevara un buen susto. Uno de los inmortales había dicho aquello, el que estaba a su izquierda, sujetando una de las cadenas de la argolla que Cleopatra llevaba al cuello. Una mujer pálida de grandes ojos muy expresivos y un reluciente y frágil vestido muy parecido al que habían dado a Cleopatra. Sostenía la mirada furiosa de Saqnos con tanta furia como él, pero le costaba un esfuerzo mayúsculo, de ahí que le temblaran las manos con las que sujetaba la cadena de Cleopatra. También le temblaba la mandíbula. Tenía los ojos arrasados en lágrimas.

—Nos dijiste que no debíamos temer nada de ella porque dormía.

Saqnos se puso de pie de un salto y golpeó la mesa con ambos puños con tanta fuerza que pareció que una ola hubiese recorrido el propio mantel, empujando todas las fuentes de comida a su paso. Cleopatra se deleitó. Supo al instante que Saqnos le daría información valiosa, la regocijó verlo tan desazonado por dos simples comentarios de uno de sus hijos.

—Semanas —gruñó—. A todos vosotros solo os quedan semanas, días. Si es que llegáis. Y fuisteis vosotros quienes me despertasteis, creyendo que Ramsés, el rey, sería vuestra gran esperanza. El plan no fue mío. Vosotros lo proyectasteis antes de que yo llegara. Ahora pretendéis responsabilizarme de esta matanza porque los siglos que ella guardó silencio me dieron a entender que dormía. ¡Esto es un ultraje! Nuestra prisionera me ha demostrado más respeto.

—No te matará porque eres la otra mitad de su reino —dijo Cleopatra en voz baja—, pero está claro que no siente lo mismo cuando se trata de tus hijos.

—¡Tú no sabes nada de esto! —sentenció Saqnos.

—Sé más de lo que te gustaría. Veamos. Tal vez deberías echar a tus desagradecidos hijos antes de que revelen más cosas. Por descontado, antes tendrían que quitarme las cadenas.

—Hemos perdido el hilo de nuestra conversación —dijo Saqnos.

—No —replicó Cleopatra—. Simplemente hemos añadido a un nuevo miembro. Un nuevo miembro al que solo le quedan semanas de vida aunque presente las señales de quien ha tomado el elixir. Si solo existe un elixir puro, claro está.

—Me toca otra vez a mí pedir información.

—¿Pues por qué no me preguntas lo que realmente deseas saber? —Debía prolongar el malestar que acababa de generarse, abrir más la herida, ahondar en el descontento de sus captores—. Hazme la pregunta que te reconcome desde que viste por primera vez el azul de mis ojos.

—¿Crees que solo tengo una pregunta que hacerte? Degradas mi capacidad de indagar y de abordar pensamientos complejos.

—Creo que tienes una necesidad, una carencia mayor que todas las demás, por la que estás dispuesto a poner en peligro a tus propios hijos.

—¿Y cuál es esa necesidad?

—Necesitas el elixir. Te fue dado, pero no así el conocimiento de sus ingredientes ni el modo de prepararlo. Has confeccionado una versión adulterada que no dura. Y todo el asunto se puede rastrear hasta tu reina, ¿verdad? La reina de Shaktanu. La reina de la que fuiste primer ministro.

—La serví en calidad de muchas cosas. Como primer ministro. Como amante. Como amigo. Y cuando hizo el mayor descubrimiento de la humanidad, lo guardó en secreto. Me lo ocultó a mí. A sus súbditos. Fue una traición a nuestro reino y cuantos la servíamos.

—Sin embargo, te las arreglaste de alguna manera para tomarlo.

—Lo robé. Estaba en mi derecho. Las horas que ella pasaba en su taller eran un lujo que se podía permitir gracias a mis desvelos.

—Ya veo. De modo que fue una época dorada, sin guerras. Todo gracias a un hombre: tú.

—Fue una época como nunca se ha conocido otra.

—Sé lo que cuesta gobernar. Y también sé que un rey o una reina nunca gobiernan con un hombre siempre encima. En cambio, dedican mucho tiempo a repeler los desafíos de quienes en privado sostienen que son la auténtica fuente del poder y el éxito. Lo sabía antes de mi resurrección y lo sé ahora. Fuiste un traidor, eso es lo que fuiste, Saqnos. Hablas como quien ha servido exclusivamente por la promesa de una recompensa personal.

Se hizo el silencio en la habitación. Saqnos le dio la espalda. Estaba haciendo acopio de fuerzas, de concentración. Los arrebatos de Cleopatra no lo habían encolerizado más, como ella había pretendido. Más bien lo habían aplacado. Paralizado, en cierto modo. Ella no quería esa parálisis. Quería su indignación. Quería sembrar un caos que pudiera aprovechar para tener ocasión de escapar.

—En tal caso —dijo Saqnos con calma, volviéndose hacia ella de nuevo—, tal vez deberías darme una conferencia sobre tu historia como reina. Seguro que me beneficiará saber qué aspectos de tu propia historia son verdad y cuáles son fantasías que creó un imperio que te menospreció y celebró tu caída.

Acortó la distancia que los separaba. Sus hijos habían retrocedido un poco pero seguían sujetando las cadenas.

—Tus victorias fueron numerosas, ¿no? Tu padre te exilió de Alejandría y, no obstante, te las arreglaste para regresar a la ciudad cuando César se adueñó de ella.

«No —pensó Cleopatra—. Esto no. Este interrogatorio, no. No este descenso a un pasado que es pura tiniebla.» ¿Acaso no había logrado evitarlo? ¿No había conseguido que se lo saltaran?

—Dime qué hay de cierto en este relato, reina Cleopatra VII. Última reina de Egipto. El relato de que entraste a escondidas en las dependencias de César dentro de un canasto lleno de serpientes. ¿Es verdad? ¿O pura fantasía?

—No —susurró Cleopatra—. Mentiras. Todo son mentiras. No es así como burlé al ejército de mi padre.

Un silencio mayor todavía, más profundo, y en él, una especie de tensa energía acumulándose, una nueva energía que parecía unir a todos los presentes en el comedor.

¿Qué había hecho? ¿Había cometido un error? ¿Había desvelado su verdadera y atormentada naturaleza?

Despaciosamente, Saqnos agarró un extremo de la cadena de manos de la mujer que había hablado contra él. Empezó a enrollársela en la muñeca, tensándola, tirando de Cleopatra hacia delante en la silla hasta que la obligó a ponerse de pie torpemente.

—No era el ejército de tu padre —masculló Saqnos—. Era el ejército de tu hermano. Fue él quien te exilió de Alejandría antes de la llegada de César. —Dio un tirón para apartarla de la silla. Quedaron separados por pocos centímetros. Imposible evitar su mirada fulminante—. Y no fue un canasto de serpientes. Fue una alfombra enrollada. No sabes estas cosas porque no puedes recordarlas. Y no puedes recordarlas porque el tuyo no fue un despertar, fue una resurrección, como acabas de revelar con tanta claridad.

»Porque tú, reina Cleopatra VII, no eres reina en absoluto. Eres un ser nauseabundo regresado de entre los muertos y pierdes tus recuerdos a medida que los recupera tu auténtico espíritu renacido. Tú eres una nulidad. Así es como llamo a la infame criatura que eres. He despertado a muchos como tú y lo único que he conseguido ha sido ver cómo los volvían locos las imágenes de quienes contienen su verdaderas almas reencarnadas, dejándome una única opción: aislarlos a oscuras para siempre. Y eso es lo que haré por ti, aspirante a un trono que llama traidor al mío. Encerrarte a oscuras antes de que la locura eterna te reclame.

El grito que le arrancó fue primario y desgarrador, más animal que humano. Cleopatra arremetió contra él con las uñas, con tanta fuerza que faltó poco para que la soltara. Pero Saqnos mantuvo el equilibrio y solo dio un paso atrás. Las cadenas de la argolla se volvieron a tensar pero no pudieron sofocar su grito.

—¡Soy Cleopatra! —rugió.

Se oyó un chasquido como el de un látigo. El cristal de una ventana detrás de Saqnos quedó completamente agrietado. ¿Lo había roto su grito?

Una bendición, el miedo que se adueñó del comedor. La distrajo de su desesperación, de las aterradoras implicaciones de las palabras de su captor. Una piedra. Eso era. Alguien había tirado una piedra lo bastante pequeña para no atravesar el cristal pero con el impulso justo para agrietarla de lado a lado. Solo un inmortal tendría la fuerza necesaria para hacerlo.

Los tres hombres que estaban apostados en la pared sacaron sendas pistolas aceitadas de sus chaquetas y corrieron hacia la puerta de la terraza.

Los otros dos captores, el hombre y la mujer, permanecieron a su lado.

Con una poderosa mano, Saqnos agarró la parte delantera de la argolla que llevaba al cuello. Pero volvió la cabeza para observar la apresurada salida de sus hombres.

Hubo un momento de silencio que enseguida llenó un extraño ruido rítmico. En un abrir y cerrar de ojos, los tres hombres armados estaban retrocediendo por la puerta, pistola en mano, con la cabeza gacha.

Los seguían los perros, que cruzaron la puerta abierta uno tras otro en absoluto silencio, con absoluto aplomo, dirigiendo la mirada a los hombres que los apuntaban inútilmente con sus pistolas. Por un momento resultó imposible creer que fuesen los mismos animales de los que por poco había sido su comida. Pues ahora su silencio era total y se movían al unísono. Eran mastines, con la cabeza tan grande como la de un hombre. Los redondos ojos azules parecían más pensativos ahora que sus bocas estaban contraídas para gruñir. A la titilante luz de la araña, Cleopatra vio sus relucientes pelajes, que iban del negro al marrón oscuro.

Anonadados, los hombres retrocedían trastabillando. Uno de ellos agitó el arma en el aire como si pensara que así podría detener su avance. De nada sirvió. Ahora Cleopatra los pudo contar. Diez, doce. Quince en total. Y en buena parte de sus caras, leves rastros de brillante polvo naranja.

Un poderoso hechizo había obrado un cambio milagroso en ellos. Daban la impresión de estar siendo gobernados por una única conciencia.

—Burnham —dijo Saqnos, levantando la voz.

Debatiéndose entre seguir sujetando una de las cadenas de la argolla o responder a la petición de su amo, el hombre llamado Burnham carraspeó y dio un penetrante silbido.

Los perros hicieron caso omiso.

Burnham palideció. Lo intentó otra vez. Los perros de nuevo lo ignoraron. Parecía que toda la jauría, los quince que la componían, miraran directamente a los tres hombres armados, y de pronto Cleopatra se dio cuenta de que esos hombres estaban esencialmente acorralados. Los habían hecho retroceder hasta la pared.

—¡Burnham! —bramó Saqnos.

—No reaccionan, Amo. Es como si estuvieran hechizados.

Ante esta afirmación, Saqnos se encontró sin saber qué responder.

Y entonces los perros empezaron a gruñir.

Nunca antes había oído un sonido semejante. Nunca antes había oído a quince perros distintos gruñendo perfectamente al unísono. El sonido era una especie de mezcla entre el de un enjambre de abejas enojadas y el de una piedra rodando constantemente cuesta arriba. Uno de los hombres simplemente huyó del comedor sin reparos. Otro lo siguió, y luego el tercero también. Pero antes dejó a lo tonto su pistola encima de la consola que tenía detrás, como si fuese una ofrenda, un gesto que pudiera aplacar a la jauría de fieras.

Los perros volvieron la cabeza hacia Saqnos.

La mujer que antes había hablado contra él también huyó, dejando caer la cadena al suelo con un golpe seco. Burnham salió tras ella. Y entonces los perros se pusieron a ladrar. Ensordecedor, aquel ruido que se repetía una y otra vez. Perfectamente al unísono. Cada ladrido tan fuerte, los sonidos tan bien alineados, que a Cleopatra le hacían temblar hasta los huesos.

Bajo este coro aterrador, otros ruidos. Cristales rotos. Pisadas. Pelea en las habitaciones contiguas. ¿Había más perros de aquellos? ¿O alguien había impedido que huyeran los hijos de Saqnos?

Su captor, o bien no lo oía o bien le traía sin cuidado, pues los perros ahora avanzaban hacia ellos, de nuevo perfectamente sincronizados.

—Esto es cosa tuya —susurró Saqnos.

Un placer verlo tan asustado, pero ¿acaso no estaba ella también en el punto de mira de los sabuesos?

—Yo no tengo nada que ver. Suéltame para que ambos podamos buscar un lugar seguro antes de que sea demasiado tarde.

Saqnos se volvió hacia ella. Le brillaban los ojos. Torció los labios para mascullar:

—Lo estás haciendo tú. Este era tu plan. Trabajas con la reina.

—¡Nunca he visto a tu reina! —gruñó Cleopatra.

Saqnos enseñó los dientes. Abrió la boca. Y de pronto lo apartaron de ella.

Los perros lo tiraron al suelo. Fue como si todos hubiesen saltado a la vez amontonándose encima de él en un delirio furioso.

Cleopatra cayó de espaldas, volcando la silla que tenía detrás. No le prestaron la menor atención, aquellas bestias. Más ira que angustia en los gemidos de Saqnos.

Dio media vuelta y se quedó helada al ver lo que la aguardaba en el pasillo. A pocos pasos de sus pies descalzos había un montón de cenizas dentro del vestido de la mujer que había estado sujetando una de las cadenas.

¡Aquello era obra del veneno! No había otra explicación.

Movimiento detrás de ella. Volvió a dar media vuelta.

Ramsés. Avanzando hacia ella. Se llevó un dedo a los labios mientras desenvainaba una daga de su cinturón. ¿Una daga? ¿Cómo podía reconciliar ambos gestos? ¿Uno para dar consuelo, el otro para atacar?

¡Cómo se atrevía!

Alargó los brazos, agarró el borde de un pesado armario cuyos estantes mostraban una colección de jarrones de estilos diversos. Entonces, cuando lo tuvo a su alcance, lo tiró encima de él, haciéndole caer al suelo en medio de una cascada de porcelana y cristal hechos añicos y estantes que lo inmovilizaron sobre el entarimado.

37

El destrozo de cristal y porcelana dejó a Ramsés aturdido y procurando protegerse la cara con las manos. Un corte en el ojo se curaría deprisa, pero una ceguera temporal durante aquel rápido asalto podía ser desastrosa.

Estaba seguro de que la había perdido. Se quitó de encima el pesado armario y se puso de pie. Allí estaba Cleopatra, a pocos metros de él, contemplando algo que tenía en la mano.

Su anillo. El anillo de bronce que Bektaten le había dado para aquella misión, el que tenía la recámara llena de polvo de muguete estrangulador. Se le había deslizado del dedo al caer, y ahora estaba en manos de ella.

¡Qué craso error estratégico habían cometido! Su veneno más inocuo, el sedante, lo habían aplicado a sus armas más temibles, sus dagas. Y el más temible en las menos evidentes, los anillos, anillos que no eran de su medida, anillos demasiado grandes o demasiado pequeños. Si hubiesen querido actuar con subterfugios para llevar a cabo un asesinato, habría sido un plan excelente. Pero en lo que a Cleopatra concernía, ese no era su plan.

Y si Cleopatra liberaba el muguete estrangulador, Bektaten nunca se creería que Ramsés no lo hubiese propiciado deliberadamente.

Cleopatra miraba el anillo antiguo como si fuese una flor que acabara de arrancar. Veía lo que era, veía la rosca debajo de la gema, un anillo con un compartimento secreto. Desenroscó la piedra roja, revelando la aguja de bronce que había dentro. Miró a Ramsés, vio el miedo en sus ojos y desenroscó el recipiente que sujetaba la aguja, revelando el polvo amarillo que había debajo.

—¡No! —gritó Ramsés—. ¡No debes hacerlo! ¡No lo hagas!

—De modo que este es el veneno —le dijo Cleopatra, echando chispas por los ojos—. El veneno de la reina.

—No tenía intención de usarlo contra ti. Quería someterte con otra sustancia, un sedante que lleva mi daga. No he venido a matarte ni a hacerte daño, Cleopatra. ¡Tienes que creerme!

—¿Quieres mantenerme con vida?

Se mostró estupefacta ante esa posibilidad.

—Sí. Por favor. Deja el anillo.

—Deja a un lado el veneno, quieres decir. Este veneno que recibiste de manos de una auténtica reina. No como yo, la sombra de alguien que hiciste regresar de entre los muertos.

—Juntos descubriremos quién y qué eres. Todos nosotros.

—Vaya, ahora pretendes confortarme. ¿Te confortaría saber que nunca he deseado volver a verte? No crucé un océano hasta ti por amor.

—Buscas el elixir. Crees que te hará más fuerte contra la conexión que tienes con Sibyl Parker.

—Sibyl Parker. —Le tembló el mentón y le asomaron lágrimas a los ojos—. Sibyl Parker, el recipiente de mi verdadero espíritu.

—He oído la explicación de Saqnos, sus injurias. No debes aceptarlas como hechos reales.

—Dame el elixir y después deja que yo misma interprete mi estado.

—No lo he traído.

—Por supuesto que no. Porque nunca has tenido en mente dármelo. Solo raptarme otra vez. ¿Con qué propósito? ¿Más torturas? ¿Algún tipo de prueba para dar sentido a esta locura?

—No debes pensar eso. No puedes.

—Vienes en mi busca con armas capaces de matar a inmortales.

—No hemos venido solo a por ti. También a por él. Para poner fin a tanta destructividad.

—¿Y qué quieres poner fin en mí, Ramsés el Grande?

—Tu sufrimiento.

Cleopatra levantó el anillo casi hasta la nariz.

—Podría ponerle fin ahora mismo, ¿no?

Su aliento estaba tan cerca del compartimento abierto que al hablar soplaba nubecillas de polvo amarillo que caían hasta la alfombra.

—¡No! —exclamó Ramsés.

—¿No te complacería que pusiera fin a mi vida aquí y ahora? ¿No te aliviaría? ¿Verte libre de la carga que supongo para ti? ¿Del monstruo que resucitaste de entre los muertos?

—Ven conmigo, Cleopatra. Liberémonos de todo esto sin poner fin a tu vida. Sin poner fin a la vida de Sibyl Parker.

—Sibyl —susurró, abriendo mucho los ojos.

Qué equivocación usar el nombre de Sibyl de esa manera, pensó Ramsés demasiado tarde. Había supuesto que ella sentiría la misma conexión amorosa que Sibyl sentía con ella. Pero en su sonrisa malintencionada no vio más que celos y enojo.

—Oh, claro, por supuesto. Las sábanas de seda. La gran chimenea encendida. Está contigo, ¿verdad? El rescate al que aludió. Se trataba de ti, Ramsés. Ahora me doy cuenta. Ya sé por qué has venido. Sibyl Parker es muy bella, ¿verdad? Con sus cabellos rubios y su tez clara. Tal vez en cada gesto de ella veas las partes de mí que no desprecias. Pues ella posee mi verdadera alma, ¿me equivoco? El alma migrante que abandonó esta carne hace dos mil años. De modo que no has venido a salvarme, sino a salvarla a ella.

—La angustia te ciega... —dijo Ramsés—. Nosotros somos las víctimas, todos nosotros, de poderosos misterios. ¿Qué podemos hacer salvo explorarlos juntos?

—Basta, Ramsés. Basta de compasión. Basta de culpabilidad. Si estos van a ser mis últimos días de cordura, los viviré como me venga en gana.

—¡Cleopatra!

Se abalanzó sobre ella.

Ella le tiró el anillo, y su contenido formó una nubecilla amarilla.

Ramsés gritó y se arrojó contra la pared de enfrente. Cuando levantó la vista, la entrevió a través del velo de polvo amarillo que caía hacia el suelo; desapareció por la primera puerta, dirigiéndose a la entrada de la casa.

Fue tras ella.

En el gran salón, la vio mientras huía. Imposible saber hacia dónde corría, pues no había más puertas en su camino.

—¡Cleopatra! —chilló Ramsés.

Ella se volvió de golpe y lo miró a los ojos.

—¡Libérame, Ramsés! —gritó—. Me hiciste regresar de la muerte sin detenerte a pensar qué sería de mí. Y ahora estoy condenada. Solo puedes recompensarme de una manera. ¡Libérame!

Al ver que sus palabras habían dejado parado a Ramsés, dio media vuelta y se echó a correr. Él observó, impotente, cómo se tiraba por la ventana más cercana. Detrás de ella, el cristal cayó en grandes fragmentos entre las cortinas.

Si continuaba en esa dirección, los demás no la atraparían.

Julie y Aktamu estaban en el otro lado de la propiedad; Julie pendiente de Aktamu, que guiaba a los perros.

Pasos detrás de él. Ramsés se volvió. Enamon llevaba en brazos el cuerpo aparentemente sin vida de Saqnos. No eran los perros los que habían sometido al primer ministro, de eso Ramsés estaba seguro, sino la poción de la daga de Enamon, una inyección que solo duraría unas pocas horas hasta que hubiera que administrarle otra. Los cortes y rasguños que le habían hecho los perros en el rostro y las manos ya habían empezado a curarse.

—Debo llevarlo ante la reina antes de que despierte —dijo Enamon.

—De modo que si la persigo, lo hago solo. ¿Es esto lo que estás diciendo?

Sin decir palabra, Enamon desapareció por la puerta que tenía a sus espaldas, caminando confiado, como si Saqnos no pesara nada.

Ramsés permaneció inmóvil, mirando la ventana rota.

Qué pronto lo había abandonado el espíritu de lucha al ver a Cleopatra.

No había estado preparado para la perfecta semejanza con su amor perdido. No había estado preparado para su angustia y desesperación.

Su última súplica le había desgarrado el corazón.

¿Quién era él para negarle la petición de vivir sus días finales como se le antojara, antes de que la locura se adueñara de ella? ¿Podría encontrarla entonces? ¿Podría encontrarla sirviéndose de la conexión con Sibyl? ¿Tendría el coraje y la fortaleza de someterla en medio de su locura, de aislarla en la oscuridad hasta el fin de los tiempos, tal como Saqnos había amenazado con hacer, pero por su propio bien? ¿O podía dejarla libre en el mundo de una vez para siempre?

Si no había paz para ella, ¿alguna vez la habría para él?

38

Venían corriendo por el césped como una manada. A Julie al principio le parecieron una mancha de oscuridad más profunda que tapaba las luces de la casa. Después empezaron a ser visibles sus formas individuales.

Julie se apeó del coche donde el silencioso Aktamu yacía medio comatoso en el asiento de cuero.

La misión había concluido, sin duda, pues de lo contrario, ¿por qué Aktamu haría regresar a los perros a su cubil?

Julie los siguió a una distancia prudente a pesar de que no era posible que se volvieran contra ella. Aktamu seguía manteniendo subyugados a aquellos animales. De un modo u otro, mediante la flor de ángel los controlaba y veía el mundo a través de sus ojos. Cosa extraordinaria, pues había quince perros en total.

Durante el largo trayecto hasta Havilland Park, Julie había acribillado a preguntas a Aktamu acerca de aquel misterio, de cómo tenía previsto volver a los perros de Saqnos en contra de él mediante un hechizo que dejaría a Aktamu sin poder oír ni hablar. Pero Aktamu carecía de palabras para explicarle el funcionamiento de la flor de ángel ni cómo haría para unirse con quince seres distintos para guiarlos a través de un vínculo místico. Le había asegurado repetidamente que lo haría, que una vez que hubiese echado la carne con una buena dosis de polen de flor de ángel a través de la reja del foso donde estaban encerrados los perros, estos estarían a sus órdenes.

Julie lo encontró fascinante, maravilloso, una revelación más del reino de revelaciones que ahora compartía con aquellos poderosos inmortales, un reino tan radicalmente distinto de su antiguo mundo que a veces le costaba verlo con perspectiva, por más que lo intentase. Había dejado de ser Julie Stratford, en realidad, y lo sabía, y sus frágiles lazos con el Londres de 1914 saltaba a la vista que iban muriendo día tras día.

Estaba a oscuras, caminando despacio por el césped, detrás de aquellos animales hechizados, sin miedo pero anonadada, ni por un instante rechazando el misterio de la flor de ángel sino deseosa de saber más.

Estaba cautivada por el espectáculo de los grandes sabuesos moviéndose como un solo perro mientras se acercaban al edificio donde vivían, la decidida manera en que se acercaban a la puerta de su guarida. Resultaba tan hipnótico como lo había sido verlos subir del foso apenas media hora antes.

Ahora cada uno de los canes estaba sentado y en silencio delante de la puerta, aguardando a que se la abrieran.

Temblando, Julie avanzó y les abrió. Se hizo a un lado.

Entraron uno tras otro y empezaron a bajar los escalones hasta su horrible y reducido foso.

Una vez que estuvieron todos dentro, agarró la cuerda y bajó la pesada reja con cuidado hasta dejarla en su sitio. Se estremeció al ver que todos los perros se volvían hacia ella. Era obra de Aktamu, sin duda. Estaba aguardando a que ella pusiera el cerrojo a la reja antes de sacudirse el polvo del rostro, liberando a aquellas fieras para que recuperasen su naturaleza de nuevo.

Deslizó el pasador hasta su sitio con un sonoro ruido metálico.

Pero no acertaba a marcharse. Todavía no. Quería ver aquel milagro hasta el final.

Gradualmente, los perros empezaron a sufrir un cambio. Unos temblaban. Otros se sacudían como si quisieran secarse el pelaje. Unos pocos se pusieron a ladrar pero sus ladridos no eran tan maliciosos o agresivos como los de antes. Parecían preguntas lastimeras. ¿Estaban confundidos en cuanto a lo que les acababan de hacer?

Sus pezuñas sonaban en el suelo de piedra. Sus movimientos parecían aturdidos y confusos, hasta que Julie se dio cuenta de que intentaban situarse en el mejor sitio para mirarla a través de los barrotes.

Aquellas criaturas habían cambiado. Fuera lo que fuese aquel milagro del jardín de Bektaten, había permitido que aquellos despiadados canes asesinos bailaran brevemente con una mente humana. Y, como consecuencia, ahora se mostraban sumisos, sometidos y, en sus anhelantes miradas, ansiosos por retomar aquella danza.

Casi sentía pena cuando se marchó, pues aquellos perros ya no eran monstruos.

De pronto la puerta se abrió a sus espaldas y apareció Ramsés, jadeante. Su expresión no era de triunfo, sino de angustia reprimida, pero un gran alivio de verla. Una vez que Julie se encontró entre sus brazos, se dio cuenta de que no sabía quién había iniciado aquel repentino y fervoroso abrazo. ¿Acaso importaba?

—¿Dónde está Cleopatra? —preguntó finalmente Julie.

—Ha escapado.

—Oh, Ramsés.

—Ha habido una refriega. Mi anillo, el veneno. Me lo ha quitado. Era su vida o la mía. Por eso he dejado que se fuera.

—¿Ahora tiene el veneno ella?

—No. Ha abierto el anillo y me lo ha tirado para impedir que la persiguiera. Está encima de la alfombra, dentro de la casa.

El ruido de un motor de coche en el exterior. Fuera el vehículo que fuese, su motor era mucho más potente que el de los coches que los habían llevado allí.

—Hemos encontrado la furgoneta que usaron para transportar a Cleopatra, y también el ataúd. Lo usaremos para llevar a Saqnos. Pero Julie, tengo que ir con ellos para ayudar a dominarlo si se despierta. ¿Puedes seguirnos con el coche?

—Por supuesto, Ramsés. Por supuesto.

Ramsés se volvió hacia la puerta pero, en cuanto su mano tocó el pomo, se paralizó.

—He fracasado, Julie.

—No, Ramsés. No.

—Podría haberla perseguido. Ha habido un momento, antes de que saltara por la ventana, en que habría podido derribarla. Pero me ha suplicado que no lo hiciera. Saqnos ha dicho cosas espantosas sobre su naturaleza, Julie, su naturaleza de resucitada, su estado de ánimo, que quizá sean verdad. «Nulidad.» Así es como la ha llamado. Todos lo hemos oído. Nulidad. Han sido cosas espantosas.

—¿Como qué, Ramsés?

—Como que él mismo había resucitado a otros con el elixir, tal como yo hice con ella. Y que esas nulidades, como él las llama, se volvieron locas. Eso es lo que le ha dicho. —Ramsés apartó la mirada al decir esta última frase—. Y ella estaba muy angustiada, Julie —prosiguió, tartamudeando—. Estaba preparado para enfrentarme a su crueldad y a su ira, pero no a su angustia, por eso cuando me ha pedido que la dejara libre para poder vivir sus últimos días antes de volverse loca, la he dejado escapar.

Julie volvió a abrazarlo. Estaba temblando, su faraón, su rey, su inmortal. Temblando por la profundidad de sus sentimientos.

—¿He vuelto a hacer algo espantoso? —preguntó Ramsés—. ¿Tan espantoso como traerla de vuelta a la vida?

—No, Ramsés.

—¿Y Sibyl? ¿Qué le ocurrirá a Sibyl?

—Sibyl ahora está liberada de los horrores que Cleopatra ha sufrido en este lugar. Y Cleopatra, también.

—Pero esto no es todo lo que prometimos.

—Buscarla y liberarla. Estas fueron las palabras se Sibyl. Y lo hemos hecho. ¿El resto? Ya se llevará a cabo con el tiempo. Cleopatra ya no es el ser monstruoso y maquinador que conocimos en El Cairo, de esto podemos estar seguros. Está debilitada. Está enferma. Y en estos momentos no son las expectativas de Sibyl las que deben preocuparnos tanto. No fue ella quien exigió que lleváramos a Cleopatra al castillo. Fue Bektaten. De modo que tenemos que ver si nuestra nueva reina queda satisfecha con el rehén que le llevamos.

Ramsés tomó su rostro con ambas manos y la besó con ternura.

—Unes tu sabiduría al amor, Julie. Esto garantiza que seré tu cautivo para siempre.

Julie lo besó a su vez.

La puerta se abrió a sus espaldas y ahí estaba Aktamu. Se había limpiado la cara de polen y su expresión era expectante.

—Vamos —dijo—, tenemos que irnos.

39

Cornualles

¿Qué debía de pensar cuando despertó y vio a su lado un reconfortante fuego y oyó el ruido del mar al otro lado de la ventana? ¿Lo inundó el alivio al saberse a salvo de los perros?

Ramsés no podía saberlo.

Cuando vio a su reina, sentada a corta distancia de él en una silla de respaldo alto a juego con la suya, Saqnos se quedó tan quieto como una estatua y, por tanto, Ramsés no pudo determinar los pensamientos que le ocupaban la mente, pese a que le picaba la curiosidad.

Saqnos contemplaba en silencio a Bektaten. Ella le sostenía la mirada.

¿Encontraba guapa a aquella mujer negra escultural con enjoyadas trenzas largas y finas que le caían sobre los hombros? Pues ya no lucía el turbante que llevaba antes, y su vestido largo rojo era más ceñido y favorecedor.

¿Saqnos todavía estaba despertando de la inconsciencia? ¿Explicaba el sedante aquel silencio tan prolongado? Le habían dado algo más, Ramsés estaba seguro. Alguna otra poción de su infinito surtido de pócimas. ¿Llegaría a saber cuántas medicinas y pociones poseían?

Tras su llegada, Enamon y Aktamu habían trasladado su cuerpo en apariencia sin vida a la armería y habían permanecido allí dentro varios minutos, antes de llevarlo al gran salón como si fuese una muñeca de trapo gigantesca. Tal vez lo que le habían dado tenía como finalidad acelerar su despertar.

Saqnos negó con la cabeza. Por primera vez pareció percatarse de la presencia de los demás en el salón, aparte de la de Bektaten. Miró primero a Ramsés y después a Julie. Ambos estaban junto a la ventana y su vista de un cielo tachonado de estrellas.

Lentamente, sus ojos encontraron las dagas que ambos empuñaban.

Ramsés se preguntó qué representaría un período tan breve de inconsciencia para un inmortal. ¿Habría soñado por primera vez en siglos?

Cuántas preguntas que no podía hacer, pues no le correspondía a él llevar a cabo aquel juicio. Él y Julie eran testigos. Testigos y guardias.

Finalmente, Saqnos habló.

—¿Estoy autorizado de nuevo a llamarte mi reina?

Bektaten guardó silencio un buen rato antes de responder.

Ramsés se fijó por vez primera en los anillos de piedras preciosas que llevaba y en el cinturón enjoyado que le definía la cintura, resaltando sus bien formadas caderas. ¿Llevaba aquellos adornos para Saqnos? ¿Era por él que había dejado de lado las túnicas que ocultaban sus encantos?

Estos sin duda afectaban a Ramsés, pero hizo lo posible por disimularlo, por ocultar cómo se le aceleraba el pulso ante la visión de aquel regio rostro negro enmarcado en las trenzas entretejidas de hilo de oro y perlas de una antigua reina egipcia, ante la visión de los pechos exquisitamente formados de Bektaten.

Finalmente Bektaten habló.

—¿Te acuerdas de Jericó? —preguntó.

—Cada momento que he pasado en tu presencia pervive en mi memoria.

—Hubo momentos en los que no fuiste consciente de mi presencia —dijo Bektaten.

—Háblame de esos momentos, mi reina.

—Tu laboratorio en Babilonia. Tus frecuentes reuniones de alquimistas. Los descubrí todos, tus sofisticados laboratorios.

—Estuviste allí. Vigilándome.

—Sí.

—Y si hubiese tenido éxito, ¿habrías usado tu veneno contra mí, tal como has hecho hoy?

—No he utilizado mi veneno contra ti. Lo he utilizado contra tus *fracti*, esbirros indignos de la inmortalidad. Lo he utilizado contra tu complot para secuestrar y torturar a Julie Stratford.

Asombrosa la gentileza entre aquellos dos personajes mientras discutían sobre tales cosas, pensó Ramsés. Verlos conversar como si el tiempo no hubiese transcurrido. ¿Su avanzada edad permitía aquella mezcla de familiaridad y reserva?

Percibió un ligero perfume que emanaba de Bektaten al ir de acá para allá delante de su prisionero; la luz centelleaba en sus largas y brillantes trenzas azabache.

En torno a la cabeza, a la altura de la frente, llevaba una diadema de oro que le trajo a la mente más recuerdos de su antiguo reino, de las magníficas mujeres que había en el harén del rey. Mirando al suelo, apartó estos pensamientos de su mente, aunque ya habían dotado a Bektaten de más poder sobre su corazón. ¿Cómo podía un hombre inmortal no fantasear con cómo sería tener a semejante mujer inmortal entre sus brazos? ¿Y cómo podía un rey orgulloso no negar tales pensamientos?

—Asesinaste a mis hijos —dijo Saqnos en voz baja.

—Ahora hablas de ellos con afecto. Cuando viajaste con ellos a Jericó, hablabas de ellos con repugnancia. Eran mercenarios y punto. Me alejaste de ellos para que no oyeran cómo me decías que el elixir que habían tomado era impuro. ¿También ocultaste este secreto a tus hijos?

—Sabían de tu veneno.

—Sí, he visto el terror que asomaba a sus ojos cuando hoy he aparecido delante de ellos. Y sin embargo, les dijiste que yo dormía. Que nada debían temer de mí.

—¿Cómo lo sabes? —preguntó Saqnos.

—Mi jardín esconde muchos secretos. Así es como mantengo mi soberanía, aunque solo me queden unos cuantos súbditos.

Saqnos volvió a mirar a Ramsés y a Julie.

—Según parece ahora son más numerosos.

—Las amistades, para alguien motivado por el deseo como tú, quizá no aparenten serlo.

—Y las reinas sin sentido de sus verdaderas responsabilidades siempre supondrán que quienes las sirven por miedo lo hacen por amor.

—¿Tú me temías, Saqnos? ¿Eso fue lo que definió el tiempo en que fuiste primer ministro, antes de tu traición?

—Temía que traicionaras a tu pueblo. Y llevaba razón.

—¿En algún momento hablaste en nombre del pueblo? ¿Cuándo fue eso? ¿Fue cuando asaltaste mi palacio, robaste el elixir de mi cámara secreta y se lo diste solo a los guardias reales? ¿Así es como hablaste en nombre de mis súbditos, apresurándote en asegurarte el mayor poder conocido jamás solo para ti y tus guardias?

—Ay, Bektaten. Una vez más llegamos a tu gran punto débil.

—¿Y cuál es, si puede saberse? —preguntó Bektaten.

—Tu creencia en que perseguir el poder es una debilidad.

—Lo es la búsqueda del poder que quieres que te caracterice. Es un deseo ambicioso, Saqnos. Soy tu única historiadora y no te valoro así. Ni ahora ni hace miles de años. Como tampoco en los siglos intermedios.

—¿Qué más da? No me queda nada. Tú te has encargado de que así fuese. Mis hijos, todos eliminados. Incluso a mis perros has vuelto en mi contra. ¿Y qué ha sido de mi finca? ¿También la has reducido a cenizas para fastidiarme?

—Mientras no contestes a mi pregunta, no contestaré más de las tuyas.

—¿Cuál es esa pregunta?

—¿Cómo se convirtieron en hijos tus *fracti* en tu corazón y en tus labios? ¿De dónde sale este amor hacia ellos?

—¿Quieres conocer mi corazón?

—Quiero saber tus motivos. Tu corazón en su totalidad preferiría no explorarlo. Me imagino que la empresa sería semejante a perseguir un rayo de luna desde un acantilado.

—Quieres demorar mi asesinato con cháchara. Mis motivos siempre los has tenido claros. Busco el elixir puro.

—¿Para que tus hijos nunca mueran? —preguntó Bektaten.

—¿A cuántos inmortales has creado? Tú tienes el elixir puro. No puedes entender mi angustia. Dos siglos, Bektaten. Eso fue todo lo que pude darles. Dos siglos de vida. Apenas un instante en medio de la eternidad. Y, sin embargo, esas eran las únicas opciones que me quedaron tras la caída de nuestro reino. La incesante y devastadora pena de dejar que otra generación se marchitase hasta convertirse en polvo al cabo de doscientos años. El asilamiento absoluto mientras recorría solo la tierra. O la oscuridad absoluta debajo de ella. De modo que elegí la primera hasta que solo la tercera era soportable. Y a esos hijos, los que tú masacraste, les quedaba poco tiempo. Por eso me encerré en una tumba, sabiendo que cuando ellos desaparecieran nadie conocería mi ubicación y mi sueño sería tan permanente como la muerte.

—Sin embargo, te despertaron —señaló Bektaten.

—Sí. Oyeron hablar de Ramsés el Maldito y vieron en él la esperanza de dar con el elixir puro.

—Podrías haberlos rechazado sin más y seguir durmiendo —dijo Bektaten.

—Te he explicado mis motivos. ¿Que más quieres de mí?

—Has mentido acerca de ellos. Té observé cuando estabas con tus hijos, Saqnos. No te movía un gran amor. Los tratabas como a incompetentes y esclavos. Buscabas el elixir puro por tu propio provecho, no el suyo.

—Me haces preguntas de las que crees conocer las respuestas. ¿Por qué? ¿Por qué retrasar más lo que siempre has ansiado hacer? ¡Conviérteme en polvo! Castígame de una vez por todas por lo que tú consideras una traición. Así podremos poner nuestra historia a dormir para siempre.

—¿Lo que siempre he ansiado hacer? Tonterías. Eras tú quien estaba poseído por un único objetivo. Despilfarraste los milenios que te fueron dados en amarguras y anhelos, en la persecución de lo que no estabas destinado a tener. Tú no me mandas aquí ni en ninguna otra parte.

—No. Te doy explicaciones que después tergiversas para justificar lo que deseas hacer.

—¿Cómo te atreves? —dijo Bektaten—. ¿Cómo te atreves a tratarme como si solo me rigiera por los sentimientos? Montaste una rebelión sin un plan, sin tener el menor conocimiento de lo que robabas. Cegado por tus celos y tu ira, dejaste que la razón te abandonara. No te detuviste ni una sola vez para cuestionarte qué necesitaba un ejército para permanecer intacto. No te detuviste ni una sola vez para preguntarte qué mantendría la lealtad de los soldados si no necesitaban comida, armas ni cobijo. Supusiste que te aclamarían para siempre como el dador de un gran don, y que eso bastaría para convertirte en un dios para ellos, y no en un ladrón calculador.

»Sin embargo, el Saqnos que yo conocí, el Saqnos que me sirvió, se habría hecho estas peguntas. Me habría alentado a que me las hiciera yo misma si le hubiese hablado de semejante plan. Pero el hombre que irrumpió en mis aposentos con las armas de mis propios soldados alzadas contra mí, no era ese hombre. Por eso no permitiré que te presentes ante mí y sostengas que la pena por tus *fracti* te ha vuelto como eres ahora. Cambiaste miles de años antes, antes de que una gota del elixir tocara jamás tus labios, cuando la mera idea de su existencia te empujó a la demencia.

—No me presento ante ti. Me siento y lo hago con miedo a tus dagas y tus venenos.

—Y yo me presento ante ti y lo hago con miedo a que no puedas decirme la verdad sobre ti mismo porque no sabes cuál es.

—Pues dímela tú, mi reina. Dime mi verdad aunque te niegues a decirme la tuya.

—Siempre has conocido mi verdad.

—¡Mentira! —gritó Saqnos—. Ocho mil años después sigue siendo el mayor descubrimiento de la humanidad y todavía lo mantienes en secreto. Todavía lo guardas como si solo fuese un rollo antiguo.

—¿Y qué harías tú con él si te lo diera? —preguntó Bektaten—. ¿Qué habrías hecho si tu plan no hubiese acabado en un estrepitoso fracaso?

—Habría poblado la tierra de dioses.

—Sí —susurró ella—. Sí que lo habrías hecho. Y para hacerlo habrías extinguido a cuantos a tu entender no fuesen divinos. Lo habrías usado para fortificar tu palacio contra todos los demás. Habrías fracturado nuestro reino en un millón de trozos lo bastante pequeños para dejarlos a nuestros pies como una ofrenda de flores. Habrías tomado el glorioso milagro que yo había descubierto y lo habrías utilizado para hacer pedazos Shaktanu y construir un reino solo con lo que tenías a tu alcance. Y te constaba que yo no permitiría ninguna de estas cosas mientras gobernara. Por eso te alzaste en armas contra mí en cuanto te enteraste de la existencia del elixir.

—Sin embargo, me has permitido vivir todo este tiempo —dijo Saqnos.

—Abrigaba esperanzas. Esperaba que un hombre a quien le ha sido concedido todo el tiempo del mundo quizá un día llegaría a conocer su propio ser y se propondría mejorarlo. Pero a medida que han transcurrido los siglos, has demostrado que tales esperanzas eran vanas.

—Lloras por mi alma —se burló Saqnos—. Te ha tenido subyugada del mismo modo que los hay subyugados por la bebida.

—Lo ha hecho, Saqnos. Pero me he quitado de encima esa obsesión. Te concedo la libertad.

Ramsés tuvo que hacer un esfuerzo para mantener la boca cerrada. A su lado, Julie se puso tensa, apretando la mano en torno a la empuñadura de la daga.

—¿Libertad? —preguntó Saqnos, dando voz, según parecía, a los pensamientos de Ramsés.

—Sí. Libertad para que tomes tu decisión final.

Enamon y Aktamu aparecieron en el umbral, detrás de Saqnos, dagas en mano. Pero dejaron espacio suficiente entre ellos para que Saqnos saliera del gran salón si así lo decidía.

Como si no pudiera dar crédito a este súbito giro de los acontecimientos, Saqnos se levantó despacio y miró a cada uno de ellos, uno tras otro. Pareció impresionarlo la confusión que percibió en el rostro de Ramsés, en el rostro de Julie, como si cualquier insinuación de que ellos dos no cooperasen en aquel plan significase que no cabía la posibilidad de que fuese una trampa.

Su decisión final.

¿A que se refería Bektaten?

—Me concedes la libertad ahora que me lo has quitado todo —dijo—. Mis hijos, mis perros.

—Tu casa sigue en pie. Tus perros siguen estando allí. Aunque no serán tan sumisos a tus maldades como antes. Una decisión te aguarda al otro lado del puente que te ha traído hasta aquí. Dejo esta decisión en tus manos. Cruza el puente antes de que cambie de parecer.

Durante un rato nadie habló. Los únicos sonidos eran el del chisporroteo del fuego y el del mar embravecido, y después a estos sonidos se sumó un tercero: el grave murmullo de la risa de Saqnos, un sonido tan lleno de escarnio y desdén que Ramsés reaccionó apretando más el puño de su daga. Poco a poco este murmullo devino una desenfrenada risa socarrona, y fue entonces cuando Ramsés se dio cuenta de que Saqnos había enloquecido.

Bektaten se enfureció pero no ordenó a Saqnos que se marchase.

—Eres una cobarde, Bektaten —dijo Saqnos finalmente, falto de aire de tanto reír—. Eres una cobarde que solo mata manteniendo la distancia de seguridad. Ni siquiera soportas ver cómo me liquidan tus hombres. Eres una cobarde, Bektaten, y siempre lo fuiste. Una cobarde que fue incapaz e enfrentarse al mal en su reino.

—Solo había un mal en mi reino. Y ese eras tú. Y me he enfrentado a ti durante miles de años. Y he visto morir a tus hijos a pocos metros de donde estaba yo. Hasta el último. No había distancia alguna. Fuiste tú quien los envió solos a cumplir tus designios mientras permanecías en tu finca. —Respiró profundamente—. Márchate de aquí. Y que sepas que de hoy en adelante te estaré dando la espalda.

Julie estrujó la mano de Ramsés, consternada por la orden de Bektaten hasta el punto de casi protestar a gritos. No había visto lo que Ramsés había atisbado cuando Saqnos dio la espalda al fuego y entró en el haz de luz más brillante de la araña del techo.

—Que te vaya bien, mi reina —susurró Saqnos.

Bektaten no respondió.

Saqnos dio media vuelta, pasó entre los guardias, que se volvieron a su vez y salieron tras él. Bektaten también los siguió. Ramsés hizo lo mismo. Julie lo agarró con más fuerza para retenerlo.

—Ramsés —susurró con aspereza—, no puede dejar que se vaya. No debe hacerlo.

—Sus ojos, Julie —contestó Ramsés, también en un susurro—. ¿Le has visto los ojos?

40

El viento soplaba con fuerza, el cielo encima del mar todavía oscuro y tachonado de estrellas. Pero en el este las primeras luces del alba iluminaban el cielo. Los rodeaba un pálido resplandor que permitía que el grupo viera sin necesidad de usar linternas ni antorchas.

A pocos metros del jardín que le había acarreado tanta desgracia, Saqnos aflojó el paso y contempló las susurrantes flores.

Detrás de él, todos se detuvieron. Enamon y Aktamu, que habían ido pisándole los talones desde que salieron del gran salón; Bektaten, a pocos pasos detrás de ellos; y luego Ramsés y Julie en la retaguardia, empuñando todavía las dagas que se habían vuelto a impregnar de muguete estrangulador después de su regreso.

Ramsés volvió la vista atrás, hacia el castillo.

En lo alto, Sibyl abrió su ventana. El viento le azotaba el cabello rubio y la obligaba a sujetar el cuello de la bata con una mano. ¿Había oído su conversación en el gran salón? Suponiendo que sí, ¿había sido capaz de entenderla? En cualquier caso, guardaba silencio. Daba la impresión de comprender que estaba siendo testigo de una partida de gran importancia.

Dado que Saqnos se entretenía, Ramsés esperó oír palabras de despedida. Mas no las hubo.

En silencio, reanudó la marcha hacia el portalón del patio, que habían dejado abierto.

Cuando llegó al puente agarró ambas barandillas de cuerda para mantener el equilibrio y comenzó a cruzarlo. Despacio, con cuidado. Las tablas que pisaba estaban bien anudadas, formando un suelo casi sólido. Pero el viento balanceaba constantemente la construcción entera. Y los rociones del oleaje al romper en el fondo creaban una bruma constante que volvía resbaladizas las tablas.

—Ramsés —susurró Julie—. Ramsés, Bektaten no puede...

—Paciencia —contestó Ramsés—. Paciencia, mi amor.

Una luz destellaba en un objeto que parecía estar apoyado contra una de las rocas del otro lado. Algún tipo de regalo aguardaba a Saqnos justo cruzado el puente. Pero Saqnos todavía no lo había visto.

Una vez que hubo cruzado, volvió la vista atrás y vio que Enamon y Aktamu estaban en ambos lados del extremo del puente que daba al promontorio. Cada uno de ellos había agarrado una barandilla de cuerda y la mantenía tensa sobre la hoja de su daga. El significado estaba claro: si Saqnos de pronto intentaba regresar cortarían el puente literalmente debajo de sus pies.

Al principio, Saqnos los miró con desagrado; después cayó en la cuenta de lo peliaguda que era su situación.

¿Por qué pensarían que aquella era una amenaza digna de hacerse con aquel silencioso y deliberado cuadro vivo?

Un inmortal sobreviviría fácilmente a la caída. Un inmortal sería lo bastante fuerte para aferrarse a la roca más cercana e impedir que las olas lo arrastraran. Tal vez fue entonces cuando Saqnos se fijó en el regalo que le habían dejado sobre unas rocas cercanas. O tal vez aquel extraño gesto de los hombres de Bektaten lo llevó a inspeccionar su entorno inmediato en busca de indicios de la decisión final a la que Bektaten había aludido antes.

El espejo estaba apoyado contra un saliente de roca que quedaba detrás de él. A Ramsés le costaba apreciar los detalles a tanta distancia, pero era del tamaño de un espejo de mano de señora, con una superficie ovalada reflectante y un reluciente marco de plata.

Saqnos lo asió y miró su propio reflejo. El sonido que entonces surgió de sus entrañas recordó a Ramsés los bramidos de una fiera abatida con lanzas. Pues ahora Saqnos veía lo que Ramsés había atisbado en el castillo momentos antes, cuando Saqnos había dado la espalda a la chimenea, acercándose al resplandor de la araña; sus ojos, antes azules, ahora volvían a ser castaños.

Durante lo que pareció una eternidad, no bajó el espejo. Sus bramidos cansados finalmente devinieron una respiración trabajosa que ellos no podían oír a tanta distancia. Volvió a mirar a Enamon y Aktamu. Ninguno de los dos había bajado su daga ni cambiado de postura un centímetro.

Ahora Saqnos se dio cuenta de por qué la perspectiva de que cortaran las cuerdas del puente constituía una amenaza real.

Saqnos volvía a ser mortal.

Por eso lo habían llevado a la armería antes de llevarlo ante la chimenea del gran salón.

Aquel era el secreto del jardín de Bektaten al que ella se había referido antes, bendiciendo su incursión en Havilland Park.

Saqnos alzó el espejo con una mano y lo arrojó contra las rocas del suelo. El cristal se hizo añicos al instante. Ramsés al principio pensó que aquella acción solo tenía el propósito de descargar su ira, pero entonces Saqnos se agachó y recogió con cuidado uno de los fragmentos más grandes. Meticulosamente, deslizó una punta afilada por el interior de un antebrazo y, después, del otro. Observó cómo manaba la sangre. Vio que los cortes permanecían abiertos y rojos. Y entonces constató, viendo la brutalidad de las heridas y la velocidad con que fluía la sangre, que ya no era inmortal.

—¿Una decisión? —rugió a través del tempestuoso abismo que los separaba—. ¿Esta es la decisión de la que hablabas? ¿Qué decisión hay en esto? Ahora sí que me lo has arrebatado todo. Todo.

—¡Tienes tu vida! —Había tanta potencia en la voz de Bektaten que parecía que estuviese hablando con toda calma y no gritando, pese a que sus palabras sonaban con toda claridad por encima del agitado mar y el silbido del viento—. Y también tienes tu medio elixir. En tus manos está la decisión de crear más hijos. Tienes ocasión de vivir con ellos durante otros doscientos años. Y, además, tienes ocasión de amarlos de verdad como compañeros, socios e iguales. Porque tú serás uno de ellos, Saqnos. Y cuando ellos mueran, también tú morirás.

—¿Y la alternativa? —respondió Saqnos, gritando.

Bektaten abrió los dedos de una mano y con un gesto indicó el gran abismo de viento y olas que ahora los separaba.

«Pasaré el resto de mi existencia intentando encontrar la palabra que describa el cambio que ha sufrido este hombre», pensó Ramsés. ¿Era paz lo que lo embargaba? ¿Existía una palabra en algún idioma conocido que pudiera describir el momento en que un inmortal de miles de años de edad se desprende de sus recuerdos, de sus cargas, se libera del yugo de una experiencia más pesada que la que jamás conocerán la mayoría de seres? ¿Era un momento para el que era preciso inventar una palabra, y sería él, Ramsés el Grande, Ramsés el Maldito, quien algún día la inventaría? ¿O acaso la palabra existía en la antigua lengua de Bektaten? ¿Estaba escrita en algún punto de los volúmenes que constituían sus diarios?

Saqnos bajó la vista a sus brazos sangrantes, los estudió con calma y serenidad. Después levantó los ojos y miró una vez más a través del violento abismo que los separaba.

—¡Que reines muchos años! —gritó con desprecio, y acto seguido saltó desde el borde del acantilado.

41

Sibyl dio un alarido.

Saqnos se zambulló silenciosamente en la tormentosa oscuridad, con los brazos abiertos en un gesto de rendición.

Su cuerpo fue a dar contra un saliente de roca y rebotó.

Cayó bocabajo contra cortinas de espuma y acto seguido desapareció en el rugiente mar.

Cuando se acercó a ella, Ramsés no vio lágrimas en los ojos de Bektaten. Tampoco alguna evidencia de triunfo en su expresión. No obstante, tenía la respuesta a su última pregunta, una respuesta incontestable.

Ningún gran amor ni pasión había impulsado al hombre que la traicionó. Ningún gran amor ni pasión lo ligaba a esta tierra una vez que se le arrebataba la inmortalidad. De ahí que su declaración de que la pesadumbre por sus *fracti* fuese en verdad una mentira, pues así lo había demostrado con su salto final.

¿Saberlo le daría paz?

—Sibyl —dijo Julie en voz baja. Estrechó la mano de Ramsés y corrió de regreso al patio.

Los otros cuatro permanecieron en el borde del acantilado, contemplando el mar espumoso. El viento era lo bastante fuerte para que se oyera el aleteo del vestido rojo de Bektaten contra su cuerpo rotundo.

Cuando reparó en que Enamon y Aktamu tenían una mano apoyada en los hombros de Bektaten, pensó, de entrada, que intentaban sujetarla por prudencia ante el vendaval. Pero nada en su postura parecía inestable o inseguro. Su contacto solo tenía el propósito de reconfortar.

La mirada de Bektaten fue algo que Ramsés no supo describir ni para sí mismo. La dominaba una profunda pena, sin embargo no podía señalar cambio alguno en su expresión o en su porte. Miraba las rocas del fondo.

—Id a buscarlo —dijo finalmente—. A ver si es posible encontrar su cuerpo.

Enamon y Aktamu asintieron con la cabeza y se marcharon.

Bektaten se volvió hacia el castillo. Inclinó la cabeza y se dirigió lentamente hacia él.

Ramsés no tuvo más remedio que seguirla.

Cerró el portalón a sus espaldas como si este gesto fuese a aislarlos de las consecuencias de lo que acababa de ocurrir.

El viento no era tan fuerte dentro del patio. Pero las plantas y flores del jardín de Bektaten todavía bailaban al vaivén y hacían una música susurrante al rozar entre sí. Algunos tallos eran más altos que Bektaten, y si bien muchas flores parecían vulgares a primera vista, al examinarlas de cerca vio que cada una tenía una cierta característica que la señalaba como milagrosa: hojas de formas extrañas y pétalos que le recordaban manos humanas, flores de tan intensos colores y tamaños que era casi imposible dejar de mirarlas.

Cuando hizo una pausa en el pasillo entre dos hileras de plantas, de secretos, de milagros, Ramsés creyó que iba a desplomarse, o al menos a caer de rodillas. Tal vez de pena, tal vez por alivio. Pero se mantuvo en pie con firmeza, acariciando una de las flores que tenía más cerca.

Se oyó un chirrido metálico en lo alto. Ramsés levantó la vista. Era Julie, cerrando la ventana de la habitación de Sibyl.

—Así pues, existe algo que puede convertirnos en lo que éramos —dijo Ramsés finalmente.

—¿En serio? —preguntó Bektaten—. ¿Alguna vez podrías ser de nuevo el hombre que eras antes de convertirte en faraón? ¿Antes de convertirte en inmortal? ¿O desde entonces te han marcado tanto tus experiencias que regresar a la mortalidad simplemente sería el preludio de una nueva existencia, si bien con un límite de años?

—¿Tú nunca has deseado saberlo? Después de tanta vida, algún deseo debes tener de conocer a los dioses, si es que existen. Algún deseo de ver qué reino hay más allá de este.

Consideró sus palabras durante un rato. Comenzó a caminar de nuevo con Ramsés a su lado, pero daba la impresión de estar concentrada en cada una de las plantas que iban viendo.

—He recorrido muchas veces la extensión de tierra que ahora llaman África. Visité otros reinos que la historia ignora, más pequeños y humildes que el mío, pero no menos gloriosos a su manera. Aconsejé a soberanos de reinos que apenas se conocen en este siglo, reinos cuyos grandes monumentos todavía tienen que ser descubiertos. Pero muchos de mis viajes fueron solitarios. Y hace miles de años caminé infinitamente, según parecía, hacia una gran columna de humo negro que había en el horizonte. Finalmente llegué a un infierno ardiente que asolaba un paisaje sin humanos, sin nada que detuviera su avance. Tan grande era ese incendio que podría haber consumido Tebas o Meroe. Sola, me dirigí resueltamente hacia él. Sabiendo a cada paso que me entregaría a él. Que pondría a prueba los límites de mi inmortalidad, sola, con las llamas.

»Me até a un árbol. Podía desatarme fácilmente, si quería. Pero el rato que me llevaría desanudar la cuerda me daría tiempo para reconsiderar mi decisión. Me até a un árbol para poder observar el avance de las llamas. Para poder contemplar su furia y su misterio como no podría hacerlo otro ser humano. Para poder ver cómo caían los árboles y se convertían en ceniza. Para poder observar la impotencia del suelo y la vida que había alumbrado ante un elemento tan poderoso.

»Y los animales que huían del incendio. Los leones, las jirafas y otros grandes animales, algunos de los cuales se detenían para mirarme como si fuese un ser incomprensible para ellos. Como si mi falta de miedo me convirtiera en un dios. Y entonces llegaron las llamas. Me consumieron. Hice cuanto pude para entregarme a ellas por completo. Solté gritos que nadie oyó. Sonidos que no parecían humanos en mis propios oídos. Fue como si cantase a las mismísimas llamas. —Estaba cerca de Ramsés, ahora. Le prestaba toda su atención—. Y me contestaron cantando —susurró Bektaten.

—¿Oíste la palabra de los dioses? ¿Es esto lo que quieres decir?

—Probé la muerte, Ramsés. Es imposible medir el tiempo que tardaron las llamas en atravesarme. Horas, días. No puedo estar segura. Esas medidas no existían entonces. Solo el paso del sol era fiable en este sentido. Y aquellas llamas eliminaron el sol y la oscuridad nocturna por completo. El fuego avanzaba como una bestia pesada y satisfecha, y me entregué a él hasta que hubo pasado.

—Pero ¿qué viste, Bektaten? ¿Qué viste aparte de las llamas y la destrucción que causaban? ¿Qué fue ese cántico que oíste?

—No existe el cielo. No existe el infierno. No hay un arriba ni un abajo. Si existe un reino más allá de este, no es más hermoso, no más significativo, no más lleno de verdad que el nuestro, aquí en la tierra.

—¿Cómo puedes decir eso? ¿Qué viste en las llamas que te lo sugiriese?

—Vi un mundo espiritual tan intrincado y vasto, tan absolutamente entrelazado con nuestra existencia aquí en la tierra, que las riadas de almas que se van no tienen más remedio que regresar a él. No estaban perdidos, estos espíritus. No vagaban. No lloraban. No pedían orientación ni la resolución de algún misterio insignificante que los hubiese obsesionado durante su vida mortal. Regresaban. Regresaban con ganas. Regresaban con alegría. No buscaban un reino más espléndido. ¿Y qué podía significar esto sino que no existe un reino más espléndido que este, Ramsés? Así pues, ¿por qué iba yo a desear marcharme?

—¿No crees que solo fue una visión provocada por la locura? —preguntó Ramsés.

—No fue una visión. Fue algo sostenido. Durante el tiempo que las llamas tardaron en atravesarme, viví entre este mundo y un mundo que está aquí pero que no se ve con claridad.

—Y saliste de ese lugar creyendo que no existen los campos de Aaru. Ningún reino celestial.

—No —susurró Bektaten—, salí de ese lugar creyendo que semejante lugar existe pero que no ofrece maravillas mayores que las que hay aquí en la tierra. Pues la esencia de lo que vi es esta: nuestra alma, una vez liberada, solo busca regresar. —Apartó la mirada—. ¿Te repugna esta idea? Te enoja. Has amado y alimentado visiones de un mundo más allá de este.

—En mis muchos años de vida, he amado y alimentado muchas visiones que me he visto obligado a liberar. Tu experiencia da a entender un desafío mucho mayor.

—¿Cuál es ese desafío mayor, Ramsés?

—Da a entender que todos los inmortales debemos tener una experiencia como la tuya con el gran incendio, o de lo contrario estamos condenados a acabar como Saqnos. Consumidos por una única búsqueda cegadora. Perdidos en una soledad que nosotros mismos creamos.

—No estés tan seguro de eso —dijo Bektaten, tomando su mano con delicadeza y conduciéndolo de vuelta al castillo—. No estés seguro de nada. En las páginas de los *Shaktanis* hay muchas experiencias que me gustaría compartir contigo. Puedes leerlas y asimilarlas a tu conveniencia. Pero asimílalas, Ramsés. No te precipites en sacar conclusiones. No las subestimes como si fuesen un apresurado código ético y legal para seres como nosotros. Deja que te abracen para que puedan guiarte.

—¿Me enseñarás tu antigua lengua para que pueda leerlos?

—Por supuesto.

Ramsés se paró en seco y volvió la vista atrás, hacia el jardín.

—Y si alguna vez deseo...

—¿Qué, Ramsés?

—¿Si alguna vez deseo ser mortal de nuevo? —preguntó—. ¿Si Julie alguna vez lo desea?

Un prolongado silencio. Le soltó la mano.

—Concederé ese deseo —dijo Bektaten finalmente—. Pero no se lo concederé a ningún inmortal que crees a partir del día de hoy, pues mi deseo es que no crees más inmortales. ¿Puede ser este nuestro tratado?

Tratado. Una profunda sensación de alivio se adueñó de Ramsés. Un tratado. «Vaya, ¿de modo que somos iguales, no? Este poderoso ser ahora me honra hablándome de tratados en lugar de juicios.» Ay, la maravilla de las reinas. Incluso en los tiempos antiguos había oído hablar de reinas que protegían sus reinos mientras los reyes salían a conquistar otros, de reinas que preservaban su poder mientras los reyes buscaban ostentar más. Y en los tiempos modernos había oído hablar de una gran reina, Isabel de Inglaterra, que había seguido aquel mismo camino, protegiendo su vasto reino y sus lejanas colonias, pero nunca iniciando una guerra para obtener más poder ni más tierra.

Ramsés sonrió.

—¿Un tratado? —preguntó—. Me hablas como si todavía fuese rey.

—¿Acaso no lo eres? —repuso Bektaten.

—Amada reina —dijo Ramsés—. No te he contado que también he dado el elixir a otra persona.

—Y no es preciso que me lo cuentes porque lo sé. Se trata de Elliott, el conde de Rutherford, un hombre instruido y sobrio.

—Sí —contestó Ramsés—. Como tampoco puedo jurarte que nunca vaya a darle el elixir a otra. Sé demasiado sobre la soledad y el aislamiento para poder hacerte esta promesa. Elliott Savarell, el conde de Rutherford, ahora es mi responsabilidad, igual que Julie Stratford. Y Cleopatra, mi lastimada Cleopatra, sigue siendo mi responsabilidad. No, no puedo jurarte que no volveré a dar el elixir. Estamos ante un mundo moderno con el que nunca soñé. Podemos perdernos de vista en este mundo, Bektaten. ¿Y quién sabe qué me empujarán a hacer la tragedia, la sensatez o la necesidad?

Bektaten lo contempló un buen rato en silencio y después sonrió. Qué radiante y bella estaba con aquella sonrisa.

—Has hablado como un rey —dijo—. Pero este elixir, con toda su pureza y poder, se lo robaste a quien se lo había confiado, y cuando lo hiciste, me robaste a mí.

—Sí, mi reina, ahora soy consciente —dijo Ramsés—, pero no puedo retroceder en el tiempo y enmendar esa equivocación. Y tampoco puedo borrar de mi mente los secretos del elixir. Han transcurrido miles de años desde ese gran robo. Y para bien o para mal, ahora conozco el secreto. No me pidas cosas imposibles.

—Sabes de sobra lo que en realidad te estoy pidiendo —dijo Bektaten.

—Cierto. Que nunca vuelva a actuar precipitadamente, que nunca atente contra la naturaleza, que nunca vuelva a traficar con los muertos.

—Exacto —respondió la reina.

—En cuanto a esto, te doy mi palabra. ¿Cómo podría no

hacerlo? Nunca más volveré a hacer lo que hice al despertar de su letargo a Cleopatra resucitada. He creado una nulidad, como la llamó Saqnos, y ojalá pudiera deshacer lo hecho.

Se calló de golpe, incapaz de decir una palabra más.

—¿Nulidad? —sopesó Bektaten—. Nulidad, una especie descrita por un demente. Tal vez tu maltrecha Cleopatra no sea una nulidad. Recuerda, fue el elixir adulterado de Saqnos el que usó para sus resurrecciones, el mismo elixir adulterado que condenó a sus *fracti*.

—Es verdad —dijo Ramsés.

—Fue el elixir puro el que derramaste sobre el cadáver de tu Cleopatra. ¿Quién dice que sea una nulidad o que vaya a volverse loca?

—Si solo... —susurró Ramsés—. Pero enloquecerá, ¿no?

—Está sufriendo. Está confundida. Tiene un oscuro camino ante sí. Pero insisto, fue el elixir puro el que le devolvió su ser, y es muy posible que tomar más le haga bien.

Faltó poco para que a Ramsés se le saltaran las lágrimas.

—Tal vez...

—Como tú mismo has dicho, Ramsés, es tu responsabilidad. Y no me atrevería a cuestionar lo que hagas con esa criatura mientras no intentes destruirla. Eso no lo toleraré.

—Lo entiendo.

—Estaré atenta. Estaré siempre vigilando.

—Y verás en mí a un hombre escarmentado y más sabio —dijo Ramsés—. Te lo prometo.

—Bien, pues, Ramsés el Grande. Tenemos un tratado, ¿no?

42

La heredad Rutherford

Estaban diciéndole que no debería volver a poner un pie en la propiedad. Que nadie debería hacerlo. Incluso había oído a las enfermeras de la clínica decir que la casa principal, las granjas de los arrendatarios y hasta el viejo templo romano habían sido reducidos a cenizas, y la tierra bendecida por sacerdotes de todas las religiones conocidas.

Lo habían enfurecido estas palabras. Pues este chismorreo supersticioso también había arraigado entre los demás invitados a la fiesta, a quienes estaban tratando por estrés y agotamiento en la misma clínica a la que había llevado a su madre. Y todo aquello lo alteraba como nada lo había hecho en su vida. Ni la pérdida de su bella compañera en El Cairo, la amiga demente del señor Ramsey, ni la pérdida de Julie, que en verdad nunca había estado enamorada de él, ni tampoco la larga ausencia de su padre, que seguía sin haber enviado una sola palabra.

¿Dónde estaba su padre? ¿En otro casino? Tal vez cuando el incidente estuviera en boca de todos en el Continente, daría señales de vida. Pero por el momento no había recibido ni un telegrama ni una llamada telefónica; solo otro sustancioso depósito en el banco.

Durante toda la noche había sido capaz de dominar su ira. Se las había arreglado para dar la espalda a los médicos y enfermeras chismosos a fin de no arremeter contra ellos. Estrujaba un pañuelo entre los puños cada vez que le venían ganas de decir a quienes no habían presenciado el horror que dejaran de darle a la sinhueso acerca de lo sucedido.

En cambio, se había comportado como un perfecto caballero, un buen chico. Pero ambos papeles eran hábitos hechos jirones, incapaces de contener su confusión y su pena.

Cuando la policía lo había interrogado, la explicación supuestamente lógica que estaban armando quedó clara al instante. Si bien no acusaban a todos los asistentes a la fiesta de haber padecido una locura colectiva, seguían insistiendo en que había hechos que era preciso abordar. Como por ejemplo por qué nadie en la fiesta había reconocido o conocido a las personas que posteriormente habían sufrido una muerte tan horrible. La policía había obtenido unos cuantos nombres gracias a quienes habían charlado brevemente con ellos en el césped. Sin embargo, ninguno de aquellos nombres resultaba familiar a Alex, a su madre ni a ninguno de los demás invitados con los que habían hablado. La policía también había conseguido interrogar a la secretaria que había preparado la lista de invitados. Había corroborado que aquellos nombres no figuraban en ella. Estas misteriosas personas habían surgido de la nada y desaparecido en la nada. Tal vez, insinuó la policía, en realidad nunca habían existido.

Y después estaba el asunto del extraño túnel abierto en la propiedad. Alex nada sabía acerca de ese túnel. No obstante, la policía decía que había roderas en él, así como en el prado donde desembocaba, cerca del estanque.

Ambas cosas estaban relacionadas, insistía la policía. Todo era una acción para desviar la atención, un juego de manos.

Una gran ilusión con el fin de distraer mediante el caos mientras tenía lugar algún hecho delictivo. Un robo, tal vez.

Cuando Julie finalmente lo localizó por teléfono en el hospital a primera hora de la mañana, se lo explicó todo, y su enojo salió a relucir. Qué calmada le había parecido ella. Qué tranquilizadoras sus palabras. Lamentaba muchísimo que se hubieran separado mientras reinaba el caos, pero ella y Ramsey estaban bastante bien, aunque tan impresionados como todos los demás por lo que habían presenciado. Y tampoco era que ella tuviera su propia explicación. «Cuida de tu madre —había dicho—, esto es lo más importante. Cuida de tu madre.» Ellos, por su parte, pronto viajarían al norte para hablar con la policía.

Y tenía razón, claro.

Tenía razón a medias. Quería mucho a su madre pero la casa seguía importando. La finca seguía importando. Y la alocada idea de que había tenido lugar algún tipo de robo tenía que demostrarse o refutarse. Por eso, cuando las enfermeras hubieron sedado a su madre una vez más, se escabulló y regresó a la casa.

Constatar que seguía en pie lo sorprendió sobremanera aunque, por supuesto, fuese absurdo.

Una parte infantil de sí mismo había supuesto que las maldiciones que habían vertido sobre aquel lugar los invitados traumatizados habían conseguido, de un modo u otro, romper los altos ventanales, arrancar trozos de techo, destruir los setos alineados en el largo y sinuoso camino que conducía hasta la puerta principal.

¿Tan absurda era realmente la posibilidad cuando te detenías a pensar en lo que había sucedido? Personas, personas vivas y coleando, invitadas a la fiesta, disolviéndose ante sus propios ojos.

¿Cómo lo explicaría la policía al final?

Una droga. Los habían drogado a todos para someterlos a

un ilusionismo visual que era la tapadera de un gran robo. No obstante, la policía había registrado el lugar durante la noche, y le habían llevado a él y a su madre listas detalladas del contenido de las habitaciones, incluidas las joyas que su madre había traído de Londres dos días antes.

Todo parecía estar en su sitio. Tal vez cuando su madre recobrase la serenidad se fijaría en que faltaba algún objeto en las listas. Pero ¿sería tan grande como para que hubiese sido preciso un túnel secreto para llevárselo?

Alex recorría a solas las habitaciones que el día anterior habían estado llenas de risas y deleite, y después de pánico y gritos. ¿Podría llenarlas con sus recuerdos de infancia, como el del tren de juguete que una vez su padre le había ayudado a montar en la sala de estar? ¿De las horas pasadas leyendo junto a las ventanas que daban a los extensos prados?

«Tengo que ir al prado —se dijo—. Tengo que enfrentarme a verlo otra vez, ahora o nunca.»

¿Qué decía el viejo refrán acerca de caerse de un caballo? Tal vez no era muy adecuado, habida cuenta de que hubiese preferido con mucho romperse un hueso que recibir la impresión de lo que había visto la víspera.

«Drogas. Una ilusión. Un truco. Un robo.»

Solo estaba saboreando estas palabras, probándolas, viendo si demostraban ser digestibles. Y la respuesta solo la obtendría una vez que volviera a contemplar la escena del crimen.

El pánico había hecho añicos las cristaleras de la terraza. Qué extraño que la policía no hubiese puesto algún tipo de barricada o un tablón de madera en las aberturas. Pero no se dedicaban al negocio de la restauración. Cruzó el umbral con cuidado para no desprender los fragmentos de cristal que todavía estaban sujetos al marco. Después repitió el camino que los invitados habían seguido el día anterior hasta la terraza y descendió la escalinata hasta el césped.

Tendría que haberse preparado para ver las sillas patas

arriba, los parasoles volcados con sus toldos aleteando en la suave brisa. Los restos del gran éxodo estaban esparcidos por doquier. Pero, gracias a Dios, los montones de ceniza, y los vestidos y zapatos vacíos, habían desaparecido.

Con todo, la visión del desastre que tenía delante fue más triste de lo que había esperado. Tal vez la bonita mañana soleada no hacía más que empeorar las cosas, pues traía a la mente días más felices con puestas de sol como hogueras naranjas que encendían el horizonte occidental más allá de la línea de trémulos árboles verdes. Los chasquidos de las pelotas de croquet en el césped. No aquel fantasmal silencio encantado.

«Ya no soy el mismo —comprendió—. Lo que he visto me ha cambiado.»

¿Cuánto rato permaneció acariciado por la brisa? ¿Cuánto en medio de los fantasmas del terror de la víspera?

¿Cuánto hasta que empezó a sonar la música?

Al principio sonó baja. Durante los primeros gorjeos, pensó que quizá procedía de la finca vecina. Pero la finca vecina estaba demasiado lejos. Y la voz operística de aquel hombre, que aumentaba de volumen, las palabras italianas que tan familiares le resultaban, procedía de la sala de estar, del gramófono que allí había.

Tras su regreso a Inglaterra, con el anhelo por la mujer que había conocido en El Cairo latiendo en su fuero interno como un segundo corazón, había ido corriendo a la biblioteca en secreto, donde leyó el libreto entero de *Aida* de un tirón. Era la letra de esa ópera lo que ahora oía, letra cantada por la voz del gran Enrico Caruso, tan potente e insistente pese a los arañazos del disco. Salía al prado por las cristaleras rotas.

Celeste Aida, forma divina,
Mistico serto di luce e fior.

¿Habrían dado el alta a su madre en el hospital? El disco se lo había regalado ella. Se lo había comentado antes de la fiesta. Pero no podía ser. Hacía apenas media hora que la habían sedado.

Tal vez se estaba volviendo loco de verdad.

Pero si tal fuese el caso, ¿seguiría siendo perfectamente consciente de cómo se llamaba y en qué país se encontraba?

Asió el pomo de la puerta y la abrió con cuidado.

Se preparó para descubrir que tal vez los médicos y enfermeras estaban en lo cierto: realmente había un mal inexplicable debajo de la Heredad Rutherford; tal vez había cruzado un umbral que conducía a un fabuloso mundo alternativo.

> *Del mio pensiero*
> *tu sei regina*
> *tu di mia vita sei*
> *lo splendor.*

Cuando la vio de pie junto al fonógrafo, con un vestido a la moda que mostraba más piel que el maravilloso traje de seda que llevaba en la ópera, su espalda buscó apoyo en la pared más cercana.

Cuando sus ojos, aquellos chispeantes ojos de un azul imposible, se encontraron con los suyos, se le cortó la respiración.

Estaba paralizado mientras ella avanzaba a través de la sala hacia él, descalza sobre el entarimado del suelo. Imposible describir con palabras la expresión de su rostro. ¿Expectante? ¿Ansiosa? ¿Devota? No podía estar seguro. No podía estar seguro de nada salvo de que estaba allí. Ella había puesto la música, estaba acortando la distancia que mediaba entre ambos.

—¿Qué ves, lord Rutherford? —preguntó ella—. ¿Qué ves cuando me miras?

Lágrimas en sus ojos; lágrimas en los de Alex también.

«Debo contestar. Debo contestar porque si no puedo hacerlo, quizá esto sea realmente una especie de locura.»

—Veo...

—¿Sí?

A pocos centímetros de él, ella levantó la cabeza titubeando, como si tuviera miedo de tocarlo y sin embargo no deseara más que sentir su beso.

—Veo El Cairo —susurró Alex—. Veo la ópera a la que he asistido una y otra vez en mi mente. En mis sueños. Mis sueños del tiempo que pasamos juntos. Busco en los pasillos algún indicio de ti. Y después te veo en el coche...

Ella cerró los ojos ante este recuerdo, derramando lágrimas sobre sus mejillas.

—Te veo consumida por las llamas —susurró Alex.

—Consumida, sí —susurró ella—, pero no aniquilada.

—Pero estás...

«Curada» fue la primera palabra que le acudió a la mente pero le pareció patéticamente inadecuada. Era un milagro, su aparición delante de él. Que estuviera viva.

Armándose de valor, Alex cerró la mano suavemente en torno a la suya. Se llevó las yemas de sus dedos a la nariz, después a los labios. Una sonrisa acompañaba ahora a sus lágrimas, una sonrisa desesperada y casi suplicante. Cuando ella levantó la mano hasta el rostro de Alex y este dejó que le acariciase la mejilla, fue como si ella se liberase de una gran tensión.

—¿Tiene nombre lo que tú eres? —susurró Alex.

—Si no lo tuviera, ¿podrías amarme igualmente? ¿Aquí? ¿Tal como somos?

Alex ardía en deseos de besarle las puntas de los dedos con ternura. Pero le constaba que hacerlo sería el final para él. El final de cualquier vida que quizá antes describiera como equilibrada y cuerda. De modo que lo hizo.

Y entonces su boca estuvo en la de ella, sus manos ascendieron bajo su vestido blanco con volantes. La sensación de su sedosa piel, su olor, su sabor, la asombrosa fuerza con la que lo tiró al suelo. Alex se envolvió la cintura con sus piernas y la saboreó, la masajeó, la embelesó con sus besos. Cada roce, cada sabor, más que una manifestación de pasión, una confirmación de que ella existía. De su milagrosa resurrección.

Una y otra vez, repetía el nombre de Alex. Y lo hizo después de confesarle que no sabía el nombre de lo que era, y eso hizo que el amor con el que lo decía fuese tanto más profundo.

¿Era preciso que existiera un nombre para lo que ahora eran el uno para el otro? ¿Para lo que habían sido el uno para el otro en El Cairo? Y si hacía falta enloquecer para entrar en ese lugar de pasión desatada y sueños hechos realidad, bienvenida fuese la locura por siempre jamás.

43

No lo había dejado agotado, al contrario. La llevó a una de las habitaciones de arriba y allí empezó a hacerle el amor otra vez, mientras el sol del amanecer se colaba a través de las cortinas de encaje. El papel pintado parecía tan vívido y luminoso como el día que se anunciaba, más bonito y acogedor que cualquier cosa que hubiera en la finca donde había estado recluida.

Alex no paró hasta que la llevó a un clímax que la estremeció hasta los huesos.

Después, casi sin aliento, mientras le apartaba con delicadeza el pelo de la frente, empezó a contarle todo lo que había ocurrido el día anterior: la fiesta y el envenenamiento colectivo, la absurda explicación que daban los investigadores.

Ella no respondió. No quería interrumpir el fluir de sus palabras. Eran tan honestas, tan sinceras, elegidas con tanto cuidado...

Sus remembranzas del tiempo que habían pasado juntos en El Cairo estaban intactas, por eso recordó una vez más por qué se había enamorado tanto de él en tan poco tiempo.

Había proximidad en él. Siempre. En todo momento. La sensación de que estaba totalmente presente. Cuando de vez en cuando hacía una pausa para poner en orden sus ideas, ella no tenía la impresión de que su mente se escabullera para ocuparse de ciertos cálculos que quería guardar en secreto. Alex solo deseaba expresarse con tanta claridad como podía, y en beneficio de ella. Para que lo conociera. Para que supiera por todo lo que había pasado desde que sus caminos se habían separado.

¿Esto lo distinguía de todos sus amantes anteriores, con su propensión a la distracción perpetua, siempre preocupados con batallas, con imperios? Estaba perdiendo la memoria.

Sin embargo, recordaba el breve tiempo que habían estado juntos en El Cairo y, en este momento, era lo único que importaba. Recordaba estar acostada con él en aquella bonita habitación del hotel Shepheard's. Y lo maravilloso que era visitar un recuerdo vívido y puro, como tantos otros que le estaban arrebatando. No solo visitarlo sino vivir en él, zambullirse en él, saborearlo. Y ahora la trataba como si fuese una mujer entera, como si no le faltase nada, como si distara mucho de ser la espantosa criatura condenada que Saqnos había descrito.

«Nulidad.» ¿Podía imaginar que tan brutal palabra saliera de los labios de Alex? Tal vez, pero no se lo imaginaba susurrándola con el mismo odio que su captor.

Alex le estaba explicando que había experimentado un cambio radical en su manera de pensar, en su manera de ver el mundo, fundamentado por entero en lo que había presenciado en el prado de aquella misma finca. Y en su milagroso regreso. Y en la devastadora pena que había sentido después de ver cómo la devoraban las llamas.

Ahora tenía claro que su reaparición, su resurrección, le había facilitado aceptar lo que había presenciado el día anterior, fuera de aquella misma casa.

Alex seguía hablando de ello. Del envenenamiento.

—Cenizas, querida mía. Se convirtieron en cenizas literalmente ante nuestros ojos.

Lo dijo con una especie de deslumbrado asombro. Pero,

una vez más, ella no respondió. No le reveló que había estado en aquella misma propiedad antes de que tuvieran lugar aquellos acontecimientos. Que había estado peligrosamente cerca de prometer a Julie Stratford que nunca intentaría volver a verlo, todo a cambio de una dosis de elixir; una dosis que quizá disiparía su tormento, que restañaría el flujo de su propio pasado. Nada de esto le dijo. Su silencio parecía no causarle tirantez, pero ¿por cuánto más tiempo?

Se había remontado en su relato, según parecía, llegando hasta las explicaciones que Ramsés y Julie le habían dado de su aparición en El Cairo. Qué doloroso oírse descrita como una demente. Pero la ira que quizá antes suscitaban tales palabras no la encendía. Pues era posible que se estuviera convirtiendo en algo mucho peor. Algo que no era inmortal ni mortal. Un ser infame regresado de la muerte.

«Nulidad», oyó gruñir a Saqnos. Nulidad...

Alex se calló.

Le acarició la mejilla. Y solo en la brevísima dilatación de las ventanas de la nariz percibió la tensión que lo embargaba, la expectación.

Se lo había contado todo.

Ahora le tocaba a ella.

—Estoy enferma —susurró—. Estoy enferma, lord Rutherford.

Alex se apoyó en los codos. Al hacerlo, provocó que la sábana descubriera su ancho pecho. Estaba salpicada de pelos negros que segundos antes había estado enroscando con sus dedos. Al principio pensó que reculaba. Mas no era así. Simplemente intentaba verla mejor. No había repugnancia alguna en su expresión.

—¿Enferma? —preguntó Alex—. ¿Cómo es posible, si sobreviviste a las llamas?

—Lo mismo que me permitió sobrevivir a las llamas... hay un...

—¿Una maldición? —preguntó Alex—. ¿Se trata de eso? ¿De alguna clase de maldición?

—Sí, tal vez deberíamos llamarlo maldición.

—¿Cómo querrías que lo llamara? —La angustia de su voz fue como una puñalada—. Preferiría con mucho pensar en ti como en un ángel. Encaja a la perfección con lo que he vivido contigo.

—No lo soy, Alex. No soy eso que llamas ángel.

—De acuerdo, pues. Siempre te llamaré como quieras que te llamen.

Lágrimas en sus ojos al oír esto. Lágrimas que emborronaban su visión de la hermosa habitación y de aquel hombre tan guapo. Alex la abrazó en cuanto las vio, le rozó el cuello con los labios, la envolvió en la calidez de su exquisita carne mortal.

—No buscaré respuestas que no estés preparada para dar —susurró Alex—. Solo una cosa, por favor: no vuelvas a abandonarme. Por favor.

Ay, ojalá pudiera prometérselo. Pero al separar los labios se quedó sin aliento. No pudo hacer más que corresponder a su abrazo. Y entonces se hizo un gran silencio, un silencio que llenaron los sonidos súbitamente lentos e irregulares de su respiración. Estaba agotado.

Cuando se dio cuenta de que estaba dormido, de repente se sintió totalmente sola.

Se separó de él solo lo justo para verle la cara. La tenía apoyada en la almohada, junto a su hombro desnudo. Acercó la mano a su mejilla con la intención de apartarle el pelo de la frente, tal como él se lo había hecho a ella. Y fue entonces cuando los dedos le temblaron. Y su desesperación devino algo más sombrío. Algo que ahuyentaba toda la tristeza, sustituyéndola con la confortante certidumbre de la ira.

Tomó su mentón con la mano ahuecada. Resiguió con los dedos la delicada línea de su mandíbula. Notó el flujo caliente de la sangre mortal en su mejilla. Le acarició el cuello; las venas bombeaban sangre a su mente soñadora.

¿Soñaba con un futuro en compañía de ella que nunca sería posible? ¿Un futuro que sin duda sería destruido por su inminente demencia?

¿Qué opciones tenía en ese momento?

¿Rechazarlo? ¿Abandonarlo? ¿Arrojarlo de nuevo a la pesadumbre que le había descrito momentos antes?

¿O era mejor romperle el cuello? Un movimiento rápido. Con eso bastaría. Y él moriría creyendo que la había alcanzado para siempre. Moriría amándola. Moriría habiéndola llamado ángel solo segundos antes.

Una bendición para él.

¿Una bendición para ella?

A escasos centímetros de su cuello, la mano le tembló. Sus dedos temblaron. Y al principio confundió la aspereza de su propia respiración con los arañazos de un ser en las paredes.

¿Era ese el destino de todos los seres, destruir lo que encontraban hermoso cuando se daban cuenta de que no podían poseerlo para siempre?

Estuvo a punto de sollozar. Requirió todas sus fuerzas para reprimir el llanto mientras se levantaba de la cama, con cuidado para no despertarlo, pero lo bastante deprisa para sentir que estaba reculando ante la posibilidad de lo que por poco había hecho. Romperle el cuello. Poner fin a su vida. Sostener que le ahorraba su sufrimiento librándose a su vez de la causa del suyo.

Era un tormento. Un tormento estar allí con él. Con su ternura y su belleza.

No se despertó. Ella quería que lo hiciera. Pero le constaba que si lo hacía sería mucho más duro abandonarlo.

Y entonces se oyeron ruidos fuera. Se acercó de puntillas a la ventana y vio que unos hombres enfundados en trajes negros se apeaban de varios coches que estaban aparcados en el camino. Pasaron por delante de la puerta principal de la casa. Siguieron caminando en dirección al prado donde había tenido lugar el envenenamiento. Eran los investigadores que Alex había mencionado antes; tenían que serlo. Habían regresado para comenzar otra jornada de trabajo, ahora que ya era completamente de día.

Qué agonía quedarse allí un momento más. Una agonía que no podía soportar.

Corrió escalera abajo y encontró su vestido en el suelo de la sala de estar, cerca de donde habían hecho el amor. Acababa de ponérselo por la cabeza y de alisarle la falda cuando oyó que Alex la llamaba. Oyó sus pasos en el piso de arriba.

Echó a correr. Corrió atravesando habitaciones vacías, alejándose del prado donde se estaban congregando los investigadores. Oyendo que la perseguía, siguió corriendo y salió por una puerta lateral a un jardín de setos recortados. Se dio cuenta de que estaba cerca del camino que Julie le había pedido que recorriera el día anterior. Tal vez podría escapar por el mismo túnel que habían usado para raptarla.

Y entonces oyó la puerta abrirse de golpe.

—¡Cleopatra! —llamó Alex.

Aquel nombre. Oírlo llamarla por aquel nombre. Aquel nombre que quizá pronto dejaría de ser el suyo. Le flaquearon las piernas y Alex la alcanzó.

—No —dijo, angustiado—. No debes huir. ¡No huyas! Si piensas que me ahorrarás más sufrimiento, te equivocas. Pues nada sería peor que ser devuelto a mi pena por ti. Sea cual sea la maldición que te aflige, sea lo que sea lo que temes, estaré a tu lado en todo momento.

—No puedes decir estas cosas —balbució ella entre lágrimas—. No sabes lo que significan. ¡No sabes lo que está por venir!

—¿Tú sí? —preguntó Alex—. ¿Sabes lo que está por venir? No te noto segura, Cleopatra. Noto confusión y el miedo que esta engendra.

Ni una palabra. No tenía ni una palabra para contestar.

—Desde que regresé de Egipto, cada día ha sido un tormento —dijo Alex—. Era un hombre distinto cuando me fui para allá. Y entonces te conocí y fue como si todos mis designios y ambiciones fueran los pasatiempos de un niño. Cosas pueriles que ya tenía que dejar de lado. Lo sabía. Lo sabía, Cleopatra. Sabía que había algo en ti que no tenía explicación. Algo que posiblemente era tenebroso. Peligroso. Perturbador para todo lo que valoro.

»Y aun así, no podía dejarte. Ni las más siniestras fantasías sobre lo que tú eras, lo que podías ser, bastaban para que te dejara. Así es cómo es el amor, ¿no? No es algo para lo que haces un poco de sitio en tu vida. Se adueña de ella, y todo lo demás tiene que ajustarse a él, o la consecuencia es un pesar infinito o una obstinada insensibilidad que conlleva la muerte de tu espíritu antes que la de tu cuerpo. He visto esta verdad en los ojos de Julie y Ramsey. Y la veo en tus ojos cuando te miro.

—Te encadenas a un barco que naufraga, lord Rutherford —susurró Cleopatra.

—No —contestó Alex, acercándose tanto a ella que su aliento le besó los labios—. No estás segura de saber lo que eres. Estás confundida. Temes que esta confusión me consuma. Me destruya. Y lo que te digo, y debes creerme, es que ya me has consumido. Y que si me vuelves a abandonar me quedaré destrozado.

Cleopatra no habría sabido decir si se había caído encima de él o si él la había tomado entre sus brazos. ¿Qué más daba? Su abrazo era obvio. Su abrazo no precisaba otro nombre. En su abrazo no había confusión, ninguna desesperación. Ningún miedo a la demencia que estaba por venir.

—No puedo quedarme aquí —susurró Cleopatra—.

Debo retirarme de este mundo que todavía no comprendo del todo.

—Pues nos iremos juntos —dijo Alex—. Allá donde quieras ir, iré contigo, mi Bella Regina Cleopatra.

Cleopatra llevó ambas manos a su rostro. Lo acarició. Lo besó. Se entregó a él tal como él se entregaba a ella. Había desaparecido el deseo de poner fin a su vida que había sentido momentos antes. Desaparecido y sustituido por una necesidad de él que era más que un mero anhelo de escapar.

—Estoy cansada, lord Rutherford —dijo Cleopatra en voz baja—. Muy cansada.

—Pues descansa en mí —respondió Alex—. Confía en mí.

CUARTA PARTE

44

Yorkshire

En cuanto comenzó, Julie se dio cuenta de que no iba a ser tanto un interrogatorio como una serie de respetuosas preguntas. Edith había insistido en que el detective lo realizara allí mismo, en su propia habitación, con todos ellos reunidos en torno a la cama como inquietos parientes ansiosos de asegurarse la parte correspondiente de la herencia de una anciana agonizante. Tal vez esto explicara la reserva del detective; estaba amilanado por la presencia de una duquesa.

Edith apareció serena y acicalada para la ocasión, vestida con un ornamentado salto de cama naranja y el pelo cepillado hacia atrás desde su pálido rostro para que hiciera un halo sobre la almohada. Presentaba un aspecto sumamente angelical, y Julie sintió un gran alivio al verla tan revitalizada y compuesta después de haber pasado solo dos noches en aquel lugar.

No era tanto un ajetreado hospital como una pintoresca clínica de pueblo, mal equipada para tratar heridas graves. Y era apropiada, pensó Julie, dado que ninguno de los aristócratas que normalmente llenaban sus habitaciones se quejaban de algo más serio que estados de shock y estrés.

Con todo, opinaba que aquel acuerdo era poco apropiado e indiscreto. Pero Edith había insistido. Ahora entendía por qué. La duquesa escuchaba con atención cada palabra que salía de la boca del inspector, esperando que sus preguntas desvelaran nueva información.

¡Qué suerte había tenido de poder hablar por teléfono con Alex el día anterior!

Si no la hubiese puesto al corriente de la teoría del inspector, no habrían venido tan bien preparados. Pero ahora Ramsés podía manejar a aquel hombre como si fuese un instrumento. Aceptando sin reservas que, en efecto, había tenido lugar algún tipo de truco sofisticado, un alucinógeno combinado con un juego de prestidigitación, todo ello con la intención de distraer la atención sobre un delito todavía por determinar. ¿Cómo explicar si no el extraño túnel debajo del templo?

—¿Y la señora africana que han mencionado varios invitados? —preguntó el detective.

Edith arrugó la frente. Julie se sorprendió al ver que Alex no tenía una reacción parecida. Estaba sentado en una silla en el otro lado de la habitación, con las manos entrelazadas en el regazo y los ojos fijos en algún punto encima del hombro de Julie. Resueltamente sereno, al parecer.

—Ah, sí —dijo Ramsés—, es una amiga mía, Abeba Bektul. Una etíope de noble cuna. Me temo viajó hasta aquí ex profeso para asistir a nuestra fiesta.

—¿Qué relación tiene usted con la señorita Bektul?

—Ha aportado financiación y apoyo general a varias de mis excavaciones en Etiopía.

—¿Etiopía? No he oído hablar mucho de momias descubiertas en Etiopía.

—África es un lugar grande y misterioso, señor mío. Un lugar cuya historia, en buena parte, sigue pendiente de ser descubierta.

—Entiendo. —El brusco rechazo del detective dio a entender que no deseaba conocer África en absoluto. Tal vez recordase la gran derrota que Etiopía había infligido a Italia años antes y la considerase una amenaza inminente para el Imperio británico—. ¿Y dónde está ahora?

—Tiene una habitación en el Claridge's. Verá, habíamos planeado que se alojara con nosotros en nuestra casa de Mayfair. Pero después de todo este estrés, deseaba privacidad. Estará encantada de contestar a sus preguntas allí, si tiene alguna que hacerle.

La vedad era otra, por supuesto.

Bektaten había reservado la habitación poco antes de que Ramsés y Julie se marcharan de Cornualles, y solo para dar fundamento a aquella coartada. Y su alias, Abeba Bektul, era uno entre muchos, y diferente del que había empleado para alquilar el castillo. No quería ser completamente invisible si su participación era requerida, pero no albergaba deseo alguno de recibir a desconocidos cerca de su jardín. Por suerte, habiendo vivido muchas vidas en distintos continentes, tenía alias de sobra que podía usar en caso de que la investigación se centrara en ella.

—Todavía no sé si será necesario —contestó el detective—, siempre y cuando ustedes respondan de su buen carácter.

—Por supuesto que lo hacemos —terció Julie.

—Pues si decidimos interrogarla, nos pondremos en contacto con ustedes. ¿Regresará pronto a Etiopía?

—No —respondió Ramsés—; de entrada, había planeado una estancia larga. Después de haber pasado por lo que ha pasado, por lo que hemos pasado todos, no tiene ganas de emprender un viaje oceánico en un futuro próximo.

—Muy bien, pues. —El detective carraspeó—. Entonces ahora parece que, igual que antes, vamos en pos de un robo. En los dos días desde que empezamos la investigación no han aparecido más detales obre los invitados desaparecidos, me temo. Investigar un asesinato sin un cadáver cuando ningún ser querido, ningún amigo o incluso ningún conocido del desaparecido se decide a hablar, bueno... es prácticamente imposible. De modo que si la policía va a continuar con este asunto, tendrá que hacerlo como si se tratara de un robo.

—O de un envenenamiento —dijo Edith—, pero a nosotros. Está claro que nos dieron algo que nos hizo alucinar. ¡Tenía que estar mezclado con el champán!

—Tal vez, señora —dijo el detective—, pero me temo que, con el pánico, el champán se derramó y las copas acabaron hechas añicos, pisoteadas por los invitados. No hemos podido recuperar una sola copa intacta en la propiedad, y todas las botellas abiertas estaban vacías.

—Vaya, pues entonces es el complot más perfecto y ofuscador que haya existido jamás. —Edith levantó las manos y golpeó la manta en ambos lados de ella. Julie no pudo reprimir una sonrisa. Había energía y vitalidad en aquel simple gesto, señal de que Edith pronto saldría de aquella clínica y volvería ser la de siempre—. Lo que no comprendo es por qué no pudimos ver mariposas y arcoíris. ¿Por qué tuvimos que ver algo tan desagradable? No soy una envenenadora profesional ni una ladrona, de modo que entenderlo quizá esté fuera de mi alcance.

Hubo algunas risas en la habitación.

Alex no se sumó a ellas.

—Es muy curioso, ¿no? —La atención de Alex parecía centrarse en Julie aunque se dirigía a todos lo presentes—. Que todos alucináramos casi exactamente lo mismo.

—Raro no empieza siguiera a describirlo, me temo —dijo el detective—. Pero para su información, nos seguimos tomando el asunto muy en serio. La policía consultará con varios ilusionistas durante los próximos días. Tal vez nos expliquen cómo puede haberse llevado a cabo un truco como este, mezclando la prestidigitación y una droga, tal como sugiere la condesa. Les pido, no obstante, que no transmitan esta información a la prensa. Por el bien de todos. Es un tanto insólito que la policía pida ayuda a unos... magos.

Acto seguido hubo un educado intercambio de despedidas. Pero Julie se encontró incapaz de apartar sus ojos de Alex. ¿Estaba en algún tipo de shock? ¿Acaso no se había diagnosticado su estado porque los médicos presentes se apresuraron a prestar toda su atención a su madre, la condesa?

—Habéis sido muy amables viniendo hasta aquí en coche —dijo Edith.

Julie le estrechó la mano.

—Después de lo que habéis tenido que soportar por culpa nuestra, Edith, no puedo...

No supo cómo continuar, y notó que Ramsés le tocaba el hombro con la mano. ¿Temía que fuese a hablar más de la cuenta?

—Regresaremos a Londres en cuanto podamos —dijo Edith—. De momento no me veo con ánimos de visitar la finca. En cuanto a Elliott, bueno, ha enviado otra enorme suma de dinero desde alguna parte. He perdido por completo el rastro de su paradero.

—Seguro que vendrá a casa cuando se entere de todo esto —dijo Alex, enojado—. Tan pronto como le envíe mi nueva dirección.

—No te enfades con tu padre, Alex —dijo Edith—. Necesita pasar esta temporada a solas. Y cada dos por tres, el banco me llama para hacernos saber que ha llegado otro depósito. No cabe duda de que la fortuna le ha sonreído, allí donde esté, y la comparte con su familia, tal vez más de cuanto la disfruta él mismo.

—Perdona, madre. —Ahora era como una imagen reflejada de Julie, de pie junto a la cama, tomando la otra mano de Edith—. Han sido unos días agotadores.

Mas no parecía estar agotado, pensó Julie. Más bien parecía aturdido, tal vez un poco bebido. Extrañamente relajado. Y cuando sorprendió a Julie escrutándolo, le dedicó una sonrisa cómplice.

—Sí que lo han sido —susurró Edith, estrechando la mano de Alex y después la de Julie—. Desde luego que sí. Y has sido un hijo maravilloso en todo momento.

Alex la miró como si esas palabras lo entristecieran. Después, en un susurro, dijo:

—Tú y yo siempre hemos sido una familia, madre. Y padre. Y siempre lo seremos, esté donde esté cada uno de nosotros. Pese a que cada uno de nosotros esté en distinto lugar.

—Sí, supongo que sí —dijo Edith en voz baja—. Ten por seguro que de tanto en tanto extraño a tu padre. Incluso la melancolía tiene su encanto de vez en cuando.

—Alex —dijo Julie—, ¿te apetece que vayamos a dar un paseo?

Alex asintió con la cabeza pero siguió mirando fijamente a su madre.

Edith tenía la mente en otra parte. Tal vez por eso no reparó en el brillo de las lágrimas en los ojos de su hijo. Cuando se inclinó deprisa, casi furtivamente, para darle un beso en la frente, Edith le dio unas palmaditas en la mejilla. Pero su expresión daba a entender que había retomado una silenciosa deliberación sobre los extraños acontecimientos de los últimos días.

Cruzaron juntos la plaza flanqueada de árboles que había delante de la clínica. Estaban rodeados por una mezcla de paredes de piedra y escaparates de tiendas, y ninguno de los dos parecía capaz de hablar. Julie esperaba que Alex estallara con un gran desahogo de emociones. Es lo que el Alex de varios días antes habría hecho. Pero ahora había cambiado una vez más, al parecer. Y por tanto Julie tenía dificultades para determinar su estado de ánimo sin revelar detalles que no quería que supiera.

—¿Qué crees, Alex? —le preguntó finalmente.

—¿Qué quieres que crea, Julie?

—No lo entiendo.

Pero lo hacía. Lo entendía. Alex albergaba sospechas, sospechaba de ella.

—La mayor parte de la gente no cambia, ¿verdad? —Se había detenido de súbito, con las manos en los bolsillos, y miraba un coche que circulaba despacio—. No importa lo que les suceda. No importa por lo que hayan tenido que pasar. Hacen todo lo que pueden para preservar sus prejuicios. O sus ambiciones, incluso si esas ambiciones se forjaron cuando eran bastante jóvenes y tontos. Así es la vida cotidiana, tal como una vez la describí, ¿no? Se busca una explicación convincente de las experiencias nuevas mediante antiguas creencias.

—La vida cotidiana —dijo Julie—, tal como la describiste, tal como entendí que la describías, consistía en ignorar el dolor de tu corazón y procurar distraerte con la rutina.

—Sí. En efecto.

—¿Te ha cambiado lo que has presenciado, Alex?

—Tal vez. Pero esto no es exactamente lo que quiero decir.

—¿Qué es lo que quieres decir?

—Quiero decir que es una expectativa razonable para la mayoría de la gente. Que no cambiarán. Que rechazarán las consecuencias de las experiencias nuevas. —La miró a los ojos—. La información nueva...

—Alex...

—Por eso es comprensible, supongo. Y tal vez sea el fundamento del perdón cuando te enteras de cosas que te han ocultado, incluso aquellos ante quienes has desnudado tu corazón.

Cuando Julie quiso cogerle la mano, la retiró. Cuando quiso tocarle la cara, dio un paso atrás.

—Pero esto es nuevo, Julie. Este perdón. Por eso pido que todavía no lo pongas a prueba.

—¿Qué más quieres pedirme?

—Pido que sea mi turno. Por el momento, al menos.

—¿Tu turno? No lo entiendo.

—Mi padre nunca volverá a casa. Ahora lo sé. Lo sé porque no hace promesa alguna por más que mi madre y yo lo presionemos. Y también lo sé porque mi madre siente un gran alivio. Está encantada con retomar sus deberes como condesa de Rutherford, ahora que cuenta con la nueva riqueza que provee mi padre, para hacerse cargo de las fincas que se ha esforzado en mantener tan penosamente durante tanto tiempo. En confianza me dice que ahora le toca a ella gobernar el pequeño reino de los Rutherford, y no le importa si nunca vuelve a ver a mi padre.

—Ya veo —dijo Julie.

—Y me parece la mar de bien —prosiguió Alex—. Pero me gustaría que también fuese mi turno en un sentido distinto.

—Sigo sin entender qué quieres decir, Alex.

—Mi padre está disfrutando de sus interminables viajes. Tú y Ramsés habéis disfrutado de los vuestros. Y lo volveréis a hacer. Y ahora me gustaría disfrutar de los míos.

Había dicho Ramsés. No señor Ramsey.

—Alex, no debes...

—¿No debo qué? Por favor, Julie. Lo entiendo. De veras. Pensabas que me ahorrarías sufrimientos si creía que era una loca. Tal vez pensaste que era un privilegio ser el único miembro de nuestra expedición que no estaba al tanto de la verdadera naturaleza de nuestro viaje. Que no sabía lo trascendental que era. Seguramente mi padre lo sabe y eso explica en parte su prolongada ausencia.

—Alex, tienes que comprender que yo...

—Lo comprendo, Julie. No te lo digo con sarcasmo. Pero no es fácil decir estas cosas, de modo que te pido un poco de respeto.

—Alex, no entiendes lo que es esa mujer.

—¡Tú tampoco!

Julie reculó ante su enojo; nunca había oído nada igual en su voz.

—Y Ramsés tampoco —prosiguió Alex—, y esa es precisamente la clave, ¿verdad? Vosotros dos queríais protegerme de un ser que en verdad no entendíais. Seguís sin entenderlo. No lo entiende ni ella misma. Solo una cosa está clara: ahora solo desea regresar a las tinieblas en las que a vosotros os hubiese gustado que permaneciera. Y con eso os daríais por satisfechos, ¿verdad? Aunque yo me vaya con ella. Durante el tiempo que le queda. Por eso te pido; no, no lo pido: lo exijo, Julie. Exijo que no nos persigáis.

Nos.

—¿Dónde está ahora? —preguntó Julie—. ¿En una granja de aparceros? Alex, tienes que decírmelo.

—Adiós, Julie —dijo Alex en un tono más suave, y dio un paso hacia ella, acortando la distancia que había abierto al retroceder cuando Julie había querido tocarlo—. Adiós. Tengo claro que tú y Ramsés estáis al borde de un terrorífico y magnífico mundo nuevo del que todavía queda mucho por descubrir. Sin duda esta nueva amiga etíope que tenéis procede de él. Espero que os proporcione mucha alegría y magia ese mundo. Pero yo no deseo ser parte de él. Y ella tampoco.

¿Cómo era posible que aquellas palabras la abrumaran más que cualquier cosa que hubiese presenciado en los últimos días? ¿Cuál era la verdadera causa del llanto que se apoderó de ella? ¿La culpa? ¿El remordimiento? No lo parecía.

Alex le agarró los hombros, se inclinó y le dio un beso en la frente. Ese gesto fue una bendición después de que se hubiese apartado de ella tan solo minutos antes. Acto seguido estaba trotando a través de la plaza en dirección a su coche. Pues ahora tenía miedo. Miedo a que ella lo persiguiera. Miedo a que avisara a Ramsés y se pusieran a buscar dónde tenía escondido al ser que era, pero no del todo, Cleopatra.

Julie tuvo ganas de ir tras él. Pero estaba paralizada. Paralizada por las revelaciones de Alex y su franqueza, su seriedad y sus muestras de enojo que, igual que la vulnerabilidad que había mostrado durante las semanas previas, eran tan absolutamente nuevas en él.

Podía cambiar. Podía aceptar verdades imposibles. Esto era lo que acababa de decirle, ¿no?

Observó cómo su coche cruzaba lentamente la plaza y se perdía de vista al doblar una esquina.

Instantes después oyó pasos detrás de ella.

Ramsés la abrazó.

Se volvió hacia él, se entregó a sus brazos, hundió la cara en su pecho. Se dio cuenta de que era absurdo intentar disimular las lágrimas. Oía cómo afectaban su propia respiración. Sin duda él las notaría a través de su camisa.

¿Le tocaba ocultar aquel secreto a Ramsés? ¿Era esa la única manera posible de hacer honor a la petición de Alex? A su exigencia, según había dicho él.

—Está con él, Ramsés. Está con Alex. Ahora sabe todo lo que sabe ella. Tiene intención de marcharse con ella y exige que no los persigamos.

—¿Está enfadado contigo? —preguntó Ramsés.

Julie levantó la vista hacia él.

—No mucho —susurró—, no lo suficiente para explicar estas desdichadas lágrimas. Y no es que simplemente me sienta culpable o que tenga remordimientos. De modo que no puedo explicar esta abrumadora sensación de tristeza.

—Yo sí, querida.

—Claro, seguro que puedes.

—Los secretos que le hemos ocultado. Tu preocupación por él. La fiesta. Todo ello ha prolongado el asunto de vuestro compromiso forzoso. Era lo único que te seguía conectando con tu vida mortal. Y ahora, al pedirte que lo dejes en libertad, también te ha dejado libre a ti.

—Desde luego. Ha dicho que tú y yo estamos al borde de un terrorífico y magnífico mundo nuevo del que todavía queda mucho por descubrir. Pero no quiere ser parte de él. Y ella tampoco.

—Ya lo son —respondió Ramsés en voz baja.

—¿Podemos hacer honor a su petición?

—Podemos, por supuesto. Pero ahora tenemos una reina ante la que también debemos responder. Y después está Sibyl, cuyo deseo de encontrar a Cleopatra es mayor que el nuestro.

—¿Tenemos que decírselo a ellas?

—Tenemos que decírselo a Bektaten. Será ella quien decida si hay que decírselo a Sibyl. Pero al margen de lo que revelemos, mencionaremos el deseo de Alex de que los dejen en paz. A los dos. Juntos. Si es tu deseo hacer honor a su petición, por supuesto.

—Si quiero que me dejen libre a mí, quieres decir. Si deseo liberarme de mi último vínculo con mi vida mortal de modo que pueda entregarme a tu magnífico y terrorífico mundo.

—Nuestro mundo, querida Julie. —Cuando ella lo miró, correspondió a su esbozo de sonrisa con un beso—. Nuestro mundo.

45

Cornualles

Sibyl se marchaba.

Lo había anunciado aquella mañana, después de dos días seguidos de reposo.

Dos días durante los que se escondía bajo las mantas cada vez que intentaban preguntarle sobre su conexión con Cleopatra.

Enamon había informado de sonidos de alivio sexual procedentes de la habitación de Sibyl. Amortiguados y contenidos, por supuesto, pero aun así audibles cada vez que pasaba delante de la puerta de su dormitorio. De modo que su conexión con Cleopatra permanecía activa y todavía era fuerte, y ahora le proporcionaba los aspectos más placenteros del reencuentro de Alex y Cleopatra.

Al menos su tormento parecía haber tocado a su fin, pensó Ramsés. Las visiones demenciales habían cesado.

Aunque ¿era verdad? ¿O simplemente había cambiado la actitud de Sibyl al respecto? ¿Le seguían sobreviniendo, solo que ahora se entregaba a ellas sin confusión ni resistencia? Era imposible decirlo porque, de repente, Sibyl se había negado a hablar de ello. Y ahora, con una explosión de energía que parecía haber surgido de la nada, estaba ansiosa por regresar a su habitación de hotel en Londres y reunirse con una doncella que, según insistía, estaba destrozada por la preocupación.

La aguardaban en el gran salón. Tenía el aire de una ceremonia formal, el modo en que estaban de pie con las manos entrelazadas, no lejos del sitio donde se habían reunido con Saqnos tres noches antes. En el grupo faltaba Enamon, pero solo porque estaba al otro lado del puente, aguadándola para llevarla de regreso a Londres en coche. Aktamu había salido en otra misión cuyos detalles Bektaten prefería no desvelar.

—¿Es prudente? —preguntó Ramsés cuando la espera comenzó a hacerse insoportable.

—¿Prudente? —preguntó Bektaten a su vez. Llevaba una pesada toga de tela ricamente adornada con brocados, y su negra melena ondulada, tan lustrosa, recogida en la nuca con un pasador de oro y esmeraldas.

Ramsés se distrajo un momento con su majestuosa belleza.

—Dejar que se marche así, sin más —dijo—. Con tantas preguntas sin responder. ¿Es prudente?

—No es mi prisionera —contestó Bektaten—. Y tampoco la tuya.

—Y si le diera por contar todo lo que sabe de nosotros, de ti, de mí, de Julie Stratford...

—¿Quién iba a creerla? Es una escritora de novelas de fantasía.

Ramsés asintió con la cabeza.

Resultaba tonificante la manera en que le hablaba ahora. Pero cuando echó un vistazo en su dirección, no le pareció que estuviera seria o enojada.

Finalmente oyeron pasos en la escalera de piedra.

Al cabo de un momento apareció Sibyl vestida con ropa nueva que Julie le había comprado en el pueblo más cercano.

Una blusa de encaje con el cuello tachonado de perlas y una chaqueta entallada del mismo tono de blanco. El traje no era ni de lejos tan largo como los vestidos que llevaban tantas señoras de aquella era. El doblADillo era lo bastante corto para que pudiera correr, bailar y girar sobre sí misma si así lo deseaba. Y sobre los rubios mechones de Sibyl había un sombrero de copa, negro como la noche y muy parecido a los que a Julie tanto le había gustado ponerse durante sus viajes por Europa. Le confortó ver que Julie había dejado su huella en el nuevo atuendo de Sibyl. Una señal, tal vez, de que Sibyl quizá regresaría pronto, aunque ahora insistiera en marcharse envuelta en un aura de premura y misterio.

—¿Tengo buen aspecto? —preguntó Sibyl—. O saludable, al menos.

—Estás despampanante —dijo Julie—. Aunque soy parcial, claro, dado que soy yo quien te ha vestido.

Julie acortó la distancia entre ambas, tomó las manos de Sibyl entre las suyas y las separó un poco para echar un vistazo más atento a la ropa que llevaba.

—¿Seguro que tienes que marcharte? —preguntó Ramsés.

Sibyl se amilanó ligeramente, como si la sobresaltara que le describieran con tanta franqueza la tensión que reinaba en el salón.

—Sí —susurró—. Estoy segura.

—¿Qué te lleva a tomar esta decisión? —preguntó Bektaten.

Si se había amilanado al oír la voz de Ramsés, la de Bektaten la dejó paralizada. ¿Miedo? ¿Sobrecogimiento? ¿Qué más daba si uno de estos sentimientos la llevaba a contestar con sinceridad?

Bektaten dio varios pasos por el suelo de piedra. Cauta y comedida, como si fuese consciente del poder que ejercía sobre Sibyl y no quisiera abrumarla con un acercamiento precipitado.

—Sabemos que ahora viaja con Alex Savarell. Que quieren escapar de Londres y de Yorkshire y tal vez de la propia Gran Bretaña. ¿Lo sabías, Sibyl? ¿Puedes atisbarlos a través de lo que os conecta?

No habían contado a Sibyl lo que Alex había revelado a Julie el día antes, pero no pareció ni remotamente sorprendida de enterarse ahora.

¿Bektaten se había guardado aquella información a propósito?

Sibyl permaneció callada un rato.

Después se inclinó hacia delante y besó a Julie en la mejilla.

Y entonces, para sorpresa de Ramsés, Sibyl se dirigió hacia el inmortal de más edad que alguno de ellos hubiese conocido jamás. Mantenía la cabeza alta y una sonrisa cordial fija en su semblante, señales de que este movimiento requería de todo su coraje. Pues su experiencia con Bektaten había sido limitada y envuelta en temores; había visto a la reina poco menos que como testigo mudo de sus relatos y artífice del fatídico salto de Saqnos. Una fuente de misterio y muerte. Y a través de la bruma de estos sentimientos, parecía estar seleccionando sus palabras siguientes con sumo cuidado.

—La gratitud que siento por ti es infinita —dijo Sibyl—, y siempre será así. Habría sido muy fácil abandonarme a mi confusión. Descartar mis lastimeras súplicas para que liberarais a Cleopatra de sus captores. Y podrías haberme ocultado todos los secretos que guardas aquí. Pero no hiciste nada de esto.

»En cambio, has hecho mucho más que esclarecer la extraña naturaleza de mi estado. O de esta conexión, o como debamos llamarla ahora. Todos vosotros... —Miró en torno a la habitación, contemplándolos a todos del mismo modo—. Todos vosotros habéis hecho mucho más que eso. Veréis, ha habido tiempos a lo largo de mi vida en que la mayoría de la gente pensaba que estaba loca de atar. Mis vívidos sueños, mi amor por los relatos. Mi intolerancia a la monotonía de los rituales de la vida cotidiana. La intensidad con la que parecía vivirlo todo. En opinión de mi familia, estas cosas cabía tolerarlas en el mejor de los casos, incluso a pesar de que mi escritura les reportaba considerables beneficios.

»Por eso siempre me he sentido como un ser inadaptado para casi todo el mundo. Pero después de conoceros, después de que me trajerais aquí, me cuidarais y me escucharais, después de que cada uno de vosotros me revelara su verdadera naturaleza, he dejado de sentirme así, y nunca más lo haré.

»Ahora estoy al tanto de una gran verdad: nuestras almas, las almas que creemos que son parte esencial de nuestro cuerpo, son inmortales, y esas almas siguen su propio camino. Poseo un alma que antaño perteneció a otra persona y, cuando yo muera, esa alma continuará su viaje. La mayor parte de los seres humanos vive y muere sin que les haya sido revelada esta gran verdad. Pero a mí me ha sido revelada.

Bektaten asintió con la cabeza y volvió a sonreír.

—Por eso te estoy agradecida —dijo Sibyl—, y siempre lo estaré.

Dicho esto, Sibyl tendió la mano a Bektaten. Por un momento, Ramsés pensó que la reina rechazaría este gesto. Que consideraría indigno estrechar la mano de una mortal de esta manera. Y, por así decir, lo rechazó. Ignoró la mano tendida de Sibyl y con ternura la tomó de los hombros.

—Siempre serás bienvenida aquí —dijo Bektaten—. Así como en cualquier otro lugar que considere mi hogar. —Bektaten se inclinó hacia delante y besó a Sibyl en la frente—. Que te vaya bien, Sibyl Parker. Que te vaya bien y sigas siendo tan valiente como has sido hasta ahora. Pues los misterios que te aguardan son desconocidos incluso para mí.

Sibyl asintió con la cabeza, pestañeó para contener las lágrimas y dirigió su atención a Ramsés.

Ramsés la besó en la mejilla, dejó que correspondiera al cálido abrazo de Julie y, de pronto, estuvieron observando su partida.

Antes de que Sibyl saliera a la luz, Julie dijo:

—Sibyl, ¿de verdad crees que le haríamos daño si te ayudáramos a buscarla? ¿Por eso quieres ir sola?

Ramsés se alegró de que lo dijera con tanta concreción, de que no hubiesen puesto fin a aquella despedida sin averiguar los verdaderos motivos de Sibyl.

—No —dijo Sibyl finalmente—, creo que os ha hecho daño a vosotros, y que las heridas son demasiado recientes para que hayan cicatrizado del todo.

—¿Y si quiere hacerte daño? —preguntó Ramsés.

Sibyl tragó saliva. De modo que tenía ese miedo. Y eso era bueno, pensó Ramsés. Que al menos se hubiese planteado aquella posibilidad. Que lo tuviese en cuenta cuando planeara lo que iba a hacer.

—Solo tengo una esperanza: convencerla de que soy la clave de su restauración. Si fracaso, nada podrá salvar a ninguna de las dos. Al menos, no en esta vida.

Antes de que tuvieran ocasión de preguntarle sobre esto, Sibyl salió por la puerta y la cerró con firmeza a sus espaldas.

—Restauración —dijo Julie en voz baja—. ¿Qué habrá querido decir?

—No lo sé —contestó Bektaten—. Esperemos que Sibyl Parker lo sepa.

Dicho esto, dio media vuelta.

—Venid conmigo —dijo—, los dos.

En cuanto pusieron un pie en la armería, Julie dio un grito ahogado.

Tendido en la mesa sobre la que Bektaten les había mostrado sus armas tres noches antes estaba Saqnos. Exánime, desnudo, con un ligero abotagamiento de los rasgos que daba a entender que había pasado cierto tiempo en el mar, pero no mucho. Ramsés había visto qué pasaba con los cuerpos que sacaban del Nilo o del Mediterráneo después de varios días. El cadáver que ahora tenían delante estaba en mejores condiciones.

Habían sacado un molde de escayola de su rostro, una máscara mortuoria perfecta que ahora colgaba de la pared para que se secara. Esparcidos encima de la mesa que Bektaten tenía detrás había bocetos de su cabeza y su torso, cada uno con una perspectiva diferente de su cadáver. Sin duda los guardarían con las páginas de los *Shaktanis*, o en alguna otra gran biblioteca que todavía no les había mostrado, y serían los únicos documentos sobre la existencia de un hombre llamado Saqnos.

—Estos bocetos —dijo Ramsés—, ¿son fruto de tu mano?

—Este es el don de Aktamu —respondió Bektaten.

—Dime que existen bocetos de tu reino en alguna parte de tus diarios —susurró Julie—. Por favor. Tiene que haberlos.

—Por supuesto. Pero son atisbos de Shaktanu a través del África actual. Palabras de la antigua lengua perviven en la lengua de los ashanti. Los peinados y las marcas faciales de los jóvenes guerreros masáis reproducen los de los soldados que defendían mi palacio. Y las esbeltas y puntiagudas pirámides de Kush y Meroe son muy parecidas a las que cubrían nuestras tierras. Tierras que se convirtieron en el desierto del Sáhara. El hundimiento de Shaktanu produjo grandes ríos que fluyeron hacia el sur, adentrándose en África, y que arrastraron consigo parte de nuestra historia y nuestra cultura. Ver cuáles se establecieron y arraigaron en otros lugares, en otros reinos, entre tribus diversas, me fascina.

—Y solo tú sabes cuál es su verdadero origen —dijo Ramsés.

—Y Enamon lo sabe. Y Aktamu lo sabe. —Bektaten miró a Saqnos y enredó sus dedos afectuosamente en un largo mechón de sus rizos negros—. Y Saqnos lo sabía.

Estas últimas palabras las pronunció en un susurro.

¿Cómo definir la manera en que tocaba a aquel hombre caído? ¿Era el gesto de una madre, el gesto de una amante? ¿O la caricia y la atención de una reina inmortal combinaba ambas cosas, creando algo mucho más poderoso?

¿Qué había visto Bektaten?, se preguntó ahora Ramsés, mientras observaba la caída final en picado de aquel hombre. ¿La habían embargado recuerdos sobre él? ¿Sus sentimientos por él habían dado pie a una súbita ternura mientras él caía hacia una muerte segura? ¿O había llorado el reino que antaño habían compartido? ¿Había visto su palacio, sus aposentos, las altas y esbeltas pirámides que cubrían tierras destinadas a volverse desoladas y secas? ¿Había visto la gran bandada de pájaros que había circunvolado el palacio una y otra vez sin cansarse, los mismos pájaros que habían desvelado su secreto al hombre que la traicionaría?

Era posible. Era más que posible.

La inmortalidad de Ramsés había aumentado su memoria, ampliado los pasillos de su mente por los que los recuerdos podían salir y ser recibidos. Se dio cuenta de que por eso no podía dejar de ver a Cleopatra como una criatura maldita, pues sus propios recuerdos parecían haberse ampliado y asumido más riqueza, mientras que ella sostenía que estaba perdiendo muchos de los suyos.

Bektaten se volvió hacia el armario.

Sacó un frasquito. El color del fluido que contenía era distinto al de cualquiera de las demás sustancias que les había mostrado hasta entonces. Pero sin duda Julie creyó que se trataba del elixir, porque cuando Bektaten le quitó el tapón, Julie gritó:

—No. No, no debes...

Bektaten le dedicó un amable gesto desdeñoso. Después vertió el fluido tintado de azul, formando una fina línea a lo largo del torso de Saqnos. Al cabo de minutos, la carne —la carne mortal, se recordó Ramsés a sí mismo— comenzó a disolverse. Repitió esta operación trazando finas líneas que iban de su nariz al medio de su frente, a lo largo del cuello y también de ambas piernas.

Su cuerpo entero solo tardó unos minutos en desintegrarse, convirtiéndose en un polvo fino. E incluso este polvo pareció disolverse. Cuando el proceso se hubo completado, solo quedaron tenues rastros de polvo a lo largo de la mesa; nada que insinuara la silueta o el contorno del cuerpo que yacía allí momentos antes.

De modo que los había invitado a un funeral. A los últimos ritos de Saqnos.

La máscara mortuoria colgada en la pared detrás de ellos, los bocetos del cadáver que acaba de desaparecer ante sus ojos y las referencias a él en los *Shaktanis*, estas serían las únicas pruebas de que una vez había existido un hombre llamado Saqnos, un hombre que había servido como primer ministro de un antiguo reino.

—Hay que tener testigos. —Los ojos de Bektaten estaban arrasados en lágrimas. Se llevó los dedos a la nariz, los mismos dedos que había enredado en los mechones de pelo de Saqnos, e inhaló. El último momento de contacto con el hombre que acababa de convertir en polvo. Un tolerable beso de despedida, tal vez. Fuera cual fuese el significado del gesto para ella, le permitió mantener las lágrimas a raya, poniéndolas detrás de una gran reserva de fortaleza—. La propia mano, la propia pluma, la propia mente; estas cosas no bastan cuando una va a vivir para siempre. Por eso en este día del año de 1914, en el siglo XX, digo adiós a un testigo y doy la bienvenidas a otros dos.

Cuánto afecto en la sonrisa que les dedicó.

—Abrigo esperanzas —dijo Ramsés— de que seamos para ti algo más que eso, mi reina.

—Es mi esperanza también —susurró Julie—, mi reina.

—Y la mía —respondió Bektaten, asintiendo con la cabeza.

Se oyó un repentino alboroto en el gran salón del castillo. Pero mientras Julie saltaba y se agarraba al brazo de Ramsés, Bektaten se limitó a sonreír.

—Según parece, Aktamu ha regresado —dijo.

Oyeron ladridos justo antes de llegar al gran salón.

Julie titubeó hasta que notó que el brazo de Ramsés le rodeaba la cintura, instándola a caminar.

Bektaten pasó delante de ellos, impertérrita. El espectáculo que se ofreció a su vista cuando doblaron la esquina del pasillo parecía amenazador, al principio. Pero al cabo de un par de minutos Ramsés se dio cuenta de que los grandes sabuesos que daban vueltas por el salón no estaban acechando a Aktamu. Orbitaban en torno a él como si fuese el sol de su universo. Y cuando, de tanto en tanto, se agachaba para dar muestras de afecto a uno de los perros, los demás se aproximaban, esperando que también les rascara detrás de las orejas o debajo de las grandes mandíbulas.

¡Qué imagen tan increíble! Tantos y tan poderosos perros subyugados por un solo hombre. Pero aquellos animales no estaban bajo el hechizo de la flor de ángel; no en ese momento. Más bien era como Julie había sospechado. Igual que Bastet, la gata atenta que había montado guardia junto a Sibyl durante toda su estancia, aquellos grandes y poderosos perros habían cambiado para siempre tras haber estado bajo el efecto de la flor de ángel. Tras haber bailado brevemente con una mente humana.

Y ahora Bektaten se movía entre ellos con las palmas de las manos abiertas en los costados. Igual que súbditos leales, varios perros se acercaron a ella y le ofrecieron sus grandes cabezas para que se las rascara, y ella accedió a sus peticiones. Ramsés no estaba seguro de si era la primera vez que la había visto reír. Tal vez solo fuese la primera vez que había soltado una risa que sonara tan satisfecha y divertida.

—Son buenos animales —dijo la reina—. Me gustan.

Mientras la observaba moverse entre aquellas criaturas ahora dóciles y tan radicalmente cambiadas por los secretos de su jardín, a Ramsés se le ocurrió pensar en lo que en verdad había hecho por él al darse a conocer, al compartir su vida. Al conectarlo con una intricada historia todavía sin descubrir había puesto fin a sus años errantes. Pues incluso durante sus gozosos viajes con Julie había habido un elemento de inquietud y búsqueda, la sensación de que si no se conectaba pronto con alguna institución moderna o con alguna semblanza de una vida moderna normal y corriente, su existencia volvería a quedar definida por una soledad inmortal. Esa soledad no habría tardado en adueñarse de Julie también, por más que viajaran juntos, amaran juntos y fueran partícipes de los grandes placeres sensuales de la vida. Pero ella era una inmortal demasiado reciente para saber lo demoledor que el peso de esa soledad podía llegar a ser con el tiempo. Él lo sabía. Lo sabía demasiado bien.

Lo había sabido durante siglos.

Por eso también sabía lo que en verdad significaba la llegada de Bektaten.

Su historia, la historia del elixir, ahora también era suya. Y en su jardín y en las pociones, tónicos y curas que extraía de él había una magia infinita pendiente de ser descubierta. Estaba convencido de que esta sería su salvación de la gran falta de imaginación de la que Bektaten le había advertido.

Lo salvaría de muchas cosas.

Ella había ganado testigos y ellos habían ganado una reina verdadera.

El atardecer trajo consigo una cierta tranquilidad y una excusa para encender las antorchas en las zonas del castillo a las que no llegaban los cables eléctricos.

El canto del viento y el mar interrumpían de vez en cuando los debates entre Bektaten y Aktamu sobre cómo y dónde deberían cuidar de sus quince nuevos residentes.

¿Los dispersarían por las diversas fincas y castillos de Bektaten?

Acordaron que todavía sabían muy poco sobre el cambio que habían experimentado para empezar a programar viajes en torno al mundo para aquellos perros. Así pues, por el momento permanecerían allí, en Cornualles, igual que Bektaten y sus hombres.

O al menos así era como se resolvió brevemente el asunto, hasta que un perro derribara algún objeto de incalculable valor y Bektaten manifestara de nuevo su preocupación.

Por la mañana Julie regresaría a Londres para calmar los nervios crispados del personal de su casa en Mayfair. Para asegurarles que Julie y el señor Ramsey estaban, de hecho, bastante bien y que no, no habían decidido abandonar Mayfair. Pero por ahora había paz y tranquilidad, y un respiro de los envenenamientos, suicidios y funerales de quienes una vez habían sido inmortales, de modo que Ramsés aprovechó la oportunidad para retirarse discretamente del gran salón y dirigirse a la biblioteca de Bektaten en el torreón.

Allí, aguardándolo donde la había dejado, estaba la clave de la antigua lengua de Bektaten que ella le había dibujado en un trozo de papel, un papel que Ramsés debía quemar en cuanto la dominara. Pues mantenía el lenguaje en el que había escrito sus diarios tan celosamente guardado como el secreto del propio elixir.

Bektaten ya le había dado numerosas clases particulares. Y la mente inmortal de Ramsés había asimilado partes de su idioma enseguida, tan deprisa como había memorizado pasajes de los libros de historia que había devorado tras despertar en aquel siglo. Pero antes de emprender el camino que lo aguardaba tenía que estar seguro de sus pasos. Por eso se sentó una vez más con la clave y estudió una vez más la relación que guardaban los símbolos de la antigua lengua de Bektaten con los sonidos del idioma inglés que dominaba desde hacía muy poco tiempo.

Horas antes había traducido una página de frases en inglés pedestre a la lengua antigua, y su trabajo había contado con la aprobación de Bektaten. ¿Con qué otro signo se veía capaz de comenzar?

Y así Ramsés el Grande, antaño Ramsés el Maldito, se puso de pie, fue hasta las estanterías y sacó el primer volumen de los *Shaktanis*.

Una vez que hubo encendido todas las velas de la habitación e instalado en el sillón más cómodo, abrió la cubierta encuadernada en cuero del libro y se embarcó en lo que estaba seguro que sería una de las mayores aventuras que jamás hubiese conocido.

46

Isla de Skye

Llevaba días vislumbrando aquel lugar aunque solo hacía un rato que el transbordador había zarpado. Durante días, su conexión con Cleopatra le había mostrado los picos rocosos de los montes Cuillin; los brazos de mar que dividían aquel paisaje eran como dedos de tinta. El pequeño puerto de Portree con su hilera de casas de piedra. Pero ahora contemplaba estas cosas con sus propios ojos.

Tenía un librero en Londres a quien agradecer que la hubiese guiado hasta allí. Su plan requería varios ejemplares de sus propios libros, y una vez que localizó una tienda londinense donde vendían la mayoría de sus títulos, describió al librero los lugares que llevaba varios días viendo mentalmente. Los espectaculares acantilados que se zambullían en el mar, el faro solitario en la punta de la lengua de tierra verde que se adentraba en el mar como el dedo grandullón de un gigante en descomposición. Le había dicho que eran imágenes que había visto una vez en un libro, dibujos que no estaban debidamente catalogados, y que deseaba visitar esos lugares antes de regresar a América.

«Ah, lo que usted busca es la isla de Skye, señorita.»

Buscaba mucho más que eso pero carecía de sentido explicárselo al librero. Estaba tan contento como asombrado de que hubiese visitado su librería con el único fin de pedirle ejemplares de sus propios libros. Se los había ofrecido gratis a condición de que firmara todos los que tenía en su haber, y ella se avino encantada. Mientras firmaba cada libro con esmero, el librero había intentado entablar conversación sobre la guerra en el Continente, y Sibyl no tuvo más remedio que declarar ignorancia. La última vez que había ojeado un periódico fue cuando revisó los recortes de prensa sobre la fiesta de compromiso Ramsey-Stratford.

¿Guerra? ¿Habían acertado sus estúpidos hermanos?

¿Qué significaba la perspectiva de una guerra para quien había experimentado cosas como las de las últimas semanas? ¿Qué significaba la perspectiva de la mismísima muerte?

Si bien confiaba por completo en Ramsés y Julie, y en aquella misteriosa reina que ahora parecía controlarlos un poquito menos, seguía considerando posible que cambiaran de parecer acerca de permitirle completar aquella última etapa de su viaje por su cuenta, de modo que había permanecido en Londres un par de días para asegurarse de que no la estaban persiguiendo. Después, con una cartera llena de delgadas ediciones en cartoné de sus propios libros, se dirigió al norte.

Al norte hasta lo más remoto de Escocia, al lugar donde ahora Cleopatra paseaba por impresionantes paisajes ventosos con tanta frecuencia que algunos puntos de referencia, las mismas laderas, las mismas costas tormentosas eran transmitidas a Sibyl una vez y otra y otra más.

La naturaleza de su conexión casi con toda seguridad había cambiado después de la fiesta, una vez que estuvieron tan cerca una de otra sin darse cuenta. Las visiones eran más estables, más arraigadas cuando se daban en momentos cotidianos. Y las grandes oleadas de emociones y de sensaciones físicas que ahora compartían eran totalmente nuevas. Y por supuesto podían, si así lo deseaban, hablar entre sí como si lo hicieran través de una línea telefónica que permaneciera abierta solo unos minutos cada vez. Pero estas visiones traían aparejada una tremenda sensación de desesperación, de impotencia que irradiaba de Cleopatra con tanta fuerza que Sibyl tenía tentaciones de hablar con ella, de consolarla con sus palabras.

Pero le constaba que no era sensato hacerlo. Quizá dejaría ver sus intenciones, diría algo que avisaría a Cleopatra de su cercanía.

Ahora bien, si Cleopatra también podía ver el mundo a través de los ojos de Sibyl, se acabó mantener su viaje en absoluto secreto.

Durante el viaje en tren hacia el norte había releído sus relatos de Egipto y usó una pluma para subrayar los pasajes que pensó que podrían ser relevantes para su nueva misión.

Durante la travesía en transbordador que puso fin a su viaje sintió un extraño cosquilleo en el cuello. Era como si un acceso de energía le atravesara el cuerpo entero. La única manera de aliviarla era cerrar y abrir los puños. Eran totalmente nuevas, esas sensaciones. Y las tomó por una señal de que estaba cerca. De que Cleopatra estaba cerca.

Tal vez habría sentido lo mismo en la fiesta si no hubiese entrevisto a Ramsés de inmediato y la hubiese abrumado su recuerdo de él; si no la hubiese asaltado tan pronto Theodore Dreycliff, dejándola inconsciente poco después. Cuando puso un pie en el muelle, seguía teniendo esas sensaciones.

«De modo que estás aquí —dijo Cleopatra—. Ven al pub que hay encima del puerto, Sibyl Parker. Ven a verme para que podamos poner fin a todo esto.»

Tal vez era la decisión más temeraria y estúpida que había tomado alguna vez, ir sola hasta allí. Mentir a Lucy una vez más sobre su destino y sus intenciones y la duración de su estancia fuera. Tal vez terminaría con el cuello roto y el cuerpo arrojado al mar.

No lo creía.

No podía creerlo.

De modo que permaneció entre ellas esa conexión tan semejante a las que tenían los gemelos, pero mucho más potente. Sin duda sus emociones fluían a través de la conexión hasta Cleopatra tanto como las de Cleopatra fluían hasta ella.

El pub no estaba demasiado concurrido aunque había unos cuantos parroquianos. Las paredes y el suelo eran de una madera tan oscura que la luz gris que entraba por las ventanas le pareció cegadora al principio. Después sus ojos se adaptaron y la vio sentada en el rincón, envuelta en sombras que complementaban el vestido oscuro que llevaba y el grueso chal negro que parecía servir tanto para ocultarse como para abrigarse. Tal vez fuese por el cansancio de su expresión, el temor que parecía existir detrás de un barniz de desafiante enojo, o tal vez fuese por los colores oscuros con los que se envolvía. O por estar tan cerca de ella. Pero fue en ese momento cuando Sibyl se dio cuenta de que Cleopatra había viajado tan al norte por pura desesperación, una desesperación que conducía a la rendición total.

Por primera vez desde que partiera de Londres, Sibyl dejó de temer por su propia vida.

Daba la sensación de ser la caminata más larga que hubiese hecho jamás, aquel corto paseo desde la entrada del pub hasta la mesa del rincón del fondo, y para cuando se hubo sentado enfrente de Cleopatra, tenía las manos temblorosas y húmedas de sudor.

—¿Cómo va a ir esto? —preguntó Cleopatra—. ¿Cómo vas a ejercer tu dominio definitivo sobre mí? ¿Esperas que los últimos vestigios de mi alma abandonen mi cuerpo? ¿Esperabas liquidarme en cuanto me vieras? Tal vez ocurra ahora, de una manera tan invisible como la conexión entre nosotras. ¿Qué pensarían estos hombres si lo supieran?

—¿Si supieran qué?

—Si supieran que has venido a liquidarme.

—No he venido a liquidarte. He venido a restaurarte.

—¿Restaurarme? Eres el recipiente de mi espíritu renacido, ¿no es así?

—No me creo una palabra.

—¿Por qué no? Las pronunció un inmortal de miles de años de edad.

—Un inmortal que dedicó su existencia entera a recrear el elixir. Y cuando averiguó que quienes él había hecho regresar de entre los muertos no podían ayudarle en su empresa, los aisló en la más absoluta oscuridad. Ni por un instante he creído que Saqnos estudiara la complejidad de lo que eres. O de lo que somos. Tú y yo juntas.

—Pregúntale a él.

—No puedo. Ya no existe.

Se animó al oírlo. Brevemente lució la promesa de una sonrisa que acto seguido se esfumó. Había una copa de vino encima de la mesa; se la llevó a los labios.

—Esto me complace —susurró finalmente.

—Te hizo daño —dijo Sibyl—, te torturó. Lo sentí.

—¿Qué más has sentido? ¿Qué más me robas?

—No te robo nada. Veo atisbos de tu vida tal como la vives. Siento momentos de lo que tú sientes. Hay un hombre contigo. Un joven apuesto que te ama de todo corazón, que se niega a creer que estás condenada como tú crees. Y estoy de acuerdo con él.

—¿En serio?

—¿Qué sientes por mí, Cleopatra? ¿Qué ves a través de mis ojos?

—Es lo mismo —contestó en voz baja—. Es tal como lo has descrito, solo que a la inversa.

—¿Ves? Es muy equilibrada esta conexión que tenemos. Y se ha ido volviendo más estable a medida que nos hemos ido acercando.

—¿Cómo puedes decir semejante cosa? —preguntó Cleopatra entre dientes—. ¿Cómo puedes decir que es estable? Esta palabra significa apacible, ¿no es así? ¿Regular? ¿Monótona? ¿Cómo puedes emplear palabras como esas para describir lo que me está sucediendo? He perdido mis recuerdos, ¿entiendes? Me levantaron de las aguas negras de la muerte solo para despojarme de lo que me hace ser quien soy. La pérdida. ¿Puedes comprender la pérdida? No he perdido recuerdos de haber sido una tendera o una modista. He perdido recuerdos de ser una reina.

—Pero yo no los estoy ganando —susurró Sibyl—. ¿No te das cuenta? Si fuese el recipiente de tu verdadera alma, y tú un ser aberrante que nunca tendría que haber resucitado, todos tus recuerdos estarían fluyendo a través de esta conexión entre nosotras. Los asumiría todos. Pasarían a ser míos. Tu mente me pertenecería.

—¿Acaso no es así?

—No. Los recuerdos que he recibido de ti me han llegado toda mi vida de una manera agradable y, sí, regular. En fragmentos, transmitidos a través de los siglos. Es tu vida actual con lo que estoy más conectada ahora. Y esta conexión me ha llevado más cerca de ti, y cuanto más cerca hemos estado, más atrás he dejado mi miedo, que ha sido sustituido por un amor hacia ti para el que apenas tengo palabras.

»¿No lo ves? Tu alma no es una cosa pequeñita que puedes meter en una botella y pasársela a otro. Tampoco la mía. Ningún alma es así. No puede serlo. Lo que nos conecta es mucho más complejo. Más intrincado.

Sibyl alcanzó su cartera y sacó un ejemplar de *La ira de Anubis*. Lo dejó encima de la mesa para que Cleopatra pudiera leer su nombre en el lomo.

—Me vienen en forma de sueños —prosiguió Sibyl—. Toda mi vida he tenido sueños muy vívidos, sueños sobre Egipto. A veces solo un batiburrillo de sensaciones e imágenes. A veces, momentos y episodios. Los he capturado casi todos en mis libros sin saber que eran tuyos.

—Míos —susurró Cleopatra.

—Cuando llegué a la fiesta, cuando vi a Ramsés de carne y hueso por primera vez, me di cuenta de que era el hombre que aparecía en uno de mis sueños. Que un momento que compartiste con él me había venido en forma de sueño y yo, a mi vez, lo escribí en estas páginas.

—¿Por qué me traes este libro ahora? ¿Para burlarte de mí?

Sibyl sacó de la cartera un ejemplar de *La tormenta de Amón* y después otro de *La rebelión de Horus*. Los puso en fila encima de la mesa para que Cleopatra volviera a ver los lomos y su nombre, Sibyl Parker.

—Te traigo estos libros porque en el sueño que compartimos cuando estabas cautiva en aquel horrendo lugar, me hiciste una pregunta. ¿Recuerdas la pregunta que me hiciste?

—Mi hijo —susurró Cleopatra—, te pregunté por mi hijo.

—Me preguntaste dónde tenía escondidos tus recuerdos de él.

—Sí —respondió Cleopatra.

—Y esto es la respuesta. No intento ocultarte nada, y nunca lo haré. Pero los recuerdos tuyos que han venido a mí, a lo largo de mi vida, en forma de sueños, están todos transcritos aquí, aunque en su momento no supiera lo que estaba transcribiendo. Y mi esperanza es que si pasas estas páginas, si las lees, quizá seas capaz de restaurar lo que has perdido. Mi esperanza es que haya algo en mis palabras que te afecte tanto como me afectó a mí ver a Ramsés en la fiesta. Tal vez esté en los detalles más nimios. Los colores, los olores, las texturas. Quizá una de ellas produzca un momento de claridad y restauración como el que experimenté en la fiesta de compromiso cuando vi por primera vez a Ramsés de carne y hueso. No estoy aquí para consumirte. Ni para destruirte, ni para arrojarte a las tinieblas o a la locura. Estoy aquí para restaurarte.

—¿Crees que somos una reina dividida? ¿Es eso?

—Creo que soy Sibyl Parker. Americana. Novelista. Maldita con dos hermanos espantosos que solo gastan mi dinero en bebida y mujeres. Y que soy afortunada de tener parte del espíritu de una de las más grandes reinas de la historia. El misterio de esta conexión todavía se está desvelando. Pero esta soy yo. Y tú eres Cleopatra Séptima, la última reina de Egipto.

Cleopatra bajó la vista a los libros que tenía delante como si pensara que se abrirían por sí mismos. Entonces, con indecisión, puso las manos sobre la cubierta de *La ira de Anubis* y lo atrajo despacio hacia ella. Pero le faltaba valor para abrirlo, al parecer. Tal vez se resistía a hacerlo.

—No te voy a obligar a nada —dijo Sibyl, poniéndose de pie—. Pero me quedaré en este pueblo el tiempo que sea preciso para que pongas a prueba mi teoría. Si quieres que me vaya, basta con que no digas nada. Me lo tomaré como la señal para regresar a América, donde apreciaré mucho los momentos de nuestra conexión que me permitas compartir contigo.

Sibyl ya estaba de pie.

Había asombro en la expresión con que Cleopatra la contemplaba ahora. Pero no pidió a Sibyl que se quedara. Sabedora de que era harto posible que aquella fuese la última vez que se vieran, Sibyl recogió su cartera y salió del pub a la luz de la calle.

Era la esperanza lo que la había llevado tan lejos; era la esperanza lo que la retendría allí por un tiempo. Tomaría una habitación en el hotel Royal pero no sin antes poner una conferencia a Lucy en el Claridge's para asegurarle que estaba bien.

Después tendría que aguardar. Cuánto exactamente, no estaba segura.

Por el momento, daría un paseo.

Su cartera pesaba bastante menos ahora que había entregado sus libros, de modo que cada paso a lo lago del puerto le recordaba que había cumplido lo que la había llevado hasta allí. Había presentado a Cleopatra su teoría y sus escritos.

Llegó a una orilla de grava, salpicada de barcas de remo varadas. Desde allí tenía una vista espléndida sobre las aguas hasta las montañas del fondo, con sus laderas pintadas por las sombras de las oscuras nubes de tormenta que surcaban el cielo. Parecían estar preñadas de lluvia, aquellas nubes, pero el aire seguía siendo frío y seco, y el viento las empujaba tan deprisa que parecía enteramente que pasarían por allí encima, y por encima del pueblo, sin derramar ni una gota.

Y entonces, de súbito, la acometió una visión distinta de cualquier otra que hubiera tenido desde el principio de aquella aventura.

La grava, el agua y las montañas a lo lejos fueron sustituidas por un reluciente canal no muy diferente del que la había separado de Cleopatra en su sueño compartido. Sin embargo, si bien la periferia de ese sueño había aparecido borrosa y abstracta, ahora los detalles se veían con absoluta claridad.

Estaba a orillas del canal, en un extenso patio bordeado de columnas cuyos capiteles eran hojas de acanto talladas. Grandes haces de luz caían desde lo alto, y había nubes blancas moviéndose pausadamente por el cielo. Y un niño corría hacia ella junto al negro canal; un niño con rostro de querubín y rizos negros. Y su voz ahora era clara cuando la llamaba una y otra vez: *Mitera!*

El sol centelleaba en el canal, enviando brillantes reflejos de luz a su rostro sonriente, y entonces, sin previo aviso, hizo la rueda delante de ella, que lo cogió entre sus brazos para impedir que se cayera al agua. Y el niño reía. La miraba y reía mientras ella lo sostenía en brazos.

Había visto a aquel niño infinidad de veces en sus sueños.

Pero había sido uno de tantos rostros que la visitaban mientras dormía. Rostros sin nombre. Había supuesto que todos eran producto de su febril imaginación y su pasión por el mundo antiguo. Entonces se había equivocado. Pero ahora llevaba razón. Porque aquel niño, aquel niño cuyos rasgos describía en sus novelas tenía nombre.

Era Cesarión.

Era el hijo de Cleopatra.

Y la visión que ahora tenía Sibyl era un recuerdo despertado. Despertado por los sueños de Sibyl, despertado por las palabras de Sibyl, despertado por la disposición de Cleopatra para abrir una de las novelas de Sibyl y leer un pasaje que había subrayado durante el viaje en tren hasta allí.

La visión se desvaneció, dejándola sin aliento. Sibyl se encontró arrodillada en la playa de grava, contemplando una vez más el agua negra del puerto y las montañas a lo lejos, sombreadas por las raudas nubes de tormenta. Solo que no estaba sola. Oyó una voz, clara y amable, que le hablaba a través de la conexión que había cambiado el curso de su vida.

Regresa, llamaba Cleopatra. *Regresa conmigo, Sibyl Parker.*

Epílogo

Habían regresado al anochecer, encontrando la casa vacía como habían previsto, sin entrometidos criados que se inmiscuyeran en la que iba a ser su última noche en Londres. A Henry, Rita y el resto del personal los habían enviado a su visita anual a sus familias. Y habían comprado una opípara cena de carnes frías, quesos y hojaldres en una posada campestre durante el camino de vuelta.

Faltaba poco para la medianoche, y Ramsés y Julie habían encendido las chimeneas del dormitorio y los salones, pues Londres ni siquiera en agosto era realmente lo que Ramsés consideraba cálido. Habían hecho el equipaje con todas las pertenencias que se llevarían consigo en su viaje de vuelta a Europa. Y en cuanto a cómo y por dónde comenzarían, bueno, todo eso podría decidirse por la mañana. Ahora poco importaba. Lo importante era que estaban a solas y que podrían hablar y reflexionar sobre todo lo que les había ocurrido, todo lo que habían aprendido, y hacer planes a su antojo ahora que el orden se había restaurado en su mundo particular.

Ramsés tuvo que reconocer que encontraba acogedora la casa de Mayfair, con sus paneles de madera oscura, sus numerosas lámparas de vidrio soplado, sus innumerables ventanas con visillos de encaje y el gran banquete frío servido en la mesa ovalada del salón egipcio, como Julie lo llamaba, que era una especie de biblioteca o una segunda sala de estar, en función de a quién consultabas y cuándo. En ese mismo lugar, el lugar que ahora ocupaba la mesa, Ramsés había despertado de su letargo, en su ataúd pintado, para ver por primera vez aquellas habitaciones. El sarcófago había sido trasladado al Museo Británico, cuyos funcionarios todavía clamaban contra el robo de una momia de valor incalculable, aunque al mismo tiempo estaban apaciguados por la donación de todo el tesoro que Lawrence había reunido durante sus muchos años de egiptólogo aficionado, la gran pasión que lo había llevado a la muerte.

«Ay, qué tragedia —pensó Ramsés— que Lawrence Stratford fuese envenenado antes de que pudiera saber que la momia que había descubierto era en realidad un inmortal aletargado que pronto volvería a tener una vida plena.»

Pero aquel no era el momento de lamentarse por tales cosas.

Aquel era el momento para que se sentaran a la mesa cómodamente y empezaran una comida que solo dos inmortales hambrientos podrían apreciar plenamente por su variedad y cantidad. Vino tinto y vino blanco. Divinos quesos de Italia y Francia. Ave asada fría y langosta, tajadas de buey poco hecho y ensaladas, como ellos las llamaban, de gambas hervidas y sabrosas hortalizas. Y después los dulces, los dulces que nunca dejaban de asombrar a Ramsés con sus cortezas hojaldradas y capas de azúcar, y las deliciosas cerezas o fresas que se desprendían al tocarlas con el tenedor.

Tenía sus virtudes el uso de este utensilio moderno para pinchar la comida y llevarla con seguridad hasta la boca. Impedía que se te pringaran los dedos. Y sí, aquellas servilletas lo deleitaban incluso ahora mientras se limpiaba la boca, como hacían los ingleses, antes de llevarse la copa de vino de cristal a los labios.

Manos limpias, labios limpios, copas limpias. Todo era

cuestión de meticulosidad. Bien, pues se había acostumbrado a ello, se había acostumbrado al olor del carbón encendido en la chimenea y también al ligero aroma de Londres que permeaba las paredes.

Julie lucía su salto de cama rosa otra vez, aquella prenda larga de encajes que él adoraba, con sus diminutas perlas que en realidad no eran perlas, y sus mangas largas abullonadas que hacían más delicadas sus manos, el cabello suelto en la espalda en relucientes ondas que deseaba tomar entre sus manos y apretarlas contra su rostro. Basta. Ya habría tiempo después para sus ardorosas relaciones sexuales, cuando se quitaría su suntuoso batín de raso, como lo llamaban, se libraría de la almidonada camisa blanca, con su despiadada corbata de seda, y tomaría entre sus brazos el cuerpo desnudo y tembloroso de su amada.

Ramsés se disponía a alcanzar la fruta fresca, pedazos de melocotón y pera sobre un lecho de lechuga verde, cuando un ruido lo sobresaltó. Había alguien en la puerta principal. Alguien que giraba una llave en la cerradura.

Se levantó. Podía ver fácilmente la entrada a través de la doble puerta corredera de la primera sala de estar, que daba al vestíbulo. Ahora bien, ¿quién podía ser? ¿Un criado que regresaba con antelación? Tenía que serlo.

Pero no lo era.

Una figura con gabán y capucha entró en el vestíbulo.

Fue Julie quien lo reconoció en el acto.

—Elliott —exclamó, y corrió a darle un abrazo. Elliott entró sin decir palabra hasta la luz más brillante de la sala de estar y abrazó a Julie con ternura, presionándole la cabeza sobre su pecho.

—Perdóname, querida mía —dijo Elliott. Se quitó el pesado gabán y lo tiró encima de una butaca—. He visto que había luz, por supuesto. Tendría que haber llamado. Pero tenía prisa por salir de la calle.

—Elliott, tienes esa llave por una razón —dijo Julie—, para que entres en esta casa siempre que quieras. —Lo condujo hacia la mesa—. Estoy muy contenta de verte. Te he extrañado muchísimo.

—Ven, únete a nosotros —dijo Ramsés—. Es una cena fría pero muy sabrosa, y hay de sobra para que tres inmortales cenen dos veces.

Elliott se quedó plantado delante de la mesa como si intentara poner en orden sus ideas. Estaba demacrado y cansado. «Como lo estamos todos —pensó Ramsés—, si no cedemos al apetito constante.» Sus ojos se desviaron hacia el montón de maletas que había encima de la alfombra. Y luego miró a Ramsés como si acabara de oír sus palabras.

—¿Recién llegados o a punto de marchar? —preguntó Elliott.

—Nos vamos a Europa a continuar nuestras andanzas —dijo Julie—. La visita a la patria nos ha dejado exhaustos. Me muero por contarte todo lo que ha acontecido.

—¿Os vais a Europa —preguntó Elliott— a continuar vuestras andanzas? Querida, ¿en qué estáis pensando? ¿Dónde habéis estado?

—Oh, ya lo sé, hay rumores de guerra en todas partes... —dijo Ramsés.

—¿Rumores? —interrumpió Elliott—. Querido amigo, Inglaterra está en guerra con Alemania. ¡La declaración se ha anunciado hace una hora y media! ¿No tenéis una radio aquí? ¿No os dais cuenta de lo que está sucediendo?

—¿Guerra con Alemania? —Ramsés se dejó caer en la silla.

—Sí, con Alemania. Y toda Europa está en pie de guerra. Dios sabe qué ocurrirá a continuación.

En efecto, habían estado en otro mundo, el mundo de sus más apremiantes preocupaciones. Ramsés había visto uno o dos periódicos durante los últimos días pero no les había prestado ninguna atención, y solo ahora recordaba todos los rumores de guerra con los desconcertantes ultimátums y los nombres de los distintos países implicados.

—Vamos, cuéntanoslo todo mientras comemos y bebemos —insistió Ramsés.

Elliott acompañó a Julie hasta su silla y después se sentó entre ambos, de cara a la fachada de la casa. Iba vestido con una camisa bastante remilgada, corbata y chaqueta gris de lana, el uniforme básico de los hombres de entonces. Hacía poco que le habían cortado el pelo bastante corto y lo llevaba muy bien peinado. Como siempre, presentaba el aspecto de un hombre joven con el carácter de un hombre mayor. Sus ojos azules eran rápidos, curiosos y generosos cuando miraba a sus compañeros. Pero una gran tristeza lo ensombrecía. Y Ramsés entendió que era a causa de la guerra.

—Tal vez esta guerra termine muy pronto —dijo Elliott—. Pero me temo que no será así. Me da miedo el futuro.

Pasó a explicarles los conflictos que habían conducido a la declaración de guerra.

Habló en voz baja durante varios minutos.

Ramsés no podía seguirlo. Solo pensaba en una cosa: «¿Cómo es posible que este magnífico mundo moderno entre en guerra? ¿Cómo es posible que estas personas que saben tantas cosas, que han llegado tan lejos, de pronto se ataquen unas a otras?» Le resultaba incomprensible.

Contempló la capacidad del armamento moderno, armas grandes y pequeñas. Contempló un mundo de máquinas voladoras y teléfonos y gigantescos barcos de metal... en guerra. Era demasiado triste, demasiado espantoso.

Por fin Elliott se calló.

—Come —dijo Ramsés—. Se nota que estás hambriento. Conozco las señales reveladoras.

Ofreció una fuente de tajadas de carnes al conde, con su salsera correspondiente y una bandeja de plata con rebanadas de pan recién cortado.

El conde obedeció con cierta apatía, como si la comida fuese mero combustible. Bebió con ganas el vino blanco frío y se recostó en su silla, mirando alternativamente a Julie y a Ramsés. Poco a poco, el color natural reapareció en sus mejillas. Y sus ojos empezaron a mirar el banquete que tenía delante. Alcanzó la fuente de relucientes ostras. Y Ramsés le llenó la copa otra vez.

Todos disfrutaron del festín. Tenían demasiado apetito para no disfrutarlo. Ramsés devoró la langosta fría, mojando los bocados de pura carne blanca en salsas distintas, y consumió rebanadas enteras de pan. El vino, ay, el vino, una y otra vez con aquel arrebato de ebriedad que desaparecía al instante. Atacó los pasteles con el mismo fervor, mirando solo de vez en cuando a sus compañeros de mesa para ver si disfrutaban tanto como él. Los tres formaban una pequeña familia, ahora, unidos por su secreto, unidos por su apetito, unidos en aquel placer que pronto los abandonaría para dejarlos deseando más.

—He visto a mi esposa —dijo Elliott—. No os preocupéis. Fue una reunión muy comedida. La protegí tan bien como pude de la robusta salud de la que ahora gozo.

—Me alegra que la vieras —dijo Julie.

—Le di cien motivos para estar tranquila y cien falsedades en cuanto a mis futuros viajes —dijo Elliott—. Si queréis que os diga la verdad, pienso que estaba bastante contenta de saber que me vuelvo a marchar. Siempre he sido un hombre que exige mucha atención.

—Le has asegurado un porvenir espléndido —dijo Julie—. Vuelve a ser dueña de sí misma de una manera radicalmente distinta.

—Sí —dijo Elliott—. Le he quitado un gran peso de encima, el peso de una melancolía crónica y un marido nada afectuoso que era, en el mejor de los casos, un hermano mayor lastimado que siempre necesitaba comodidades y asignaciones...

—No te atormentes —dijo Julie—. No mires atrás. Siempre has sido bueno con Edith. Pero tienes razón, ahora es feliz.

Elliott asintió con la cabeza. Bebió más vino, lo bebió tan copiosamente como si fuese agua.

—Sin duda piensa que tengo un amante —dijo Elliott—. Me ha dicho algo en el sentido de que admira mi valentía para irme de Londres. —Se rio—. Y seguro que no tardará en buscarse un amante también. Los beneficios de mis inversiones están aumentando. —Miró a Ramsés—. Aunque no sé qué será de ellas con esta guerra. Pero he depositado capital en distintos bancos americanos y europeos.

—Sabia decisión —señaló Julie. Observó en silencio a Ramsés mientras sacaba una hoja de papel doblada de su batín y se la entregaba a Elliott.

—Otro lugar en África —explicó Ramsés—. Donde deberías comprar tierra en cuanto puedas. Aguarda seis meses, tal vez un poco más. Después busca las viejas minas que hay en la jungla. Las encontrarás.

—Eres demasiado amable conmigo —respondió Elliott—. Pero con esta guerra, deberías ser tú quien estuviera haciendo estas cosas.

—Bah, no te preocupes —repuso Ramsés—. Cuando regresamos a Londres me reuní con los sabios consejeros de Julie. Por supuesto tuvieron muchas reservas. Pero hemos puesto en solfa varias empresas. ¿Alguna guerra puede afectar al valor del oro y los diamantes?

—¿Qué hay de Alex? —preguntó Julie—. ¿Lo has visto?

—No —contestó Elliott—. No podía arriesgarme a enfrentarme a esos ojos que ven lo que no ven los de Edith. Pero lo he observado de lejos. Y me consta que se ha marchado con la misteriosa demente de El Cairo. Ahora entiendo lo que Edith no entiende y nunca debe entender. La vida de Alex está envenenada porque tiene conocimiento del elixir, y de nosotros.

—Sí, todo esto es verdad —dijo Julie. Refirió con premura todo lo que sabía sobre el exilio voluntario de Alex—. Pero no te puedes ni imaginar por lo que ha pasado Cleopatra, en qué se ha convertido.

Julie le contó la historia, la historia entera de Saqnos y Bektaten y la horripilante muerte de los *fracti* en la fiesta de compromiso. Describió el muguete estrangulador y su poder, así como el temperamento de la anciana reina que poseía su secreto. Explicó lo del elixir adulterado de Saqnos y retazos de información relativos a las nulidades, aquellas personas que, igual que Cleopatra, había hecho volver de entre los muertos. En voz muy baja, al borde de las lágrimas, explicó la espantosa amenaza que ahora ensombrecía el futuro de Cleopatra, que quizá pronto se volvería loca.

Después pasó a relatar la historia de Sibyl Parker. Habló de almas migrantes y de misterios de la vida y la muerte. Habló de los sueños de Sibyl y de los sueños de Cleopatra, así como del vínculo entre ellos. Habló una vez más del plácido e increíble carácter de la gran Bektaten.

Y explicó que ahora Sibyl Parker era bienvenida en casa de Bektaten, quien quizá compartiría el elixir puro con la maltrecha Cleopatra si así se lo pedían.

Todo este tiempo Elliott escuchó sin salir de su asombro. Finalmente Julie concluyó y miró a Ramsés para que prosiguiera él.

—Esta gran reina y yo tenemos una especie de tratado —dijo Ramsés—. No quiere más actos temerarios por mi parte, ningún nuevo intento de despertar a los muertos. Tiene el poder de la vida y la muerte sobre mí, sobre todos nosotros, pero acepta mi atrevido derecho a determinar cuándo y cómo vuelvo a administrar el elixir otra vez.

Estudió el semblante de Elliott, impresionado como siempre por la inteligencia que evidenciaban los ojos del conde.

—Pero en cualquier momento —prosiguió Ramsés—,

esta reina puede decidir ejercer su autoridad sobre todos aquellos que compartimos este viaje inmortal con ella. Y debemos, todos nosotros, tener cuidado ante este peligro. Nunca debemos subestimar el poder de Bektaten. Nunca debemos contar con su indiferencia. Ahora ella es parte de nuestro mundo.

Elliott asintió con la cabeza.

—Ojalá hubiese tenido ocasión de conocer a esta mujer —dijo—. Aunque quizá algún día, tanto si quiero como si no, me encontraré ante su presencia.

—Sí, podría ser —respondió Ramsés—. Viaja solo con dos asistentes, hombres de tez tan morena como la suya, y a su manera igual de impresionantes, Aktamu y Enamon, pero es imposible saber a cuántos mortales tiene a sus órdenes. No nos ha contado la historia completa de su vida.

—Yo la admiro —dijo Julie con su acostumbrada dulzura y entusiasmo—. Confío en ella, confío en que nunca nos hará daño, nunca nos someterá por capricho o por pura voluntad.

Miró a Ramsés buscando su aprobación, y al verlo impasible decidió callarse.

—Tienes un corazón de oro, Julie —dijo Ramsés—. Te las has arreglado para amarlos a todos, a Sibyl Parker, a mi desdichada Cleopatra e incluso a esta poderosa reina.

—Es verdad, Ramsés, pero ¿cómo quieres que no sea una persona intuitiva, incluso más ahora que antes? Si tuviera intención de hacernos daño, seguro que ya nos lo habría hecho.

—Sí, tal vez sí —respondió Ramsés—. Pero nunca debemos olvidar lo que hemos visto con nuestros propios ojos. La reina cuida un jardín lleno de plantas misteriosas.

Alcanzó el vino para volver a llenar la copa de cristal de Elliott. Y el conde asintió agradecido. Volvieron a mirarse a los ojos, y entonces Elliott habló.

—No voy a pedirte el elixir para mi hijo Alex —dijo—. Lo he reflexionado bastante tiempo. Creo que Alex tiene un destino y que este consiste en casarse, tener hijos, continuar el linaje Savarell. Y el elixir pondría fin a todo esto. Por supuesto quizá llegue un tiempo en que él mismo pida el elixir. Yo lo quise desde el primer momento en que sospeché que existía. Así pues, ¿por qué no iba a quererlo él? Pero veo la juventud de mi hijo y su capacidad de amar, y también veo una boda e hijos en su futuro. No lo puedo negar.

—Yo veo lo mismo —dijo Julie—. Pero a lo que íbamos: Alex sabe de la existencia del elixir y no lo ha pedido. Y según parece Cleopatra ha dejado de pedir más para encontrarse mejor.

—Tenemos tiempo para decidir todas estas cosas —dijo Ramsés.

Se levantó de la mesa y cruzó la alfombra de la sala de estar hasta que se encontró cerca del fuego. Alargó los brazos para sentir su calor directo. Pensó de nuevo en aquella guerra en Europa, aquella oscura tragedia que había caído sobre el mundo que acababa de descubrir.

—Bien, tengo que irme —dijo Elliott, poniéndose de pie—. Debo salir de Londres. Edith no debe volver a verme y tampoco quiero que me vean Alex o mis viejos amigos. No tengo más remedio que regresar al Continente al margen de lo que la guerra traiga aparejado, pero no os aconsejo que vengáis conmigo. Mi consejo es que permanezcáis aquí, viajad por Inglaterra, id al norte, tal vez, a buscar un refugio hasta que veamos cómo evoluciona la situación.

—Pero, Elliott —dio Julie—. ¿Cuándo volveremos a vernos?

—No lo sé —contestó Elliott—. Puedo localizaros en esta dirección o a través de la Stratford Shipping, y también por mediación de tus abogados.

—Siempre —dijo Julie—. O al menos hasta que... Pero no será por muchos años.

—Y os voy a dar esto —dijo Elliott, sacando una tarjeta

del bolsillo de la chaqueta—. La dirección de mi nuevo abogado particular, desconocido para mi familia.

Ramsés tomó la tarjeta de su mano. Memorizó los nombres, los números.

—Y por supuesto también están los representantes de la familia —agregó Elliott—. Cuando me haya ido, oficialmente, quiero decir, tendréis que confiar en este hombre. Quizá me vaya a América desde el Continente. Todavía no lo he decidido. Tengo muchas ganas de conocer Sudamérica, en concreto Brasil, y viajar recorriendo las más misteriosas tierras...

No dijo más. Recogió su gabán con capucha, se detuvo otra vez y miró a Julie. Con lágrimas en los ojos. Ella corrió a su encuentro. Se abrazaron en silencio y Ramsés oyó el susurro de Elliott.

—Hermosa niña, hermosa niña inmortal.

—He tomado una decisión —dijo Ramsés—. Antes de que nos dejes, quiero daros el secreto del elixir. Quiero que ambos os grabéis los ingredientes en la cabeza, tal como los tengo grabados en la mía.

—No —respondió Elliott—. Gracias por tu confianza, Ramsés, pero no lo quiero. No me fío de mí mismo. Ahora no.

—Pero, Elliott, ¿y si esta guerra o cualquier otra circunstancia nos separa? —preguntó Ramsés—. ¿Y si transcurren años antes de que volvamos a vernos?

—No, Ramsés. No estoy preparado para sobrellevar esa carga. Sé que no lo estoy. A mi corazón le falta experiencia. Y no lo estaré por muchos años.

Ramsés asintió con la cabeza.

—Siempre me has sorprendido, Elliott Savarell —dijo—. Desde luego eres un hombre verdaderamente fuera de lo común.

—Llegará un momento, sí —dijo Elliott—, en que quizá te suplique que me des el secreto. Pero no debes dármelo ahora.

Permanecieron juntos un rato en silencio por la sala de estar, mirándose unos a otros, y finalmente Elliott se acercó a Ramsés y lo abrazó. Le susurró estas palabras:

—Hasta que volvamos a vernos.

Julie y Ramsés estuvieron detrás de los visillos de la ventana, observando la figura del conde mientras avanzaba hasta perderse de vista.

Se oyeron ruidos procedentes de la ciudad a oscuras, ruidos inusuales, ruidos cercanos y lejanos y fuera de lugar en plena madrugada, ruidos que tal vez hablaban de pavor y excitación por parte de los inquietos habitantes atenazados por la noticia de la guerra. Ramsés anheló periódicos que leer, conversaciones en tabernas y cafés, la radio y las voces del gobierno explicando lo que se avecinaba.

Pero ya habría tiempo para todo eso.

—Lo echaré mucho de menos —dijo Julie.

—¿Y qué me dices de ti, amada mía? —preguntó Ramsés—. ¿Estás preparada para el secreto que tengo que darte?

—No, creo que no lo estoy, querido —dijo Julie—. Me parece que entiendo exactamente lo que Elliott quiere decir cuando dice que no está preparado. Me da miedo el amor que siento por Sibyl Parker, por Alex. Me da miedo mi corazón. Creo que por ahora debo confiar en ti, y tal vez para siempre, Ramsés. Creo que debes ser tú quien regale este don, no yo.

—No sabes lo que estás diciendo —respondió Ramsés. Pero asintió con la cabeza. Con aquello bastaba por el momento. Se volvió y la abrazó, estrechándola contra él—. Muy bien, querida. Pues sigamos donde lo hemos dejado. Empecemos de nuevo nuestro viaje alrededor del mundo.

—Ahora, no, guapetón —dijo Julie—. Tal vez dentro de unas horas. Pero por el momento me basta con que viajemos otra vez al piso de arriba.

—Con permiso —dijo Ramsés, y la cogió en brazos.

La llevó escaleras arriba hasta el dormitorio y, tras dejarla encima de la cama, cerró la puerta y echó el cerrojo. No deseaba más visitas repentinas, ningún criado que regresara con rumores sobre la guerra.

Todavía era de noche. Una titilante lamparilla en una pantalla de porcelana iluminaba la habitación.

Julie estaba tendida sobre los almohadones mirando a Ramsés, su pálido rostro casi luminoso entre las sombras, sus ojos azules rebosantes de amor.

A Ramsés le sorprendió la tristeza que sentía, la tristeza que los había atenazado a los tres un rato antes, porque sabía que ahora era más feliz que en ningún otro momento de su larga vida. Era feliz y se sentía con coraje para afrontar lo que estuviera por venir.

Seguía siendo Ramsés el Maldito, sí, en aspectos que quizá nadie podría entender. Así sería siempre. Pero era feliz y lo sabía, y apreciaba cada instante.

Basta de pensar cuando el corazón le palpitaba y la sangre se le calentaba y el cuerpo cobraba vida con la única obsesión sin palabras que suscitaba la presencia de Julie, su belleza, su mirada paciente.

Se quitó la ropa de cualquier manera y cayó silenciosamente en sus brazos, le besó primero los párpados, después los pechos desnudos y finamente la boca.

Todos los pensamientos sobre su desdichada Cleopatra lo abandonaron. Toda fascinación por la lejana y todopoderosa reina. Y sucumbió a la fuente de fortaleza que para él era mayor que cualquier otra. La tierna aceptación de Julie, su entrega, su sereno amor sin fin.